Uma noite no Chateau Marmont

Lauren Weisberger

Uma noite no Chateau Marmont

Tradução de
Fabiana Colasanti

EDITORA RECORD
RIO DE JANEIRO • SÃO PAULO
2011

CIP-Brasil. Catalogação na fonte
Sindicato Nacional dos Editores de Livros, RJ.

W42n

Weisberger, Lauren, 1977-
Uma noite no Chateau Marmont / Lauren Weisberger; tradução de Fabiana Colasanti. – Rio de Janeiro: Record, 2011.

Tradução de: Last night at Chateau Marmont
ISBN 978-85-01-09429-2

1. Músicos - Ficção. 2. Sucesso - Ficção. 3. Celebridades - Ficção. 4. Ficção americana. I. Colasanti, Fabiana II. Título.

11-4334

CDD: 813
CDU: 821.111(73)-3

TÍTULO ORIGINAL EM INGLÊS:
Last night at Chateau Marmont

Texto revisado segundo o novo Acordo Ortográfico da Língua Portuguesa.

Editoração eletrônica: Abreu's System

Direitos exclusivos de publicação em língua portuguesa somente para o Brasil adquiridos pela
EDITORA RECORD LTDA.
Rua Argentina, 171 – Rio de Janeiro, RJ – 20921-380 – Tel.: 2585-2000,
que se reserva a propriedade literária desta tradução.

Impresso no Brasil

ISBN 978-85-01-09429-2

EDITORA AFILIADA

Para Dana,
minha irmã e melhor amiga para sempre

1

pianista

Quando o metrô finalmente rangeu na estação da Franklin Street, Brooke estava quase passando mal de tanta ansiedade. Olhou o relógio pela décima vez em vários minutos e tentou se lembrar de que não era o fim do mundo; sua melhor amiga, Nola, a perdoaria, *tinha* que perdoá-la, mesmo que estivesse indesculpavelmente atrasada. Ela abriu caminho em direção à porta pela multidão de viajantes da hora do rush, prendendo instintivamente a respiração em meio a tantos corpos, e permitiu-se ser empurrada em direção à escada. No piloto automático agora, Brooke e seus companheiros de viagem puxaram seus celulares das bolsas e dos bolsos dos casacos, entraram silenciosamente em uma fila indiana e, como zumbis, marcharam como soldados coreografados escada de cimento acima enquanto olhavam inexpressivamente para as telas minúsculas nas palmas das mãos.

— Merda! — ela ouviu uma mulher obesa mais à frente gritar, e um momento depois soube por quê.

A chuva a atingiu com força e sem aviso prévio no instante em que ela saiu da estação. O que fora uma noite de março fria porém decente apenas vinte minutos antes havia se deteriorado em uma tristeza gelada e tempestuosa, com ventos chicoteando violentamente a chuva para baixo, tornando totalmente impossível se permanecer seco.

— Droga! — ela acrescentou à cacofonia de palavrões que as pessoas gritavam à sua volta, enquanto lutavam para tirar guarda-chuvas das bolsas ou proteger suas cabeças com jornais.

Como correra para casa para mudar de roupa depois do trabalho, Brooke não tinha nada além de uma minúscula (e realmente fofa) bolsinha prateada para se proteger do ataque aéreo. *Adeus, cabelo*, pensou, enquanto começava a correr os três quarteirões até o restaurante. *Vou sentir saudades, maquiagem de olho. Foi um prazer conhecê-las, lindas botas de camurça de cano alto que custaram um terço do meu salário.*

Brooke estava ensopada quando finalmente chegou ao Sotto, o restaurante minúsculo e despretensioso do bairro onde ela e Nola se encontravam duas ou três vezes por mês. A massa que eles faziam não era a melhor da cidade — provavelmente nem mesmo do quarteirão — e o espaço não tinha nada de especial, mas o local possuía outros atrativos, e mais importantes: jarra de vinho a preço razoável, um tiramisu sensacional e um maître italiano muito gato que, só porque elas iam lá havia muito tempo, sempre reservava para as duas a mesa mais discreta nos fundos.

— Oi, Luca — disse Brooke, cumprimentando o proprietário enquanto tirava sua japona de lã tentando não respingar água para todos os lados. — Ela já chegou?

Luca imediatamente tampou o bocal do telefone com a mão e apontou com um lápis para trás.

— Na de sempre. Qual é a ocasião para o vestido sexy, *cara mia*? Quer se secar primeiro?

Ela alisou com as duas mãos o vestido de jersey preto justo e de mangas curtas e rezou para que Luca tivesse razão — que o vestido fosse sexy e ela estivesse mesmo bonita. Brooke passara a pensar naquela peça como seu Uniforme de Show; combinado com salto alto, sandálias ou botas, dependendo do clima, ela o usava em quase todas as apresentações de Julian.

— Já estou tão atrasada. Ela está muito zangada e reclamando loucamente? — perguntou Brooke, amassando punhados de cabelo numa tentativa desesperada de salvá-lo do iminente ataque de frizz.

— Já tomou meia jarra e ainda não largou o celular. É melhor você ir logo.

Eles trocaram três beijos na bochecha — no começo, ela protestara, mas Luca insistira —, e depois Brooke respirou fundo e foi até a mesa. Nola estava confortável em seu assento, o blazer pendurado no encosto da cadeira e o suéter sem mangas de cashmere azul-marinho revelava braços bem torneados e contrastava lindamente com sua incrível pele bronzeada. O corte do cabelo — em camadas na altura dos ombros — era chique e sexy, as mechas louras brilhavam sob as luzes suaves do restaurante, e a maquiagem parecia recém-aplicada e natural. Olhando para ela, ninguém imaginaria que aquela mulher havia acabado de passar 12 horas gritando em um pregão.

As duas só se conheceram no último período na Universidade de Cornell, apesar de Brooke — como o restante do corpo discente — já saber antes quem era Nola e ter tanto medo quanto fascínio por ela. Enquanto outros estudantes viviam de moletom-capuz-e-botas-Uggs, Nola, magra como uma modelo, preferia botas de salto alto e blazers e nunca, jamais, prendia o cabelo em um rabo de cavalo. Ela crescera em escolas de elite de Nova York, Londres, Hong Kong e Dubai, lugares onde seu pai, banqueiro especialista em investimentos, trabalhava, e havia usufruído da liberdade que invariavelmente acompanha os filhos únicos de pais extremamente ocupados.

Como ela acabou em Cornell e não em Cambridge ou Georgetown ou na Sorbonne ninguém sabia, mas não era preciso muita imaginação para perceber que ela não estava muito impressionada. Enquanto os outros se empenhavam em tentar entrar para fraternidades, encontrando-se para almoçar no Salão Comunal e se embebedando em vários bares dos arredores, Nola ficava na dela. De sua vida sabia-se uma coisa ou outra — o conhecido caso com o professor de arqueologia, as frequentes aparições de homens belos e misteriosos no campus, que desapareciam logo depois — mas, na maior parte do tempo, Nola assistia às aulas, tirava 10 em tudo e voltava correndo para Manhattan assim que chegava a tarde de sexta-feira. Quando as duas garotas se viram trabalhando uma no conto que a outra escrevera, em uma disciplina eletiva de redação criativa no último ano, Brooke ficou tão intimidada que mal conseguia falar. Nola, como sempre, não pareceu muito feliz ou chateada, mas quando devolveu o primeiro rascunho de Brooke, uma semana depois — um texto de ficção sobre um personagem que tentava se adaptar ao seu cargo no Corpo de Paz no Congo —, o papel estava cheio de comentários e sugestões profundas e perspicazes. Aí, na última página, depois de extensas e sérias opiniões, Nola havia escrito: "P.S.: Que tal incluir uma cena de sexo no Congo?", e Brooke riu tanto que teve que sair da sala para se acalmar.

Depois da aula, Nola convidou Brooke para ir a uma cafeteria minúscula no subsolo de um dos prédios da universidade, um lugar que nenhum dos amigos de Brooke frequentava. Em poucas semanas, Brooke estava indo para Nova York com Nola nos finais de semana. Mesmo depois de todos aqueles anos, Nola ainda era fabulosa demais para se descrever, mas Brooke sentia certo conforto em saber que a amiga soluçava ao ver matérias no noticiário mostrando soldados voltando da guerra. Nola era secretamente obcecada pela ideia de um dia ter uma casinha de cerca branca em um bairro residencial apesar de ridicularizar abertamente esse sonho e de nutrir um medo patológico por cães pequenos que latem alto (com exceção Walter, o cachorro de Brooke).

— Perfeito, perfeito. Não, acho que não tem problema sentar no bar — Nola dizia ao telefone, revirando os olhos para Brooke. — Não, não precisa fazer reserva para o jantar, vamos ver o que acontece. Está bem, parece ótimo. Até lá.

Ela fechou o telefone e imediatamente agarrou o vinho tinto, enchendo o próprio copo antes de se lembrar de Brooke e encher o dela também.

— Você me odeia? — perguntou Brooke enquanto pendurava o casaco no encosto da cadeira ao lado e jogava o guarda-chuva pingando embaixo da mesa. Tomou um gole grande de vinho e saboreou a sensação do álcool deslizando pela língua.

— Por quê? Só porque estou sentada aqui sozinha há trinta minutos?

— Eu sei, eu sei, me desculpe. Dia infernal no trabalho. Dois dos nutricionistas ligaram dizendo que estavam passando mal, o que, se quer saber, me parece suspeito, e tivemos que cobri-los. É claro que, se alguma vez a gente marcasse de se encontrar perto da minha casa, talvez eu conseguisse chegar na hora...

Nola ergueu a mão.

— Entendido. Agradeço por você ter vindo de tão longe até aqui. Mas é que jantar no Midtown West é simplesmente algo que não me atrai.

— Com quem você estava falando? Era o Daniel?

— Daniel? — Nola pareceu confusa. Ficou olhando para o teto enquanto parecia vasculhar o cérebro. — Daniel, Daniel... Ah! Que nada, já esqueci ele. Eu levei coisas do trabalho para ele no começo da semana passada e ele foi tão estranho! Foi superconstrangedor. Não, eu estava marcando o encontro de amanhã do Match.com. O segundo esta semana. Como foi que eu fiquei assim, tão patética? — Ela suspirou.

— Por favor, Nola. Você não é...

— Não, sério. É patético eu ter quase 30 anos e ainda pensar no meu namorado de faculdade como o único relacionamento "sério" que tive. Também é patético eu ser cadastrada em vários sites de namoros on-line e sair com homens de todos eles. Mas o que é mais patético, o que está beirando o injustificável, é que estou disposta a admitir isso para qualquer um que queira ouvir.

Brooke tomou mais um gole.

— Eu não sou "qualquer um que queira ouvir".

— Você entendeu o que eu quis dizer. Se você fosse a única testemunha da minha humilhação, eu poderia viver com isso. Mas é como se eu tivesse ficado tão afeita ao...

— Boa palavra.

— Obrigada. Era a palavra do dia no meu calendário hoje de manhã. Então, sério, estou tão *afeita* à indignidade disso tudo que não tenho mais filtro. Ontem mesmo passei exatos 15 minutos tentando explicar a um dos vice-presidentes mais graduados da Goldman a diferença entre os homens do Match e os do Nerve. É imperdoável.

— Mas e aí, quem é esse cara de amanhã? — perguntou Brooke, tentando mudar de assunto.

Era impossível acompanhar as histórias de Nola com os homens de uma semana para outra. O desafio não era só lembrar quem era o cara da vez — o que já era bastante difícil, mas também saber se ela queria *desesperadamente* um namorado com quem pudesse sossegar ou se *desprezava* compromisso e só queria ser solteira e maravilhosa e sair transando por aí. Isso mudava de um segundo para o outro, sem aviso; assim, Brooke ficava o tempo todo tentando lembrar se o cara desta semana era "*super* incrível" ou "um desastre total".

Nola semicerrou os olhos e fez um biquinho, sua marca registrada, os lábios cobertos com gloss; o gesto conseguia dizer "Sou frágil", "Sou doce" e "Quero que você me violente", tudo ao mesmo tempo. Obviamente, ela estava pensando em uma resposta longa para a pergunta.

— Guarde isso para os homens, amiga. Não funciona comigo — mentiu Brooke.

Nola não era de uma beleza tradicional, mas isso não tinha muita importância. Ela se arrumava tão lindamente e emanava tanta confiança que tanto homens quanto mulheres sucumbiam aos montes aos seus encantos.

— Este *parece* promissor — disse ela, melancólica. — Tenho certeza de que é só uma questão de tempo até ele revelar um defeito colossal e inaceitável, mas até lá o considero perfeito.

— E como ele é? — pressionou Brooke.

— Hum, vejamos. Era do time de esqui na faculdade, e foi por isso que cliquei no perfil dele. Ele chegou a trabalhar por duas temporadas como instrutor, primeiro em Park City e depois em Zermatt.

— Perfeição, até agora.

Nola assentiu.

— É. Ele tem 1,80m, é sarado (ou pelo menos é o que diz), tem cabelo castanho-claro e olhos verdes. Está em Nova York apenas há alguns meses e não conhece muita gente.

— Você vai resolver isso.

— É, acho que sim... — Ela fez aquele biquinho. — Mas...

— Qual é o problema?

Brooke encheu ambos os copos novamente e assentiu para o garçom quando ele perguntou se as duas iam querer o de sempre.

— Bem, é o lance do trabalho. Ele se autodescreveu como "artista". — Nola pronunciou essa palavra como se estivesse dizendo "pornógrafo".

— E daí?

— E daí? Que diabos isso significa? *Artista?*

— Hum, acho que pode significar muitas coisas. Pintor, escultor, músico, ator, escri...

Nola botou a mão na testa.

— Ah, por favor! Só pode significar uma coisa, e nós duas sabemos o que é: desempregado.

— Todo mundo está desempregado agora. É quase chique.

— Ah, qual é. Eu posso até relevar se o cara perdeu o emprego por causa da recessão. Mas um *artista*? É duro de engolir.

— Nola! Isso é ridículo. Há muitas pessoas, um monte delas, milhares, provavelmente milhões, que vivem da sua arte. O Julian, por exemplo. Ele é músico. Eu nunca deveria ter saído com *ele*, então?

Nola abriu a boca para responder mas mudou de ideia. Houve um momento constrangedor de silêncio.

— O que você ia dizer? — perguntou Brooke.

— Nada, nada. Você tem razão.

— Não, sério. O que você ia dizer? Diga.

Nola girou sua taça de vinho pela haste e pareceu preferir estar em qualquer lugar, menos ali.

— Não é que o Julian não seja talentoso, mas...

— Mas o quê? — Brooke se inclinou para perto, aproximando-se tanto que Nola foi obrigada a olhar em seus olhos.

— Mas eu não sei se o chamaria de "músico". Ele era assistente de alguém quando você o conheceu. Agora, *você* o sustenta.

— É, ele era *estagiário* quando nos conhecemos — falou Brooke, quase sem tentar esconder sua irritação. — Estava estagiando na Sony para aprender sobre a indústria fonográfica, ver como funciona. E adivinha só? Foi apenas por causa dos contatos que ele fez lá que alguém prestou alguma atenção nele. Se ele não tivesse estado lá todos os dias, tentando se tornar indispensável, você acha que o diretor de Novos Talentos teria gastado duas horas do tempo dele para ver o Julian se apresentar?

— Eu sei, é só que...

— Como pode dizer que ele não está fazendo nada? É realmente isso que você pensa? Não sei se você sabe, mas ele passou os últimos oito meses trancado num estúdio gravando um disco. E por falar nisso, não apenas um capricho: a Sony o *contratou* como artista. Olha aí essa palavra de novo. E pagou adiantado. Se você não acha que isso é um trabalho decente, eu realmente não sei o que dizer.

Nola ergueu as mãos, admitindo derrota, e baixou a cabeça.

— É claro. Tem razão.

— Você não parece convencida.

Brooke começou a roer a unha do polegar. Qualquer alívio, já que tivesse sentido com o vinho havia desaparecido completamente.

Nola ficou empurrando a salada pelo prato com o garfo.

— Bem, mas eles não assinam, tipo, uma tonelada de contratos com qualquer um que mostre um mínimo de talento, pois afinal não é preciso só um grande sucesso para pagar os pequenos fracassos?

Brooke ficou surpresa com o conhecimento que a amiga tinha sobre a indústria da música. Julian sempre explicava essa mesma teoria quando minimizava a importância de seu contrato com a gravadora e tentava, em suas palavras, "controlar as expectativas" a respeito do que aquilo realmente significava. Ainda assim, vindo de Nola, parecia pior.

— "Um mínimo de talento"? — Brooke só conseguiu sussurrar as palavras. — É isso que você pensa dele?

— É *claro* que não é o que penso dele. Não leve tão para o lado pessoal. Só é difícil, como sua amiga, vê-la se matar de trabalhar para sustentá-lo durante tantos anos. Ainda mais quando as chances de que isso dê em alguma coisa são mínimas.

— Bem, agradeço sua preocupação com o meu bem-estar, mas saiba que foi escolha minha pegar o trabalho extra de consultoria em escolas particulares para ajudar no nosso sustento. Não faço isso por pura bondade, e sim porque realmente acredito nele e no talento dele, e eu sei, mesmo que pareça que ninguém mais pensa assim, que ele tem uma carreira brilhante pela frente.

Brooke ficara extremamente feliz — mais até do que Julian — quando ele lhe telefonara para contar sobre a oferta inicial da Sony, oito meses antes. Duzentos e cinquenta mil dólares era mais do que eles haviam ganhado juntos nos últimos cinco anos, e Julian teria a liberdade de fazer o que quisesse com aquela soma. Como ela poderia prever que tal infusão maciça de dinheiro os deixaria ainda mais endividados do que já estavam? Daquele adiantamento, Julian precisava pagar o aluguel do estúdio, contratar produtores e engenheiros de som caríssimos e cobrir todo o custo de equipamentos, viagens e banda? O dinheiro acabou em poucos meses, muito antes que eles pudessem usar um único dólar para quitar o aluguel do apartamento, as dívidas ou até mesmo bancar um jantar de comemoração. E, depois que todos esses fundos já estavam sendo usados para ajudar Julian a construir seu nome, não fazia sentido não levar o projeto até o final. Eles haviam gastado 30 mil dólares do próprio dinheiro — as economias que um dia haviam sido reservadas para dar entrada em um imóvel — e todos os dias queimavam mais crédito. A parte mais assustadora da coisa toda era o que Nola tinha dito tão brutalmente: as chances de Julian ser bem-sucedido depois de todo aquele tempo e dinheiro — mesmo com o nome da Sony por trás — eram praticamente nulas.

— Só espero que ele saiba a sorte que tem em contar com você como mulher — falou Nola, mais branda agora. — Posso afirmar que eu não o apoiaria tanto. O que provavelmente é o motivo pelo qual estou destinada a ficar solteira para sempre...

Felizmente a comida chegou, e então a conversa passou para assuntos menos arriscados: como o molho de carne engordava, se Nola deveria ou não pedir um aumento no trabalho, o quanto Brooke detestava seus sogros. Quando Brooke fez sinal para o garçom trazer a conta sem pedir o tiramisu ou até mesmo o café, Nola pareceu preocupada.

— Você não está chateada comigo, está? — perguntou ela, guardando o cartão de crédito na pasta de couro.

— Não — mentiu Brooke. — Só tive um dia difícil.

— Para onde você vai agora? Nada de drinques depois do jantar?

— É que o Julian tem um... Ele vai tocar — respondeu Brooke, mudando de ideia no último segundo.

Ela preferia não ter falado sobre o show, mas era estranho mentir para Nola.

— Ah, que divertido! — Nola comentou alegremente, bebendo o resto do vinho. — Quer companhia?

As duas sabiam que na verdade ela não queria ir, o que não era problema, porque Brooke não queria mesmo que ela fosse. A amiga e o marido se davam bem, e isso bastava. Ela gostava da proteção de Nola e sabia que a intenção era boa, mas era ruim pensar que sua melhor amiga estava constantemente julgando seu marido — e que ele nunca superava as expectativas dela.

— Na verdade, Trent está na cidade — disse Brooke. — Está aqui em algum tipo de *job rotation*, então vou encontrá-lo lá.

— Ah, o bom e velho Trent. O que ele está achando da faculdade de medicina?

— Ele já terminou. Está fazendo residência agora. Julian diz que ele adora Los Angeles, o que é surpreendente, pois nova-iorquinos *nunca* gostam de L.A.

Nola se levantou e vestiu seu terninho.

— Ele está namorando? Se me lembro bem, ele é muito chato, mas uma gracinha...

— Acabou de ficar noivo. De uma outra residente de gastroenterologia, uma garota chamada Fern. Residente Fern, a especialista em gastroenterologia. Não quero nem pensar no que eles conversam.

Nola fez cara de nojo.

— Obrigada por essa imagem. E pensar que ele podia ter sido todo seu...

— Hum.

— Só quero garantir que eu ainda vou receber o devido crédito por apresentá-la ao seu marido. Se você não tivesse saído com o Trent naquela noite, ainda seria só uma tiete do Julian.

Brooke riu e beijou a amiga na bochecha. Pescou duas notas de 20 da carteira e as entregou a Nola.

— Tenho que ir. Se não pegar o trem nos próximos trinta segundos, vou chegar atrasada. A gente se fala amanhã?

Ela pegou o casaco e o guarda-chuva, acenou rapidamente para Luca enquanto saía e disparou porta afora.

Mesmo depois de todos aqueles anos, Brooke ainda estremecia ao pensar que ela e Julian por pouco não haviam se conhecido. Era junho de 2001, um mês depois de ela se formar na faculdade, e Brooke achava quase impossível se acostumar com sua nova rotina de sessenta horas semanais de trabalho. Ela dividia seu tempo entre a pós-graduação em nutrição, o estágio e o emprego num café do bairro, para pagar as contas. Brooke não tivera ilusões sobre a dificuldade de trabalhar 12 horas por dia por 22 dólares — ou assim ela pensara —, mas não conseguira prever o estresse de longos dias de trabalho acumulado, salário insuficiente, pouco sono e a logística de dividir um quarto e sala de 65 metros quadrados em Murray Hill com Nola e outra amiga. Foi por isso que, quando Nola implorou a Brooke que a acompanhasse a um show numa noite de domingo, ela recusou terminantemente.

— Qual é, Brookie, você precisa sair desse apartamento — argumentara Nola enquanto entrava num top preto justo. — Quem vai tocar é um quarteto de jazz que dizem que é muito bom. Benny e Simone vão guardar lugares para nós. Entrada a 5 dólares e drinques duplos. Como você pode não gostar disso?

— Só estou muito cansada. — Do futon da sala, Brooke suspirou, zapeando distraidamente pelos canais de TV. —

Ainda preciso fazer um trabalho e tenho que estar no café daqui a 11 horas.

— Ah, me poupe do drama. Você tem 22 anos, pelo amor de Deus. Esqueça isso e vá se vestir. Vamos sair em dez minutos.

— Está chovendo horrores lá fora e...

— Dez minutos, nem mais um segundo, ou você não é mais minha amiga.

Quando finalmente chegaram ao Rue B's, no East Village, e se aglomeraram com amigos da faculdade em uma mesa pequena demais, Brooke estava quase arrependida de sua fraqueza. Por que ela sempre cedia à insistência de Nola? Por que diabos estava sentada espremida em um bar lotado e cheio de fumaça, bebendo uma vodca-tônica aguada e esperando para ver um quarteto de jazz do qual nunca ouvira falar? Ela nem gostava de jazz. Na verdade, não gostava de show nenhum, a não ser que por acaso fosse Dave Matthews ou Bruce Springsteen, pois aí ela poderia cantar alegremente todas as músicas. Obviamente não era esse tipo de noite. Sentiu, então, uma mistura de irritação e alívio quando a bartender loura e de pernas compridas bateu com uma colher num copo d'água e falou:

— Ei, gente! Ei, pessoal, podem me dar sua atenção por um minuto? — Ela limpou a mão livre na calça jeans e esperou pacientemente que a multidão fizesse silêncio. — Sei o quanto vocês estão animados para ouvir os Tribesmen esta noite, mas acabamos de saber que eles estão presos no trânsito da LIE e não vão conseguir chegar a tempo.

Vaias e zombarias animadas se seguiram.

— Eu sei, eu sei, é uma droga. Uma carreta capotou, está tudo parado, blá-blá-blá.

— Que tal uma rodada grátis de bebida como desculpas? — gritou um homem de meia-idade sentado nos fundos, erguendo seu copo.

A bartender riu.

— Sinto muito. Mas se alguém quiser vir aqui e nos entreter... — Ela olhou diretamente para o homem, que só balançou negativamente a cabeça.

— Sério, temos um ótimo piano. Alguém toca?

O bar ficou em silêncio; todos olhavam em volta uns para os outros.

— Ei, Brooke, você não toca? — sussurrou Nola, alto o bastante para que todos à mesa pudessem ouvir.

Brooke revirou os olhos.

— Fui expulsa da banda no sexto ano porque não conseguia aprender a ler partitura. Quem é expulso de uma banda de escola?

A bartender não ia desistir facilmente:

— Vamos lá, pessoal! Está caindo o mundo lá fora e nós estamos a fim de ouvir um pouco de música. Eu me rendo: libero algumas bebidas para vocês se alguém vier aqui entreter a gente por alguns minutos.

— Eu toco um pouco.

Brooke seguiu a voz até chegar a um cara de aparência desalinhada sentado sozinho no bar. Ele estava de calça jeans, uma camiseta branca lisa e um gorro de tricô, apesar de ser verão. Ela não o havia notado antes, mas concluiu que ele poderia — poderia — ser razoavelmente gato se tomasse banho, fizesse a barba e tirasse o gorro.

— Por favor... — A bartender abriu os braços na direção do piano. — Qual é o seu nome?

— Julian.

— Bem, Julian, ele é todo seu.

Ela voltou ao seu posto atrás do bar enquanto Julian se sentava em frente ao piano. Ele tocou algumas notas, brincando com o tempo e o ritmo, e logo a plateia perdeu o interesse e voltou para suas conversas. Até mesmo quando ele tocou baixinho uma música inteira (alguma baladinha que ela não reconheceu), o som era mais como pano de fundo. Mas, depois de dez minutos, ele tocou as notas de introdução de "Hallelujah" e começou a cantar, com uma voz surpreendentemente clara e forte. O bar ficou em silêncio.

Brooke já ouvira a música antes, tendo sido brevemente obcecada por Leonard Cohen, e a adorara, mas os arrepios no corpo inteiro eram novidade. Ela varreu o bar com os olhos. Mais alguém estava se sentindo daquele jeito? As mãos de Julian se moviam sem esforço pelas teclas enquanto ele de alguma forma infundia cada palavra com uma emoção intensa. Só quando murmurou o último "aleluia" arrastado as pessoas reagiram: aplaudiram, assoviaram, gritaram e pularam de seus assentos quase que ao mesmo tempo. Julian parecia envergonhado e tímido, e, depois de uma reverência quase imperceptível, voltou para seu banco no bar.

— Caramba, ele é bom — sussurrou uma moça para seu namorado na mesa atrás deles, os olhos fixos no pianista.

— Bis! — gritou uma mulher bonita de mãos dadas com o marido, que assentiu e ecoou o grito dela.

Em segundos a ovação havia dobrado de volume e o bar inteiro estava exigindo uma segunda música.

A bartender agarrou a mão de Julian e o puxou de volta na direção do microfone.

— Incrível, não foi, galera? — berrou ela, cheia de orgulho de sua nova descoberta. — O que acham de a gente convencer o Julian aqui a tocar mais uma para nós?

Brooke virou-se para Nola, sentindo-se mais entusiasmada do que havia se sentido em séculos.

— Acha que ele vai tocar outra coisa? Algum dia você acreditaria que um zé-ninguém sentado em um bar qualquer... numa noite de domingo qualquer, o cara que está aqui para ouvir *outra* pessoa tocar... pudesse cantar assim?

Nola sorriu para ela e se inclinou para a frente a fim de se fazer ouvir acima da multidão:

— Ele é muito talentoso. Pena que tenha essa aparência.

Brooke sentiu como se tivesse sido pessoalmente insultada.

— Que aparência? Eu gosto desse estilo desalinhado dele. E, com uma voz assim, acho que vai ser um astro algum dia.

— Sem chance. Ele é talentoso, mas milhares de outras pessoas também são mais extrovertidas e muito mais bonitas.

— Ele é gatinho — falou Brooke, meio indignada.

— Ele é gatinho para um show no East Village. Não gatinho tipo astro internacional de rock.

Antes que Brooke pudesse pular em defesa de Julian, ele voltou ao banco e recomeçou a tocar. Desta vez era "Let's get it on", e mais uma vez, de alguma forma, ele conseguiu cantar ainda melhor do que Marvin Gaye — uma voz mais grave, mais sexy, o ritmo um pouquinho mais lento e uma expressão de concentração profunda no rosto. Brooke ficou tão absorta pela experiência que mal notou que seus amigos haviam voltado à conversa enquanto a prometida cerveja grátis chegava à mesa. Eles se serviram e beberam e se serviram mais um pouco, mas Brooke não conseguia tirar os olhos do cara bagunçado ao piano. Quando ele saiu do bar, vinte minutos depois, abrindo um sorrisinho e acenando com a cabeça para a plateia admirada, Brooke pensou seriamente em segui-lo. Ela nunca havia feito nada assim na vida, mas parecia o certo a fazer.

— Devo ir até ele e me apresentar? — perguntou ela aos amigos, inclinando-se o bastante sobre a mesa para interromper a conversa.

— Ele quem? — perguntou Nola.

— O Julian!

Isso era exasperante. Será que ninguém mais percebia que ele já havia saído e logo iria desaparecer para sempre?

— Julian, o pianista? — perguntou Benny.

Nola revirou os olhos e tomou um gole de cerveja.

— O que você vai fazer? Ir atrás do cara e dizer que pode ignorar o fato de ele ser um sem-teto em potencial se fizer um amorzinho gostoso com você em cima do piano?

Benny começou a cantar:

— Bem, são 21 horas de um sábado para domingo, a turma de sempre vai entrando...

— Há um homem esculachado sentado ao meu lado, fazendo amor com a nossa amiga Brooke — Nola continuou, rindo.

Eles brindaram com as canecas de cerveja.

— Vocês dois são hilários — Brooke falou enquanto se levantava.

— Nem vem! Você não vai segui-lo, vai? Benny, vá com ela. O pianista pode ser um serial killer — disse Nola.

— Não vou segui-lo — falou Brooke.

Mas ela caminhou para o bar e, depois de enfiar as unhas nas palmas das mãos e mudar de ideia cinco vezes, finalmente tomou coragem para perguntar à bartender se ela sabia alguma coisa a respeito do músico misterioso.

A mulher não ergueu os olhos da leva de mojitos que estava preparando.

— Eu já o vi aqui antes algumas vezes, normalmente quando tem uma banda de blues ou rock clássico tocando, mas ele nunca fala com ninguém. Está sempre sozinho, se é isso que você está querendo saber...

— Não, não, eu, humm... Não, não é nada disso. Só estou curiosa — gaguejou ela, sentindo-se uma idiota.

Brooke já havia se virado para voltar para a mesa quando a bartender gritou:

— Ele me disse que toca sempre em um bar no Upper East Side, num lugar chamado Trick's ou Rick's, alguma coisa assim. Às terças. Espero que isso ajude.

Brooke podia contar nos dedos quantas vezes fora a shows. Ela nunca havia investigado e seguido um cara estranho. E, com a exceção de 10 ou 15 minutos esperando que amigos ou namorados chegassem, não passava muito tempo sozinha em bares. Ainda assim, nada disso a impediu de dar meia dúzia de telefonemas para descobrir o lugar certo e, após mais três semanas tomando coragem, pegar o metrô numa noite escaldante de terça-feira em julho e entrar pela porta da frente do Nick's Bar & Lounge.

Depois que sentou, encontrando um dos últimos lugares vazios no canto bem no fundo, ela soube que tinha valido a pena. O bar era igual a centenas de outros que havia pela Second Avenue, um ao lado do outro, mas as pessoas eram de uma mistura surpreendente. Em vez da multidão usual de universitários recém-formados do Upper East Side, que gostam de beber cerveja depois de afrouxar suas gravatas novinhas da Brooks Brothers, o grupo daquela noite parecia quase uma mistura estranha de estudantes da New York Univesity que haviam se deslocado até ali, casais de 30 e poucos anos tomando martínis de mãos dadas e hordas de jovens moderninhos usando All Star que nunca eram vistos naquela quantidade fora do East Village ou do Brooklyn. Logo, o Nick's estava lotado além da capacidade, todos os lugares tomados e provavelmente mais cinquenta ou sessenta pessoas de pé atrás das mesas, todas ali por um motivo. Brooke ficou chocada ao perceber que a emoção que sentira ao ouvir Julian tocar, um mês antes, no Rue B's, não era exclusividade sua. Dezenas de pessoas já o conheciam e estavam dispostas a vir de todas as partes da cidade para vê-lo tocar.

Quando Julian finalmente assumiu seu lugar ao piano e começou a passar o som, a multidão vibrava de antecipação. No momento em que a música começou, o aposento pareceu entrar no ritmo, algumas pessoas balançando bem de levinho, outras de olhos fechados, todas com os corpos inclinados na direção do palco. Brooke, que nunca entendera o que queria dizer se deixar levar pela música, sentiu o corpo inteiro relaxar. Fosse pelo vinho tinto ou pela música sexy ou pela sensação completamente nova de estar em meio a completos estranhos, Brooke estava viciada.

Ela foi ao Nick's toda terça-feira até o fim do verão. Nunca convidava ninguém para acompanhá-la; quando as amigas com quem ela dividia apartamento a pressionaram para saber aonde ela ia toda semana, Brooke inventou uma história muito verossímil sobre um clube do livro com amigos de faculdade. Só por estar lá, vê-lo e ouvir sua música ela começou a sentir como se o conhecesse. Até aquele momento, música havia sido para ela uma nota de pé de página, nada além de uma distração na esteira da academia, um ritmo divertido para dançar em uma festa, uma forma de passar o tempo em viagens longas. Mas aquilo? Aquilo era incrível. Sem avisar, a música de Julian podia afetar seu humor e fazê-la mudar de ideia e sentir coisas que estavam completamente fora do universo de sua rotina.

Até aquelas noites solitárias no Nick's, suas semanas pareciam todas iguais: primeiro o trabalho, aí o raríssimo happy hour com o mesmo grupo de amigos de faculdade e as mesmas colegas de quarto barulhentas. Ela estava razoavelmente feliz, mas às vezes aquilo parecia sufocante. Agora Julian era todo seu, e o fato de nunca terem trocado nem mesmo um olhar não a incomodava nem um pouco. Ela estava plenamente satisfeita só em vê-lo. Ele passeava pela plateia — um pouco relutante, na opinião dela — depois de cada apresentação, apertando mãos e aceitando com modéstia os elogios que todos derramavam sobre ele, mas Brooke não pensou nenhuma vez em se aproximar.

Foi duas semanas após o 11 de Setembro de 2001 que Nola a convenceu ir em um encontro às escuras com um cara que ela conhecera num evento de trabalho. Todas as suas amigas ou haviam saído de Nova York para visitar a família ou reatado relacionamentos com os ex, e a cidade ainda estava impregnada de uma fumaça acre e uma dor avassaladora. Nola estava enrolada com algum cara novo e passava quase todas as noites no apartamento dele. Brooke estava se sentindo deslocada e solitária.

— Um encontro às escuras? Sério? — perguntou Brooke, mal tirando os olhos do computador.

— Ele é um fofo — disse Nola numa noite quando estavam sentadas lado a lado no sofá assistindo ao *Saturday Night Live*. — Não vai ser seu futuro marido, mas ele é superlegal, razoavelmente bonito e vai levá-la a algum lugar bacana. Se você parar de ser uma chata frígida, ele pode até ficar com você.

— Nola!

— Só estou dizendo. Você está precisando, sabe. E, já que tocamos nesse assunto, um bom banho e uma manicure também não tiram pedaço.

Brooke esticou as mãos e percebeu, pela primeira vez, as unhas roídas e as cutículas enormes. Pareciam realmente nojentas.

— Quem ele é, um dos seus rejeitados? — perguntou Brooke.

Nola fungou.

— É isso! Você já ficou com ele e agora o está tentando passá-lo adiante. Isso é horrível, Nol. E, devo dizer, estou surpresa. Nem *você* costuma ser tão má.

— Me poupe — disse Nola, revirando os olhos dramaticamente. — Eu o conheci faz algumas semanas, em uma arrecadação de fundos do trabalho. Ele estava lá com um colega de trabalho meu.

— Então você ficou *mesmo* com ele.

— Não! Eu posso ter ficado com o meu colega de trabalho...

Brooke gemeu e cobriu os olhos.

— ...mas isso não é importante. Eu lembro que o amigo dele era bonitinho e solteiro. Estuda medicina, eu acho, mas, sinceramente, você não está em condições de ser preconceituosa com essas coisas. Desde que ele esteja respirando...

— Valeu, amiga.

— Então, você vai?

Brooke agarrou o controle remoto.

— Se fizer você calar a boca agora mesmo, vou pensar no assunto.

Quatro dias depois, Brooke se viu sentada num café italiano ao ar livre na MacDougal Street. Trent era, como Nola prometera, um cara muito gentil. Razoavelmente bonito, extremamente educado, bem-vestido e chato à beça. A conversa deles era mais insossa do que o linguíni com tomate e manjericão que ele pediu para os dois, e a seriedade dele a deixou com um desejo louco de enfiar um garfo bem no meio dos seus olhos. Ainda assim, por um motivo que ela não entendeu, quando ele sugeriu que fossem a um bar próximo, ela concordou.

— Sério? — perguntou ele, parecendo tão surpreso quanto ela própria.

— É, por que não?

E realmente, ela pensou, por que não? Ela não tinha mesmo nenhum pretendente, nem a perspectiva de assistir a um filme com Nola mais tarde naquela noite. No dia seguinte ela teria que começar um trabalho de 15 páginas para entregar em duas semanas. Além disso, seus planos mais emocionantes eram lavar roupa, ir à academia e cumprir seu turno de quatro horas na cafeteria. Por que voltar correndo para casa?

— Ótimo, eu sei exatamente aonde ir.

Trent insistiu gentilmente em pagar a conta e, finalmente, os dois partiram.

Haviam caminhado apenas dois quarteirões quando Trent atravessou na frente dela e abriu a porta de um bar da NYU notoriamente turbulento. Aquele era talvez o último lugar no centro de Manhattan ao qual alguém levaria uma garota que não estivesse planejando drogar, mas Brooke gostou do fato de o lugar ser barulhento, pois assim evitaria qualquer conversa de verdade. Ela tomaria uma cerveja, talvez duas, ouviria algumas músicas boas dos anos 1980 no jukebox e estaria embaixo das cobertas até meia-noite — sozinha.

Levou alguns segundos para que seus olhos se adaptassem, apesar de ela reconhecer imediatamente a voz de Julian. Quando ajustou o foco no palco principal, mal pôde acreditar: ele estava sentado ao piano em sua pose familiar, dedos voando e boca pressionada contra o microfone, cantando a música de que ela mais gostava: *A mulher se senta sozinha em um quarto/ Sozinha em uma casa como uma tumba em silêncio/ O homem conta cada joia em sua coroa/ O que não pode ser salvo é medido em quilos.* Ela não sabia quanto tempo ficou plantada ali na porta, absorvida completa e instantaneamente pelo show, mas foi tempo suficiente para Trent comentar:

— Ele é muito bom, não é? Venha, estou vendo uns lugares vagos ali.

Ele a pegou pelo braço e Brooke se permitiu ser puxada através da multidão. Acomodou-se na cadeira para a qual Trent apontou e assim que colocou a bolsa na mesa a música terminou; Julian anunciou que ia fazer uma pausa. Brooke tinha uma vaga noção de que Trent estava falando com ela, mas com o barulho do bar e a atenção vigilante ao paradeiro de Julian, ela não ouvia o que ele estava dizendo.

Aconteceu tão rápido que ela mal conseguiu processar. Num segundo Julian estava soltando a gaita da estante em cima do piano e no instante seguinte estava de pé na frente da mesa dela, sorrindo. Como sempre, ele usava uma camiseta branca lisa e uma calça jeans com um gorro de tricô, cor de beringela desta vez. Havia um leve brilho de suor em seu rosto e nos braços.

— Ei, cara, que bom que você pôde vir — disse Julian, batendo no ombro de Trent.

— É. Parece que perdemos o primeiro set. — Alguém havia acabado de abandonar uma cadeira na mesa ao lado e Trent a puxou para Julian. — Senta aí.

Julian hesitou, olhou para Brooke com um sorrisinho e se sentou.

— Julian Alter — disse, estendendo a mão.

Brooke estava prestes a responder quando Trent a interrompeu:

— Meu Deus, como eu sou idiota! Quem foi que me educou, hein? Julian, esta é... minha, hum, esta é a Brooke. Brooke...

— Greene — completou ela, feliz por Trent demonstrar na frente de Julian quão pouco se conheciam.

Ela e Julian apertaram as mãos, o que não combinava muito com um bar universitário lotado, mas Brooke só sentiu a empolgação. Ela o examinou com mais atenção enquanto ele e Trent trocavam piadas sobre alguém que os dois conheciam. Julian era provavelmente apenas alguns anos mais velho do que ela, mas algo o fazia parecer mais sábio, *experiente*, apesar de Brooke não conseguir determinar exatamente o quê. Seu nariz era proeminente demais; seu queixo, pouco marcante; e sua pele pálida ficava ainda mais evidente agora, no finalzinho do verão, quando todo mundo tivera uma estação inteira de vitamina D. Seus olhos, apesar de verdes, eram comuns, até mesmo opacos, com linhas finas que se enrugavam em torno quando ele sorria. Se ela não o tivesse ouvido tocar tantas vezes, se não o tivesse visto jogar a cabeça para trás e cantar com uma voz tão rica e cheia de significado — se tivesse acabado de dar de cara com ele assim, usando aquele gorro de tricô e segurando uma cerveja em um bar anônimo e barulhento —, ela nunca o teria olhado duas vezes, nem pensado que ele era minimamente atraente. Mas aquela noite, ela mal conseguia respirar.

Os dois amigos conversaram por alguns minutos, enquanto Brooke, recostada, observava. Foi Julian, não Trent, quem percebeu que ela não tinha uma bebida.

— Posso pedir uma cerveja para vocês? — perguntou ele, olhando em volta à procura de uma garçonete.

Trent se levantou imediatamente.

— Eu pego. Acabamos de chegar e ninguém veio até a mesa ainda. Brooke, o que você quer?

Ela murmurou o nome da primeira cerveja que lhe veio à cabeça e Julian ergueu o que parecia ser um copo d'água vazio.

— Pode me trazer um Sprite?

Brooke sentiu uma pontada de pânico quando Trent saiu. Sobre o que eles iam conversar? Qualquer coisa, ela lembrou a si mesma, qualquer coisa menos o fato de eu tê-lo seguido pela cidade toda.

Julian virou-se para ela e sorriu.

— O Trent é um cara legal, não é?

Brooke deu de ombros.

— É, ele parece legal. Nós nos conhecemos esta noite. Eu mal sei alguma coisa sobre ele.

— Ah, o sempre divertido encontro às escuras. Acha que vai sair com ele de novo?

— Não — respondeu Brooke, sem a menor emoção.

Ela estava em choque; mal sabia o que dizia.

Julian riu e Brooke riu com ele.

— Por que não? — perguntou ele.

Ela deu de ombros.

— Nenhum motivo em particular. Ele parece ser bastante agradável. Só meio chato.

Ela não tivera a intenção de dizer isso, mas não conseguia pensar direito.

O rosto de Julian se abriu em um sorriso enorme, tão brilhante e faiscante que Brooke esqueceu de se sentir envergonhada.

— É o meu primo que você está chamando de chato. — Ele riu.

— Ai meu Deus, eu não quis dizer isso. Ele parece ser realmente, hum, ótimo. É só... — Quanto mais ela gaguejava, mais ele parecia se divertir.

— Ah, por favor — ele a interrompeu, colocando a mão larga e quente em seu braço. — Você tem toda a razão. Ele é mesmo um cara ótimo; sinceramente, não existe pessoa mais gentil. Mas ninguém nunca o descreveu como a alma da festa.

Houve um momento de silêncio, durante o qual Brooke vasculhava o cérebro atrás de algo adequado para dizer. Não importava muito o que fosse, desde que ela conseguisse manter em segredo sua condição de fã.

— Eu já o vi tocar antes — anunciou ela, antes de botar a mão por cima da boca em um reflexo.

Ele a olhou.

— Ah é? Onde?

— Toda terça à noite no Nick's.

Qualquer chance de não parecer completamente fanática havia acabado ali.

— Sério? — Ele parecia confuso, mas feliz.

Ela assentiu.

— Por quê?

Por um breve momento Brooke pensou em mentir, em dizer que sua melhor amiga morava lá perto ou que ela ia toda semana com um grupo a um happy hour, mas, por algum motivo que nem ela entendeu muito bem, foi totalmente sincera:

— Eu estava no Rue B's naquela noite em que o show do quarteto de jazz foi cancelado e você improvisou aquela apresentação. Achei você, hum, achei o show sensacional, então perguntei seu nome para a bartender e descobri que você se apresentava toda terça. Agora tento ir sempre que posso. — Brooke se forçou a erguer os olhos, convencida de que Julian a estaria olhando com horror e talvez até medo, mas a expressão dele não revelava nada e seu silêncio só a deixou mais determinada a preenchê-lo.

— Por isso foi tão estranho quando o Trent me trouxe aqui esta noite... Uma coincidência tão esquisita...

Ela deixou suas palavras sumirem constrangidas e se encheu instantaneamente de arrependimento por tudo o que havia acabado de revelar.

Quando reuniu coragem para olhar nos olhos dele de novo, Julian estava balançando a cabeça.

— Você deve estar apavorado — falou ela, com uma risada nervosa. — Prometo que nunca vou aparecer na sua casa ou no seu emprego. Quer dizer, não que eu saiba onde fica a sua casa ou até se você tem um emprego. É claro, tenho certeza de que a música é o seu trabalho de verdade, como deveria ser e...

A mão dele estava novamente pousada no braço dela; Julian a olhou nos olhos.

— Eu vejo você lá toda semana — disse ele.

— Hein?

Ele assentiu e sorriu de novo, desta vez balançando a cabeça como se quisesse dizer *Não acredito que estou admitindo isso.*

— É. Você sempre senta no canto, lá no fundo, perto da mesa de sinuca, e vai sempre sozinha. Na semana passada estava usando um vestido azul com flores brancas ou alguma outra coisa bordada e estava lendo uma revista, que largou assim que eu subi no palco.

Brooke se lembrava do vestido de verão, um presente de sua mãe para usar no brunch de formatura. Apenas quatro meses antes ele parecera muito elegante; mas agora usá-lo na cidade a fazia se sentir uma menina, e das pouco sofisticadas. O azul fazia seu cabelo ruivo parecer ainda mais vermelho, o que era bom, mas não fazia nada por seus quadris ou suas pernas. Ela estava tão concentrada em tentar se lembrar da própria aparência naquela noite que não havia notado Trent voltando para a mesa; só se deu conta de sua presença quando ele empurrou uma garrafa de Bud Light na direção dela.

— O que eu perdi? — perguntou ele, escorregando para seu assento. — Está lotado hoje, hein, Julian. Cara, você sabe como encher a casa.

Julian bateu seu copo na garrafa de Trent e deu um longo gole.

— Valeu, cara. Eu volto depois do show.

Ele acenou para Brooke com o que ela jurou (e rezou) que fosse um olhar de cumplicidade e se afastou na direção do palco.

Naquele momento ela não sabia que Julian pediria permissão a Trent para ligar para ela ou que a primeira conversa deles por telefone a faria se sentir como se estivesse flutuando, nem que o primeiro encontro seria uma noite crucial em sua vida. Ela nunca teria previsto que eles iriam para a cama menos de três semanas depois, num ritmo de maratona que ela desejou nunca acabar ou que economizariam por quase dois anos para atravessar o país de carro, nem que ficariam noivos durante um show num lugarzinho meio pé-sujo no West Village com uma aliança simples de ouro que ele comprara com o próprio dinheiro, ou que se casariam na linda casa à beira-mar dos pais dele nos Hamptons — porque, sério, o que eles estavam tentando provar recusando um lugar daqueles? Só o que ela sabia com certeza naquela noite era que queria desesperadamente vê-lo de novo, que estaria no Nick's dentro de duas noites fizesse chuva ou sol e que, por mais que tentasse, não conseguia parar de sorrir.

2

eles que são brancos que se entendam

Chegando ao corredor que dava acesso à ala de obstetrícia do NYU Langone Medical Center, Brooke puxou a cortina que isolava o setor. Oito casos resolvidos, três em aberto. Ela vasculhou as fichas restantes: uma adolescente grávida, uma mulher com diabetes gestacional e uma mãe de primeira viagem com dificuldades para amamentar gêmeos recém-nascidos. Olhou seu relógio e fez alguns cálculos: se tudo corresse bem como ela previa, poderia até sair num horário razoável.

— Sra. Alter? — chamou uma paciente sua de trás da cortina.

Brooke voltou.

— Sim, Alisha?

Ela puxou seu jaleco branco, apertando-o em volta do peito, e ficou se perguntando como aquela mulher não estava tremendo de frio naquele avental de hospital mais fino que papel.

Alisha retorceu as mãos e, olhando para o próprio colo envolto no lençol, disse:

— Lembra que a senhora disse que tomar as vitaminas pré-natais era muito importante? Tipo, mesmo que eu não estivesse tomando desde o começo da gravidez?

Brooke assentiu.

— Sei que é difícil ver o lado positivo de uma gripe severa — disse ela, dirigindo-se para perto da cama da jovem —, mas pelo menos isso trouxe você aqui e você vai ter a chance de começar a tomar as vitaminas. Vamos poder também traçar um plano para o restante da sua gravidez.

— Então, é que... Tem hum, algum tipo de amostra grátis que a senhora possa me dar? — disse Alisha, evitando olhar Brooke nos olhos.

— Ah, acho que isso não vai ser problema — respondeu Brooke, sorrindo, para alívio de sua paciente, mas irritada consigo mesma por não ter perguntado se Alisha podia ou não pagar pelo acompanhamento pré-natal. — Vejamos, você tem mais 16 semanas de gravidez... Vou deixar a quantidade certa na enfermaria, está bem?

Alisha pareceu aliviada.

— Obrigada — ela falou baixinho.

Brooke apertou afetuosamente o braço da menina e passou novamente pela cortina. Depois de pegar as vitaminas de Alisha, ela deu uma corridinha até a lúgubre sala de descanso dos nutricionistas, no quinto andar, um cubículo sem janelas com uma mesa de fórmica de quatro lugares, um frigobar e uma pequena parede de armários. Se corresse, poderia engolir um lanche rápido e uma xícara de café e ainda conseguir chegar ao seu compromisso seguinte na hora. Aliviada por encontrar a sala vazia e a jarra de café cheia, Brooke pegou do seu armário um potinho de plástico com fatias de maçã pré-cortadas e começou a lambuzá-las com toneladas de manteiga de amendoim sem aditivos químicos. No exato momento em que ela estava de boca cheia, o celular tocou.

— Está tudo bem? — perguntou ela, sem nem dizer alô. As palavras saíram abafadas por causa da comida.

Sua mãe fez uma pausa.

— É claro, querida. Por que não estaria?

— Porque, mãe, aqui tem muita coisa para fazer e você sabe que eu odeio falar ao telefone no trabalho.

O interfone acima da cabeça dela abafou a segunda metade de sua frase.

— O que foi isso, filha? Não consegui te ouvir.

Brooke suspirou.

— Nada, deixa pra lá. E aí?

Ela imaginou a mãe nas calças cáqui de sempre e com suas sapatilhas Naturalizer, que usara a vida inteira, andando de um lado para o outro na cozinha minúscula de seu apartamento na Filadélfia. Apesar de ocupar seus dias com um fluxo interminável de clubes do livro, grupos de teatro e trabalho voluntário, ela ainda parecia ter muito tempo livre, a maior parte do qual era preenchida ligando para os filhos e perguntando por que eles não ligavam de volta. Ainda que fosse ótimo sua mãe estar aproveitando a aposentadoria, ela era muito mais desapegada de Brooke quando dava aulas das 7 às 13 horas todos os dias.

— Espere só um minuto... — a voz de sua mãe sumiu e foi momentaneamente substituída pela da Oprah, que parou de falar abruptamente. — Pronto.

— Uau, você desligou a *Oprah*. Deve ser importante.

— Ela está entrevistando a Jennifer Aniston de novo. Não aguento mais ouvir isso. Ela já esqueceu o Brad. Está feliz por ter 40 e poucos anos. Nunca esteve melhor. Já entendemos. Por que temos que continuar falando sobre isso?

Brooke riu.

— Olha, mãe, podemos conversar mais tarde? Só tenho mais 15 minutos de intervalo.

— Ah, claro, querida. Me lembre de lhe contar sobre o seu irmão.

— O que há de errado com o Randy?

— Não há nada errado com o Randy. Pelo contrário: finalmente alguma coisa deu certo. Mas eu sei que você está ocupada agora, então a gente conversa mais tarde.

— Mãe...

— Foi falta de consideração minha ligar para você no meio do seu intervalo. Eu nem...

Brooke suspirou alto e sorriu para si mesma.

— Você quer que eu implore?

— Meu amor, se não é um bom momento, não é um bom momento. Vamos conversar quando você tiver mais tempo.

— Está bem, mamãe, eu estou implorando para que você me conte sobre o Randy. Literalmente suplicando. Por favor, me conte o que está acontecendo com ele. Por favor.

— Bem, já que você insiste... tudo bem, eu conto. Randy e Michelle estão grávidos. Pronto, você me forçou a contar.

— Eles estão *o quê*?

— Grávidos, querida. Vão ter um bebê. Ela ainda está bem no começo, só sete semanas, eu acho, mas o médico disse que está tudo bem. Não é maravilhoso?

Brooke ouviu a televisão ser ligada de novo ao fundo, o volume mais baixo desta vez, mas ainda podia ouvir a risada inconfundível da Oprah.

— Maravilhoso? — perguntou Brooke, largando a faca de plástico. — Não sei se essa é a palavra que eu usaria. Eles só estão namorando há seis meses. Não são casados. Não estão nem *morando* juntos.

— Desde quando você é tão conservadora, minha querida? — perguntou a Sra. Greene, estalando a língua. — Se você me dissesse que minha filha instruída, urbana, de 30 anos seria tão tradicional, eu nunca teria acreditado.

— Mamãe, não sei se é exatamente "tradicional" esperar que as pessoas tentem limitar a produção de bebês às relações sólidas.

— Ah, Brooke, relaxe um pouco. Nem todo mundo pode, ou deve, se casar aos 25 anos. Você realmente acha que a essa altura alguém realmente se importa com um documentozinho? Todos deveríamos saber muito bem que não significa praticamente nada.

A mente de Brooke rodou por vários pensamentos: o divórcio de seus pais quase dez anos antes, quando seu pai trocara a mãe dela pela enfermeira da escola onde ambos davam aula; a forma como sua mãe a fizera se sentar, depois que ela ficou noiva de Julian, para dizer que as mulheres podiam ser perfeitamente felizes hoje em dia sem serem casadas; o desejo ardente de sua mãe de que Brooke só começasse uma família depois que sua carreira estivesse estabelecida. Era interessante ver que

Randy, aparentemente, operava sob um conjunto bem diferente de normas.

— Sabe o que eu acho mais divertido? — perguntou a mãe dela, sem perder um segundo. — A ideia de que talvez, só talvez, seu pai e Cynthia também tenham um filho. Você sabe, considerando a idade dela. Aí você teria um irmão *e* um pai grávidos. Sério, Brooke, quantas pessoas podem dizer isso?

— Mamãe...

— Sério, querida, você não acha irônico que... Bem, não sei se "irônico" é a palavra certa, mas é muita coincidência... que a mulher do seu pai seja um ano mais nova do que a Michelle?

— Mamãe! Por favor, pare. Você sabe que o papai e a Cynthia não vão ter nenhum filho. Ele vai fazer 65 anos, pelo amor de Deus, e ela nem quer... — Brooke parou, sorriu para si mesma e balançou a cabeça. — Sabe, talvez você tenha razão: talvez o papai e a Cynthia se empolguem com a ideia. Aí o Randy e o papai vão ficar mais próximos de tanto conversarem sobre horários de alimentação e de soneca do bebê. Que fofo.

Ela ficou esperando, e não se decepcionou.

Sua mãe fungou.

— Até parece. O mais perto que aquele homem chegou de uma fralda quando vocês dois eram bebês foi assistir a um comercial da Pampers. Homens não trocam fraldas, Brooke. Seu pai não vai se aproximar daquela criança até ela ter idade suficiente para expressar uma opinião política. Mas acho que para o seu irmão há esperanças.

— É, bem, vamos torcer para que sim. Vou ligar para ele hoje à noite para dar os parabéns, mas tenho que...

— Não! — a Sra. Greene guinchou. — Nós nunca tivemos essa conversa. Eu prometi que não contaria a você, então finja surpresa quando ele te ligar.

Brooke suspirou e sorriu.

— Quanta lealdade, mamãe. Isso quer dizer que você conta tudo para o Randy quando eu a faço jurar segredo?

— É claro que não. Eu só conto a ele quando é interessante.

— Valeu, mãe.

— Eu te amo, querida. E, lembre-se, não conte isso a ninguém.

— Eu juro. Você tem a minha palavra.

Brooke desligou e olhou para o relógio. Cinco minutos para as 17h. Quatro minutos para a consulta seguinte. Sabia que não deveria ligar naquela hora, mas simplesmente não podia esperar.

No momento em que discou, ela lembrou que Randy devia estar na escola depois das aulas, para treinar o time de futebol dos meninos, mas ele atendeu o celular no primeiro toque:

— Ei, Brookie. O que você conta de novo?

— O que *eu* conto de novo? Nada. O que *você* conta de novo é uma pergunta muito mais adequada.

— Deus do céu. Eu contei a ela há uns oito minutos e ela *jurou* que deixaria que eu contasse a você.

— É, bem, eu jurei que não contaria a você que ela me contou, então tanto faz. Parabéns, irmãozão!

— Valeu. Nós dois estamos muito felizes. Um pouco apavorados... Aconteceu muito mais rápido do que esperávamos; mas estamos felizes.

Brooke sentiu seu fôlego travar.

— Como assim "mais rápido"? Vocês *planejaram* isso?

Randy riu. Ela o ouviu dizer "Me dê um minuto" para alguém ao fundo, um aluno, provavelmente, e então ele voltou ao telefone:

— É, ela parou de tomar pílula no mês passado. O médico falou que levaria pelo menos alguns meses até o ciclo menstrual se regularizar e nós podermos saber se a gravidez era uma possibilidade, por causa da idade dela. A gente simplesmente não imaginou que fosse acontecer de imediato...

Era surreal ouvir seu irmão mais velho — um solteiro convicto que decorara sua casa com velhos troféus de futebol americano e dedicara mais metros quadrados à mesa de bilhar do que à cozinha — falar sobre menstruação regular, pílulas anticoncepcionais e opiniões médicas. Ainda mais quando todas as apostas eram de que Brooke e Julian seriam os candidatos mais prováveis a fazer o grande anúncio...

— Uau. O que mais eu posso dizer? Uau. — Isso era realmente tudo o que ela podia dizer; estava com medo de que Randy percebesse a respiração suspensa na voz dela e interpretasse errado.

Ela estava tão feliz por Randy que sentia um nó na garganta. Claro, ele conseguia cuidar bem de si mesmo e sempre parecera bastante feliz, mas Brooke se preocupava por ele ser tão sozinho. Randy morava em um bairro residencial, cercado de famílias, e todos os seus velhos amigos de faculdade já tinham filhos havia muito tempo. Ela e Randy não eram próximos o suficiente para conversarem sobre isso, mas ela sempre se perguntava se ele não queria também uma família ou se estava feliz com sua vida de solteiro. Agora, percebendo a felicidade do irmão ao telefone, Brooke via a confirmação do quanto ele devia ter ansiado por isso; ela achou que iria chorar.

— É, é bem legal. Já me imaginou ensinando ao moleque como fazer um gol? Vou comprar uma bola de futebol americano tamanho infantil para ele assim que nascer, e, quando as mãozinhas dele crescerem, vai estar pronto para ganhar uma bola de verdade.

Brooke riu.

— Então você obviamente não levou em consideração a possibilidade de ter uma menina, não é?

— Tem três professoras grávidas na escola e todas as três vão ter meninos — disse ele.

— Interessante. Mas você sabe que, apesar de vocês todos partilharem o mesmo ambiente de trabalho, o seu filho e os filhos delas não são obrigados por lei ou pela física a terem o mesmo sexo?

— Não tenho certeza sobre isso...

Ela riu de novo.

— Então vocês vão querer saber o sexo? Ou é cedo demais para fazer essa pergunta? Não sei bem como essas coisas funcionam.

— Bem, tendo em vista que eu sei que vamos ter um menino, não acho realmente relevante, mas a Michelle quer que seja surpresa. Então nós vamos esperar.

— Ah, isso é divertido. Para quando é?

— Vinte e cinco de outubro. Um bebê do Dia das Bruxas. Acho que isso dá sorte.

— Também acho. Estou marcando no calendário agora mesmo. Dia 25 de outubro: virar titia.

— Ei, Brookie, e vocês? Seria muito bom ter sobrinhos com uma idade próxima. Alguma chance de isso acontecer?

Ela sabia que era difícil para Randy fazer uma pergunta tão pessoal, então tomou cuidado para não pular no pescoço do irmão e estrangulá-lo, mas ele havia tocado num ponto delicado. Quando ela e Julian se casaram, aos 25 e 27 anos respectivamente, ela sempre achara que teriam um filho por volta de 30 anos. Mas lá estavam eles: já haviam passado dessa idade e nem sequer tinham começado a tentar. Ela tocara no assunto com Julian algumas vezes, casualmente, para nenhum dos dois se sentir pressionado, mas ele fora tão casual quanto ela em sua resposta. Disse que seria ótimo ter um filho "algum dia", mas que por enquanto eles estavam fazendo a coisa certa se dedicando a suas carreiras. Então, apesar de querer sim um bebê — na verdade, apesar de querer obsessivamente, ainda mais agora com a notícia de Randy —, ela adotou a frase feita de Julian:

— Ah, algum dia, claro — disse, tentando parecer casual, exatamente o oposto de como se sentia. — Mas agora não é o momento. Estamos focados no trabalho, sabe?

— Claro — falou Randy, e Brooke ficou imaginando se ele deduzia a verdade. — Têm mesmo que fazer o que é o melhor para vocês.

— É, então... Escuta, desculpa ter que desligar, mas meu intervalo acabou e estou atrasada para uma consulta.

— Sem problema, Brookie. Obrigado por ligar. E por ficar entusiasmada.

— Está brincando? Eu que agradeço pela notícia incrível. Ganhei o dia, o mês. Parabéns mais uma vez, Randy. Estou *tão* feliz por vocês! Eu ligo hoje à noite para dar os parabéns à Michelle, está bem?

Eles desligaram e Brooke se pôs a voltar ao quinto andar. Incrédula, ela não conseguia parar de balançar a cabeça enquanto andava. Devia estar parecendo uma louca, mas isso dificilmente chamaria atenção no hospital. Randy. Pai!

Brooke queria ligar para Julian e lhe contar a novidade, só que ele parecia muito estressado mais cedo e realmente não havia tempo antes da consulta seguinte dela. Com um dos nutricionistas de férias e uma inexplicável afluência de partos naquela manhã — quase o dobro da quantidade normal —, seu dia parecia estar passando na velocidade da luz. Era bom: quanto mais ela se mexesse, menos tempo teria para cair na exaustão. Além disso, era entusiasmante e desafiador quando tinham um movimento assim tão grande, e, apesar de reclamar para Julian e para sua mãe, ela secretamente adorava: tantos pacientes diferentes com todos os estilos de vida possíveis, cada um estava no hospital por diferentes razões, mas ainda assim precisando que alguém ajustasse uma dieta para sua condição específica.

A cafeína bateu exatamente como planejado, e Brooke atacou suas três últimas consultas rápida e eficientemente. Ela havia acabado de trocar o uniforme por uma calça jeans e um suéter quando uma de suas colegas de trabalho, Rebecca, anunciou que a chefe queria vê-la.

— Agora? — perguntou Brooke, vendo sua noite começar a degringolar.

Terças e quintas eram sagradas: eram os únicos dias da semana em que ela não precisava sair do hospital e atravessar a cidade até seu segundo emprego, como nutricionista autônoma na Huntley Academy, uma das mais tradicionais escolas particulares só para meninas do Upper East Side. Os pais de uma ex-aluna da Huntley, uma jovem que morrera aos 20 e poucos anos em decorrência de uma anorexia grave, haviam criado um fundo para um programa experimental no qual uma nutricionista estaria disponível no local durante vinte horas por semana para aconselhar as meninas sobre alimentação saudável e consciência de imagem corporal. Brooke era a segunda pessoa a fazer parte da equipe do programa, razoavelmente recente, e, apesar de a princípio ter aceitado o cargo apenas como forma de complementar a renda, acabara se apegando às meninas. Claro, a raiva, a falta de jeito, a obsessão interminável por comida às vezes a exauriam, mas ela sempre tentava se lembrar de que aquelas jovens não tinham como saber disso. Além do mais, o emprego tinha o bônus de lhe dar experiência no trabalho com adolescentes, algo que ela não tinha antes.

Então terças e quintas ela trabalhava apenas no hospital, das 9 às 18 horas. Nos outros três dias da semana seu horário começava mais cedo para acomodar seu segundo emprego: ela trabalhava na NYU das 7 às 15 horas; depois, pegava dois metrôs e um ônibus para chegar à Huntley, onde se reunia com as alunas — e às vezes com seus pais — até quase 19 horas. Por mais cedo que ela se forçasse a ir para a cama e por mais café que bebesse, sentia-se perpetuamente exausta ao acordar. O estilo de vida de emprego duplo era extremamente fatigante, mas Brooke calculava que precisava de apenas mais um ano para ter a qualificação e a experiência necessárias para abrir o próprio consultório de nutrição pré e pós-natal, algo com que sonhava desde o primeiro dia de faculdade e o motivo pelo qual trabalhara diligentemente desde então.

Rebecca assentiu, solidária.

— Ela pediu que você passasse lá antes de ir embora.

Brooke juntou rapidamente suas coisas e voltou ao quinto andar.

— Margaret? — chamou ela, batendo à porta da sala. — Rebecca disse que você queria me ver.

— Entre, entre — disse sua chefe, remexendo alguns papéis na mesa. — Desculpe por segurar você aqui, mas acho que sempre há tempo para boas notícias.

Brooke afundou na cadeira em frente a Margaret e esperou.

— Bem, terminamos de examinar todas as avaliações dos pacientes e fico feliz em lhe dizer que você recebeu as notas mais altas de toda a equipe de nutricionistas.

— Sério? — disse Brooke, quase sem acreditar que havia ficado em primeiro lugar entre os sete profissionais.

— Não chegaram nem perto. — Margaret passou um pouco de hidratante labial distraidamente, estalou os lábios e voltou a olhar para seus papéis. — Noventa e um por cento dos seus pacientes avaliaram suas consultas como "excelentes", e os nove por cento restantes assinalaram "bom". O segundo melhor da equipe foi considerado "excelente" por 82 por cento.

— Uau — disse Brooke, consciente de que deveria tentar ter um pouco de modéstia, mas não conseguia parar de sorrir. — É uma ótima notícia. Fico muito feliz em saber.

— Nós também, Brooke. Estamos extremamente satisfeitos, e eu queria que você soubesse que o seu desempenho não passa despercebido. Você ainda vai receber casos da UTI, mas a partir da próxima semana vamos substituir todos os seus turnos na psiquiatria por neonatal. Imagino que não tenha problema para você...

— Não, não, para mim é maravilhoso!

— Como sabe, você é apenas a terceira mais antiga da equipe, mas ninguém tem a sua experiência. Acho que vai ser perfeito para você.

Brooke não conseguia conter o sorriso. Finalmente aquele ano extra de cursos de nutrição para crianças, adolescentes e recém-nascidos na pós-graduação, além de seu estágio duplo — ambos em pediatria —, tinham valido a pena.

— Margaret, não tenho como lhe agradecer o suficiente por tudo. Essa é a melhor notícia da minha vida.

Margaret riu.

— Tenha uma boa noite. Vejo você amanhã — respondeu ela, sorrindo.

Enquanto andava até o metrô, Brooke agradeceu silenciosamente, tanto por sua semipromoção quanto pelo fato de não precisar — o que era quase melhor.

Saltou do trem na estação de Times Square, serpeou rapidamente pelo meio da multidão sob a terra e emergiu na rua estrategicamente pela saída da 43rd Street, que era mais perto de seu prédio e lhe permitia evitar a aglomeração da 42nd Street. Não havia um dia em que ela não sentisse saudades de seu antigo apartamento no Brooklyn — ela adorava praticamente tudo em Brooklyn Heights e odiava quase tudo em Midtown West — mas até ela tinha que admitir que agora ir e voltar do trabalho era um pouco menos infernal.

Ficou surpresa quando Walter, seu cocker spaniel de três cores com uma mancha preta em cima de um dos olhos, não latiu quando ela colocou a chave na fechadura. Nem correu para recebê-la.

— Walter Alter! Cadê você?

Ela fez sons de beijos e esperou. Uma música vinha de algum lugar do apartamento.

— Estamos na sala — gritou Julian. A resposta dele foi pontuada pelos latidos frenéticos e agudos do cão.

Brooke largou a bolsa no chão, tirou os sapatos e notou que a cozinha estava significativamente mais limpa do que havia deixado.

— Ei! Eu não sabia que você ia chegar cedo hoje — falou enquanto se sentava ao lado de Julian no sofá.

Ela se inclinou para beijá-lo, mas Walter a interceptou e lambeu sua boca antes.

— Hum, obrigada, Walter. Me sinto tão bem recebida.

Julian tirou o som da televisão e virou-se para encará-la.

— Eu também ficaria feliz em lamber seu rosto, sabe. Minha língua provavelmente não pode competir com a de um cocker, mas estou disposto a tentar. — E abriu um largo sorriso. Brooke se admirou com a palpitação que sentia quando ele sorria assim, mesmo após tantos anos.

— Tentador, eu devo dizer — ela se desviou do cão e conseguiu beijar a boca manchada de vinho de Julian. — Você parecia tão estressado hoje cedo. Achei que só chegaria em casa bem mais tarde. Está tudo bem?

Ele se levantou, foi até a cozinha, e voltou com uma segunda taça de vinho, que encheu e entregou a Brooke.

— Está tudo ótimo. Depois que nos falamos, à tarde, percebi que não passamos uma noite juntos há quase uma semana. Estou aqui para consertar isso.

— Sério?

Ela vinha pensando a mesma coisa havia dias, mas não queria reclamar justo quando Julian estava em um ponto crucial do processo de produção.

Ele assentiu.

— Estou com saudades de você, Rook.

Ela passou os braços em volta do pescoço dele e o beijou novamente.

— Também estou com saudades de você. Estou tão feliz por você ter vindo para casa cedo. Quer sair para comer uma massa?

Pelo bem de seu orçamento, ela e Julian faziam questão de cozinhar sempre que possível, mas ambos concordavam que a cantina da esquina, sendo tão barata, não contava muito como comer fora.

— Você se incomoda se a gente ficar em casa? Eu estava ansioso para passar uma noite tranquila com você hoje. — Ele tomou mais um gole de vinho.

— Claro, por mim tudo bem. Eu faço um trato com você...

— Ah, não, lá vem...

— Vou trabalhar como uma escrava no fogão quente para preparar uma refeição nutritiva e deliciosa se você concordar em fazer uma massagem nos meus pés e nas minhas costas durante meia hora.

— "Trabalhar como uma escrava no fogão quente"? Você pode fritar frango em, tipo, dois minutos. Não é um acordo justo.

Brooke deu de ombros.

— Tudo bem. Tem cereal na despensa, embora eu ache que o leite acabou. E tem sempre a opção de fazer pipoca.

Julian virou-se para Walter e falou:

— Você não sabe como sua vida é boa, garoto. Ela não faz você trabalhar em troca de ração.

— O preço acabou de subir para meia hora.

— Já era meia hora.

— Era meia hora no total. Agora é meia hora nos pés e mais meia hora nas costas.

Julian fingiu avaliar a proposta.

— Quarenta e cinco minutos ou...

— Qualquer tentativa de pechincha só acrescenta tempo ao total.

Ele ergueu as mãos.

— Acho que não há acordo.

— Sério? Vai se virar sozinho hoje? — disse Brooke, sorrindo.

Julian e Brooke dividiam igualmente a limpeza, o pagamento das contas e os cuidados com o cachorro, mas ele era inútil na cozinha, e sabia disso.

— Vou. Vou me virar por nós dois, na verdade. Eu fiz o jantar para você.

— Você o quê?

— Você ouviu. — Em algum lugar da cozinha, um timer começou a apitar. — E acabou de ficar pronto. Por favor, sente-se — disse ele solenemente, com um falso sotaque britânico.

— Estou sentada — falou ela, recostando-se no sofá e pousando os pés na mesinha de centro.

— Ah, sim — disse ele alegremente lá da cozinha em miniatura. — Vejo que encontrou o caminho para a sala de jantar. Perfeito.

— Posso ajudar?

Ele voltou segurando uma travessa entre duas luvas de forno.

— Ziti gratinado para o meu amor...

Ele estava prestes a pousar a travessa na mesa de madeira quando Brooke gritou e ficou de pé num pulo para pegar um descanso de mesa. Julian começou a servir a massa fumegante.

Brooke não conseguia parar de olhar.

— É agora que você me diz que andou tendo um caso com outra mulher durante todo o nosso casamento e que quer o meu perdão? — perguntou ela.

Julian sorriu.

— Cala a boca e vê se come.

Ela sentou-se e se serviu de um pouco de salada enquanto Julian colocava ziti no prato dela.

— Querido, está com uma cara ótima. Onde você aprendeu a fazer isso? E por que não está fazendo todo dia?

Ele olhou para ela com um sorriso envergonhado.

— Eu *posso* ter comprado o ziti no supermercado hoje e ter esquentado no forno. É possível. Mas ele foi comprado e aquecido com amor.

Brooke ergueu sua taça de vinho e esperou que Julian brindasse.

— Está perfeito — disse ela, e estava mesmo. — Totalmente, inacreditavelmente perfeito.

Enquanto comiam, Brooke contou a ele sobre Randy e Michelle e ficou satisfeita em ver como ele pareceu feliz, chegando ao ponto de sugerir que fossem de carro até a Pensilvânia para visitar o sobrinho, ou a sobrinha. Então Julian a atualizou sobre os planos da Sony, agora que o disco estava quase terminado e contou sobre o novo empresário que o havia contratado sob recomendação de seu agente.

— Parece que ele é o melhor dos melhores. Tem fama de ser meio agressivo, mas acho que é isso que se quer num empresário.

— Bom, o que você achou dele quando o entrevistou?

Julian refletiu.

— Não sei se "entrevista" é a palavra certa. Foi mais como se ele descrevesse o plano inteiro dele para mim. Disse que estamos em um momento crucial e que está na hora de começar a "orquestrar a ação".

— Bem, mal posso esperar para conhecê-lo — disse Brooke.

— É. Ele tem um pouco daquele jeito bajulador de Hollywood... Sabe, quando você sente que o cara está sempre tentando tirar vantagem? Mas eu gosto do jeito confiante dele.

Julian dividiu o resto do vinho nos dois copos e recostou-se na cadeira.

— Como estão as coisas no hospital? Foi mais um dia louco?

— Foi, mas adivinha. Recebi as melhores avaliações dos pacientes entre todos da equipe, e vão me dar mais alguns dias na pediatria. — Ela tomou mais um gole de vinho; a dor de cabeça no dia seguinte valeria a pena.

Julian abriu um sorriso enorme.

— Isso é uma ótima notícia, Rook. Nem um pouco surpreendente, mas incrível. Estou tão orgulhoso de você. — Ele se inclinou por cima da mesa e a beijou.

Brooke lavou a louça e tomou um banho de banheira enquanto Julian terminava um trabalho no novo site que estava fazendo para ele mesmo. Voltaram a ficar juntos no sofá, ambos com calça de pijama de flanela e camiseta. Julian jogou a manta em cima das pernas dos dois e pegou o controle remoto.

— Filme? — perguntou.

Ela olhou para o relógio no DVD: 22h15.

— Acho que está tarde demais para começar um agora, mas que tal um *Grey's Anatomy*?

Ele olhou para ela com uma expressão horrorizada.

— Sério? Como você pode, em sã consciência, me fazer ver isso depois de eu ter feito o jantar?

Ela sorriu e balançou a cabeça.

— Não sei bem se você realmente "fez" o jantar, mas tem razão. Hoje você escolhe.

Julian deu uma olhada na pilha de DVDs e escolheu um episódio recente de *CSI*.

— Vem cá, eu massageio seus pés enquanto a gente assiste.

Brooke virou de lado para poder descansar as pernas no colo dele. Ela podia ter ronronado de felicidade. Na televisão, os detetives examinavam o corpo mutilado de uma suposta prostituta encontrado em um aterro na periferia de Vegas, e Julian assistia com total concentração. Ela não adorava aquele negócio de investigar assassinatos misteriosos cheio de aparelhos eletrônicos tanto quanto ele — Julian podia vê-los achando assassinos com escâner e laser e rastreadores a noite toda —, mas naquela noite não se incomodou. Estava feliz em se sentar tranquilamente ao lado do marido e se concentrar na sensação maravilhosa de tê-lo massageando seus pés.

— Eu te amo — disse ela, descansando a cabeça no braço do sofá e fechando os olhos.

— Eu também te amo, Brooke. Agora fique quieta e me deixe assistir.

Mas ela já havia caído no sono.

Ela tinha acabado de se vestir quando Julian entrou no quarto. Apesar de ser domingo, ele parecia estressado.

— Temos que sair agora ou vamos chegar atrasados — disse ele, pegando um par de tênis do armário que dividiam. — Você sabe como a minha mãe odeia atrasos.

— Eu sei, estou quase pronta — disse ela, tentando ignorar o fato de ainda estar suando por causa dos 5 quilômetros que correra uma hora antes. Brooke saiu do quarto com Julian, aceitou o casaco de lã que ele lhe entregou e o seguiu pela rua.

— Ainda não entendi por que seu pai e Cynthia estão na cidade hoje — falou Julian enquanto iam a passos acelerados até a estação de metrô de Times Square.

— É aniversário de casamento deles — respondeu Brooke, dando de ombros.

Estava um frio incomum para uma manhã de inverno, e ela queria desesperadamente uma xícara de chá, mas eles não tinham nem um segundo a perder.

— E decidiram vir para cá? Num dia gelado de março?

Brooke suspirou.

— Acho que é mais animado do que a Filadélfia. Aparentemente, Cynthia nunca viu *O rei leão,* e meu pai achou que seria uma boa desculpa para vir nos visitar. Estou feliz por você poder dar a eles a notícia pessoalmente...

Ela deu uma espiada em Julian e o viu sorrir, mas só um pouco. Ele *devia* estar orgulhoso de si mesmo, ela pensou. Havia acabado de receber uma das melhores notícias de sua carreira, e merecia isso.

— É, bem, a gente sabe que os meus pais vão pecar no quesito entusiasmo, mas talvez os seus entendam — disse ele.

— Meu pai já diz para qualquer um que quiser ouvir que você tem o talento de Bob Dylan como compositor e uma voz de fazer chorar — falou ela, rindo. — Ele vai ficar muito feliz, garanto.

Julian apertou a mão dela. A empolgação dele era visível.

Brooke conseguiu dar um sorriso fraco enquanto eles se transferiam para o trem da linha 6.

— Qual é o problema? — perguntou Julian.

— Ah, problema nenhum. Estou tão ansiosa para que você conte a eles que mal posso me aguentar. Só estou com um pouco de medo de ter que lidar com o constrangimento dos dois pares de pais no mesmo lugar.

— Acha mesmo que vai ser tão ruim assim? Eles já se conhecem.

Brooke suspirou.

— Eu sei, mas só se viram em meio a grupos grandes: no nosso casamento, em feriados. Mas nunca apenas eles desse jeito. Meu pai só sabe falar de como os Eagles vão se sair na próxima temporada. Cynthia está animada para ver a nova montagem de *O rei leão*, pelo amor de Deus, e acha que não dá para vir a Nova York sem almoçar no Russian Tea Room. Aí temos os seus pais: os nova-iorquinos mais intensos e assustadores que já conheci, que provavelmente acham que a NFL é uma organização francesa sem fins lucrativos, que não assistem a um musical desde os anos 1960 e nem comem nada que não seja preparado por um chef famoso. Me diga: sobre o que eles vão conversar?

Julian apertou a nuca de Brooke.

— É só um brunch, querida. Um pouco de café, alguns bagels e vamos embora. Eu realmente acho que vai dar tudo certo.

— É, claro, meu pai e Cynthia vão tagarelar sem parar daquele jeito feliz deles e os seus pais vão ficar lá sentados julgando os dois em silêncio e sem piedade. Vai ser uma bela manhã de domingo.

— A Cynthia pode falar sobre trabalho com os meus pais — sugeriu Julian, sem muita convicção. E fez aquela cara de quem diz *Nem eu ponho fé nisso*; Brooke começou a rir.

— Você não falou isso!

Os olhos dela se enchiam d'água quanto mais ela ria. Eles saíram do metrô na 77th Street com a Lex e começaram a andar na direção da Park Avenue.

— Ah, é verdade!

— Você é tão fofo, sabia? — disse Brooke, inclinando-se para beijar a bochecha dele. — Cynthia é enfermeira em um colégio de ensino médio. Ela cuida de gargantas inflamadas e dá Motrin para cólicas. Não faz ideia se Botox ou Restylane é recomendado para uma marca de expressão mais profunda. Não sei se as experiências profissionais deles têm a ver.

Julian fingiu estar ofendido.

— Acho que você está se esquecendo de que a minha mãe foi nomeada uma das melhores do país em remoção de varizes — falou ele com um sorriso largo. — Você sabe como isso é importante.

— Claro, claro. Importantíssimo.

— Está bem, entendi o que você está dizendo. Mas meu pai pode conversar com qualquer um. Você sabe como ele é tranquilo. Cynthia vai adorá-lo.

— Ele é ótimo — concordou Brooke. E agarrou a mão dele conforme se aproximavam do prédio dos Alter. — Mas é especialista em prótese de mamas, reconhecido mundialmente. É natural que uma mulher ache que ele está avaliando os peitos dela e os considerando ruins.

— Brooke, que bobagem. Você acha que todos os dentistas que encontra em eventos sociais estão olhando para os seus dentes?

— Acho.

— Ou que todo psicólogo que você conhece numa festa está te analisando?

— Claro, cem por cento, sem a menor dúvida.

— Ah, isso é ridículo.

— Seu pai examina, toca e avalia peitos oito horas por dia. Não estou sugerindo que ele seja um tarado, mas o *instinto* dele é olhá-los. As mulheres podem perceber isso, é só o que eu estou dizendo.

— Bem, isso leva à próxima pergunta.

— É? — disse ela, olhando para o relógio depois que o toldo do prédio entrou em seu campo de visão.

— Você sente como se ele estivesse olhando para os seus seios quando a vê?

O pobre Julian parecia tão arrasado só com a menção disso que Brooke quis abraçá-lo.

— Não, amor, é claro que não — sussurrou ela enquanto se inclinava mais para perto e segurava o braço dele.

— Pelo menos não depois de todos esses anos. Seu pai entende a situação e sabe que nunca vai pôr as mãos neles e acho que finalmente superou isso.

— Eles são perfeitos, Brooke. Simplesmente perfeitos — falou Julian automaticamente.

— Eu sei. Foi por isso que seu pai se ofereceu para fazê-los a preço de custo quando ficamos noivos.

— Ele ofereceu que o *sócio* dele fizesse, mas não por achar que você precisasse...

— Por quê, então? Porque *você* achou que eu precisava?

Brooke sabia que não era nada disso. Eles haviam conversado a respeito centenas de vezes e ela sabia que o Dr. Alter apenas havia oferecido seus serviços, da mesma maneira que um alfaiate teria oferecido um terno com desconto. Mas mesmo assim a coisa toda ainda a repugnava.

— Brooke...

— Desculpe. Só estou com fome. Com fome e nervosa.

— Não vai ser tão ruim quanto você está imaginando.

O porteiro cumprimentou Julian com um *high five* e um tapinha nas costas. Só depois que já estavam no elevador, subindo rapidamente para o 18º andar, é que Brooke se deu conta de que não haviam levado nada.

— Acho que deveríamos voltar e comprar biscoitos, flores, alguma coisa — disse ela, puxando freneticamente o braço de Julian.

— Qual é, Rook, não tem importância. Eles são meus *pais*. Não se importam.

— A-hã. Se você acredita que sua mãe não vai achar ruim quando aparecermos de mãos abanando, está delirando.

— Estamos trazendo nós mesmos. É o que importa.

— Está bem. Continue se iludindo.

Julian tocou a campainha e a porta se abriu de supetão. Sorrindo para eles à porta estava Carmen, a babá e empregada dos Alter havia trinta anos. Em um momento especialmente íntimo no começo do namoro, Julian confidenciara a Brooke que chamara Carmen de "mamãe" até os 5 anos, porque não sabia que não deveria. A mulher imediatamente passou os braços em volta de Julian.

— Como está o meu bebê? — disse ela, depois de sorrir para Brooke e lhe dar um beijinho na bochecha. — Sua esposa tem alimentado você direito?

Brooke apertou o braço de Carmen, imaginando pela milésima vez por que ela não podia ser realmente a mãe de Julian, e falou:

— Ele parece estar passando fome, Carmen? Eu tenho que arrancar o garfo da mão dele às vezes.

— Esse é o meu garoto — disse ela, olhando para Julian com orgulho.

Uma voz estridente veio da sala, no fim do corredor:

— Carmen, querida, traga as crianças para cá, por favor. E não esqueça de cortar as hastes antes de botar as flores no novo vaso de Michael Aram.

Carmen olhou em volta procurando as flores, mas Brooke estendeu as mãos vazias. Ela se virou para Julian e lhe lançou um olhar cúmplice.

— Não diga nada — murmurou ele.

— Está bem. Não vou falar "eu não disse" porque eu te amo.

Julian a guiou para a sala — Brooke tivera esperanças de que eles fossem pular essa parte e ir direto para a comida — e encontraram seus pais sentados: um casal em frente ao outro em sofás idênticos, simples e ultramodernos.

— Brooke, Julian. — A mãe dele sorriu, mas não se levantou. — Estou muito feliz por virem.

Brooke interpretou isso como um comentário sarcástico.

— Desculpe pelo atraso, Elizabeth. O metrô estava simplesmente...

— Bem, pelo menos estão aqui agora — disse o Dr. Alter, as duas mãos em concha de uma maneira um tanto afeminada em volta de um copo gordo de suco de laranja, exatamente da forma que ela imaginava que ele segurava todos os seios.

— Brookie! Julian! E aí, meninos?

O pai de Brooke se levantou de um salto e enlaçou ambos em um abraço de urso. Ele estava claramente exagerando no tom artificial, mas Brooke não podia culpá-lo.

— Oi, pai — disse ela, abraçando-o.

Depois foi até Cynthia, que permanecia encurralada no sofá por todos os corpos, e lhe deu um abraço sem jeito, meio em pé, meio sentada.

— Oi, Cynthia. Que bom vê-la.

— Ah, igualmente, Brooke. Estamos muito felizes por vir aqui. Seu pai e eu estávamos dizendo que mal nos lembramos da última vez em que estivemos em Nova York.

Só então Brooke pôde realmente avaliar a aparência de Cynthia. Ela estava usando um terninho vermelho-bombeiro, provavelmente de poliéster, com uma blusa branca, sapatilhas de couro preto e um cordão de pérolas falsas de três voltas, e havia arrematado o conjunto com um penteado exageradamente cacheado e cheio de laquê. Parecia estar recebendo o espírito de Hillary Clinton em um discurso à nação, determinada a se destacar em um mar de ternos pretos. Brooke sabia que ela só estava tentando se encaixar, recorrendo à ideia que fazia de como uma mulher rica de Manhattan se vestiria, mas seus cálculos estavam todos errados, o que ficava bem evidente ali no apartamento chique de inspiração asiática dos Alter. A mãe de Julian, apesar de ser vinte anos mais velha que Cynthia, parecia uma década mais jovem em sua calça jeans justa e escura e seu xale de cashmere peso-pluma por cima de uma túnica comprida sem mangas. Ela estava usando um par de sapatilhas delicadas que exibiam um discreto logotipo da Chanel e, como acessórios, apenas um bracelete de ouro e seu enorme anel de diamante. Sua pele brilhava com um bronzeado saudável e uma maquiagem leve, o cabelo solto caía pelas costas. Brooke sentiu-se imediatamente culpada: sabia quanto Cynthia devia estar se sentindo intimidada — afinal, ela se sentia assim na presença da sogra o tempo todo —, mas também estava envergonhada com o desastre do figurino da madrasta. Até seu pai parecia desconfortavelmente consciente de que sua calça cáqui e sua gravata não faziam sentido perto da camisa polo do Dr. Alter.

— Julian, querido, eu sei que você quer um Bloody. Brooke, uma mimosa? — perguntou Elizabeth. Era uma pergunta simples, mas, como quase tudo que a mulher perguntava, parecia uma armadilha.

— Na verdade, eu também adoraria um Bloody Mary.

— É claro.

A mãe de Julian franziu os lábios em algum tipo de desaprovação que Brooke não conseguiu decifrar. Até então Brooke não tinha certeza se a aversão de sua sogra tinha a ver com o fato de ela apoiar as ambições musicais de Julian ou se simplesmente não gostava dela e ponto final.

Eles não tinham opção a não ser pegar as duas cadeiras restantes — ambas de encosto reto, de madeira e nada convidativas —, que ficavam de frente uma para a outra mas aninhadas entre os dois sofás. Sentindo-se vulnerável e constrangida, Brooke tentou dar início à conversa:

— Então, como foi a semana de vocês? — perguntou ela aos Alter, sorrindo para Carmen ao aceitar um Bloody Mary espesso em um copo alto decorado com uma fatia de limão e um talo de aipo. Teve que se conter para não beber tudo de um gole só. — Corrida, como sempre?

— É, não posso nem imaginar como vocês dois aguentam horários assim! — disse Cynthia, um pouco alto demais. — Brooke me contou quantos, hum, procedimentos vocês fazem por dia e, bem, é o suficiente para deixar qualquer um exausto! Eu fico com a garganta inflamada e quase morro, mas vocês dois! Minha Nossa Senhora, deve ser uma loucura.

O rosto de Elizabeth Alter se abriu em um sorriso largo e condescendente.

— É, bem, nós realmente conseguimos ir levando tudo. Mas isso não é secundário? Eu adoraria saber o que está acontecendo com as crianças. Brooke? Julian?

Cynthia se recostou, murcha e devidamente admoestada. A pobre mulher estava andando por um campo minado que não tinha como atravessar. Ela esfregou distraidamente a testa e de súbito pareceu muito cansada.

— Ah, sim, claro. Como estão vocês dois?

Brooke sabia que não devia dar detalhes sobre seu trabalho. Apesar de ter sido sua sogra quem lhe conseguira a entrevista no hospital, ela só o fizera depois de se convencer de que Brooke não reconsideraria uma carreira em revistas, moda, leiloeiros ou relações públicas. Se Brooke simplesmente *tinha* que usar aquele diploma em nutrição, ela não entendia por que ao menos não trabalhava como consultora para a *Vogue* ou como médica particular para sua legião de amigas do Upper East Side. Realmente, qualquer coisa com um pouco mais de glamour do que, em suas palavras, "um pronto-socorro sujo cheio de moradores de rua e bêbados".

Julian já sabia que deveria ir em socorro da esposa:

— Bem, na verdade eu tenho uma pequena novidade — disse ele, com um pigarro.

De repente, apesar de Brooke estar tão feliz por Julian que mal conseguia se conter, uma onda de pânico tomou conta dela. Ela se viu *rezando* para que ele não contasse sobre o showcase, pois sem dúvida ficaria decepcionado com a reação dos pais, e ela odiava vê-lo passar por isso. Ninguém aguçava mais seu instinto protetor do que aqueles dois; a simples ideia do que eles poderiam dizer a fazia querer embrulhá-lo em um cobertor e levá-lo direto para casa, onde ele ficaria protegido da crueldade e, pior, da indiferença deles.

Todos esperaram um instante enquanto Carmen trazia uma nova jarra de suco de toranja recém-feito, e então voltaram sua atenção para Julian novamente.

— Acabei de saber pelo meu novo empresário, Leo, que a Sony quer fazer um showcase do meu trabalho esta semana. Quinta-feira, para ser exato.

Houve um momento de silêncio, quando todo mundo esperou que alguém se pronunciasse. O pai de Brooke foi o primeiro a falar:

— Bem, eu posso não saber exatamente o que é um showcase, mas parece uma boa notícia. Parabéns, filho! — disse ele, inclinando-se por cima de Cynthia para dar um tapinha nas costas do genro.

O Dr. Alter, parecendo irritado pelo uso da palavra "filho", fechou a cara e se virou para Julian.

— Por que você não explica para nós, leigos, o que isso significa? — disse ele.

— É, isso significa que alguém, finalmente, vai ouvir a sua música? — perguntou a mãe de Julian, aninhando os pés embaixo do corpo como uma menina e sorrindo para o filho.

Todo mundo ignorou abertamente a ênfase no "finalmente"; todo mundo menos Julian, cujo rosto registrou o golpe, e Brooke, que o testemunhou.

Depois de tantos anos, Brooke já estava acostumada a ouvir os pais de Julian dizerem coisas terríveis, mas não os odiava menos por isso. Quando ela e Julian começaram a namorar, ele revelou aos poucos que seus pais desaprovavam a vida que ele havia escolhido. Durante seu noivado, ela percebera a objeção deles à aliança simples de ouro que Julian insistira em dar a Brooke em vez de uma das joias do espólio dos Alter que sua mãe lhe havia empurrado. Até mesmo quando Brooke e Julian concordaram em se casar na casa deles nos Hamptons, Elizabeth e o marido haviam ficado horrorizados com a insistência do casal para que a festa fosse pequena e discreta. Depois que se casaram e nos anos seguintes, quando os Alter ficavam mais à vontade na frente dela, Brooke viu em inúmeros almoços e jantares e feriados como eles podiam ser nocivos.

— Bem, basicamente significa que eles perceberam que o disco está quase finalizado e até agora estão gostando muito. Vão organizar um showcase com pessoas do mercado, vou meio que me apresentar para eles em um show particular, e aí avaliar a reação.

Julian, que normalmente era tão modesto que nem dizia para Brooke quando havia tido um dia bom no estúdio, não pôde deixar de sorrir com orgulho. Ela quis beijá-lo na hora.

— Posso não saber muito sobre o mundo da música, mas isso me parece ser um enorme voto de confiança da parte deles — disse o pai de Brooke, erguendo seu copo.

Julian não conseguiu conter o sorriso.

— E é — ele confirmou, com um sorriso largo. — Provavelmente é o melhor que podia acontecer neste momento. E eu tenho esperanças...

Ele parou quando o telefone começou a tocar e a mãe de Julian se pôs imediatamente a procurar um aparelho sem fio.

— Ah, cadê o maldito telefone? Deve ser do L'Olivier, para confirmar a hora amanhã. Só um minuto, meu querido. Se eu não reservar agora, não vou ter flores para a festa de amanhã à noite. — E com isso ela levantou do sofá e desapareceu na cozinha.

— Você sabe como é a sua mãe com as flores — disse o Dr. Alter. Ele tomou um gole do suco, e não ficou claro se ouvira ou não o que Julian dissera. — Vamos receber os Bennett e os Kamen para jantar amanhã e ela anda nervosa com os preparativos. Quem vê até pensa que a decisão entre linguado recheado ou costela cozida é uma questão de segurança nacional. E as flores! Ela deve ter passado metade da tarde com aquelas *fegelas* no fim de semana passado, e ainda está na dúvida. Eu já disse a ela mil vezes: ninguém se importa com as flores, ninguém vai reparar. Todo mundo faz festas de casamento caríssimas e gasta dezenas de milhares de dólares em um monte de orquídeas ou o que estiver na moda, e quem é que olha para essa porcaria? Um desperdício colossal, se querem saber a minha opinião. Melhor gastar o dinheiro em comida e bebida ótimas, é disso que as pessoas realmente gostam. — Ele deu outro gole, olhou em volta da sala e apertou os olhos. — Sobre o que estávamos falando mesmo?

Cynthia graciosamente tomou a palavra e aliviou a tensão do momento:

— Caramba, há séculos não ouvíamos uma novidade boa como essa! — disse ela, com entusiasmo excessivo. O pai de Brooke assentiu com animação. — Onde vai ser exatamente? Quantas pessoas foram convidadas? Já decidiu o que vai tocar?

Cynthia o crivou de perguntas e, para variar, Brooke não achou o interrogatório irritante. Eram todas as coisas que os pais de Julian deveriam ter perguntado mas nunca perguntariam, e Julian estava claramente encantado em despertar tanto interesse.

— Vai ser em uma casa de shows pequena, bem intimista, no Centro, e o meu agente disse que vão convidar umas cinquenta pessoas da área: programadores de TV e rádio, executivos de gravadoras, algumas pessoas da MTV, esse tipo de coisa. O mais provável é que não dê em muita coisa, mas é um sinal de que a gravadora está feliz com o disco.

— Eles raramente fazem isso para artistas estreantes — acrescentou Brooke orgulhosa. — Julian está é sendo modesto; é algo muito importante.

— Bem, pelo menos *isso* é uma boa notícia — anunciou a mãe dele, retomando seu lugar no sofá.

A boca de Julian se apertou e ele fechou os punhos ao lado do corpo.

— Mãe, eles estão apoiando a forma como o disco vem progredindo há meses. Claro, alguns executivos estavam forçando para ter um foco maior na guitarra, mas desde então eles têm sido ótimos. Então não sei por que você tem que falar assim.

Elizabeth Alter olhou para o filho e pareceu momentaneamente confusa.

— Ah, querido, eu estava falando sobre o L'Olivier. É uma boa notícia eles terem os copos-de-leite que eu estava querendo, e o designer que eu mais gosto está disponível para vir arrumá-los. Não seja tão sensível.

O pai de Brooke olhou para ela com um olhar que dizia *Quem é essa mulher?*. Brooke deu de ombros. Ela, como Julian, havia aceitado que os pais dele nunca iam mudar. Foi por isso que ela o apoiou totalmente quando ele recusou a oferta deles de um apartamento ali perto no Upper East Side como presente de casamento. Foi por isso que ela preferiu ter dois empregos a aceitar a "mesada" que eles propuseram uma vez, pois sabia todas as condições incluídas na proposta.

Quando Carmen finalmente anunciou que o brunch estava servido, Julian estava completamente mudo e petrificado — entartarugado, como Brooke sempre o chamava —, e Cynthia parecia amarrotada e exausta em seu terninho de poliéster. Até o pai de Brooke, que ainda procurava valentemente conversas neutras ("Que inverno rigoroso estamos tendo este ano, hein?" e "Você gosta de beisebol, William? Os Yankees parecem ser a escolha óbvia, mas eu sei que o time de um homem nem sempre é determinado pelo lugar de onde ele vem..."), parecia derrotado. Em circunstâncias normais, Brooke teria se sentido responsável pela infelicidade de todos — afinal de contas, estavam todos ali só por causa dela e de Julian, certo? —, mas hoje ela deixou tudo pra lá. Eles que são brancos que se entendam, pensou, e pediu licença para ir ao banheiro, pelo qual passou direto e seguiu para a cozinha.

— Como estão indo as coisas lá fora, amor? — perguntou Carmen enquanto colocava geleia de damasco em uma tigela de prata.

Brooke ergueu o copo de Bloody Mary vazio, acompanhado de um olhar de súplica.

— Tão ruim assim? — Carmen riu e fez um sinal para Brooke pegar a vodca no freezer enquanto ela preparava o suco de tomate e o molho de tabasco. — Como seus pais estão se saindo? A Cynthia parece ser muito gentil.

— É, ela é uma graça. Eles são adultos e tomaram sozinhos a decisão idiota de vir nos visitar. É com o Julian que eu estou preocupada.

— Nada que ele não tenha visto antes, amor. Esse menino sabe lidar com eles melhor que ninguém.

Brooke suspirou.

— Eu sei. Mas depois ele passa vários dias deprimido.

Carmen mergulhou um talo de aipo no Bloody Mary e o entregou a Brooke.

— Reforços — anunciou, e beijou Brooke na testa. — Agora volte para lá e proteja seu homem.

A parte de efetivamente comer do brunch acabou sendo bem menos ruim que as preliminares. A mãe de Julian deu um breve ataque por causa do recheio dos crepes (apesar de todos os outros terem adorado os de chocolate que Carmen havia preparado, Elizabeth achou que eram calóricos demais) e o Dr. Alter desapareceu por um instante em seu escritório, mas, como resultado, nenhum dos dois insultou o filho por mais de uma hora. As despedidas foram, graças a Deus, indolores, mas quando Brooke e Julian haviam finalmente colocado o pai dela e Cynthia em um táxi, ela pôde ver que Julian estava retraído e infeliz.

— Você está bem, meu amor? Meu pai e a Cynthia ficaram muito entusiasmados. E eu mal posso...

— Não estou a fim de falar sobre isso, está bem?

Eles andaram em silêncio por alguns minutos.

— Ei, temos o resto do dia livre. Absolutamente nada para fazer. Quer ir a um museu, já que estamos aqui? — Brooke pegou a mão dele e puxou de leve seu braço enquanto iam em direção ao metrô.

— Não, acho que não estou no clima para as aglomerações de domingo.

Ela pensou por um instante.

— Você está querendo ver aquele filme em 3D há algum tempo. Eu não me incomodaria em ir com você — ela mentiu. Momentos de desespero pedem atitudes desesperadas.

— Eu estou bem, Brooke. Mesmo — disse Julian baixinho, puxando sua echarpe de lã. Ela sabia que agora era ele quem estava mentindo.

— Posso convidar Nola para o showcase? Parece sensacional, e você sabe que a Nola não perde nenhuma oportunidade sensacional.

— Acho que sim, mas o Leo disse que vai ser uma coisa bem pequena, e eu já convidei o Trent. Ele só vai estar em Nova York por mais algumas semanas e tem trabalhado feito louco. Achei que precisava de uma noite de diversão.

Eles conversaram mais sobre o showcase e discutiram o que ele iria vestir, que músicas tocaria e em que ordem. Ela estava feliz por conseguir fazê-lo falar e, quando chegaram em casa, Julian quase parecia normal.

— Eu já falei o quanto estou orgulhosa de você? — Brooke perguntou quando entraram no elevador, ambos claramente aliviados por estarem no próprio lar.

— Já — respondeu Julian, com um sorrisinho.

— Então, entre, meu amor — disse Brooke, puxando-o pela mão. — Acho que está na hora de te mostrar.

3

faz john mayer parecer um amador

— Onde estamos? — resmungou Brooke, saltando do táxi e olhando em volta da rua escura e deserta em West Chelsea.

As botas pretas de cano longo que ela encontrara em uma liquidação de fim de estação não paravam de escorregar pelas pernas.

— No coração do bairro das galerias, Brooke. A Avenue e a 1 OAK ficam bem na esquina.

— Eu deveria saber o que é isso, não é?

Nola apenas balançou a cabeça.

— Bem, pelo menos você está linda. Julian vai ficar orgulhoso por ter uma mulher tão gata esta noite.

Brooke sabia que sua amiga só estava sendo gentil. Era ela quem, como sempre, estava deslumbrante. Nola enfiara o terninho e os sapatos sociais em uma enorme mochila e os substituíra por um gigantesco colar de várias voltas e um par daqueles saltos Loubutin altíssimos que ficavam em algum ponto entre uma bota e uma sandália, um estilo que apenas seis mulheres no mundo inteiro podiam usar sem serem confundidas com uma dominatrix profissional. Coisas que ficariam vulgares em todas as outras pessoas — batom vermelho, meia arrastão e sutiã de renda preta aparecendo sob a blusa transparente — em Nola conseguiam parecer ao mesmo tempo ousadas e divertidas. Sua saia-lápis, que, como parte de um conjunto caro, fora bem adequada para um dos ambientes de trabalho mais conservadores de Wall Street, agora ressaltava seu traseiro tonificado e suas pernas perfeitas. Se Nola tivesse sido qualquer outra mulher no mundo, Brooke a teria odiado com todas as suas forças.

Brooke olhou para o BlackBerry.

— Entre a 10th e a 11st. É exatamente onde estamos, não é? Onde é o lugar?

Pelo canto do olho, ela viu uma sombra passando rápido e deu um gritinho.

— Ah, relaxa, Brooke. Ele está com muito mais medo de você do que você dele. — Nola espantou o rato com a mão adornada por um anel grande.

Brooke correu para atravessar a rua, vendo que o endereço de número ímpar que elas procuravam estava do lado oposto.

— Para você é fácil falar. Você poderia perfurar o coração dele com este salto. Minhas botas baixas me deixam em um perigo maior.

Nola riu e galopou graciosamente atrás de Brooke.

— Ali, eu acho que é aquele — falou ela, apontando para o único prédio do quarteirão que não parecia prestes a desabar.

As duas seguiram uma pequena escadaria que descia da calçada até a porta de um porão sem janelas. Julian havia explicado que esse tipo de showcase estava sempre mudando de local e que o pessoal da música vivia em busca de novos lugares descolados para ajudar a gerar um ti-ti-ti, mas ainda assim ela esperava uma versão menor do Joe's Pub. Mas o que era aquilo? Nenhuma fila se estendendo pela calçada. Nenhum letreiro anunciando o artista da noite. Não havia nem a garota mal-humorada de sempre com a prancheta, dizendo petulantemente a todos para darem um passo para trás e aguardarem a sua vez.

Brooke sentiu uma pequena onda de ansiedade até empurrar a porta pesada, entrar e ser envolvida por um casulo aconchegante de semiescuridão e risadas baixas e o cheiro sutil mas inconfundível de maconha. O espaço inteiro era do tamanho de uma sala de estar grande, e tudo — as paredes, os sofás, até o forro do pequeno bar no canto — era coberto de veludo molhado cor de vinho. Uma única luminária descansava acima do piano e jogava uma luz suave no banco vazio. Centenas de velas minúsculas eram ampliadas pelos tampos de mesa espelhados e pelo teto, um visual que de alguma maneira conseguia ser inacreditavelmente sexy sem nem uma pontinha de clima dos anos 1980.

O público parecia ter sido escolhido a dedo, retirado de uma festa à beira da piscina em Santa Barbara e largado em Nova York. Quarenta ou cinquenta pessoas, na maioria jovens e bonitas, perambulavam por ali, com copos de conhaque na mão e exalando nuvens de fumaça de cigarro em baforadas longas e afetadas. Quase todos os homens vestiam calça jeans, e os poucos que ainda estavam com seus ternos de trabalho haviam tirado a gravata e aberto os botões de cima da camisa. Praticamente nenhuma das mulheres usava o salto agulha com vestidinho preto curto e justo que constituíam o uniforme feminino de Manhattan; em vez disso, estavam todas em túnicas lindamente estampadas e brincos de contas que tilintavam e calças jeans tão perfeitamente gastas que Brooke teve vontade de tirar seu vestido preto de inverno bem ali. Algumas tinham faixas no estilo hippie chic na testa e cabelos sedosos caindo até a cintura. Ninguém parecia nem um pouco estressado ou preocupado com a aparência — outra improbabilidade em Manhattan —, o que, é claro, deixou Brooke duplamente ansiosa. Era uma plateia muito diferente da que Julian costumava ter. Quem eram todas aquelas pessoas e por que todas estavam tão mais bonitas que ela?

— Respire — sussurrou Nola em seu ouvido.

— Se eu estou nervosa assim, nem posso imaginar como Julian está.

— Venha, vamos descolar umas bebidas.

Nola jogou seu cabelo louro por cima do ombro e esticou a mão para Brooke, mas, antes que elas pudessem atravessar a multidão, Brooke ouviu uma voz familiar:

— Tinto, branco ou algo mais forte? — perguntou Trent, aparecendo magicamente ao lado delas.

Ele era um dos poucos homens de terno e parecia desconfortável. Provavelmente era a primeira vez em semanas que se encontrava longe do hospital.

— E aí? — falou Brooke, abraçando-o pelo pescoço. — Você se lembra da Nola, não é?

Trent sorriu.

— É claro que sim.

Ele se voltou para Nola e a beijou na bochecha. Havia algo em seu tom de voz que dizia *É claro que me lembro de você, porque você foi para a casa do meu amigo naquela noite e ele ficou muito impressionado tanto pela sua disposição quanto pela sua criatividade na cama.* Mas Trent era discreto demais para fazer esse tipo de brincadeira, mesmo depois de todos aqueles anos.

Não se podia dizer o mesmo de Nola.

— Como vai o Liam? Meu Deus, como ele era divertido — falou ela, com um sorriso enorme. — Tipo, *muito* divertido.

Trent e Nola trocaram olhares cúmplices e riram.

Brooke ergueu a mão.

— Muito bem, então. Trent, parabéns pelo noivado! Quando vamos conhecê-la?

Ela não conseguia dizer o nome de Fern, não confiava que poderia dizê-lo sem rir. Que tipo de nome era *Fern*?

— Levando-se em consideração que quase nunca estamos no hospital ao mesmo tempo, provavelmente só no casamento.

O barman fez um sinal para Trent, que se virou para as garotas.

— Tinto, por favor — eles disseram em uníssono, e todos os três ficaram olhando enquanto o barman os servia de uma garrafa de cabernet californiano. Trent entregou uma taça para cada uma e bebeu a sua em dois goles rápidos.

Ele se voltou para Brooke com um olhar envergonhado no rosto.

— Eu não saio muito.

Nola pediu licença para dar uma volta.

Brooke sorriu para Trent.

— Então, me fale sobre ela. Onde vai ser o casamento?

— Bem, a Fern é do Tennessee e tem uma família enorme, então a gente deve casar na casa dos pais dela. Fevereiro, eu acho.

— Uau, que rápido. Bem, é uma ótima notícia.

— É, a única maneira de fazermos residência no mesmo hospital é nos casando.

— Então vocês dois vão continuar na gastro?

— É, o plano é esse. Meu interesse está mais na área de análises e testes, já que andam fazendo umas coisas high-tech incríveis ultimamente, mas Fern é mais do tipo doença de Crohn e abdome. — Trent fez uma pausa por um momento e pareceu refletir sobre isso antes de abrir um grande sorriso. — Ela é ótima. Acho realmente que vocês vão gostar dela.

— E aí, cara? — disse Julian, dando um tapinha nas costas de Trent. — É claro que vamos gostar dela. Ela vai ser sua *esposa*. Não é uma loucura?

Julian se inclinou para a frente e beijou Brooke na boca. Ele tinha um gosto delicioso, como chocolate com menta, e só vê-lo já era reconfortante.

Trent riu.

— Não tão louco quanto o fato de que meu primo socialmente tímido já tem uma mulher há cinco *anos*, mas está quase lá.

Os três haviam acabado de brindar — Julian estava bebendo apenas água — e estavam prestes a saber tudo sobre Fern quando um dos caras mais bonitos que Brooke já vira apareceu como mágica ao seu lado. Era pelo menos 15 centímetros mais alto do que ela, o que imediatamente a fez se sentir feminina e delicada. Ela desejou pela milésima vez que Julian fosse tão alto quando aquele homem misterioso, mas rapidamente afastou o pensamento; Julian provavelmente desejava que o corpo de Brooke fosse como o de Nola, então que direito ela tinha? O cara passou o braço pelas costas de Brooke e apertou seu ombro esquerdo; estava tão perto que ela podia sentir seu perfume. Masculino, sutil e caro. Ela corou.

— Você deve ser a mulher — disse ele, inclinando-se para baixo para beijar-lhe o topo da cabeça, um gesto que pareceu estranhamente íntimo e impessoal ao mesmo tempo. A voz dele não era tão grave quanto Brooke esperaria de alguém com sua altura e óbvia boa forma.

— Leo, esta é Brooke — disse Julian. — Brooke, este é o Leo, meu novo e magnífico empresário.

Uma asiática deslumbrante passou pela mesa naquele exato momento e tanto Brooke quanto Julian ficaram olhando enquanto Leo piscava para ela. Onde diabos estava Nola? Ela precisava avisá-la logo que Leo estava fora de questão. Não ia ser fácil — ele era exatamente o tipo dela. A camisa social cor-de-rosa estava aberta um botão a mais do que a maioria dos homens ousaria e ressaltava seu belo bronzeado: um tom bem escuro, mas sem nenhum sinal de técnicas artificiais ou cosméticos. A calça era de cintura baixa e justa no estilo europeu. Pela maneira como ele se vestia, era de se esperar que o cabelo estivesse penteado para trás, engomado com um produto pesado, mas não: ele espertamente deixara seus cachos grossos e escuros balançarem livremente um pouco acima dos olhos. O único defeito que ela podia ver era uma cicatriz que dividia sua sobrancelha direita, mas na verdade isso o ajudava, afastando qualquer sugestão de cuidados afeminados ou perfeição. Ele não tinha um pingo de gordura em todo o corpo.

— É um prazer conhecê-lo, Leo — disse Brooke. — Já ouvi falar muito de você.

Ele não pareceu ouvir.

— Cara, escuta só — falou ele, virando-se para Julian. — Acabei de saber que você vai ser o último a tocar. Um já foi, falta outro e aí é você. — Leo ficou olhando intensamente por cima do ombro de Julian enquanto falava.

— Isso é bom? — perguntou Brooke educadamente.

Julian já dissera a ela que nenhum dos outros músicos que iriam tocar naquela noite oferecia real ameaça como concorrente. Um era um grupo de R&B que todo mundo achava que parecia um Boyz II Men moderno e o outro era uma cantora country muito tatuada que usava vestidos de babados e marias-chiquinhas.

Ela olhou para Leo e percebeu que, mais uma vez, o olhar dele havia se perdido. Brooke seguiu seu olhar e viu que dava diretamente em Nola. Ou, mais precisamente, na bunda de Nola, dentro da sua saia-lápis. Ela fez uma anotação mental para se lembrar de ameaçá-la com coisas terríveis se chegasse perto dele.

Leo limpou a garganta e tomou um gole de uísque.

— A garota já tocou e foi razoável. Não incrível, mas ligeiramente divertido. Acho...

Ele foi interrompido pelo som de vozes fazendo coro. Não havia exatamente um palco, mas uma parte livre na frente do piano, onde agora estavam quatro homens negros de 20 e poucos anos, todos inclinando-se na direção de um único microfone. Por um momento eles pareceram um grupo universitário a capella muito bom, mas aí três dos caras chegaram para trás e deixaram o vocalista principal sozinho para cantar sobre sua infância no Haiti. As pessoas assentiram e se balançaram, gostando.

— Ei, gata.

Julian circulou o grupo e chegou por trás de Brooke. Ele a beijou na nuca e ela quase gemeu alto. Ele estava usando seu uniforme, inalterado mesmo depois de tantos anos: camiseta branca, calça Levi's e um gorro de tricô. A roupa não podia ser menos excepcional, mas passara a ser aos seus olhos a coisa mais sexy do mundo. O gorro era a assinatura de Julian, o mais perto que ele chegava de ter um "visual", mas só Brooke sabia que era mais do que isso. No último ano, Julian ficara arrasado ao descobrir o menor ponto careca na história da calvície. Brooke tentou convencê-lo de que mal dava para perceber, mas ele não quis saber. E, verdade seja dita, *podia* ter ficado ligeiramente maior desde que ele o mostrara a ela — embora Brooke jamais fosse admitir isso.

Ninguém que visse todos aqueles cachos escuros e grossos saindo de sob o gorro adivinharia o que Julian estava tentando esconder, e, para Brooke, isso só aumentava o charme dele, tornava-o mais vulnerável e mais humano. Ela secretamente adorava ser a única que podia ver Julian sem o gorro, quando ele o tirava na segurança de sua casa e sacudia os cachos só para ela. Se alguém tivesse dito a Brooke, alguns anos antes, que ela acharia a calvície progressiva de seu marido de 32 anos um de seus maiores atrativos, ela teria dado uma risada de deboche, mas foi exatamente o que aconteceu.

— Como está se sentindo? Nervoso? — perguntou Brooke, procurando no rosto dele alguma pista da resposta.

Ele passara a semana inteira se sentindo um caco: sem dormir, comendo mal, até vomitara naquela tarde. Mas quando Brooke tentava conversar a respeito, ele se "entartarugava" completamente. Ela quis acompanhá-lo até a casa de shows naquela noite, mas Julian insistira para que ela fosse com Nola. Disse que precisava conversar algumas coisas com Leo, chegar cedo, verificar tudo. Alguma coisa devia ter dado certo, porque ele parecia um pouco mais relaxado.

— Estou pronto — disse ele, com um aceno determinado de cabeça. — Me sinto bem.

Brooke o beijou na bochecha; sabia que ele estava com os nervos em frangalhos, mas tinha orgulho por ele manter o controle.

— Você está lindo. Parece pronto. Vai arrasar esta noite.

— Você acha?

Ele tomou um gole de água tônica e Brooke percebeu que os nós dos seus dedos estavam brancos. Ela sabia que Julian estava louco por algo mais forte, mas nunca bebia antes de uma apresentação.

— Eu sei que sim. Quando você se senta ao piano, só pensa em música. Esta noite não é diferente de fazer um show no Nick's. As pessoas sempre gostam de você, gato. Lembre-se disso. Basta ser o mesmo e vão adorar você aqui também.

— Escute a sua mulher — disse Leo, voltando de uma conversa rápida com algumas pessoas atrás do casal. — Só esqueça onde está e por que está aqui e faça o que sabe fazer. Entendeu?

Julian assentiu e bateu furiosamente com o pé.

— Entendi.

Leo fez um gesto para a área nos fundos do salão.

— Vamos nos preparar.

Brooke ficou na ponta dos pés e beijou Julian na boca. Apertou sua mão e disse:

— Vou estar bem aqui, o tempo todo, mas esqueça a gente. Feche os olhos e toque com vontade.

Ele lançou um olhar de gratidão para ela, mas não conseguiu falar nada. Leo o levou para longe e, antes que ela pudesse terminar o vinho, um dos caras de Novos Talentos anunciou Julian ao microfone.

Brooke olhou em volta mais uma vez à procura de Nola e a viu conversando com um grupo de pessoas na frente do bar. Aquela mulher conhecia todo mundo. Feliz por Trent estar ali, Brooke se deixou levar por ele a um espacinho com sofás, onde fez sinal para que ela se sentasse. Ela prendeu nervosamente o cabelo em um nó. Vasculhou a bolsa atrás de um elástico para amarrar o cabelo, mas não encontrou nenhum.

— Toma — disse a linda garota asiática para quem Leo havia piscado antes. Ela puxou um elástico marrom do pulso e o entregou para Brooke. — Eu tenho um milhão.

Brooke fez uma pausa por um minuto, sem saber direito o que fazer, e a garota sorriu.

— Sério, tudo bem. Não há nada mais irritante do que não poder tirar o cabelo da cara. Apesar de que, se tivesse um cabelo como o seu, eu jamais o prenderia.

— Obrigada — falou Brooke, aceitando o elástico e fazendo imediatamente um rabo de cavalo com ele. Ela ia dizer algo mais, talvez algo autodepreciativo sobre como ela não desejaria a ninguém ser ruivo, mas naquele momento Julian tomou seu lugar ao piano e ela ouviu a voz dele, um pouco trêmula, agradecendo a presença de todos.

A garota tomou um gole da garrafa de cerveja que estava segurando e perguntou:

— Você já o ouviu antes?

Brooke só conseguiu assentir e rezar para que a garota parasse de falar. Ela não queria perder um único momento e estava totalmente preocupada, imaginando se mais alguém podia ouvir o ligeiro tremor na voz de Julian.

— Porque, se não ouviu, você vai ter uma surpresa. Ele é o cantor mais sexy que eu já vi.

Isso chamou a atenção dela.

— O quê? — perguntou ela, virando-se para a garota.

— Julian Alter — a garota falou, fazendo um gesto na direção do piano. — Eu o ouvi algumas vezes em locais diferentes da cidade. Ele faz algumas apresentações regulares. E estou lhe dizendo, é fantasticamente bom. Faz John Mayer parecer um amador.

Julian havia começado a tocar "For the lost", uma canção sentimental sobre um menino que perde o irmão mais velho, e ela sentiu Trent olhar em sua direção — ele provavelmente era a única outra pessoa no aposento que sabia o que realmente havia inspirado aquela canção. Julian era filho único, mas Brooke sabia que ele pensava frequentemente no irmão que havia sofrido uma morte súbita antes de Julian nascer. Até hoje os Alter não falavam sobre James, mas Julian passara por uma fase em que ficava imaginando, às vezes obsessivamente, como James seria hoje em dia, como a vida poderia ser diferente com um irmão mais velho.

As mãos dele se moveram pelas teclas do piano, produzindo as primeiras notas assombrosas que acabariam criando um crescendo poderoso, mas Brooke não conseguia se concentrar em nada além da garota ao seu lado. Ela queria abraçá-la e dar um tapa, tudo ao mesmo tempo. Era desconcertante ouvir essa garota linda tecer elogios à sensualidade de Julian — não importava há quanto tempo estivessem juntos, ela nunca se acostumara com esse aspecto —, mas era muito raro ouvir uma opinião totalmente sincera e não filtrada.

— Você acha? — perguntou Brooke, subitamente desesperada para que a garota concordasse.

— Ah, com certeza. Tentei dizer ao meu chefe, tipo, uma dúzia de vezes, mas a Sony o pegou primeiro.

A garota foi afastando a atenção de Brooke à medida que o volume da voz de Julian aumentava e, quando ele finalmente inclinou a cabeça e cantou o refrão dolorido e emocional, ela estava concentrada apenas nele. Brooke ficou imaginando se ela vira a aliança de Julian através da bruma de adoração.

Brooke virou-se para assistir e não conseguiu evitar cantar junto. Ela sabia a letra de cor.

Dizem que o Texas é a terra prometida
Na poeira da estrada você vira homem
Cego e triste, sozinho no amor
Cicatrizes em suas mãos, quebrado acima

Ele era o sonho de uma mãe, ele era um punhado de areia
Meu irmão, você se foi com a segunda mão
Como linhas paralelas que nunca se cruzam
Pelo perdido, pelo perdido

A mulher senta-se sozinha em um quarto
Sozinha em uma casa como um túmulo silencioso
O homem conta cada joia em sua coroa
O que não pode ser salvo é medido em quilos

Ele era o sonho de um pai, ele era um punhado de areia
Meu irmão, você se foi com a segunda mão
Como linhas paralelas que nunca se cruzam
Pelo perdido, pelo perdido

Nos meus sonhos as vozes do outro lado da porta
Eu me lembro de elas dizerem que você não viria mais
Não acredita como se tornou silencioso
O coração obscuro se enche de vergonha

Ele era o sonho de um irmão, ele era um punhado de areia

Meu irmão, você se foi com a segunda mão
Como linhas paralelas que nunca se cruzam
Pelo perdido, pelo perdido.

Ele terminou a canção sob calorosos aplausos — aplausos genuínos e entusiasmados — e passou sem esforço para a segunda música. Achara seu ritmo e não havia nenhum sinal de ansiedade. Só aquele brilho familiar em seus antebraços e a testa franzida de concentração enquanto cantava as letras que passara meses, anos, aperfeiçoando. A segunda música acabou em um piscar de olhos, e aí a terceira e, antes que ela percebesse o que estava acontecendo, a galera estava aplaudindo em êxtase e pedindo bis. Julian parecia feliz e um pouco confuso — suas instruções para tocar três músicas em menos de 12 minutos não podiam ter sido mais claras —, mas devia ter recebido sinal verde de alguém na coxia, porque sorriu e assentiu e entrou direto em uma de suas músicas mais animadas. A galera urrou em aprovação.

Quando ele finalmente empurrou o banco do piano para trás e fez uma reverência modesta, o ar no aposento havia mudado. Mais do que os gritos altos, os aplausos e os assovios, havia aquela sensação eletrizante de ter sido parte de algo importante. Brooke se levantou, cercada por todos os lados de admiradores de seu marido, quando Leo se aproximou. Ele cumprimentou asperamente a garota do elástico pelo nome — Umi —, mas ela revirou os olhos e se afastou. Antes que Brooke pudesse absorver isso, Leo agarrou seu braço com um pouco de força demais e se inclinou tão para perto que ela imaginou por um milésimo de segundo se ele ia beijá-la.

— Prepare-se, Brooke. Prepare-se para uma viagem alucinante. Esta noite é só o começo, e vai ser uma loucura.

4

um brinde às ruivas gostosas

— Kaylie, querida, não dá para dizer de outra forma: você não precisa emagrecer. Veja as suas estatísticas; olhe para esse gráfico. Você é absolutamente perfeita.

— Ninguém aqui parece comigo — disse Kaylie, baixando os olhos. A menina mexia distraidamente no cabelo castanho escorrido, torcendo-o em círculos em torno do indicador, metodicamente enrolando e girando, enrolando e girando. Seu rosto estava cheio de ansiedade.

— Como assim? — perguntou Brooke, apesar de saber o que Kaylie queria dizer.

— Eu só... Eu nunca me senti gorda até vir para cá. Na escola pública eu era totalmente normal, talvez até mais para magra! E aí entra este ano e eles me enfiam neste lugar esquisito porque supostamente é chique e especial e, de repente, eu sou obesa. — A voz da menina falhou na última palavra e Brooke teve que se segurar para não abraçá-la.

— Ah, querida, você não é nada disso! Venha cá, olhe para este gráfico. Cinquenta e seis quilos para 1,54m está bem no meio da faixa saudável.

Brooke esticou o gráfico plastificado, apontando a grande faixa de peso normal, mas Kaylie mal olhou para ele.

Ela sabia que não era especialmente reconfortante, tendo em vista todas as garotas surpreendentemente magras na turma do nono ano de Kaylie. A menina era bolsista do Bronx, filha de um técnico em refrigeração que a criara sozinho depois que sua mãe morrera em um acidente de carro. Seu pai obviamente estava fazendo o que era certo, considerando-se as boas notas no ensino médio, o sucesso no time de hóquei sobre grama e, de acordo com o que Brooke ouvira dos outros professores, a habilidade para tocar violino que superava em muito a de suas colegas; ainda assim, aqui estava sua filha adorável e bem-sucedida e só o que ela conseguia ver era que não se encaixava.

Kaylie puxou a bainha de sua saia xadrez, que descansava em coxas fortes e musculosas, mas nem de perto gordas, e disse:

— Acho que tenho genes ruins. Minha mãe também era muito gorda.

— Sente saudades dela? — perguntou Brooke, e Kaylie só conseguiu assentir, as lágrimas enchendo seus olhos.

— Ela sempre me disse que eu era perfeita do jeito que era, mas fico imaginando o que teria dito se pudesse ver as garotas daqui. *Elas* são perfeitas. O cabelo é perfeito e a maquiagem é perfeita e seus corpos são perfeitos e apesar de nós todas usarmos exatamente o mesmo uniforme, até a maneira como elas o *vestem* é perfeita.

Esse era um lado do trabalho que a surpreendera no início, mas do qual passara a gostar mais do que conseguia expressar, essa mistura de nutricionista e confidente. Na faculdade, ela aprendeu que qualquer adulto que tivesse contato regular com adolescentes e estivesse disposto a ouvir podia ter um papel importante na vida deles, mas Brooke não sabia o que isso queria dizer até começar a trabalhar na Huntley.

Assim, passou mais alguns minutos explicando que, apesar de não acreditar, Kaylie estava dentro de uma faixa de peso saudável. Era um argumento difícil, principalmente porque o corpo musculoso e atlético da menina era mais largo do que o da maioria de suas colegas de turma, mas ela tentou. *Se eu pudesse adiantá-la os três anos do ensino médio e mandá-la direto para a faculdade,* Brooke pensou, *ela entenderia que, a longo prazo, essas bobagens da escola não significam nada.*

Mas Brooke sabia por experiência própria que isso era impossível. Ela também estivera na parte mais alta da faixa de peso normal durante todo o ensino médio até a pós-graduação, quando fez uma dieta drástica e perdeu quase 10 quilos. Mas não conseguiu manter o peso e ganhou 7 de volta quase que imediatamente. Agora, apesar de ter uma alimentação saudável na maior parte do tempo e praticar corridas, Brooke também estava no extremo mais alto da faixa ideal para sua altura e, como Kaylie, tinha profunda consciência do fato. Ela se sentia hipócrita tentando dizer à garota para não se preocupar com isso quando ela própria pensava a respeito todos os dias.

— Você *é* perfeita, Kaylie. Sei que você pode não se sentir assim, principalmente cercada de meninas tão magras, mas acredite em mim quando eu lhe digo que você é absolutamente linda. Você vai fazer amigas aqui, encontrar pessoas bacanas e se sentir mais à vontade. E aí, antes que perceba, vai dar adeus ao baile de formatura e a algum namorado idiota e vai partir para uma universidade fantástica onde todos são perfeitos do *seu* próprio jeito, exatamente da forma como *eles* escolherem. E você vai adorar. Posso lhe garantir isso.

O telefone de Brooke tocou, o toque especial com som de piano que ela pusera especialmente para Julian. Ele nunca ligava quando ela estava no trabalho, sabendo que ela não poderia atender, e até evitava mandar mensagens de texto. Ela soube em um instante que havia algo errado.

— Com licença, Kaylie, é só um minuto. — Ela girou na cadeira o máximo que pôde para ter alguma privacidade no pequeno consultório. — Oi. Está tudo bem? Estou com uma paciente agora.

— Brooke, você não vai acreditar nisso, mas... — ele parou e respirou profunda e dramaticamente.

— Julian, sério, se não é nenhuma emergência, eu ligo para você depois.

— Leo acabou de telefonar. Um dos principais produtores do *Leno* estava no showcase semana passada. Eles querem que eu toque no programa!

— Não!

— É verdade! Negócio 100 por cento garantido. Semana que vem, terça à noite. Vai ser gravado às 17h. Eu vou ser atração musical do programa, provavelmente logo depois das entrevistas. Você acredita nisso?

— Ai-meu-deus!

— Brooke, diga alguma outra coisa.

Por um momento, ela se esqueceu de onde estava.

— Não acredito. Quer dizer, é claro que eu acredito, mas é tão incrível. — Ela escutou Julian rindo e pensou quanto tempo fazia que não ouvia o som da risada dele. — A que horas você vai chegar em casa hoje? Nós *temos* que comemorar. Tenho uma ideia...

— Tem alguma coisa a ver com aquele meu negócio preferido de meia-calça?

Brooke sorriu para o telefone.

— Eu estava pensando naquele Dom Pérignon que ganhamos de presente e nunca tivemos a oportunidade de abrir.

— Meia-calça. Esta noite merece champanhe *e* meia-calça. Eu te encontro em casa às 20h? Eu cuido do jantar.

— Não precisa. Eu compro alguma coisa. Ou podemos sair! Por que não vamos a algum lugar e comemoramos de verdade?

— Deixa que eu cuido disso — falou Julian. — Por favor? Tenho uma ideia.

O coração de Brooke flutuou. Talvez agora ele pudesse passar menos tempo no estúdio e ficar mais em casa. Ela sentiu as pontadas familiares de entusiasmo e antecipação que sentira no começo do casamento, antes que qualquer coisa virasse rotina.

— Claro. Eu te vejo às 20h. Julian? Mal posso esperar.

— Eu também não — ele fez um som de beijo ao telefone, algo que não fazia havia anos, e desligou. Pela primeira vez em cinco minutos, Brooke se lembrou de onde estava.

— Uau, parece ser uma coisa bacana — disse Kaylie com um sorriso largo. — Tem um encontro importante esta noite?

Brooke nunca deixava de ficar impressionada com o quanto essas meninas eram jovens, apesar de todas as conversas confiantes e de familiaridade incrível com tudo, desde as dietas radicais até as melhores técnicas de sexo oral (Brooke lera uma lista altamente detalhada de "como fazer" quando uma das garotas esqueceu um caderno — tão detalhada, na verdade, que por um momento ela pensou em fazer algumas anotações para si mesma, antes de perceber que pegar dicas sexuais de uma menina do ensino médio era humilhante em vários níveis).

— Um encontro importante com o meu marido — Brooke corrigiu, tentando salvar pelo menos um pouco do profissionalismo. — Sinto muito pela interrupção. Agora, vamos voltar ao que...

— Pareceu algo muito legal — falou Kaylie. Ela tirou a mão do cabelo apenas tempo suficiente para arrancar uma pelezinha em seu indicador direito. — O que aconteceu?

Brooke ficou tão aliviada por ver a menina sorrir que disse:

— É, na verdade é muito legal mesmo. Meu marido é músico. Ele acabou de receber um telefonema do pessoal do Leno convidando-o para ir ao programa — Brooke podia ouvir sua voz cheia de orgulho e, apesar de saber que era tão pouco profissional quanto tolo dividir a notícia com sua paciente adolescente, ela estava feliz demais para se importar.

Kaylie levantou a cabeça, completamente atenta.

— Ele vai ao *Leno*?

Brooke assentiu e remexeu em alguns papéis em sua mesa, numa tentativa fracassada de esconder sua felicidade.

— Isso é a coisa mais foda que eu já ouvi! — exclamou a garota, o rabo de cavalo subindo e descendo como se para reforçar sua opinião.

— Kaylie!

— Desculpe, mas é! Qual é o nome dele e quando vai aparecer? Quero ter certeza de que vou ver!

— Na próxima terça-feira à noite. Ele se chama Julian Alter.

— Isso é do cara... caramba. Parabéns, Sra. A. Seu marido deve ser sensacional para ir ao programa do Leno. A senhora vai com ele, certo?

— O quê? — perguntou Brooke. Ela não tivera um segundo para pensar na logística, mas Julian também não a mencionara.

— O estúdio do Leno não é em Los Angeles? Tipo, você tem que ir com ele!

— É claro que eu vou com ele — respondeu Brooke automaticamente, apesar da sensação incômoda e desconfortável na boca do estômago de que a omissão de um convite por parte de Julian não era apenas um detalhe que havia se perdido no meio de todo o entusiasmo.

Brooke ainda tinha dez minutos com Kaylie, depois uma sessão de meia hora com uma ginasta da Huntley, que vinha fazendo um acompanhamento de peso que estava tendo efeitos desastrosos na autoestima da menina, mas ela sabia que não conseguiria se concentrar nem mais um segundo. Mesmo achando que já havia agido de forma inadequada ao se abrir e usar o tempo da consulta para falar sobre sua vida particular, Brooke voltou-se para Kaylie.

— Sinto muito, querida, mas preciso terminar nossa sessão mais cedo hoje. Estarei de volta na sexta-feira e avisarei à sua professora que não tivemos a chance de terminar a consulta. Marcamos outra para sexta. Tudo bem?

Kaylie assentiu.

— Caramba, não, Sra. A. Essa é uma grande notícia para a senhora. Dê os parabéns ao seu marido por mim, está bem?

Brooke sorriu para ela.

— Obrigada, eu darei. E, Kaylie? Nós vamos continuar conversando sobre isso. Não posso apoiar que você perca peso, mas se quiser conversar sobre como ter uma alimentação mais saudável, eu fico feliz em aconselhá-la. Tudo bem?

Kaylie assentiu novamente e Brooke achou ter visto um sorrisinho antes de a garota sair de sua sala. Apesar de ela não parecer nem um pouco abalada por terem terminado a sessão mais cedo, Brooke estava cheia de culpa. Não era fácil fazer essas meninas se abrirem, e ela sentia que estava começando a chegar a algum lugar com Kaylie.

Prometendo compensar tudo na quinta-feira, Brooke mandou um e-mail para Rhonda, sua diretora, alegando um mal-estar súbito, jogou todas as suas coisas na mochila de lona e pulou direto no banco de trás de um táxi que passava. Diabos, se Leno não fosse motivo suficiente para gastar, nada mais seria.

Apesar de estar na hora do rush, a travessia do parque pela 86th não foi insuportável, e a West Side Highway estava andando a rápidos 32 quilômetros por hora (um sonho para aquela hora da noite) e Brooke ficou encantada por estar em seu apartamento às 18h30. Ela se sentou no chão e deixou Walter lamber seu rosto por alguns minutos e então substituiu seu corpo por uma corda grossamente trançada e muito fedorenta — a favorita do Walter. Depois de se servir de uma garrafa de pinot grigio que estava aberta na geladeira e dar um gole longo e profundo, Brooke brincou com a ideia de postar a notícia do Julian no seu Facebook, mas a abandonou rapidamente; ela não queria anunciar nada sem falar com ele primeiro.

O status mais recente em seu mural era, desagradavelmente, de Leo. Aparentemente, ele tinha postado o link de seu Twitter em sua página do Facebook e, apesar do fato de não *ter* nada de interessante para partilhar, estava tirando todo o proveito da ferramenta de atualizações constantes.

Leo Moretti... AMARRADÃO JULIAN ALTER VAI MANDAR BEM NO PROGRAMA DO LENO NA PRÓXIMA TERÇA. L.A., LÁ VAMOS NÓS...

A mera associação do nome de seu marido com o Facebook de Leo fez Brooke se sentir enjoada, assim como o que ela indicava: que Julian estava definitivamente planejando uma viagem a Los Angeles, Leo definitivamente ia com ele e só Brooke ainda não recebera um convite.

Ela tomou banho, se depilou, escovou os cabelos e passou fio dental. Não era óbvio presumir que acompanharia Julian a Los Angeles para a gravação? Ela não fazia ideia se Julian a queria ao seu lado ou se achava que aquela seria uma viagem de trabalho e ele deveria viajar com o empresário, não com a mulher.

Enquanto passava uma camada generosa de hidratante sem perfume aprovado por Julian em suas pernas recém-raspadas — ele não suportava o cheiro de cosméticos —, Brooke observava Walter olhando fixamente para ela.

— O papai fez uma coisa ruim contratando o Leo? — perguntou Brooke com uma voz aguda.

Walter ergueu a cabeça do tapete macio do banheiro que sempre fazia seu pelo ficar com cheiro de mofo, abanou o rabo e latiu.

— Isso é um não?

Walter latiu de novo.

— Ou um sim?

Mais um latido.

— Obrigada pela opinião, Walter. Eu vou guardar com carinho.

Ele a recompensou com uma lambida no tornozelo e se afundou de novo no tapete.

Uma rápida olhada no relógio revelou que eram 19h50, então, depois de tentar se animar durante um minuto, Brooke puxou um tecido preto amarrotado do fundo da gaveta de lingerie. A última vez que ela usara aquilo fora há mais de um ano, quando acusara Julian de não estar mais interessado em sexo e ele fora direto até aquela gaveta, puxara o body e dissera algo do tipo "é um crime você ter isso e não usar". Isso quebrara imediatamente a tensão e Brooke se lembrava de vesti-lo e fazer um striptease exagerado em volta da cama, provocando uivos e assovios de Julian.

Em algum ponto do caminho, aquele body passara a simbolizar sua vida sexual. Ela o comprara no primeiro ou segundo ano de casamento, depois de uma discussão na qual Julian confessou, como se fosse algum segredo escandaloso e vergonhoso, que adorava mulheres de lingerie pequena e preta... e talvez não adorasse as calcinhas grandes e coloridas e os tops de ginástica listrados que Brooke usava toda noite para dormir e que ela teria jurado serem sexy em seu estilo adolescente. Apesar de não poder pagar nada assim na época, Brooke imediatamente saiu para comprar lingerie e, em dois dias, havia adquirido uma camisola preta de jérsei supermacia de alcinha na Bloomingdale's, um baby-doll com babados nas costas na Victoria's Secret e uma camisa de algodão preta e curta com "Dorminhoca Gostosa" escrito no peito. Cada um fora recebido com um entusiasmo morno na linha do "hum, é bonitinho" antes de Julian voltar para sua revista. Quando nem mesmo o baby-doll causou um mínimo de interesse, Brooke ligou para Nola.

— Reserve sua tarde de sábado — Nola havia anunciado. — Nós vamos fazer compras.

— Eu já fiz compras e gastei uma fortuna — choramingou Brooke, remexendo suas notas fiscais como se elas fossem cartas de baralho.

— Podemos voltar no tempo um minuto, por favor? Seu marido diz que quer vê-la usando lingerie sexy e você volta para casa com uma *camiseta* escrito Gostosa? Está falando sério?

— O que é? Ele não foi muito específico. Falou que gostava de preto e não de cores vivas. Ela é toda preta e curta e justa. A parte do "Gostosa" até é em strass. O que há de errado com isso?

— Não há nada errado com isso... se você está no segundo ano da faculdade e está superanimada para parecer fofa na primeira vez que vai dormir na fraternidade dele. Goste ou não, você é adulta agora. E o que o Julian está tentando te dizer é que ele quer que você pareça uma mulher. Uma *mulher* gostosa e sexy.

Brooke suspirou.

— Está bem, está bem. Estou nas suas mãos. Sábado que horas?

— Meio-dia na esquina da Spring com a Mercer. Vamos atacar a Kiki De Montparnasse, La Perla e Agent Provocateur. Vai levar menos de uma hora e você terá exatamente o que precisa. Vejo você no sábado.

Apesar de Brooke ter esperado ansiosamente pela expedição de compras durante a semana inteira, o programa acabou sendo um fracasso total. Em toda a sua glória de salário-de-banqueira-com-bônus-gigantesco, Nola não contara a Brooke que quanto menos tecido uma peça de lingerie tivesse, mais cara ela era. Brooke ficou perplexa ao descobrir que a roupa de empregada francesa que Nola elogiou na Kiki custava US$ 650, e uma camisola preta simples — nem um pouco diferente da versão da Bloomingdale's — era US$ 375. Aonde ela — uma estudante de pós-graduação! — ia parar quando uma única calcinha fio dental de renda preta custava US$ 115 (US$ 135, se ela quisesse a versão com fenda)? Depois de passar por duas lojas, ela disse firmemente que agradecia a ajuda, mas que não iria comprar nada naquela tarde. Só na semana seguinte, quando Brooke se viu na sala reservada do Ricky's para comprar brinquedinhos para a despedida de solteira de outra amiga, ela encontrou a solução.

Lá, em um mostruário, que ia do teto ao chão, cheio de vibradores e pratos de papel com temas de pênis, havia uma estante de fantasias. Estavam em pacotes que lembravam embalagens de meia-calça, mas as fotos na frente mostravam mulheres lindas em todo tipo de fantasias sexy: empregada, colegial, bombeira, presidiária, líder de torcida e cowgirl, além de um monte de roupas sem tema, quase todas curtas, justas e pretas. O melhor de tudo era que a mais cara custava US$ 39,99 e a maioria dos pacotes estava marcada a menos de US$ 25. Ela começou a examinar as fotos, tentando imaginar de qual Julian gostaria mais, quando um funcionário de cabelo azul e maquiagem pesada empurrou a cortina de miçangas para o lado e andou até Brooke.

— Posso ajudá-la com alguma coisa? — perguntou ele.

Brooke desviou rapidamente sua atenção para um conjunto de canudinhos em forma de pênis e balançou a cabeça.

— Posso dar algumas sugestões — sussurrou ele. — Sobre as roupas, os brinquedos sexuais, qualquer coisa. Dizer quais são os que vendem mais.

— Obrigada, só estou comprando umas coisas bobas para uma despedida de solteira — ela falou rapidamente, irritada consigo mesma por estar envergonhada.

— A-hã. Bem, me avise se precisar.

Ele sacolejou de volta para a área principal da loja e Brooke entrou em ação. Sabendo que perderia a coragem se ele voltasse — ou se qualquer outra pessoa entrasse na sala —, agarrou a primeira roupa não temática e a jogou em sua cesta de compras. Ela praticamente correu até a caixa registradora, jogando dentro um vidro de xampu, um pacote enorme de lenço de papel e alguns refis de lâmina de barbear, só para disfarçar. Foi apenas quando estava no metrô, voltando para casa, sentada no fim do último vagão, milagrosamente isolada das outras pessoas, que se permitiu espiar dentro da sacola.

A foto mostrava uma mulher ruiva que não parecia tão diferente de Brooke — a não ser pelas pernas de 1 metro de comprimento — usando um collant de gola alta, mangas compridas e meia arrastão. A mulher projetava seus quadris de forma provocante e olhava para a câmera, mas apesar de toda a postura dramática, conseguia transmitir uma ideia de "sexy" e "confiante" e não só "vulgar" e "vagabunda". *Eu posso fazer isso*, ela pensou e, naquela mesma noite, quando saiu do banheiro usando a roupa que comprou e um par de saltos, Julian quase caiu da cama.

Ao longo dos anos seguintes, Brooke havia usado o agora infame collant em alguns aniversários de Julian, aniversários de casamento e férias ocasionais, mas nos últimos tempos, como todos os velhos resquícios de sua vida sexual pré-exaustão, ele havia sido empurrado para o fundo da gaveta. Enquanto desenrolava o tecido e enfiava primeiro os quadris e então os braços para dentro da roupa, ela pensava que mandaria claramente seu recado: *Estou tão orgulhosa de você por essa realização incrível, agora venha cá para eu poder lhe mostrar.* Não importava que o collant tamanho único estivesse apertado nas coxas e fizesse um volume estranho no alto dos seus braços, ela se sentia sexy de qualquer maneira. Havia acabado de soltar o cabelo e se reclinar em cima da cama quando o telefone fixo tocou. Certa de que era Julian ligando para dizer que estava a caminho, Brooke atendeu no primeiro toque.

— Rook? Querida, você pode falar agora? — a voz de sua mãe correu pelo fone.

Brooke respirou fundo e ficou imaginando por que sua mãe tinha o incrível talento de ligar exatamente nos piores momentos possíveis.

— Ei, mamãe. Estou ouvindo.

— Ah, ótimo. Eu esperava conseguir encontrá-la. Escute, preciso que você pegue sua agenda e verifique uma data para mim. Sei que odeia planejar com antecedência, mas estou tentando organizar...

— Mãe! Olha, desculpe te cortar, mas agora não é uma boa hora. Julian vai chegar em casa a qualquer segundo e não acabei de me arrumar — ela mentiu.

— Vão sair para comemorar? É uma notícia incrível. Vocês dois devem estar tão felizes.

Brooke abriu a boca para falar e então lembrou-se de que ainda não havia contado à sua mãe sobre as boas-novas de Julian.

— Como você soube? — perguntou ela.

— Randy, querida. Ele viu alguma atualização na página de fãs do Julian. É assim que se chama? Eu queria poder dizer que a minha filha havia me ligado para me contar pessoalmente, mas felizmente Randy se lembrou de sua velha e querida mãe.

— Hum, certo. No Facebook. Eu quase me esqueci. Então, é, nós dois estamos muito entusiasmados.

— Então, como vocês dois vão comemorar hoje à noite? Vão sair para jantar?

Brooke olhou para o próprio corpo. Como se para enfatizar o ridículo de conversar com a própria mãe enquanto vestia um collant sexy, um de seus mamilos saiu pela roupa.

— Hum, acho que o Julian vai trazer o jantar. Vamos abrir uma garrafa de champanhe e... bem, vai ser isso.

— Parece ótimo. Dê um beijo nele por mim. E quando tiver um segundo, eu realmente gostaria de confirmar a data...

— A-hã, está bem, mamãe. Eu ligo para você amanhã.

— Porque só vai levar um segundo e...

— Mãe...

— Está bem. Me ligue amanhã. Eu te amo, Rookie.

— Também te amo, mamãe. — Ela ouviu a porta se abrir assim que desligou o telefone.

Brooke sabia que Julian tiraria o casaco e falaria com Walter, o que lhe dava apenas tempo suficiente para retirar o papel metálico e tirar a cestinha de metal em volta da rolha. Havia se lembrado de colocar duas flutes na mesinha de cabeceira antes de se esticar, como um gato, em cima da cama. Seu nervosismo durou apenas um segundo, só até Julian abrir a porta.

— Adivinhe quem vai ficar no Chateau Marmont? perguntou ele, com um largo sorriso no rosto.

— Quem?

Ela se sentou na cama, esquecendo-se momentaneamente da roupa.

— Eu — disse ele e Brooke imediatamente sentiu uma onda de ansiedade.

— Mentira — sussurrou ela. Foi só o que conseguiu dizer.

— Ah, é. Em uma suíte. E vão me buscar numa limusine e me levar ao estúdio da NBC para a gravação do *Leno*.

Ela se forçou a prestar atenção na boa notícia e lembrou a si mesma de que não tinha nada a ver com ela.

— Uau, Julian, isso é incrível! Eles mencionam esse lugar constantemente no *Last Night* e na *US Weekly*, todos eles. Kate Hudson acabou de dar uma festa que varou a madrugada nos bangalôs. JLo e Marc Anthony encontraram Ben Affleck perto da piscina e dizem que Marc fez um escândalo. Belushi teve uma overdose lá, pelo amor de Deus. O lugar é totalmente lendário.

— E adivinhe o que mais? — perguntou Julian, sentando-se ao lado dela na cama e passando a mão por cima de sua coxa coberta pela meia-calça.

— O quê?

— Minha mulher extremamente gostosa vai comigo, desde que prometa levar essa roupa com ela — falou ele, inclinando-se para beijar Brooke.

— Fala sério! — guinchou ela.

— É claro que só se ela quiser.

— Você está brincando!

— Não estou, não. Falei com a Samara, minha nova assessora de imprensa — as sobrancelhas dele subiram e ele abriu um sorriso para ela — e ela disse que não tem problema desde que paguemos a sua passagem de avião. Leo achou que seria melhor se fôssemos sozinhos, para eu não me distrair, mas eu disse a ele que nunca poderia fazer algo tão importante assim sem você. Então, o que me diz?

Ela ignorou a parte do Leo.

— Acho incrível! — falou, jogando seus braços em volta do pescoço dele. —Mal posso esperar para te dar uns amassos no bar e curtir a noite toda nos bangalôs.

— Vai ser realmente assim? — perguntou Julian, empurrando-a para cima dos travesseiros e se ajeitando, ainda completamente vestido, em cima dela.

— Claro que é. Depois de tudo o que eu li, podemos esperar piscinas cheias de Cristal, montanhas gigantescas de cocaína, mais celebridades pulando a cerca do que um serviço de acompanhantes classe A e fofoca suficiente de hora em hora para encher dez jornais sensacionalistas. Ah, e orgias. Nunca li sobre isso, mas tenho certeza de que elas acontecem. Provavelmente bem no restaurante.

Walter pulou em cima da cama e, virando o queixo para o alto, começou a uivar.

— Isso parece maravilhoso, não é, Walter? — perguntou Julian, beijando o pescoço de Brooke.

Walter uivou em resposta e Brooke riu.

Julian mergulhou o dedo em sua taça de champanhe, o colocou nos lábios de Brooke e a beijou novamente.

— O que me diz de um treinozinho? — perguntou ele.

Brooke o beijou de volta e tirou a camisa dele, seu coração disparando com as possibilidades.

— Eu diria que é a melhor ideia que ouço em muito, muito tempo.

— Posso lhe trazer outra Coca Diet? — perguntou o garçom de bermuda enquanto se aproximava da espreguiçadeira de Brooke. O sol estava razoavelmente quente e, apesar de ela achar que 20 e poucos graus era um pouco frio demais para usar biquíni, seus companheiros de piscina pareciam discordar.

Ela olhou para a cerca de meia dúzia de pessoas bebericando coquetéis de aparência deliciosa em volta da piscina, lembrou a si mesma que ainda era uma tarde de terça-feira, mas aquilo era uma espécie de férias.

— Eu adoraria um Bloody Mary, por favor. Bem apimentado e com dois talos de aipo.

Uma garota alta e flexível que, a julgar por seu corpo deslumbrante era definitivamente uma modelo, entrou na piscina. Brooke ficou olhando enquanto ela nadava cachorrinho de forma adorável, esforçando-se enormemente para manter o cabelo seco e gritando para seu acompanhante em espanhol. Sem tirar os olhos de seu laptop, o homem respondeu em francês. A garota fez beicinho, o homem resmungou e, em trinta segundos, ele estava andando na direção da piscina com os gigantescos óculos escuros Chanel dela na mão. Quando ela agradeceu, Brooke poderia ter jurado que o fez em russo.

Seu telefone tocou.

— Alô? — disse ela baixinho, apesar de ninguém parecer se importar.

— Rookie? Como estão as coisas por aí?

— Ei, papai. Não vou mentir, está tudo muito bom.

— Julian já tocou?

— Ele e o Leo acabaram de sair, então devem chegar daqui a pouco a Burbank. Acho que a gravação mesmo não começa antes das 17h ou 17h30. Vai ser um dia bem longo, então eu estou esperando por eles no hotel.

O garçom voltou com a bebida, o Bloody Mary em um copo tão alto e fino quanto as mulheres que ela havia visto até agora em Los Angeles. Ele o colocou na mesa ao lado dela junto com uma bandeja de petiscos dividida em três partes: azeitonas marinadas, castanhas variadas e lasquinhas de vegetais assados. Brooke queria beijá-lo.

— Como é o lugar? Bem elegante, eu aposto.

Brooke tomou primeiro um golinho e aí um gole grande. *Caramba, como isso está bom.*

— É, é mesmo. Você devia ver as pessoas sentadas à beira da piscina. Cada uma é mais deslumbrante do que a outra.

— Sabia que Jim Morrison tentou pular do telhado aí? E que alguns integrantes do Led Zeppelin dirigiram suas motocicletas pelo saguão? Pelo que eu ouvi dizer, é *o* lugar para músicos mal comportados ficarem.

— De onde você tirou isso, papai? Do Google? — Brooke riu.

— Brooke, por favor! Não me insulte ao sugerir...

— Wikipedia?

Uma pausa.

— Talvez.

Eles conversaram por mais alguns minutos enquanto Brooke observava a coisinha linda na piscina gritar como uma criança quando seu namorado pulou na água e tentou molhar seu cabelo. Seu pai queria lhe contar tudo sobre a festa surpresa "já revelada" que Cynthia estava planejando para ele dali a alguns meses, como ela estava determinada a comemorar seu aniversário de 65 anos, já que também era o ano de sua aposentadoria, mas Brooke teve dificuldades para se concentrar. Afinal de contas, a mulher havia acabado de sair da piscina e Brooke obviamente não foi a única que percebeu que seu biquíni branco ficava completamente transparente quando molhado. Ela olhou para seus próprios trajes de banho e imaginou o que faria para ficar tão bonita de biquíni, nem que fosse só por uma hora. Encolheu a barriga e continuou a observar.

O segundo Bloody Mary desceu redondo assim como o primeiro, e ela logo ficou ligeiramente de pileque que quase não reconheceu Benicio Del Toro quando ele saiu de um bangalô ao lado da piscina e se jogou em uma espreguiçadeira bem na frente dela. Infelizmente, não tirou nem os jeans nem a camiseta, mas Brooke ficou satisfeita em poder olhar para ele através de seus óculos escuros. A área da piscina em si não tinha nada de especial — ela já vira piscinas muito mais chiques em casas normais — mas possuía uma sensualidade discreta que era difícil de explicar. Apesar de ficar apenas a uns 100 metros acima do Sunset Boulevard, tudo parecia escondido, como se fosse entalhado em um emaranhado selvagem de árvores enormes, cercadas por todos os lados por plantas em grandes vasos de terracota e guarda-sóis listrados de branco e preto.

Ela poderia ficar a tarde inteira sentada à beira daquela piscina bebendo Bloody Marys, mas quando o sol ficou mais baixo no céu e o ar, mais frio, ela recolheu seu livro e seu iPod e se dirigiu para o quarto. Um giro rápido pelo saguão a caminho do elevador revelou LeAnn Rimes de jeans tomando um drinque com uma mulher mais velha e bem-vestida, e Brooke teve que se conter para não pegar seu BlackBerry, tirar uma uma foto e mandar para Nola.

Quando voltou ao quarto — uma suíte no prédio principal com uma vista deslumbrante para as colinas —, ficou encantada em descobrir uma gigantesca cesta com um bilhete que dizia "Bem-vindo, Julian! Dos amigos da Sony". Dentro havia uma garrafa de Veuve Clicquot e uma de Patrón, uma caixa de minúsculas trufas de chocolate com uma decoração moderna, barras de cereais e salgadinhos variados, garrafas d'água francesas suficientes para abastecer um mercado e uma dúzia de cupcakes vermelhos com chocolate granulado. Ela tirou uma foto dos artigos espalhados pela mesinha de centro e a mandou para Julian com a legenda "Eles te amam" e partiu para o ataque, devorando um cupcake em menos de dez segundos.

Foi o telefone fixo do quarto que a acordou.

— Brooke? Você está viva? — a voz de Julian ressoou pelo aparelho sem fio.

— Estou — ela conseguiu dizer, olhando em volta para se localizar, surpresa por descobrir que estava debaixo das cobertas usando apenas a roupa de baixo e que o quarto inteiro estava escuro. Migalhas de cupcake estavam espalhadas em volta do seu travesseiro.

— Estou ligando para o seu celular há meia hora. Cadê você? Está tudo bem?

Ela se sentou de um pulo e olhou para o relógio. Sete e meia. Ela dormira por quase três horas.

— Deve ter sido o Bloody Mary — resmungou para si mesma, mas Julian começou a rir.

— Eu a deixo sozinha por uma tarde e você fica bêbada?

— Não foi nada disso! Mas tudo bem, como foi a gravação? Como foi tudo?

Na breve pausa que se seguiu, Brooke teve uma visão de todas as coisas que poderiam ter dado errado, porém mais uma vez Julian riu. Foi mais do que uma risada — ele parecia estar nas nuvens.

— Rook, foi incrível! Eu arrebentei, simplesmente arrebentei, e a banda foi muito melhor do que eu esperava, com tão poucos ensaios. — Brooke podia ouvir outras vozes no carro, e Julian começar a sussurrar. — Quando a música acabou, Jay Leno se aproximou, passou o braço em volta de mim, apontou para a câmera e disse que eu era incrível e que ele gostaria que eu voltasse todas as noites.

— Não!

— Ele disse! A plateia aplaudiu loucamente e, depois que a gravação terminou e nós estávamos nos bastidores, Jay até me agradeceu e disse que mal podia esperar para ouvir o disco inteiro!

— Julian, isso é incrível. Parabéns! Isso é fabuloso, *gigantesco*!

— Eu sei, estou tão aliviado. Olha, vamos chegar no hotel em vinte minutos, mais ou menos. Quer me encontrar no bar para um drinque?

Só a ideia de álcool fazia a cabeça dela latejar — quando fora a última vez que ela tivera uma ressaca antes da hora do jantar? —, mas ela se sentou.

— Preciso trocar de roupa. Eu te encontro lá embaixo assim que estiver pronta — falou, mas ele já havia desligado.

Sair de debaixo dos lençóis quentes e macios não foi fácil, mas três comprimidos de Advil e um tempinho debaixo do chuveiro ajudaram. Ela vestiu rapidamente uma calça jeans skinny, um top de seda e um blazer, mas uma inspeção mais atenta revelou que o jeans estava deixando seu traseiro horroroso. Por mais difícil que tivesse sido vestir a maldita calça, foi bem pior tentar tirá-la e Brooke quase bateu com o joelho no rosto tentando puxá-la pelas pernas, centímetro por centímetro. Seu estômago se revirou e suas pernas se agitaram e, ainda assim, ela mal se mexeu. Será que a Garota do Biquíni Branco algum dia sofreu tamanha indignidade? Ela jogou os jeans do outro lado do quarto, desgostosa. A única coisa que sobrara na mala fora um vestido de verão. Estava frio demais para usá-lo, mas, combinado com o blazer, uma echarpe de algodão e um par de botas sem salto, era sua única saída.

Não está horroroso, pensou enquanto se olhava uma última vez. Seu cabelo estava quase seco e — até Brooke tinha que admitir — parecia muito bom para quem não fez nenhum esforço. Ela passou um pouco de rímel e umas gotinhas de um blush líquido luminoso que Nola lhe dera algumas semanas antes e insistira educadamente para que ela usasse. Agarrou seu telefone e sua bolsa e correu. O gloss foi passado no elevador. As mangas do blazer foram enroladas enquanto ela atravessava o saguão. Brooke deu uma última sacudida e amassada nos cabelos e já se sentia realmente fresca e bonita quando finalmente viu Julian comandando sua equipe em uma das melhores mesas no pátio.

— Brooke! — ele se levantou e acenou.

Ela podia ver o sorriso dele a 15 metros de distância e toda a apreensão com a aparência desapareceu enquanto ela corria em sua direção.

— Parabéns! — disse ela, jogando os braços em volta do pescoço dele.

— Obrigado, gata — sussurrou ele em seu ouvido. E então, mais alto: — Venha dizer oi. Acho que você ainda não conheceu todo mundo.

— Oi! — cantarolou ela, fazendo um aceno geral para a mesa — Eu sou a Brooke.

O grupo estava reunido em torno de uma mesa simples de madeira, enfiada sob a sombra quase particular de árvores em flor. Havia pequenos espaços para se sentar intercalados pelo jardim exuberante, e a maioria estava já com pessoas bronzeadas e alegres, mas a atmosfera ainda parecia calma, sem pressa. Pequenas tochas cintilavam no escuro. Velas melhoravam os traços de todos. Copos brindavam e a música saía baixinho de caixas de som escondidas nas árvores e, se você realmente tentasse, podia ouvir o ruído constante do Sunset Boulevard em algum lugar ao longe. Apesar de nunca ter estado na Toscana, Brooke imaginava que um restaurante do interior no meio de Chianti seria exatamente assim.

Brooke sentiu a mão de Julian na parte de baixo de suas costas, empurrando-a de leve na direção da cadeira que ele havia puxado. Estava tão perdida na visão mágica do jardim iluminado que quase esqueceu o motivo pelo qual estava ali. Deu uma rápida olhada ao redor e viu Leo olhando de volta para ela com uma expressão surpreendentemente irritada; uma mulher de 30 e poucos anos — 40 e poucos com ótimo Botox? — com uma linda pele oliválea e cabelo negro, que devia ser a nova assessora de imprensa de Julian, Samara; e um cara de aparência familiar que ela não conseguia localizar e que... *meu Deus, será? Pode ser...*

— Você já conhece o Leo — Julian estava dizendo enquanto Leo sorria afetadamente. — E esta é Samara. Todo mundo já me falou que ela é a melhor, mas agora eu posso confirmar sem nenhuma sombra de dúvida.

Samara sorriu e esticou a mão para Brooke por cima da mesa.

— Prazer — disse ela secamente, apesar de seu sorriso ser caloroso o bastante.

— Ouvi falar tanto de você — disse Brooke, apertando sua mão e tentando se concentrar nela e não no quarto componente da mesa. — É verdade, quando Julian soube que você ia representá-lo, chegou em casa todo animado e falou: "Todo mundo diz que ela é a melhor."

— Ah, é gentileza sua — disse Samara, rejeitando a ideia com um gesto. — Mas ele está tornando tudo fácil. Foi totalmente profissional hoje.

— Vocês duas precisam parar — falou Julian, e Brooke pôde ver que ele estava gostando da situação. — Brooke, eu também queria apresentá-la ao Jon. Jon, esta é minha mulher, Brooke.

Minha Nossa. Era ele. Ela não fazia ideia do por que ou como aquilo havia acontecido, mas sentado bem ali à mesa de seu marido, segurando uma cerveja e parecendo perfeitamente normal, estava Jon Bon Jovi. O que ela devia dizer? Fazer? Onde, diabos, estava Nola quando precisava dela? Brooke vasculhou seu cérebro. Desde que não fosse dizer algo terrível, tipo "Eu sou sua fã" ou "Eu realmente acho o máximo você ser casado com a mesma mulher por todos esses anos", provavelmente estaria bem, mas ela não se sentava para beber com um superstar *todos* os dias...

— Ei — disse Jon, acenando com a cabeça na direção de Brooke. — Você tem um cabelo muito maneiro. A cor é natural?

A mão de Brooke voou imediatamente para suas mechas onduladas e ela sabia que seu rosto estava da cor do seu cabelo. O vermelho era tão puro, tão intensamente pigmentado que você ou amava ou odiava. Ela amava. Julian amava. E, aparentemente, Jon Bon Jovi também. *Nola!*, ela gritou para si mesma. *Preciso que você ouça isso agora!*

— É, é natural — falou ela, revirando os olhos fingindo nojo. — Fonte de muitas piadas cruéis na infância, mas estou me acostumando. — Pelo canto do olho, viu Julian sorrindo para ela; tomara que só ele soubesse o quanto sua modéstia era falsa naquela hora.

— Bem, eu acho do cacete — declarou Jon e ergueu seu copo de cerveja alto e estreito — Um brinde à Inferno na... — ele parou no meio e um sorriso adoravelmente envergonhado passou por seu rosto. Brooke queria lhe dizer que ele podia chamá-la de "Inferno na torre" quando quisesse.

— Um brinde às ruivas gostosas e às primeiras aparições no Leno. Parabéns, cara. Isso é demais. — Jon ergueu o copo e todos brindaram. A flute de champanhe de Brooke foi a última a tocar a dele, e ela ficou imaginando se haveria alguma forma de contrabandeá-la para casa.

— Saúde! — todo mundo gritou. — Parabéns!

— Então, como foi? — perguntou Brooke a Julian, feliz por lhe dar a chance de brilhar mais uma vez na frente de todas aquelas pessoas. — Me conta tudo.

— Ele foi perfeito — anunciou Samara em sua voz contida e profissional. — A apresentação dele aconteceu depois de convidados muito bons. — Ela fez uma pausa e virou-se para Julian. — Achei que Hugh Jackman estava uma graça. Você não achou?

— É, ele foi bom. E aquela menina do *Modern Family* também — falou Julian, assentindo.

— Demos sorte nisso. Dois convidados legitimamente interessantes e famosos, nenhum artista mirim ou mágico ou adestrador de animais. — disse Samara. — Acredite, não há nada pior do que ser obscurecido por um estúdio cheio de chimpanzés.

Todo mundo riu. Um garçom chegou à mesa e Leo fez o pedido para o grupo sem consultar ninguém. Brooke normalmente odiava quando alguém fazia isso, mas nem ela podia contestar suas escolhas: outra garrafa de champanhe, uma rodada de tequila e um monte de petiscos, desde bruschetta de cogumelo porcini trufado a mussarela com rúcula. Quando o primeiro prato de bolinhos de siri com purê de abacate chegou, Brooke havia recuperado alegremente sua onda e estava se sentindo quase eufórica. Julian — o seu Julian, o mesmo que dormia de meias todas as noites — havia acabado de se apresentar no *Tonight Show*. Eles estavam hospedados em uma suíte deslumbrante no famoso Chateau Marmont, comendo e bebendo como a realeza do rock. Um dos músicos mais famosos do século XX havia anunciado que adorava o cabelo dela. É claro que o dia do seu casamento foi o melhor da sua vida (as pessoas não tinham obrigação de dizer isso?), mas aquele estava quase conquistando o segundo lugar.

Seu celular gritou em sua bolsa no chão, um toque estridente de alarme de incêndio que ela escolhera depois do cochilo para garantir que não ia dormir demais novamente.

— Por que não atende? — perguntou Julian de boca cheia enquanto Brooke olhava fixamente para o telefone. Ela não queria atender, mas estava preocupada que algo sério tivesse acontecido: já passava da meia-noite no horário de Nova York.

— Oi, mamãe — falou o mais baixo que podia — Estamos no meio do jantar agora. Está tudo bem?

— Brooke! Julian está na TV agora e ele é incrível! Ele está uma graça e a banda está tocando perfeitamente e, meu Deus, você deve estar tão orgulhosa. Acho que é a melhor apresentação dele de todos os tempos. — As palavras de sua mãe saíam aos trambolhões em uma confusão frenética e Brooke mal conseguia juntar as peças.

Ela olhou para o relógio. Eram 21h20 no horário da Califórnia, o que significava que o *Tonight Show* estava sendo exibido naquele exato segundo para toda a Costa Leste.

— Sério? Ele está bem? — perguntou Brooke.

Isso chamou a atenção de todos.

— É claro, está passando na Costa Leste agora — falou Samara, puxando seu BlackBerry.

— Incrível — sua mãe estava dizendo ao telefone. — Ele está absolutamente incrível. E Jay fez uma bela apresentação. Espere; ele está terminando a música agora.

— Mamãe, eu ligo para você depois, tá? Estou sendo muito mal-educada.

— Está bem, querida. Está tarde aqui, então me ligue de manhã. E dê os parabéns ao Julian por mim.

Brooke apertou o botão para desligar a ligação, mas o telefone voltou a tocar imediatamente. Nola. Ela olhou em volta da mesa e percebeu que, com exceção do Jon, que saíra para cumprimentar outro grupo, todos os outros também estavam ao telefone.

— Ei, posso ligar mais tarde? Estamos jantando.

— Ele é ridiculamente bom! — guinchou Nola.

Brooke sorriu. Nola nunca ficara tão entusiasmada em nenhuma das apresentações do Julian antes, nem chegou perto disso.

— Eu sei.

— Meu Deus, Brooke, estou de queixo caído. Quando ele se solta e canta aquela última estrofe ou sei lá como vocês chamam, com os olhos fechados e a cabeça para trás? Cara, me deu arrepios.

— Eu falei. Ele é bom mesmo.

Brooke ouviu Julian agradecendo a alguém com um sorriso envergonhado mas orgulhoso. Leo estava gritando algo sobre Julian ser "bom pra cacete" e Samara estava dizendo que ia verificar a disponibilidade de Julian e ligaria de volta pela manhã. O telefone de Brooke estava explodindo com mensagens de texto e e-mails que chegavam a todo instante, pequenas notificações aparecendo na tela mesmo enquanto ela falava com Nola.

— Olhe, eu tenho que desligar agora, as coisas estão uma loucura por aqui. Vai ficar acordada por mais uma hora? — Ela de repente começou a sussurrar. — Estou jantando no Chateau Marmont com Jon Bon Jovi. E, aparentemente, ele adora ruivas.

— Chega! Chega! — Nola sibilou ao telefone. — Para começar, quando foi que a minha melhor amiga se tornou tão fabulosa? "Jantando no Chateau Marmont"? Está brincando comigo? E, em segundo lugar... eu tenho que desligar neste segundo para comprar uma passagem para L.A. e pintar meu cabelo de ruivo.

Brooke riu.

— Sério, Brooke, não fique surpresa se eu aparecer aí amanhã de manhã cedo, com cabelo vermelho e tudo. Considere-se avisada.

— Eu te amo, Nol. Ligo para você daqui a pouco.

Ela desligou, mas não adiantou nada. Todos os telefones continuaram tocando, vibrando e cantando e todos continuavam atendendo, ansiosos para ouvir a próxima rodada de elogios e adulações. De longe, o e-mail campeão da noite veio da mãe do Julian, endereçado aos dois, que dizia: *Seu pai e eu vimos você no Leno esta noite. Apesar de não termos ficado impressionados com os outros convidados que ele entrevistou, achamos sua apresentação bastante boa. É claro que, com todas as oportunidades e apoio que você teve desde a infância, sabíamos que tudo era possível. Parabéns pela sua realização!* Brooke e Julian leram ao mesmo tempo em aparelhos diferentes e riram tanto que não conseguiram falar por vários minutos.

Só depois de uma hora as coisas se acalmaram e, a essa altura, Jon voltara para a mesa deles. Samara marcara mais dois programas para Julian, e Leo pedira a terceira garrafa de champanhe. Julian se recostou na cadeira, parecendo aturdido e exultante.

— Muito obrigado, galera — disse ele finalmente, erguendo sua taça e acenando para cada um deles com a cabeça. — Eu nem consigo encontrar as palavras, mas esta, esta é, hum, a noite mais incrível *de todos os tempos.*

Leo limpou a garganta e ergueu seu próprio copo.

— Sinto muito, amigo, mas acho que você está errado — falou, piscando para os outros. — Esta noite é apenas o começo.

5

elas vão desmaiar por sua causa

Ainda não eram 10h30 de uma manhã no fim de maio e o calor do Texas já era esmagador. Julian já havia ensopado a camiseta e Brooke estava bebendo litros d'água, convencida de que ambos estavam seriamente desidratados. Ela tentara dar sua corrida matinal, mas desistira depois de dez minutos, quando se sentiu tonta, faminta e enjoada ao mesmo tempo. Quando, pela primeira vez em cinco anos de casamento, Julian sugerira que eles passassem algumas horas fazendo compras, ela não conseguiu disfarçar a alegria e entrou logo no carro alugado, apesar de feio e verde. Fazer compras significava ar-condicionado, e ela aceitara.

Eles dirigiram primeiro pelo bairro residencial ao redor do hotel, seguindo depois um longo caminho pela estrada e então, após quase 20 minutos, alguns quilômetros por uma estradinha cheia de curvas que era asfaltada em algumas partes e pouco mais do que poeira e cascalho em outras. Durante toda a viagem, Brooke implorou para saber aonde eles estavam indo, mas Julian sorria cada vez mais e se recusava a responder.

— Você imaginaria que era assim a apenas 10 minutos de Austin? — perguntou Brooke enquanto passavam por campos de flores selvagens e, do outro lado, um celeiro destruído.

— Nunca. É como se fosse a reprodução fiel de como você imagina uma cidade rural, não um subúrbio de uma cidade cosmopolita importante. Mas acho que é exatamente por isso que filmam aqui.

— É, ninguém lá no meu no trabalho acreditou que filmam *Friday Night Lights* aqui.

Julian virou-se para olhar para ela.

— Está tudo bem no trabalho? Você não tem falado muito a respeito ultimamente.

— Na maior parte do tempo está tudo bem. Tenho uma paciente que é aluna nova em Huntley e está convencida de que é morbidamente obesa, apesar de estar na faixa de peso ideal. É bolsista, tem uma vida totalmente diferente da maioria das garotas de lá. Provavelmente acha que não se encaixa de mil maneiras diferentes, mas o mais difícil para ela é o peso.

— E o que você pode fazer por ela?

Ela suspirou.

— Sabe, não muito. Além de ouvi-la e reconfortá-la, eu só preciso ficar de olho nela e garantir que nada saia do controle. Tenho certeza de que não estou lidando com um distúrbio alimentar grave, mas é assustador quando vejo alguém tão preocupado com isso, principalmente quando esse alguém é uma adolescente. Como semana que vem começam as férias de verão, estou preocupada com ela.

— E as coisas no hospital?

— Vão bem. Margaret não ficou feliz por eu ter tirado esses dois dias de folga, mas o que se há de fazer?

Ele se virou para olhar para ela.

— Dois dias realmente são tão importantes assim?

— Não exatamente, mas tirei três dias para ir a L.A. para a gravação do *Leno*, meio dia para sua rodada de entrevistas em Nova York e um dia para ir à sessão de fotos para a capa do seu disco. E isso tudo nas últimas seis semanas. Mas tudo bem. Eu mal o vejo desde então; não teria perdido isso por nada.

— Rook, acho que não é justo dizer que mal nos vemos. As coisas só têm andado agitadas. De uma forma boa.

Ela discordava — ninguém podia dizer que ter vislumbres um do outro de vez em quando, nos poucos momentos em que Julian passava pelo apartamento, era "se ver" —, mas não pretendia soar tão crítica.

— Não foi o que eu quis dizer, juro — ela falou em seu tom mais pacificador. — Olhe, estamos juntos agora, então vamos aproveitar, está bem?

Eles ficaram sentados em silêncio por alguns minutos, até Brooke tocar a testa com a ponta dos dedos e dizer:

— Não acredito que vou conhecer Tim Riggins.

— Qual deles ele é?

— Ah, por favor. Pare.

— É o treinador? Ou o quarterback? Eu me confundo — disse Julian, sorrindo. Como se *alguém* não conhecesse Tim Riggins.

— A-hã, que seja. Quando ele chegar na festa hoje à noite e todas as mulheres na sala desmaiarem de tesão, você vai saber. Acredite em mim.

Julian deu um tapa no volante, fingindo estar ultrajado.

— Elas não deviam estar desmaiando por minha causa? Quer dizer, eu sou o astro de rock.

Brooke se inclinou por cima do divisor dos assentos e o beijou na bochecha.

— É claro que elas vão desmaiar por sua causa, gato. Se puderem parar de olhar para Riggins tempo suficiente para reparar em você, vão desmaiar feito umas loucas.

— Agora mesmo é que eu não vou contar para você aonde estamos indo — falou Julian.

A testa dele estava enrugada de concentração por causa do esforço que fazia para evitar os buracos a cada 3 metros mais ou menos, a maioria dos quais estavam cheios d'água por causa da tempestade da noite anterior. Seu marido simplesmente não estava acostumado a dirigir. Brooke pensou por um instante que eles estavam indo fazer uma trilha ou uma caminhada ecológica ou algum tipo de canoagem ou expedição de pesca, mas lembrou rapidamente que seu marido fora nascido e criado em Nova York e sua ideia de comunhão com a natureza era molhar semanalmente um bonsai que ficava em sua mesa de cabeceira. Seu conhecimento sobre a vida selvagem era limitado: ele podia distinguir um camundongo de uma ratazana em qualquer plataforma de metrô e parecia possuir um sentido instintivo sobre quais gatos de rua eram amigáveis e quais iam se eriçar e arranhar se você chegasse perto demais. Tirando isso, Julian preferia manter seus sapatos limpos e sua cama dentro de casa e só se aventurava a pôr os pés do lado de fora — digamos, para ver o SummerStage no Central Park ou até o Boat Basin quando amigos davam festas lá — quando estava equipado com punhados de Claritin e um celular com bateria totalmente carregada. Ele odiava quando Brooke o chamava de príncipe urbano, mas nunca conseguia negar a acusação convincentemente.

O complexo feio, espalhado, parecia se erguer diretamente de uma clareira e se anunciava em néon: Lone Star Western Wear. Havia dois prédios, não exatamente anexos, mas que partilhavam um estacionamento sem asfalto, e alguns carros parados do lado de fora.

— Aqui estamos — falou Julian, saindo de uma estrada de terra e entrando em outra.

— Você está brincando. Diga que está brincando.

— O que foi? Compras, como eu falei.

Brooke olhou na direção dos prédios atarracados e do amontoado de caminhonetes na frente deles. Julian saltou do carro, deu a volta para o lado do carona e esticou a mão para ajudar Brooke a passar por cima das poças de lama com suas sandálias de tirinhas.

— Quando você falou compras, eu pensei em algo tipo Neiman's.

A primeira coisa que Brooke notou depois do sopro bem-vindo do ar-condicionado foi uma loura bonita de jeans justos, uma camiseta xadrez apertada de mangas curtas e botas de caubói. Ela se aproximou imediatamente e disse:

— Bom-dia! Me avisem se 'cês precisarem de ajuda!

Brooke sorriu e assentiu. Julian deu um sorriso largo e Brooke lhe deu um soco no braço. Um som arranhado de guitarra emanava das caixas de som no teto.

— Na verdade, adoraríamos uma ajuda — Julian falou para a loura.

A garota bateu palmas e colocou uma das mãos no ombro de Julian e a outra no de Brooke.

— Muito bem, vamos começar. O que estamos procurando hoje?

— É, *o que* estamos procurando hoje? — perguntou Brooke.

— Estamos procurando uma roupa de caubói para minha mulher usar em uma festa — disse Julian, recusando-se a fazer contato visual com Brooke.

A vendedora sorriu e falou:

— Bem, isso é ótimo, tenho a coisa certa!

— Julian, já escolhi a minha roupa para hoje à noite. Aquele vestido preto que eu experimentei para você. Com a bolsa linda que Randy e Michelle me deram de aniversário. Lembra?

Ele retorceu as mãos.

— Eu sei... é que eu acordei cedo hoje e fui olhar meus e-mails e... Finalmente abri o anexo com o convite para a festa de hoje à noite e vi que o traje é algo chamado "Cauboy Couture".

— Ai, não acredito.

— Não entre em pânico! Viu, eu sabia que você ficaria desesperada, mas...

— Eu trouxe um vestido preto tomara que caia e sandálias douradas! — Brooke gritou alto o bastante para que alguns dos outros compradores se virassem para olhar.

— Eu sei, Rook. Foi por isso que mandei imediatamente um e-mail para a Samara perguntando se ela podia explicar melhor. E foi o que ela fez.

— E? — Brooke inclinou a cabeça, surpresa mas ligeiramente mais calma.

— E... — Julian puxou seu iPhone e desceu o cursor por um segundo antes de tocar a tela e começar a ler. — "Ei, querido" — ela chama todo mundo assim. — "O pessoal do *Friday Night Lights* planejou uma festa a fantasia para se manterem fiéis às suas raízes texanas. Não tenha medo de exagerar. Botas e chapéus de caubói, calças de vaqueiro e jeans justos e sexy serão normais esta noite. Diga à Brooke que ela precisa de um par maravilhoso de Daisy Dukes. O próprio Treinador Taylor vai escolher o vencedor, então façam direito! Mal posso esperar para..." — A voz de Julian foi sumindo conforme ele ia parando de ler em voz alta. — O resto são coisas chatas de cronograma. Essa era a parte importante. Então... é por isso que estamos aqui. Não está feliz?

— Bem, fico feliz que você tenha descoberto antes que chegássemos lá esta noite... — ela percebeu que Julian parecia ansioso, querendo que ela mostrasse gratidão. — Com certeza, estou grata por você ter me salvado desse triste destino. Obrigada por ter todo esse trabalho.

— Não é trabalho nenhum — disse Julian, deixando seu alívio óbvio.

— Você devia ensaiar hoje.

— Ainda dá tempo, por isso viemos cedo. Estou feliz que você esteja aqui comigo. — Ele lhe deu um selinho meigo e ergueu a mão e acenou para a vendedora. Ela se aproximou, toda sorrisos.

— Estamos prontos? — perguntou a garota.

— Estamos prontos — Brooke e Julian falaram ao mesmo tempo.

Quando finalmente foram embora, quase uma hora mais tarde, Brooke estava corada de entusiasmo. As compras haviam sido mil vezes melhores do que ela imaginara, uma combinação revigorante de curtir a aprovação de Julian quando ela experimentava shorts curtos e tops justos e botas sexy e a pura diversão infantil de brincar de se fantasiar. A vendedora, Mandy, havia habilmente orientado Brooke na escolha de uma roupa de festa perfeita: uma saia jeans desfiada, quando Brooke se sentiu exposta demais com os shorts, uma blusa xadrez idêntica à que ela estava usando, amarrada sensualmente com um nó acima do umbigo (mas, no caso de Brooke, combinada a uma camiseta branca, para que ela não tivesse que revelar a carne macia de sua barriga), um cinto com uma fivela enorme no formato de uma estrela de xerife, um chapéu de caubói com os lados virados para cima e uma borla elegante em volta do queixo e o par de botas de caubói com os pespontos mais atrevidos que Brooke já vira. Mandy sugeriu que Brooke fizesse duas tranças baixas no cabelo e lhe entregou uma bandana vermelha para amarrar em volta do pescoço.

— E não se esqueça de passar muito, muito rímel — disse Mandy, balançando o dedo. — As cowgirls adoram olhos esfumados.

Apesar de Julian não se fantasiar completamente para a apresentação, Mandy o ensinou a enrolar um maço de cigarros na manga da camiseta para definir a dobra e o equipou com a versão masculina do chapéu de caubói de Brooke.

Eles riram durante todo o caminho de volta para o hotel. Quando Julian se inclinou para beijá-la e lhe disse que estaria de volta às 18h para tomar banho, Brooke queria implorar a ele para que ficasse, mas pegou suas sacolas de compras e o beijou de volta.

— Boa sorte — falou ela. — Eu me diverti muito hoje. — Não conseguiu conter um sorriso largo quando Julian disse que também tinha se divertido.

Ele se atrasou para voltar e teve que correr para tomar banho e se vestir, e ela podia sentir que ele estava começando a ficar nervoso quando entraram no carro que os aguardava.

— Está nervoso? — perguntou Brooke.

— É, um pouco, eu acho.

— Lembre-se apenas de uma coisa: de todas as músicas que existem no universo, eles escolheram a *sua*. Toda vez que alguém sintonizar para assistir ao programa, vai ouvir a *sua* música. É incrível, gato. De verdade.

Julian colocou sua mão em cima da dela.

— Acho que vamos nos divertir muito. E você está parecendo uma modelo. As câmeras vão enlouquecer.

Brooke mal havia pronunciado a pergunta "Que câmeras?" antes que o carro encostasse na entrada do Hula Hut, um famoso bar local com a reputação de ter o melhor "queso" ao norte da fronteira, e eles fossem recebidos por mais ou menos uma dúzia de paparazzi.

— Ah, meu Deus, eles vão tirar uma foto nossa? — perguntou Brooke, subitamente apavorada por essa possibilidade que não havia levado em consideração. Ela ergueu os olhos e notou um longo tapete com estampa de couro de vaca — a versão country de um tapete vermelho, ela pensou. Alguns metros adiante, vislumbrou outros integrantes do elenco posando para as câmeras.

— Espere aí, eu abro a porta para você — falou Julian, saltando pelo seu lado e dando a volta até o dela. Ele abriu a porta e se inclinou para dentro, oferecendo-lhe a mão. — Não se preocupe, eles não ligam muito para nós.

Brooke ficou aliviada ao descobrir que ele estava absolutamente certo. Os fotógrafos os atacaram no começo, ansiosos para ver se era alguém importante, e aí sumiram tão rápido quanto haviam aparecido. Só um dos fotógrafos perguntou se eles podiam posar para uma foto na frente do grande painel preto escrito *Friday Night Lights* e NBC perto da porta. Depois de tirar desanimadamente algumas fotos, ele pediu que soletrassem seus nomes em um gravador e então se afastou. Eles abriam caminho até a porta, Brooke segurando a mão de Julian, quando ela viu Samara do outro lado do aposento. Brooke deu só uma olhada no vestido de seda elegantemente simples da garota, suas sandálias de gladiador e brincos compridos tilintantes e se sentiu ridícula. Por que Brooke estava vestida para dançar quadrilha quando essa garota parecia ter acabado de sair de uma passarela? E se tivesse havido um horrível mal-entendido e Brooke fosse a única pessoa completamente fantasiada naquela noite? Ela podia sentir sua respiração ficar mais lenta e o pânico se instalar.

Só então Brooke tomou coragem para olhar em volta. Havia Daisy Dukes e chapéus de caubói enormes até onde seus olhos podiam ver.

Ela aceitou um coquetel de frutas de uma bandeja que passou em sua direção e flutuou alegremente durante a hora seguinte de apresentações e socialização, bebidas e risadas. Foi uma daquelas raras festas em que todos parecem genuinamente animados por estarem ali — não só a equipe e o elenco, que obviamente se conheciam e se davam bem, mas todos os cônjuges e amigos e a pequena quantidade de celebridades que alguns dos atores estavam namorando ou que haviam sido agendadas por seus assessores de imprensa para fins publicitários. Brooke viu Derek Jeter pairando acima de um prato cheio de nachos e tentou se lembrar de qual das garotas do *Friday Night Lights* ele estava noivo, e Julian relatou que vira Taylor Swift seminua entretendo seu entourage no telhado. Mas na maior parte era só uma galera divertida e barulhenta usando calças xadrez e de vaqueiro e jeans desfiados, bebendo cerveja e comendo *queso* e dançando ao som de músicas dos anos 1980 que tocavam nas caixas de som. Aquela foi a apresentação de Julian em que Brooke se sentiu menos consciente de si mesma, e ela aproveitou o momento, curtindo a raríssima sensação de estar de pileque, linda, só e no clima. Quando Julian e sua banda finalmente subiram ao palco improvisado, Brooke fazia parte da turma, tendo sido puxada para uma degustação súbita de margaritas por um bando de roteiristas do programa. Só naquele momento ocorreu a ela que, tirando a gravação do programa do *Leno*, ela ainda não tinha visto Julian tocar com sua nova banda.

Brooke os estudou enquanto subiam ao palco para testar seus instrumentos e ficou um pouco surpresa ao descobrir que eles pareciam menos uma banda de rock e mais com um grupo de 20 e poucos anos que haviam todos sido melhores amigos no internato de uma escola de elite na Nova Inglaterra. O baterista, Wes, tinha o cabelo comprido de praxe, só que ele não caía em mechas oleosas em volta de seu rosto. As madeixas cor de mogno do Wes eram grossas e onduladas e exuberantes, um cabelo que só garotas realmente mereciam ter. Estava usando uma camisa polo verde com jeans limpos e passados e um par de tênis clássico New Balance cinza. Ele parecia o tipo de cara que trabalhava como *caddy* no verão durante o ensino médio — não para ganhar dinheiro, mas para "fortalecer o caráter" — e então não trabalhou de novo até estar na hora de entrar para a empresa de advocacia de seu pai. O guitarrista principal era o mais velho do grupo, provavelmente no começo dos 30, e, apesar de não ser tão mauricinho quanto Wes, sua calça cáqui surrada, seu tênis All Star preto e sua camiseta JUST DO IT! não eram nada rebeldes. Diferente de seu colega baterista, Nate não se encaixava nem um pouco no estereótipo do guitarrista — ele era atarracado e tinha um sorriso tímido e olhos desanimados. Brooke se lembrava de como Julian ficara chocado ao ouvir Nate durante a seleção depois de avaliá-lo logo que ele subiu no palco.

— Esse garoto sobe no palco e você acha imediatamente que ele é um cara que apanhou a vida toda. Tem, tipo, medo da própria sombra. E aí ele começa a tocar e, cara, ele arrebenta. Foi surreal.

O trio era completado por Zac, o baixista, que tinha mais cara de músico do que seus companheiros, mas cujo cabelo espetado moderninho, corrente na calça e uma linha sutil de delineador na realidade o faziam parecer mais afetado. Ele era o único membro da banda que Julian não adorava, mas a Sony achou que sua primeira escolha de baixista — uma garota — o ofuscaria, e Julian não estava a fim de discutir. Era um grupo estranho, essa banda de aparentes desajustados, mas ninguém podia dizer que não era intrigante. Brooke olhou em volta e percebeu que todo mundo estava em silêncio.

Julian não apresentou a música ou a si mesmo da forma como normalmente fazia quando tocava, apenas acenou com a cabeça na direção da banda e começou a cantar sua própria versão de "Achy Breaky Heart". Era uma decisão arriscada, mas fora um cálculo brilhante. Ele escolhera uma canção banal e melosa, modificou-a para que parecesse séria, quase profunda, e terminou com uma versão completamente nova, ao mesmo tempo descolada e irônica: *Vocês esperavam que nós subíssemos e cantássemos uma versão séria da canção que vocês escolheram para abrir o programa ou talvez algo do próximo disco, mas não estamos aqui para nos levar a sério demais.* As pessoas riram e deram vivas e cantaram junto e, quando acabou, irromperam em aplausos.

Brooke bateu palmas junto com todos os outros e ficou felicíssima em ouvir tantas pessoas dizendo como Julian era talentoso e que poderiam ouvi-lo a noite inteira. Testemunhar o entusiasmo dos outros não a surpreendia nem um pouco; como poderiam não se sentir assim? Mas ela nunca, jamais se cansava. Quando Julian se aproximou do pé do microfone e abriu um sorriso enorme e adorável, Brooke sentiu todo o salão sorrindo de volta para ele.

— Oi, pessoal — ele falou, fazendo um cumprimento exagerado com seu chapéu de caubói. — Obrigado por receberem esse garoto ianque na cidade.

A multidão gritou e aplaudiu. Brooke viu Tim Riggins erguer sua garrafa de cerveja para Julian e tentou não gritar. Derek Jeter colocou as duas mãos sobre a boca e fez um som de "U-huu!". Alguns dos roteiristas, as mulheres, com quem Brooke estivera degustando margaritas mais cedo, formaram uma fila na frente do palco e assoviaram para a banda. Julian recompensou todas com mais um sorriso de matar.

— Acho que falo por todos nós quando digo como estou orgulhoso e honrado por terem feito da minha música a música de vocês — falou ele, provocando mais aplausos e assovios. Depois Julian ergueu a mão. — E mal posso esperar para cantar isso esta noite, aqui na presença de todos vocês. Mas espero que não se incomodem em ser bonzinhos comigo só por alguns minutos antes de tocarmos "For the Lost". Agora eu gostaria de cantar uma coisinha para minha adorável mulher, Brooke. Ela tem sido muito paciente ultimamente, acreditem, *muito* paciente, e já faz algum tempo que eu não digo obrigado. Rookie, esta é para você.

Ao ouvir seu apelido, Brooke se sentiu corando e, por um milésimo de segundo, ficou surpresa por Julian tê-la chamado assim em público. Mas antes que tivesse tempo de pensar nisso, ela ouviu os acordes de abertura de "Crazy Love", de Van Morrison — a primeira música que eles dançaram em seu casamento —, e em um segundo estava hipnotizada pela apresentação dele. Julian olhou diretamente para ela enquanto permitia que a canção crescesse e ficasse mais forte, e só quando ele chegou ao refrão e jogou a cabeça para trás para gritar as palavras Brooke saiu do devaneio particular deles e percebeu que cada pessoa no aposento estava olhando para ela. Não, risquem isso. Os homens estavam mudando o peso do corpo de um pé para o outro, dando goles em suas cervejas e olhando a banda — eram as mulheres que estavam olhando para Brooke cheias de inveja e admiração. Era uma sensação surreal; ela certamente já vira muitas cenas de adoração ao Julian em seus outros shows, mas nunca sentira os holofotes voltados para ela. Ela sorriu e dançou um pouco e observou Julian enquanto ele lhe fazia uma serenata e, de alguma forma, apesar do fato de ter sido testemunhado por centenas, pareceu um dos momentos mais íntimos que eles já haviam partilhado. Um dos melhores de que ela podia se lembrar.

Enquanto Julian finalmente passava para "For the Lost", Brooke estava certa de que o público inteiro estava apaixonado por ele. A energia era real e intensa, porém mais ou menos no meio da música, ela sentiu uma onda ainda maior de entusiasmo. As pessoas começaram a se mover, virando, olhando, sussurrando. Algumas torceram o pescoço. Uma até apontou. Algo estava acontecendo, mas Brooke não conseguia ver direito o quê no meio da multidão até... *Espere... será que é realmente... Layla Lawson*? Ah, com certeza, e apesar de Brooke não conseguir entender de jeito nenhum o que Layla Lawson estava fazendo na festa da estreia da temporada de *Friday Night Lights,* lá estava ela... e estava linda. A julgar pelo vestido florido tomara que caia e botas de caubói que Layla estava usando, Brooke não sabia se ela estava fantasiada ou não, mas não havia como negar que a garota parecia em boa forma, feliz e muito, muito famosa. O aposento inteiro ficou olhando enquanto ela cumprimentava Samara com um enorme abraço e abria caminho até a frente da multidão, perto de onde Brooke estava, ao pé do palco.

Aconteceu antes que qualquer um — incluindo Julian — pudesse entender. Apenas alguns segundos depois de eles terminarem a música e mergulharem nos aplausos, Layla marchou pela escada lateral do palco, andou confiantemente até Julian e o envolveu em um abraço de urso. Ela sorriu e, depois de beijar a bochecha dele e passar as duas mãos em volta do seu braço, virou-se para encarar a multidão. Ela parecia estar literalmente pendurada em Julian, olhando para ele com um sorriso branco e brilhante e um olhar de pura adoração. Até aquele ponto, ele estivera congelado de descrença, mas a ficha devia ter caído — em segundos ele estava devolvendo o olhar de adoração e mais um pouco.

Ela se inclinou na direção do microfone como se fosse seu e gritou:

— Ele não é demais, galera? Aplausos para Julian Alter!

O lugar entrou em êxtase. Todos os fotógrafos que os haviam ignorado antes foram à loucura. Eles se acotovelavam procurando uma posição, tirando uma foto atrás da outra, os flashes estourando como se fosse a noite do Oscar. Acabou quase tão rápido quanto começou, com Layla inclinando-se para sussurrar algo no ouvido de Julian e então saindo do palco de novo. Brooke presumiu que ela ficaria para tomar um ou dois drinques, mas a estrela foi direto para a porta da frente.

Dez minutos depois, Julian estava mais uma vez ao lado de Brooke, seu brilho costumeiro pós-show intensificado pelo entusiasmo. Ele a beijou e lhe lançou um olhar que dizia *Mal posso esperar para conversar com você sobre isso* e segurou com força a mão dela enquanto circulavam pelo aposento, recebendo os parabéns e tapinhas nas costas com uma risada bem-humorada.

Eles não ficaram a sós nem por um segundo até quase 1 da manhã, quando Samara e Leo deram boa-noite e foram para seus respectivos quartos no hotel (Leo acompanhado de uma nova amiga que conhecera na festa, é claro). No instante em que a porta se fechou atrás deles, Julian virou-se para Brooke e disse:

— Você *acredita* que Layla Lawson subiu no palco comigo?

— Se não tivesse visto com meus próprios olhos, eu nunca acreditaria. Ainda não tenho certeza se acredito. — Brooke chutou as botas dos pés e despencou na cama. — Cara, a Layla *Lawson*. É surreal. O que diabos ela estava fazendo lá?

— Não faço ideia, mas uma coisa eu tenho que dizer: aquela garota sabe se mexer. Você viu como ela estava dançando ao seu lado, meio que se requebrando e balançando os quadris? Foi hipnotizante. É como colocar um microfone na mão dela, ela simplesmente não consegue resistir.

Houve uma batida na porta.

Julian olhou para Brooke, que deu de ombros. Ele andou até a porta para ver quem era e Leo entrou como um jato, sem ser convidado. Brooke quase deu uma gargalhada: sua camisa estava desabotoada até o umbigo e ele tinha uma mancha que parecia ser de batom na parte de dentro do colarinho.

— Ei, ouça — ele falou para Julian, sem nem um olá ou um pedido de desculpas pela interrupção. — Eu sei que isso é de última hora, mas Samara acabou de me dizer que arrumou um monte de compromissos para você em L.A. amanhã. Aquela cena com a Layla foi genial e as pessoas estão enlouquecendo com isso. Vamos para o aeroporto às 9h, está bem?

— Amanhã? — Julian conseguiu dizer, parecendo tão surpreso quanto Brooke.

— Às 9h em ponto, na recepção. Provavelmente você estará de volta a Nova York em três, quatro dias. Excelente trabalho esta noite, cara. A gente se vê de manhã — ele falou e saiu apressadamente. Brooke mandou um agradecimento silencioso para a garota que estava esperando na cama dele aquela noite.

— Bem — disse Brooke quando a porta bateu atrás de Leo.

— Bem. Acho que vou para L.A. amanhã.

— OK. — falou Brooke, porque não sabia o que dizer. Ela teria que cancelar o jantar que haviam marcado para a noite seguinte com os colegas de faculdade de Julian que estavam na cidade. E ele não poderia acompanhá-la à festa no museu para a qual Nola os convidara, de cujo comitê ela fazia parte e cujos convites haviam lhes custado uma pequena fortuna.

Houve outra batida na porta.

Brooke gemeu.

— O que é agora?

Era Samara desta vez, ela estava mais animada do que Brooke jamais vira. Também marchou para dentro sem dizer olá, baixou os olhos para sua agenda de couro e falou:

— Então, a foto com a Lawson funcionou melhor do que eu esperava. Todo mundo pegou. Todo mundo.

Julian e Brooke apenas ficaram olhando para ela.

— Já recebi mil telefonemas pedindo entrevistas e fotos. Brooke, estou avaliando um pedido de uma matéria sobre você, algo do tipo "Quem é a Sra. Julian Alter?", então fique atenta para isso. Julian, você vai ter compromissos praticamente todos os dias na semana que vem. Isso é uma ótima notícia, resultados absolutamente sensacionais, e vou lhe dizer agora: o pessoal da Sony está felicíssimo.

— Uau — falou Julian.

— Ótimo — acrescentou Brooke desanimadamente.

— Os paparazzi já estão espreitando na recepção, então se prepare para encará-los de manhã. Posso recomendar algumas pessoas para cuidar de sua privacidade e segurança.

— Ah, não acho que isso vá ser necessário — disse Brooke.

— A-hã. Só me avisem. Enquanto isso, sugiro que vocês dois comecem a usar nomes diferentes para se hospedarem nos hotéis e tenham muito cuidado com o que escrevem em e-mails para qualquer um.

— Hum, isso é realmente...

Samara interrompeu Julian e fechou a agenda. Reunião oficialmente encerrada.

— Brooke, Julian — ela disse os nomes lentamente e com o tipo de sorriso que lhes causou arrepios —, bem-vindos à festa.

6

ele podia ter sido doutor

— Você quer que eu ponha isso atrás das cortinas que já existem ou que tire as outras primeiro? — perguntou o homem da instalação, fazendo um gesto para trás de si mesmo, na direção do quarto de Brooke e Julian.

Não era uma decisão especialmente importante, mas Brooke não gostava de ter que tomá-la sozinha. Julian estava em algum lugar no noroeste do Pacífico — e ultimamente não estava ajudando muito nas questões domésticas.

— Não sei, o que a maioria das pessoas faz?

O cara deu de ombros. A expressão dele dizia *Tanto faz, dona, só escolha qualquer coisa para eu poder me mandar daqui e aproveitar o meu sábado*. Brooke sabia exatamente como ele se sentia.

— Hum, acho que botar atrás das outras cortinas? Essas são mais bonitas, de qualquer modo.

Ele resmungou e desapareceu, com Walter em seus calcanhares. Brooke voltou para seu livro, mas ficou aliviada quando o telefone tocou

— Oi, papai, e aí? — parecia que eles não se falavam havia séculos, e, quando conversavam, ele só queria falar sobre o Julian.

— Ah, Brooke? Oi, é a Cynthia.

— Oi, Cynthia! Vi o número do papai no identificador de chamadas. Como vocês estão? Alguma chance de virem a Nova York?

Cynthia tentou rir.

— Provavelmente não tão cedo. A última vez foi... cansativa. Mas você é sempre bem-vinda aqui, você sabe.

— É, eu sei sim. — A resposta soou mais grosseira do que era sua intenção, apesar de ser um pouco irritante receber um convite para visitar o próprio pai na casa onde passara toda a sua infância. Cynthia deve ter percebido isso, porque logo pediu desculpas, fazendo com que Brooke se sentisse culpada por ser desnecessariamente agressiva.

— Eu também sinto muito — disse Brooke com um suspiro. — As coisas estão um pouco confusas por aqui no momento.

— Não posso nem imaginar! Ouça, sei que provavelmente não vai dar, mas achei que tinha que perguntar. É por uma boa causa, sabe?

Brooke respirou fundo e prendeu a respiração. Lá estava o lado ruim de ser íntimo de alguém recém-famoso — ele *era* famoso agora, não era? —, a parte sobre a qual ninguém a advertira.

— Não sei se você sabe, mas sou uma das copresidentes da Diretoria Feminina do Templo Beth Shalom.

Brooke esperou, mas Cynthia não continuou.

— A-hã, acho que eu sabia disso — disse Brooke, tentando passar o mínimo de entusiasmo possível.

— Bem, nosso almoço beneficente anual será em algumas semanas e a oradora que estava marcada acabou de cancelar. Aquela mulher que escreve livros de culinária kosher, sabe? Na verdade, não acho que sejam exatamente kosher, só estilo kosher. Ela tem um para a Páscoa, um para o Chanucá, e outro só para crianças.

— Hum.

— Bem, de qualquer modo, parece que ela supostamente precisa fazer algum tipo de cirurgia de joanete na semana que vem e não vai poder andar por algum tempo, apesar de eu achar que ela vai é fazer uma lipo.

Brooke se forçou a ser paciente. Cynthia era uma boa pessoa e só estava tentando arrecadar dinheiro para os menos afortunados. Ela respirou lenta e profundamente, tomando cuidado para não deixar Cynthia ouvir.

— Talvez seja realmente um joanete. Ou talvez ela apenas não esteja a fim de viajar de Shaker Heights até a Filadélfia, sei lá. Além do mais, quem sou eu para julgar? Se alguém chegasse e me oferecesse uma plástica na barriga neste instante, eu provavelmente sacrificaria minha própria mãe. — Pausa — Nossa, isso foi horrível, não foi?

Brooke queria arrancar os cabelos. Em vez disso, forçou uma risada.

— Sei que não está sozinha nessa, mas não precisa de plástica. Você está ótima.

— Ah, você é um doce!

Brooke esperou alguns segundos para que Cynthia se lembrasse de por que havia ligado.

— Ah! Então, voltando ao assunto. Eu sei que é provável que ele esteja enlouquecidamente ocupado, mas se houver alguma chance do Julian fazer uma aparição no nosso almoço, seria tão maravilhoso.

— Uma aparição?

— É, uma aparição ou uma apresentação, sério, o que ele quiser. Talvez cantar aquela música que o deixou famoso? O evento começa às 11h com um leilão no auditório e alguns aperitivos leves e aí nós todos passamos para o salão principal onde Gladys e eu vamos falar sobre o trabalho que a Diretoria Feminina fez até agora este ano, o estado geral dos associados no Beth Shalom, dar algumas datas dos próximos...

— Entendi, tudo bem. Então você quer que ele... faça um show? Em um almoço para senhoras? Você sabe que aquela música é sobre o irmão dele que morreu, certo? Você, hum, acha que todo mundo vai gostar disso?

Felizmente Cynthia não se ofendeu com isso.

— Gostar disso? Ah, Brooke, eu acho que elas vão adorar.

Dois meses antes, Brooke não teria acreditado se alguém lhe dissesse que teria essa conversa. Agora, já tendo sido abordada pela diretora de Huntley, por uma de suas antigas colegas de turma, uma antiga colega de trabalho e não uma, mas duas primas, todas querendo que Julian cantasse ou autografasse ou mandasse alguma coisa, Brooke não se surpreendia com mais nada. Dito isso, essa era a melhor até agora. Ela tentou imaginar Julian cantando uma versão acústica de "For the Lost" no *bimah* do Templo Beth Shalom para um grupo de 500 mães e avós judias, depois de ouvir um sermão cheio de orgulho do rabino e da presidente da diretoria. Depois, todas as mulheres se voltariam umas para as outras e diriam coisas como "Bem, ele não é nenhuma celebridade, mas pelo menos ganha a vida com isso" e "Eu soube que ele podia ter sido doutor, mas largou a faculdade. Uma pena". Aí elas o cercariam e, percebendo a aliança de casamento, iriam querer saber tudo sobre sua esposa. Ela também era uma boa moça judia? Eles tinham filhos? Não, por que não? E, mais importante, quando planejavam começar a tentar? Iam cacarejar sobre como ele certamente faria um par muito melhor com sua filha ou sobrinha ou filha de sua amiga. Apesar do fato de elas viverem na Filadélfia e Julian ter crescido em Manhattan, pelo menos uma dúzia das mulheres presentes encontraria uma ligação com os pais ou os avós de Julian, ou ambos. Julian voltaria em choque para casa naquela noite e não haveria nada que Brooke pudesse dizer ou fazer para reconfortá-lo.

— Bem, vou falar com ele. Sei que vai ficar honrado por você ter pensado nele e tenho certeza de que ele adoraria comparecer, mas tenho quase certeza de que a agenda dele está completamente lotada nas próximas semanas.

— Bem, se você realmente acha que ele iria adorar fazer isso, posso conversar com os outros membros da diretoria sobre a possibilidade de mudar a data. Talvez possamos...

— Ah, eu não ia querer que você fizesse isso. -- Brooke falou o mais rápido que conseguiu. Ela não conhecia esse lado da Cynthia e não tinha certeza do que devia pensar. — A vida dele anda imprevisível. Sempre se comprometendo e aí tendo que cancelar. Ele odeia, mas seu tempo simplesmente não lhe pertence mais, sabe?

— É claro — murmurou Cynthia, e Brooke tentou não pensar no quanto era irônico que ela estivesse usando, assim como a Cynthia a mesma desculpa que Julian agora usava com ela.

Em algum lugar ao fundo a campainha tocou. Cynthia pediu desculpas por desligar e Brooke mandou um agradecimento telepático para a visita. Ela leu mais dois capítulos de seu livro, um relato verídico do sequestro de Etan Patx que a convencera de que cada cara esquisito na rua era um pedófilo em potencial, e seguiu o instalador-de-cortinas-bloqueadoras-de-paparazzi até a porta quando ele terminou.

Ela estava começando a se acostumar a ficar sozinha. Com Julian fora de casa por tanto tempo, Brooke frequentemente brincava dizendo que parecia seus antigos dias de solteira, só que muito menos social. Agora ela andava pela Ninth Avenue e, quando passava pela padaria italiana na esquina, com sua placa escrito PASTICCERIA à mão e as cortinas artesanais, não havia como impedi-la de entrar. Era um lugar adorável com um café em estilo europeu, onde as pessoas pediam cappuccinos de manhã e espressos no restante do dia e os bebiam de pé.

Ela inspecionou a enorme vitrine de doces e praticamente podia sentir o gosto dos biscoitos de manteiga e croissants cheios de geleia e tortinhas de queijo com frutas vermelhas em cima. É claro que não havia dúvidas de que, se fosse obrigada a escolher só um, ela optaria por um *cannoli* deliciosamente recheado e sua diabólica massa frita. Primeiro, lamberia o creme de cima e então daria um gole no café para limpar o paladar, depois ela se permitiria uma bocada de cada lado, parando para saborear...

— Dimmi! — a mãe italiana falou, destruindo o devaneio alimentício de Brooke.

— Um café descafeinado com leite desnatado, grande, por favor, e um desses — disse Brooke com um suspiro, apontando para o *biscotti* sem cobertura, sem recheio e sem graça que descansava tristemente em uma bandeja ao lado da caixa registradora. Ela sabia que o biscoito de amêndoas seria fresco, saboroso e crocante o bastante, mas era um substituto fraco para um *cannoli*. Mas ela não tinha outra opção. Engordara 2 quilos no fim de semana em Austin e só esse pensamento a fazia querer gritar. Os quilinhos a mais mal seriam perceptíveis em uma mulher normal, mas nela — não só uma nutricionista, mas uma nutricionista casada com alguém famoso — eram totalmente inaceitáveis. Depois de voltar de Austin, ela começou imediatamente a anotar tudo o que comia e adotou uma dieta rígida de 1.300 calorias por dia. Nenhum dos dois estava tendo um efeito impressionante ainda, mas ela estava determinada.

Brooke pagou a compra e estava perto da cafeteria quando ouviu seu nome.

— Brooke! Ei, aqui.

Ela se virou e viu Heather, uma das orientadoras da Huntley. Suas salas ficavam no mesmo corredor e, apesar de se reunirem ocasionalmente para discutir uma aluna que tinham em comum, nos últimos tempos andavam se vendo mais do que o normal por causa da Kaylie. Foi Heather quem notou primeiro a obsessão de Kaylie com seu peso e sugeriu que ela procurasse Brooke; agora ambas as mulheres estavam preocupadas com a garota. Ainda assim, por mais que se encontrassem bastante na escola nos últimos meses, elas não eram exatamente amigas, e Brooke sentiu uma pontada de constrangimento ao ver sua colega em um café no sábado.

— Oi! — disse Brooke, escorregando para uma cadeirinha de madeira ao lado de Heather. — Eu nem te vi aqui. Como você está?

Heather sorriu.

— Estou bem! Feliz por ser fim de semana, isso eu lhe digo. Pode acreditar que só temos mais duas semanas de aulas antes de termos três meses de férias?

— Eu sei, mal posso esperar — respondeu Brooke, decidida a não mencionar que ainda estaria trabalhando em período integral no hospital.

Heather lembrou-se mesmo assim.

— É, eu vou dar muitas aulas particulares neste verão, mas pelo menos posso determinar os horários. Não sei se foi o inverno horrível ou se só estou exausta, mas mal posso *esperar*.

— Eu entendo — disse Brooke, sentindo-se um pouco envergonhada por não terem muito mais para conversar.

Heather pareceu ler sua mente.

— É estranho nos encontrarmos fora da escola, não é?

— É! Fico constantemente paranoica achando que vou encontrar uma das meninas na rua ou em um restaurante. Como quando éramos crianças e você encontrava seu professor no shopping e se surpreendia ao descobrir que ele levava uma vida fora da sala de aula.

Heather riu.

— É verdade. Felizmente, nós não andamos com os mesmos grupos.

Brooke suspirou.

— É louco, não é? — E então: — Tive uma reunião muito produtiva com a Kaylie no final da semana passada. Ainda não me sinto confortável para incentivá-la a perder peso, mas combinamos que ela vai começar a fazer um diário de alimentação para descobrir como comer de forma mais saudável, optando por alimentos naturais. Ela pareceu gostar da ideia.

— Fico feliz em ouvir isso. Acho que nós duas sabemos que o problema dela não é o peso; é o sentimento, altamente compreensível, de não se identificar com suas colegas de classe, que são de outro universo socioeconômico. Infelizmente vemos isso com frequência entre as bolsistas, mas elas quase sempre encontram seu grupo.

Brooke discordava até certo ponto — ela já havia trabalhado com um número razoável de adolescentes e, em sua opinião, Kaylie estava exageradamente preocupada com seu peso —, mas não queria começar essa conversa agora. Em vez disso, sorriu e disse:

— Olhe só para nós, conversando sobre trabalho num sábado. Que horror!

Heather bebericou seu café.

— Eu sei, só consigo pensar nisso. Na verdade, estou pensando em voltar para as escolas menos elitizadas daqui a um ou dois anos. Combina mais comigo. E você? Faz ideia de quanto tempo vai ficar?

Brooke examinou o rosto de Heather atrás de algum sinal de que estivesse perguntando indiretamente sobre Julian. Será que a garota estava sugerindo de alguma forma que Brooke pediria demissão agora que Julian estava ganhando dinheiro como músico? Será que Brooke alguma vez dissera a ela que fora por isso que havia aceitado o emprego, para começo de conversa? Ela decidiu que estava sendo paranoica demais, que se não falasse sobre Julian de uma maneira natural, como podia esperar que os outros o fizessem?

— Na verdade, eu não sei. As coisas estão, hum, meio indefinidas no momento.

Heather olhou para ela compreensivamente, mas foi gentil o bastante para não pressionar. Brooke percebeu que era a primeira vez em três ou quatro semanas que alguém — qualquer pessoa — não havia perguntado imediatamente sobre Julian. Ela ficou grata a Heather e ansiosa para levar a conversa de volta a algo menos constrangedor. Olhou em volta, sua mente procurando algo para dizer, e então se decidiu:

— Então, o que pretende fazer hoje? — ela deu rapidamente uma mordida em seu biscoito para não ter que falar por mais alguns segundos.

— Nada de interessante. Meu namorado viajou para ver a família este fim de semana, então estou por minha conta. Só dando um tempo, eu acho.

— Legal. Eu adoro finais de semana assim — mentiu Brooke. Ela conseguiu se conter e não anunciar que estava se tornando especialista em como passar um fim de semana da melhor maneira possível quando sua cara-metade está em outro lugar. — O que você está lendo?

— Ah, isso? — falou Heather, fazendo um gesto na direção de uma revista virada com a capa para baixo perto de seu cotovelo, sem pegá-la. — Não é nada. Uma revista idiota de fofocas. Nada de interessante.

Brooke soube imediatamente que era *aquela* edição da *Last Night*. Ela ficou imaginando se Heather sabia que estava atrasada duas semanas.

— Ah — falou com animação forçada, que ela sabia não soar nem um pouco crível — A famosa foto.

Heather juntou as mãos e baixou os olhos para o colo como se tivesse acabado de ser pega em uma mentira horrível. Ela abriu a boca para dizer algo, reconsiderou e então disse:

— É, é uma foto meio esquisita.

— Esquisita? Como assim?

— Ah, eu não, hum, não quis dizer nada com isso. Julian está ótimo!

— Não, eu sei o que você quis dizer. Há algo estranho nela. — Brooke não sabia direito por que estava interrogando essa garota que mal conhecia, mas de repente parecia extremamente importante saber o que Heather pensava.

— Não é isso. Só acho que foi tirada no milésimo de segundo em que ele estava, tipo, *olhando* para ela daquela forma.

Então era isso. Outras pessoas haviam feito comentários similares. Palavras como "arrebatado" e "venerando" haviam sido ditas. O que era absolutamente ridículo.

— É, meu marido acha Layla Lawson uma gata. O que faz com que ele seja exatamente igual a 100 por cento dos outros homens americanos de sangue quente — Brooke riu, tentando ao máximo parecer casual.

— Claro! — Heather concordou entusiasmada demais. — Acho que deve ser ótimo para a carreira dele, para aumentar seu status.

Brooke sorriu.

— Pode-se dizer que sim. Em uma única noite, essa foto mudou, bem, tudo.

Heather pareceu se acalmar com essa admissão. Ela olhou para Brooke e falou:

— Sei que é tudo muito emocionante, mas nem posso imaginar quanto deve estar sendo difícil para você. Aposto que é só sobre o que as pessoas querem falar. Todos os segundos de todos os dias, é tudo sobre o Julian.

Brooke foi pega de surpresa. Ninguém — nem Randy ou seus pais, nem mesmo Nola — presumira que a fama recente de Julian não fosse nada além de absolutamente maravilhosa. Ela olhou para Heather com gratidão.

— É, mas tenho certeza de que isso vai passar. As últimas semanas foram fracas de notícias, sabe? Vamos seguir em frente logo logo.

— Você tem que ser implacável quanto à sua privacidade. Veja o caso da minha amiga de faculdade, a Amber. Um dia ela estava se casando com seu namorado da adolescência e, menos de um ano depois, seu marido novinho em folha vence o *American Idol*. Isso é que é ter seu mundo virado de cabeça para baixo.

— Sua amiga é casada com o Tommy? De uma das primeiras temporadas?

Heather assentiu.

Brooke assoviou.

— Uau, acho que eu nunca soube que ele era casado.

— É, bem, você com certeza não saberia. É literalmente uma garota diferente a cada semana, tem sido assim desde o dia em que ele venceu o programa. A pobre Amber era tão nova, tinha apenas 22 anos, e tão ingênua que não se separava, independentemente de quantas garotas estivessem envolvidas com ele. Ela achou que, se conseguisse aguentar um pouco, ele se acalmaria e tudo voltaria a ser como antes.

— Então, o que aconteceu?

— Ai, foi horrível. Ele continuou pulando a cerca e fazia cada vez menos questão de esconder isso. Lembra-se daquelas fotos dele nadando pelado com aquela modelo, nas quais tentaram esconder os órgãos genitais mas você podia ver todo o resto?

Brooke assentiu. Mesmo no meio do fluxo constante de fotos de paparazzi, ela se lembrava dessas como particularmente escandalosas.

— Bem, a relação deles continuou assim por mais de um ano, sem sinais de que iria acabar. A coisa ficou tão feia que o pai dela pegou um avião para encontrar Tommy durante uma turnê e apareceu no quarto de hotel dele. Disse que ele teria 24 horas para entrar com o pedido de divórcio, senão ia ver. Ele sabia que Amber jamais o faria, ela era uma menina ingênua e ainda não conseguia realmente entender tudo o que estava acontecendo, então Tommy o fez. Não tenho certeza se ele era um cara extremamente correto antes de ser famoso, mas sem dúvida é um completo babaca agora.

Brooke tentou manter uma expressão neutra, mas teve vontade de esticar a mão e dar um tapa em Heather.

— Por que está me contando isso? — perguntou ela com a voz mais calma que conseguiu. — Julian não é assim.

Heather tapou a boca com a mão.

— Eu não quis sugerir que Julian é parecido com o Tommy *em nada*. É claro que ele não é assim. O único motivo para eu ter começado essa história toda é que, um pouco depois de eles se divorciarem, Amber mandou um e-mail para todos os seus amigos e parentes, pedindo que parassem de lhe telefonar e mandar fotos, links e arquivos com atualizações sobre a vida de Tommy. Na época, eu me lembro de ter achado a atitude dela meio exagerada, porque, tipo, não podia ter tanta gente assim mandando mensagens sobre o ex dela. Mas depois que ela me mostrou sua caixa de entrada, eu entendi. Ninguém estava tentando magoá-la, eram só extremamente insensíveis. Por algum motivo, acharam que ela gostaria de saber. De qualquer modo, de lá para cá ela retomou sua vida e provavelmente entende melhor do que qualquer pessoa quanto, hum, essa coisa de fama pode ser avassaladora.

— É, essa parte não é legal. — Brooke bebeu o resto do seu café com leite e limpou a espuma dos lábios. — Eu provavelmente não acreditaria se você tivesse me dito isso há algumas semanas, mas, meu Deus... acabei de passar a manhã instalando o blecaute nas cortinas da minha casa. Algumas noites atrás, saí do banheiro usando uma toalha e fui até a cozinha, e de repente havia um monte de flashes estourando. Havia um fotógrafo sentado em cima de um carro bem debaixo da nossa janela, obviamente esperando conseguir uma foto do Julian. Foi a coisa mais assustadora que eu já vi.

— Ah, que horror! O que você fez?

— Liguei para a polícia e disse que havia um homem do lado de fora tentando tirar fotos minhas nua. Eles disseram algo do tipo "Bem-vinda a Nova York" e me mandaram abaixar as persianas. — Brooke deixou deliberadamente de fora a parte de ligar primeiro para Julian, só para que ele lhe dissesse que ela estava exagerando e precisava lidar com isso sem "sempre" ligar para ele em pânico por causa de "qualquer coisa".

Heather estremeceu visivelmente.

— Isso é tão assustador. Espero que você tenha um alarme, sei lá?

— É, esse é o próximo item da lista.

Brooke esperava secretamente que eles se mudassem antes que isso fosse necessário. Na noite anterior, ao telefone, Julian havia mencionado por alto algo sobre fazer um "upgrade" de apartamento, mas não tinha certeza se isso realmente aconteceria.

— Com licença. Eu tenho que ir ao banheiro — falou Heather, pegando sua bolsa no encosto da cadeira.

Brooke observou enquanto Heather desaparecia atrás da porta do banheiro feminino. No momento em que ouviu o trinco ser fechado, pegou a revista. Fazia uma hora, talvez menos, que ela vira a foto pela última vez, mas não resistiu e abriu a revista direto na página 14. Seus olhos foram automaticamente para o canto inferior esquerdo da página, onde a fotografia estava inocentemente enfiada entre uma foto de Ashton agarrando o traseiro altamente malhado de Demi e outra de Suri empoleirada nos ombros de Tom enquanto Katie e Posh olhavam para a frente.

Brooke abriu a revista na mesa e se inclinou por cima para ver melhor. Era tão inquietante quanto fora sessenta minutos antes. Se ela só tivesse olhado rapidamente e a foto não mostrasse seu marido e uma estrela mundialmente famosa, não teria achado nada notável. Dava para ver os braços levantados nas primeiras fileiras na parte de baixo da foto. O braço direito de Julian estava erguido em sinal de vitória e sua mão segurava o microfone como se fosse um sabre com poderes especiais. Brooke ficava arrepiada toda vez que olhava para ele naquela pose, mal podia acreditar como ele parecia um astro de rock de verdade.

Layla estava usando um vestido de verão floral chocantemente curto que poderia ter sido um babador e um par de botas de caubói brancas com tachinhas. Estava bronzeada, maquiada, cheia de acessórios e sua expressão ao olhar para Julian era de pura alegria. Era nojento, mas muito mais irritante era a expressão de Julian. A adoração, a idolatria, o olhar de *meu deus é a criatura mais incrível que eu já vi na vida* eram inegáveis, coladas ao rosto dele com todas as cores graças à Nikon profissional. Era o tipo de olhar que uma mulher tinha esperanças de ver algumas vezes na vida, no dia de seu casamento, talvez no dia do nascimento do primeiro filho. Era exatamente o tipo de olhar que você jamais ia querer que seu marido desse para outra mulher nas páginas de uma revista de circulação nacional.

Brooke ouviu a água da pia correr atrás da porta de madeira. Ela fechou rapidamente a cópia da *Last Night* e a colocou virada para baixo na frente da cadeira de Heather. Quando ela voltou, olhou para Brooke e deu uma espiada na revista; seus olhos pareciam dizer *Eu não devia ter deixado isso aí.* Brooke queria lhe dizer que estava tudo bem, que ela estava se acostumando com aquilo, mas é claro que não disse nada. Em vez disso, soltou a primeira coisa que lhe veio à cabeça para dissipar o constrangimento.

— Foi tão bom *ver* você. É uma vergonha que a gente passe tantas horas toda semana naquela escola e nunca se encontre fora de lá. Temos que consertar isso! Talvez marcar um café no fim de semana ou até um jantar...

— Parece ótimo. Divirta-se hoje à noite, está bem? — Heather acenou de leve enquanto saía. — Eu te vejo semana que vem na Huntley.

Brooke acenou de volta, mas Heather já estava na calçada. Estava se preparando para sair também, tentando não imaginar se havia falado demais ou não contado o suficiente ou feito alguma outra coisa que pudesse ter assustado Heather, quando seu telefone tocou. O identificador de chamadas mostrava que era sua amiga da pós-graduação, Neha.

— Oi! — disse Brooke enquanto jogava alguns dólares no balcão e saía. — Como você está?

— Brooke! Só estou ligando para dar um oi. Parece que a gente não se fala há séculos.

— É, faz muito tempo mesmo. Como está Boston? Está gostando da clínica na qual está trabalhando? E quando diabos você vem me visitar?

Fazia provavelmente seis meses desde que as garotas haviam se visto pela última vez, quando Neha e seu marido, Rohan, vieram para Nova York no Natal. Elas tinham sido amigas íntimas durante a pós-graduação, morando a apenas alguns quarteirões uma da outra no Brooklyn, mas era difícil manter contato desde que Neha e Rohan se mudaram para Boston, dois anos antes.

— É, eu gosto bastante da clínica. Na verdade, é bem melhor do que eu esperava, mas estou doida para voltar para Nova York. Boston é legal, mas não é a mesma coisa.

— Está mesmo pensando em voltar? Quando? Ah, me conte tudo!

Neha riu.

— Não por enquanto. Nós dois precisamos arrumar emprego e provavelmente vai ser mais fácil para mim do que para Rohan. Mas devemos fazer uma visita durante o Dia de Ação de Graças, já que nós dois estaremos de folga. Você e o Julian vão estar por aí?

— Normalmente vamos para a casa do meu pai na Pensilvânia, mas eles andam dizendo que devem ir para a casa da família da minha madrasta este ano. Então, há uma chance de simplesmente ficarmos em Nova York e recebermos os amigos. Se fizermos isso, vocês virão? Por favor? — Brooke sabia que as famílias dos dois moravam na Índia e nenhuma das duas comemorava o Dia de Ação de Graças, mas eles tirariam o foco de toda a intensidade do tempo em família.

— É claro que vamos! Mas podemos voltar atrás por um segundo, por favor? Você acredita no que está acontecendo na sua vida neste momento? Você se belisca todos os dias? É a coisa mais louca do mundo. Como é ter um marido famoso?

Brooke respirou fundo. Ela pensou em ser sincera com Neha, contando como a foto havia virado o mundo deles de cabeça para baixo, como ela se sentia dividida a respeito do que estava acontecendo, mas de repente tudo pareceu exaustivo demais. Sem saber direito como lidar com aquilo, ela só riu um pouco e mentiu.

— É incrível, Neha. É simplesmente a coisa mais maneira do mundo.

Não havia nada pior do que estar no trabalho em um domingo. Como uma das nutricionistas mais antigas da equipe, Brooke não tinha turnos de domingo marcados regularmente havia anos e quase se esquecera de como eram ruins. Era uma manhã perfeita no final de junho; todo mundo que ela conhecia estava tomando café ao ar livre ou fazendo piquenique no Central Park ou correndo pelo Hudson River Park. Havia meninas adolescentes de shorts jeans e chinelos sentadas conversando e tomando vitaminas em um café a um quarteirão do hospital e Brooke teve que se segurar para não arrancar o jaleco e os tamancos horrorosos e se juntar a elas para comer panquecas. Estava prestes a entrar no hospital quando seu telefone tocou.

Ela ficou olhando para o visor e pensando se devia ou não atender o número desconhecido com código de área 718, que indicava outro distrito. Mas deve ter pensado tempo demais, porque a ligação caiu na caixa postal. Quando a pessoa não deixou recado e ligou de novo uma segunda vez, Brooke ficou preocupada.

— Alô, aqui é a Brooke — disse ela, imediatamente certa de que havia cometido um erro e que a pessoa misteriosa que estava ligando seria um repórter.

— Sra. Alter? — uma voz tímida guinchou na linha. — É Kaylie Douglas. Da Huntley.

— Kaylie! Como vai? Está tudo bem?

Apenas algumas semanas antes, nos últimos dias antes das férias de verão, Kaylie pareceu piorar. Havia abandonado seu diário alimentar, com o qual até então fora diligente, e anunciara sua determinação em passar o verão em um regime rigoroso de exercícios e dietas radicais. Nenhuma tentativa de convencê-la do contrário funcionou. Brooke só conseguiu levar a menina às lágrimas e fazê-la declarar que "ninguém entende o que é ser pobre e gorda em um lugar onde todas as outras são ricas e lindas". Brooke ficara tão preocupada que dera o número do seu celular para Kaylie e insistira para que a garota lhe telefonasse a qualquer momento durante o verão, quer houvesse algo errado ou não. Ela com certeza falara sério, mas ainda estava surpresa por ouvir sua jovem paciente do outro lado da linha.

— Sim, eu estou bem...

— Como têm sido suas férias?

A garota começou a chorar. Soluços grandes e profundos, intercalados com o ocasional "Eu sinto muito".

— Kaylie? Fale comigo. Me diga qual é o problema.

— Ah, Sra. A., minha vida é um desastre! Estou trabalhando na Taco Bell e recebo uma refeição gratuita a cada turno e meu pai diz que eu tenho que comer a comida que eles oferecem de graça, então eu como. Mas aí eu chego em casa e minha avó faz um monte de comida calórica e eu vou às casas dos meus amigos da escola antiga e tem, tipo, baldes de frango frito e burritos e biscoitos e eu como tudo porque estou sempre com tanta fome. Só estou de férias há algumas semanas e já engordei 4 quilos!

Quatro quilos em três semanas parecia realmente alarmante, mas Brooke manteve a voz tranquilizadora e calma:

— Tenho certeza de que não, querida. Você só precisa se lembrar daquilo que conversamos: porções de carne do tamanho da palma da sua mão, quanta salada verde e legumes você quiser, desde que tome cuidado com o molho, biscoitos com moderação. Não estou em casa agora, mas posso verificar o menu da Taco Bell e lhe dar algumas alternativas mais saudáveis, se você quiser. O importante é não entrar em pânico. Você é jovem e saudável. Vá passear com seus amigos ou jogar bola no parque. Não é o fim do mundo, Kaylie, eu juro.

— Não posso voltar para a escola com essa aparência. Estou acima do limite agora! Antes eu só estava quase no limite normal e isso já era ruim o bastante, mas agora estou oficialmente obesa! — Ela parecia quase histérica.

— Kaylie, você não está nem *perto* de ser obesa — falou Brooke. — E vai ser tudo maravilhoso na escola neste outono. Ouça, eu vou pesquisar um pouco hoje à noite e ligo para você com as informações, está bem? Por favor, não se preocupe tanto, querida.

Kaylie fungou.

— Desculpe incomodá-la — disse ela baixinho.

— Você não me incomodou em nada! Eu lhe dei o meu número para o caso de você precisar e fico feliz que tenha ligado. Faz com que eu me sinta importante — Brooke sorriu.

Elas desligaram e Brooke mandou um e-mail para si mesma, um lembrete para procurar as informações nutricionais das lanchonetes e passá-las para Kaylie. Ela se atrasou um pouco para subir para a sala de descanso do hospital e apenas sua colega Rebecca estava lá quando chegou.

— O que você está fazendo aqui hoje? — perguntou ela.

— Ah, estou compensando alguns turnos que perdi. Infelizmente, a troca foi três turnos por um duplo no domingo.

— Ui! Acordo pesado. Mas valeu a pena?

Brooke riu pesarosamente.

— É, eu acho que me dei mal, mas ver Julian se apresentar no Bonnaroo foi muito legal — ela guardou a bolsa, colocou a comida que havia levado na geladeira e seguiu Rebecca pelo corredor. — Sabe se a Margaret veio trabalhar hoje?

— Estou bem aqui! — Uma voz alegre trinou atrás delas. A chefe de Brooke estava usando calças sociais pretas, uma blusa azul-clara e mocassins pretos, tudo arrematado por um jaleco perfeitamente passado e engomado, bordado com seu nome e suas credenciais.

— Olá, Margaret — Rebecca e Brooke disseram em uníssono antes de Rebecca se afastar, alegando estar atrasada para sua primeira consulta.

— Brooke, por que não vem ao meu escritório por um minuto? Podemos conversar lá.

Pesadelo. Ela devia ter se lembrado de que Margaret quase sempre aparecia nas manhãs de domingo, só para garantir que as coisas estavam correndo bem.

— A-ah, está tudo bem — ela gaguejou. — Eu, hum, só queria saber se você estava aqui para dar um oi.

Sua chefe já estava descendo o corredor comprido na direção de sua sala.

— Venha — disse ela para Brooke, que não teve escolha a não ser segui-la. A mulher deve ter sentido que Brooke estava prestes a pedir mais uns dias de folga.

A sala de Margaret ficava em um corredor escuro, ao lado do armário de suprimentos e no mesmo andar da maternidade, o que significava que havia boas chances de a conversa ser pontuada por um grito ou um gemido. O único lado bom era poder dar uma espiada no berçário enquanto passavam. Talvez ela tivesse um segundo livre mais tarde para ir até lá e segurar um ou dois bebês...

— Entre, entre — disse Margaret enquanto abria a porta e acendia as luzes. — Você me pegou na hora certa.

Brooke entrou atrás dela hesitantemente e esperou que sua chefe tirasse uma pilha de papéis da cadeira de visitas antes de se sentar.

— A que devo a honra? — Margaret sorriu, mas Brooke leu nas entrelinhas. Elas sempre haviam tido um relacionamento tranquilo e natural, mas ultimamente Brooke começara a sentir uma tensão entre elas.

Ela se forçou a sorrir e rezou para que esse não fosse um mau começo para uma conversa que ela realmente precisava que corresse bem.

— Ah, tenho certeza de que não é uma honra. Só queria conversar com você sobre...

Margaret sorriu.

— É uma honra, sim, considerando que eu não a tenho visto muito nos últimos tempos. É bom mesmo que esteja aqui, pois há algo que tenho que discutir com você.

Brooke respirou fundo e lembrou a si mesma de ficar calma.

— Brooke, sabe quanto eu gosto de você e nem preciso dizer que estou extremamente satisfeita com o seu desempenho em todos os anos em que você trabalha aqui. E, é claro, seus pacientes também estão, como ficou evidente naquelas avaliações maravilhosas alguns meses atrás.

— Obrigada — disse Brooke, sem saber como reagir, mas certa de que isso não ia acabar bem.

— Motivo pelo qual me chateia você ter passado do segundo melhor histórico de comparecimento para o segundo pior de todo o programa. Só o da Perry é pior do que o seu.

Ela não precisou terminar. Eles haviam finalmente sido informados sobre o que estava acontecendo com Perry e todos ficaram aliviados por não ser algo pior. Ela sofrera um aborto espontâneo seis meses antes, o que justificava algumas de suas faltas. Agora, grávida de novo, fora colocada em repouso absoluto no segundo trimestre de gravidez. Isso significava que os cinco membros restantes da equipe tinham que fazer hora extra para cobrir Perry, e por causa das circunstâncias, ninguém se incomodava. Brooke estava se esforçando ao máximo para cobrir seu trabalho extra toda semana e seu fim de semana extra de plantão, agora aumentado de uma vez a cada seis semanas para uma a cada cinco, mas tentar acompanhar a agenda de viagens de Julian — para partilhar do entusiasmo com ele — estava tornando tudo quase insuportável.

Não se explique, não peça desculpas, só assegure-a de que você vai melhorar, Brooke disse a si mesma. Um amigo psicólogo havia lhe dito uma vez que as mulheres se sentem compelidas a oferecer longas explicações e desculpas sempre que precisam dar notícias ruins e que era muito mais eficiente fazer a declaração sem pedir ou dar desculpas. Brooke trabalhava nisso com frequência, com pouco sucesso.

— Eu sinto muito! — ela soltou antes de poder se conter. — Tenho tido, hum, muitas questões de família ultimamente e estou me esforçando ao máximo para resolvê-las. Tenho esperanças de que as coisas vão se acalmar em breve.

Margaret levantou uma única sobrancelha e olhou intensamente para Brooke.

— Você acha que eu não sei o que está acontecendo? — perguntou ela.

— Ora, não, é claro que não. É só que há tanta...

— Eu teria que viver em uma caverna. — Ela sorriu e Brooke sentiu-se um pouco melhor. — Mas tenho uma equipe para gerenciar e estou ficando preocupada. Você tirou sete dias de folga nas últimas seis semanas, sem nem contar os três dias em que ficou doente no começo do ano, e estou presumindo que esteja aqui para pedir ainda mais tempo. Estou correta?

Brooke avaliou rapidamente suas opções. Decidindo que não tinha nenhuma, ela só assentiu.

— Quando e por quanto tempo?

— Daqui a três semanas, só o sábado. Sei que estou escalada para trabalhar o fim de semana inteiro, mas Rebecca disse que pode trocar comigo e eu vou ficar com o fim de semana dela por três semanas. Então, tecnicamente é um dia só.

— Um dia só.

— É. É um, hum, evento importante de família, senão eu não pediria. — Ela fez uma anotação mental para ser ainda mais cuidadosa do que o normal para evitar as câmeras durante a festa de aniversário de Kristen Stewart em Miami, para a qual Julian fora convidado a tocar quatro músicas. Ele relutou em se apresentar no aniversário de uma jovem estrela, mas Leo implorara. Brooke não podia deixar de se sentir um pouco nauseada pelo Julian; o mínimo que Brooke podia fazer era estar lá para apoiá-lo.

Margaret abriu a boca para dizer algo e então mudou de ideia. Ela bateu com o lápis em seu lábio inferior rachado e ficou olhando para Brooke.

— Você percebe que já tirou quase todos os seus dias de férias este ano e estamos só em junho?

Brooke assentiu.

Margaret bateu com o lápis na mesa. *Tap-tap-tap*, soando em uníssono com a dor de cabeça latejante de Brooke.

— E não preciso lembrá-la de que dizer que está doente para ir a festas com seu marido não pode acontecer mais, certo? Sinto muito, Brooke, mas não posso lhe dar tratamento especial.

Ai! Brooke só fizera isso uma vez até agora e estava certa de que Margaret não sabia de nada, mas estava planejando usar os dez dias que ainda tinha antes que suas férias acabassem. Agora que isso claramente não era opção, Brooke fez o melhor que pôde para parecer serena e falou:

— É claro que não.

— Muito bem, então. Sábado é seu. Há mais alguma coisa?

— Nada mais. Obrigada por entender. — Brooke enfiou os pés de volta nos tamancos debaixo da mesa de Margaret e se levantou. Acenou ligeiramente e desapareceu pela porta do escritório antes que Margaret pudesse dizer outra palavra.

7

traída por um bando de adolescentes

Brooke entrou na Lucky's Nail Design na Ninth Avenue e encontrou sua mãe já sentada, lendo um exemplar da *Last Night*. Com Julian fora na maior parte do tempo, sua mãe havia se oferecido para ir à cidade acompanhar Brooke na manicure depois do trabalho, comer sushi e passar a noite com ela antes de voltar para a Filadélfia pela manhã.

— Oi — disse Brooke, inclinando-se para beijá-la. — Desculpe o atraso. O trem estava estranhamente lento hoje.

— Ah, sem problema, querida. Acabei de chegar e estava atualizando as fofocas sobre as celebridades. — Ela esticou a revista — Nada sobre o Julian ou você, então não se preocupe.

— Obrigada, mas eu já li — falou ela, mergulhando os pés na água morna com sabão. — Recebo pelo correio um dia antes de chegar às bancas. Acho que você pode me chamar oficialmente de uma autoridade no assunto.

A mãe de Brooke riu.

— Se é tão especialista assim, talvez você possa me explicar esses astros dos reality shows. Eu tenho muita dificuldade em saber quem é quem.

A Sra. Greene suspirou e virou a página, revelando uma matéria de página dupla sobre os atores adolescentes do mais recente filme de vampiros.

— Sinto saudades dos velhos tempos, quando podíamos contar com Paris Hilton mostrando as calcinhas e George Clooney pegando outra garçonete. Eu me sinto traída por um bando de adolescentes.

O telefone de Brooke tocou. Ela pensou em deixar a ligação cair na caixa postal, mas, pela chance remota de ser Julian, o desencavou da bolsa.

— Oi! Eu tinha esperanças de que fosse você. Que horas são aí? — Ela verificou o relógio. — Que diabos você está fazendo ligando a essa hora? Não está passando o som para hoje à noite?

Apesar de essa ser a quinta ou sexta vez que Julian viajava sozinho para Los Angeles desde a festa do *Friday Night Lights*, Brooke ainda se irritava com a diferença de fuso horário. Quando Julian acordava de manhã na Costa Oeste, Brooke havia terminado seu horário de almoço e estava de volta ao trabalho. Ela ligava para ele no instante em que chegava em casa à noite, quando ele estava bem no meio de alguma reunião e então ele sempre saía para algum jantar quando ela estava indo para a cama e nunca podia dar mais do que um "boa-noite" sussurrado contra o som de copos brindando e gente rindo ao fundo. Eram só três horas de diferença mas, para pessoas que trabalhavam em horários tão diferentes, eles pareciam estar se comunicando através de um fuso horário internacional. Ela tentava ser paciente, mas na semana anterior se comunicaram apenas por algumas mensagens de texto e um "Eu ligo depois" rapidinho.

— Brooke, é uma loucura, está acontecendo todo tipo de coisas aqui. — Ele parecia ligado, como se estivesse acordado havia dias.

— Coisas boas, eu espero?

— Coisas muito mais do que boas! Eu queria telefonar para você ontem à noite, mas quando consegui chegar ao hotel, já eram 4 horas da madrugada no seu horário.

A pedicure terminou de tirar as cutículas e puxou o pé direito de Brooke para o colo. Ela espalhou um sabão verde-claro em uma pedra-pomes e a passou com força na parte sensível do meio do pé. Brooke gritou.

— Ai! Bem, eu estou precisando de boas notícias. O que houve?

— É oficial: eu vou sair em turnê.

— O quê? Não! Achei que você tinha dito que as chances de isso acontecer antes de o disco sair eram praticamente nulas. Que as gravadoras não as financiam mais.

Houve um momento de pausa. Julian pareceu irritado quando disse:

— Eu sei que falei, mas isso é diferente. Vou me juntar ao Maroon 5 no meio da turnê deles. O vocalista da primeira banda que abria o show deles teve alguma espécie de colapso nervoso, então Leo entrou em contato com o pessoal da Live Nation e adivinhe quem ganhou a oportunidade? Supostamente, há uma chance de a minha banda ser a segunda a tocar, se a outra sair em turnê separadamente, mas mesmo que isso não aconteça, a exposição é gigantesca.

— Ah, Julian, parabéns! — Brooke tentou calibrar a própria voz para que parecesse entusiasmada e não arrasada. Pela maneira esquisita com que sua mãe estava olhando para ela, era difícil dizer se estava se saindo bem.

— É, é bem louco. Vamos passar esta semana ensaiando e aí vamos pegar a estrada. O disco vai sair nas primeiras semanas, que é o momento perfeito. E, Rook? Eles estão falando em dinheiro de verdade.

— É?

— Dinheiro de verdade. Uma porcentagem de toda a venda de ingressos. O que vai ser ainda mais se passarmos a ser a segunda banda a abrir. Considerando-se que o Maroon 5 está esgotando os ingressos para lugares como o MSG... é uma quantidade absurda de dinheiro. E é esquisito — a voz dele ficou mais baixa — como as pessoas sempre estão olhando para mim, me reconhecendo.

A pedicure espalhou uma camada grossa de creme morno e começou a massagear as panturrilhas de Brooke. Naquele momento, Brooke não queria nada além de apertar o botão Desligar no celular, reclinar sua cadeira vibratória e curtir a massagem nos pés. Ela não sentia nada além de ansiedade. Sabia que deveria ter perguntado sobre os fãs e a imprensa, mas só o que conseguiu dizer foi:

— Então os ensaios começam esta semana? Não vai voltar para casa hoje no voo da madrugada? Achei que veria você amanhã de manhã antes do trabalho.

— Brooke.

— O quê?

— Por favor, não.

— Não o quê? Não devo perguntar quando você vai voltar para casa?

— Por favor, não estrague esse momento. Estou muito, muito entusiasmado. Isso provavelmente é a coisa mais importante desde o contrato para fazer o disco no ano passado. Ou talvez mais importante do que isso. Pensando na minha carreira como um todo, será que mais seis ou sete dias realmente importam?

Seis ou sete dias até ele aparecer em casa, talvez, mas e quanto à turnê? Só a ideia a deixava em pânico. Como eles iriam lidar com isso? Será que conseguiriam? Mas, no mesmo momento, ela se lembrou da noite, anos antes, numa apresentação em Sheepshead Bay, quando só quatro pessoas haviam aparecido e Julian mal conseguiu conter as lágrimas. Sem mencionar todas as horas que eles já haviam ficado separados durante seus horários loucos de trabalho, todo o estresse por causa de dinheiro e tempo e os "e se" que soltavam quando um dos dois estava se sentindo especialmente negativo. Esse sacrifício todo fora feito por isso, por um momento como este.

O velho Julian teria perguntado sobre Kaylie. Quando lhe contara a respeito do telefonema histérico da garota no mês passado e que ela havia pesquisado alternativas de fast food e as mandara por e-mail para sua jovem paciente, Julian a abraçara e dissera que estava orgulhoso. Na semana anterior, Brooke mandara um e-mail para Kaylie para saber como ela estava e ficara preocupada por não receber nenhuma resposta. Ela insistiu de novo no dia seguinte e Kaylie escreveu de volta dizendo que estava começando um tipo de dieta de desintoxicação sobre a qual lera em uma revista e que tinha certeza de que essa era a solução que estava procurando. Brooke quase pulara para dentro da tela do computador.

Aquelas malditas dietas! Eram um risco para a saúde de adultos normais, e um desastre completo para a população adolescente ainda em crescimento, que sempre parecia atraída pelos testemunhos das celebridades e pelas promessas de resultados rápidos e milagrosos. Brooke havia telefonado imediatamente para Kaylie para lhe dar uma bronca — ela já havia decorado a esta altura, já que dietas de desintoxicação, jejum e dietas líquidas eram os métodos preferidos na Huntley — e ficou aliviada ao descobrir que Kaylie, diferentemente da maioria de suas colegas de classe, era receptiva ao que ela tinha a dizer. Ela jurou que se consultaria com Brooke uma vez por semana durante o verão, e Brooke tinha esperanças de que, se a menina voltasse às sessões regulares quando as aulas recomeçassem, poderia realmente ajudá-la.

Mas Julian não perguntou sobre Kaylie ou pelo seu trabalho no hospital ou Randy ou nem mesmo sobre Walter, e Brooke mordeu a língua. Ela optou por não lembrar a Julian que ele só esteve em casa algumas noites nas últimas semanas e que a maioria delas havia passado ao telefone ou no estúdio em conversas aparentemente intermináveis com Leo ou Samara e, o pior de tudo, ela se forçou a não indagar sobre as datas de sua turnê ou perguntar quanto tempo ele ficaria na estrada.

Quase engasgando com tanto esforço, simplesmente disse:

— Não, Julian, a única coisa que importa é que você faça isso direito. É realmente uma notícia maravilhosa.

— Obrigado, gata. Eu ligo para você mais tarde, quando tiver mais detalhes, está bem? Eu te amo, Rookie — ele falou com mais ternura do que ela ouvia dele havia algum tempo. Julian começara a chamá-la de "Rook" 'ogo que eles começaram a namorar, o que se transformara naturalmente em "Rookie". Os amigos e a família começaram a usar o apelido também, depois de ouvirem Julian chamá-la assim, e, apesar de frequentemente revirar os olhos ou fingir algum tipo de desprazer, ela sentira uma inexplicável gratidão por Julian ter lhe dado esse apelido carinhoso. Tentou se concentrar nisso e não no fato de ele ter desligado sem nem perguntar como ela estava.

A manicure passou a primeira camada de esmalte e Brooke achou que a cor parecia berrante demais. Ela pensou em dizer algo, mas decidiu que não valia a pena. As unhas dos pés de sua mãe estavam pintadas de um tom perfeito de cor-de-rosa, uma cor que parecia tão chique quanto natural.

— Parece que Julian tem boas notícias! — falou a Sra. Greene, baixando a revista no colo.

— Tem mesmo — falou Brooke, esperando que sua voz soasse mais animada do que ela se sentia. — A Sony vai mandá-lo em uma espécie de turnê de aquecimento. Vão ensaiar em Los Angeles esta semana e aí vão abrir o show do Maroon 5, então vão ter a chance de praticar na frente da plateia antes de saírem em uma turnê própria. É um enorme voto de confiança da parte deles.

— Mas significa que ele vai ficar mais tempo longe de casa.

— É. Ele vai ficar por lá o resto desta semana para ensaiar. Aí talvez volte para casa por alguns dias e então vai embora de novo.

— Como você se sente a respeito disso?

— É basicamente a melhor notícia que ele poderia ter recebido.

Sua mãe sorriu enquanto deslizava os pés recém-feitos para dentro dos chinelos de papel fornecidos pelo salão.

— Você não respondeu a minha pergunta.

O telefone de Brooke tocou.

— Salva pelo gongo — disse ela alegremente.

Era uma mensagem de texto do Julian. Dizia: "Esqueci de dizer: eles querem que eu compre roupas novas! Falaram que o meu visual não funciona. Pesadelo absoluto!"

Brooke riu alto.

— O que foi? — perguntou sua mãe.

— Talvez exista justiça, afinal de contas. Acho que o assessor de imprensa ou o pessoal de marketing ou alguém está dizendo que o "visual" dele não é bom. Querem que ele compre roupas novas.

— O que querem que ele vista? Eu não consigo ver Julian com os casacos militares do Michael Jackson ou as calças do MC Hammer. — Ela parecia orgulhosa de suas referências de cultura pop.

— Está brincando? Sou casada com ele há cinco anos e posso contar nos dedos a quantidade de vezes que o vi usando algo que não fosse jeans e camiseta branca. Ele vai ter dificuldades com isso. Muitas dificuldades.

— Então vamos ajudá-lo! — Ela entregou o cartão de crédito para a mulher que lhe trouxe a conta. Brooke tentou pegar a carteira, mas sua mãe a dispensou com um gesto.

— Acredite, não há a menor possibilidade de que Julian concorde em abrir mão de seu estilo. Ele preferiria morrer a fazer compras e é mais apegado ao seu uniforme de jeans-e-camiseta-branca do que alguns homens são aos filhos. Acho que a Sony não sabe contra o que está lutando, mas eles definitivamente *não* vão convencê-lo a começar a se vestir como Justin Timberlake.

— Brooke, querida, isso pode ser divertido. Já que Julian nunca compra nada sozinho, vamos às compras por ele. — Brooke seguiu sua mãe porta afora, direto para as escadas do metrô. — Compraremos as coisas de que ele gosta, só que melhores. Tenho uma ideia brilhante.

Dois trens e duas paradas depois, as mulheres saltaram na 59 e entraram na Bloomingdale's pelo subsolo. A mãe de Brooke liderou confiantemente o caminho até o departamento masculino.

A Sra. Greene levantou uma calça jeans clássica reta com uma lavagem vintage. Nem escura demais, nem clara demais, a quantidade perfeita de desgaste e sem nenhum remendo, zíper, buraco, rasgão ou bolso extravagante. Brooke sentiu o tecido. Era surpreendentemente leve e macio, possivelmente ainda mais macio do que o adorado Levi's do Julian.

— Uau — disse Brooke, pegando a calça da mão da mãe. — Acho que ele vai adorar. Como é que você sabia disso?

Sua mãe sorriu.

— Eu vesti vocês muito bem quando eram mais novos. Acho que ainda levo jeito.

Só então Brooke percebeu a etiqueta de preço.

— Duzentos e cinquenta dólares? As calças de Julian custam 40. Não posso comprar isso.

Sua mãe arrancou as calças das mãos dela.

— Ah, pode sim. E vai comprar. Vamos comprar esta e mais algumas outras. Depois seguiremos direto para a seção de camisas para comprar as camisetas brancas mais macias e bem cortadas que pudermos encontrar. Elas provavelmente vão custar 70 dólares cada uma, mas não tem problema. Eu te ajudo a pagar.

Brooke ficou olhando para a mãe, perplexa, mas a Sra. Greene só assentiu.

— Isso é importante. Por vários motivos, mas principalmente porque acho que é crucial neste momento que você esteja ao lado dele para ajudá-lo e apoiá-lo.

Um vendedor entediado finalmente se aproximou. A mãe de Brooke o dispensou com um gesto.

— Está sugerindo que eu não o apoio? Que não o ajudo? Por que tenho dois empregos há quatro anos se não é para apoiá-lo total e completamente? O que algumas calças jeans têm a ver com isso? — Brooke podia ouvir sua voz ficando quase histérica, mas não podia fazer nada a respeito.

— Venha cá — disse sua mãe, abrindo os braços. — Venha cá e deixe-me abraçá-la.

Fosse o olhar compreensivo ou apenas a sensação estranha de ser abraçada, no momento em que sentiu os braços de sua mãe se fecharem em torno dela, Brooke começou a soluçar. Ela não sabia exatamente por que estava chorando. Tirando o fato de Julian anunciar que ficaria longe de casa por mais uma semana, nada era realmente tão trágico assim — na verdade, tudo era muito bom — mas, depois que começou, não conseguia parar. Sua mãe a abraçou mais forte e alisou seu cabelo, murmurando palavras reconfortantes da maneira como fazia quando Brooke era pequena.

— Há muitas mudanças acontecendo neste momento — falou.

— Mas são todas boas.

— Isso não significa que não seja assustador. Brooke, querida, sei que você não precisa que eu diga isso, mas Julian está prestes a se tornar um músico nacionalmente conhecido. Quando aquele disco sair, a vida de vocês vai virar de cabeça para baixo. Tudo até agora foi só o aquecimento.

— Mas foi para isso que trabalhamos durante todos esses anos.

— É claro que foi. — A Sra. Greene primeiro deu um tapinha no braço de Brooke e então segurou seu rosto com uma das mãos. — Mas isso não quer dizer que a realidade não seja realmente avassaladora. Ele já está longe de casa o tempo todo, os cronogramas de vocês ficaram malucos e há todo tipo de gente no esquema, avaliando, dando opiniões, se metendo em seus assuntos. Provavelmente isso só vai se intensificar, tanto as coisas boas quanto as ruins, portanto eu quero que esteja preparada.

Brooke sorriu e ergueu os jeans.

— E estarei me preparando ao comprar para ele jeans mais caros do que os que eu uso? Sério? — A Sra. Greene sempre gastara mais em roupas do que Brooke, mas mesmo ela não gastava levianamente ou em excesso.

— Isso mesmo. Você vai participar de muita coisa nos próximos meses, só pelo fato de que ele estará viajando e você trabalhando aqui. Ele provavelmente não vai ter muito controle sobre sua própria vida, nem você. Vai ser duro. Mas eu te conheço, Rook, e conheço Julian também. Vocês vão superar isso e, quando vocês entrarem no ritmo, vão ficar muito bem. E, por favor, me perdoe por me meter em seu casamento. Não sou nenhuma especialista, como nós todos sabemos, mas até esse momento louco ter passado, você pode torná-lo mais fácil se envolvendo de todas as maneiras que puder. Ajude-o a ter ideias de marketing. Acorde no meio da noite quando ele ligar, independente do quanto esteja cansada. Ele vai telefonar mais se souber que você quer ter notícias dele. Compre roupas chiques para ele quando lhe disserem que precisa e ele não souber por onde começar. Que se dane o preço! Se o disco dele vender tanto quanto todo mundo está prevendo, essa farrinha de compras não vai significar nada.

— Você devia ouvi-lo falar sobre o quanto vai ganhar nessa turnê. Não sou boa em matemática, mas acho que ele está falando em quase 1 milhão.

Sua mãe sorriu.

— Vocês dois merecem, sabia? Os dois trabalharam tanto, por tanto tempo. Vão gastar quantias totalmente ridículas, comprando todo tipo de luxo que nem sabiam que existia e vão adorar cada minuto. Eu, por exemplo, estou neste momento me oferecendo voluntariamente para acompanhá-la em todas as expedições para torrar dinheiro como a seguradora oficial de sacolas e cartões de crédito. Vai ter que segurar uma barra até lá, sem dúvida. Mas você consegue, querida, eu sei que consegue.

Quando elas finalmente deixaram a loja uma hora e meia depois, foi preciso a força de ambas para arrastar todas as roupas novas para casa. Juntas, elas compraram quatro calças de blue jeans e uma de jeans preto desbotado, mais uma de veludo cotelê que parecia denim e a Sra. Greene convenceu Brooke de que eram parecidas o suficiente para que Julian achasse aceitável. Elas passaram os dedos pelas pilhas de camisetas brancas de grife, comparando a maciez do jérsei com o algodão egípcio, debatendo se uma era transparente demais ou outra larga demais, antes de selecionar uma dúzia delas em vários estilos e tecidos. Elas se separaram quando chegaram ao andar principal e sua mãe se afastou para comprar alguns produtos masculinos Kiehl para Julian, jurando que nunca havia conhecido um homem que não idolatrasse o creme de barbear e loção pós-barba dessa linha. Brooke tinha suas dúvidas de que ele usaria alguma coisa além da espuma Gillette antiquada em uma lata aerossol que eles vendiam por US$ 2 na Duane Reade, mas gostou do entusiasmo de sua mãe. Ela abriu caminho até a seção de acessórios, onde escolheu cuidadosamente cinco gorros de tricô, todos em cores neutras — um de listras sutis, pretas sobre preto — esfregando cada um contra o rosto para se assegurar de que não eram quentes nem pinicavam.

O total final de sua expedição de compras deu vertiginosos US$ 2.260, a maior soma que Brooke jamais gastara — compras de móveis incluídas — em toda a sua vida. Ela ficou sem fôlego quando pensou em preencher o cheque para aquela conta de cartão de crédito, mas forçou-se a continuar concentrada no que era importante: ele estava à beira de uma virada espetacular na carreira e ela devia aos dois apoiá-lo cem por cento. Além disso, também estava feliz por ter se mantido fiel ao estilo dele, havia respeitado sua estética de jeans básicos, camiseta branca e gorro de tricô e não havia tentado lhe empurrar uma nova imagem. Foi uma das tardes mais inebriantes que ela tivera em muito, muito tempo. Mesmo que as roupas não fossem para ela, isso não tornava escolhê-las e comprá-las menos divertido.

Quando finalmente Julian ligou no domingo seguinte para dizer que estava no táxi indo do aeroporto para casa, Brooke foi tomada pelo entusiasmo. A princípio, espalhou todas as novas aquisições pela sala, cobrindo o sofá de jeans e as cadeiras da sala de jantar com camisetas e pendurando os gorros em luminárias e estantes pela casa como se fossem enfeites na árvore de Natal, mas momentos antes de ele chegar, mudou de ideia e recolheu tudo. Dobrou rapidamente as roupas e as devolveu às sacolas, que enfiou no fundo do closet que dividiam, imaginando como seria muito mais divertido para eles verem as peças uma a uma. Quando ouviu a porta da frente se abrir e Walter latir, ela correu para fora do quarto e jogou os braços em volta de Julian.

— Gata — murmurou ele, enterrando o rosto no pescoço dela e inalando profundamente. — Meu Deus, como eu senti saudades de você.

Ele parecia mais magro, até mesmo um pouco mais abatido. Julian pesava cerca de 10 quilos a mais do que Brooke, mas ela nunca soube exatamente como isso era possível. Eles tinham exatamente a mesma altura e ela sempre sentiu como se o estivesse envolvendo, esmagando. Ela o olhou de cima a baixo, inclinou-se para a frente e pressionou seus lábios contra os dele.

— Eu senti tanta saudade de *você*. Como foi o seu voo? E o táxi? Está com fome? Tem um pouco de massa que posso esquentar.

Walter estava latindo tão alto que era quase impossível escutarem um ao outro. Ele não ia parar até ser cumprimentado adequadamente, então Julian desabou no sofá e deu um tapinha no lugar ao seu lado, mas Walter já havia pulado em seu peito e começado a banhar o rosto de Julian com a língua.

— Opa, calma aí, garoto — falou Julian com uma risada. — Uau, que bafo violento de cachorro. Ninguém escova os seus dentes, Walter Alter?

— Ele estava esperando pelo pai — gritou Brooke alegremente da cozinha, onde estava servindo vinho para os dois.

Quando ela voltou para a sala de estar, Julian tinha ido ao banheiro. A porta estava ligeiramente aberta e ela podia vê-lo de pé na frente da privada. Walter estava aos seus pés e observava fascinado enquanto Julian fazia xixi.

— Tenho uma surpresa para você — cantarolou Brooke. — Algo que você simplesmente vai *amaaaar*.

Julian fechou o zíper, fez uma tentativa desanimada de passar as mãos debaixo da torneira e se juntou a ela no sofá.

— Também tenho uma surpresa para você — falou. — E acho que *você* vai amar.

— Sério? Você trouxe um presente para mim! — Brooke sabia que parecia uma criança, mas quem não adora presentes?

Julian sorriu.

— Bem, acho que você poderia chamar de presente. É meio para nós dois, mas acho que você vai gostar mais do que eu. Você primeiro. Qual é a sua surpresa?

— Não, você primeiro — Brooke não ia arriscar ter sua apresentação de roupas ofuscada; ela queria a atenção total dele para aquilo.

Julian olhou para ela e deu um grande sorriso. Ele se levantou, andou até o hall e voltou com uma mala de rodinhas que ela não reconheceu. Era preta e absolutamente gigantesca. Ele levou a mala até ela e fez um gesto com a mão.

— Você comprou uma mala para mim? — perguntou Brooke, um pouco confusa. Não havia como negar que a mala era linda, mas não era exatamente o que ela estava esperando. Além do mais, essa parecia cheia a ponto de explodir.

— Abra — disse Julian.

Brooke inclinou-se hesitantemente para baixo e deu um puxãozinho no zíper. Ele não se mexeu. Ela puxou com um pouco mais de força, mas ainda nada.

— Aqui — falou Julian, forçando a alça e puxando o zíper para abrir. Ele afastou a tampa revelando pilhas de roupas perfeitamente dobradas. Brooke estava mais confusa do que nunca.

— Parecem, hum, roupas — disse Brooke, imaginando por que Julian parecia tão feliz.

— É, são roupas, mas não *quaisquer* roupas. Você, minha querida Rookie, está olhando para a imagem nova e melhorada do seu marido, cortesia de uma estilista contratada pela gravadora. Isso não é maneiríssimo?

Julian olhou para Brooke com expectativa, mas ela estava levando um tempo para processar o que ele queria dizer.

— Você está dizendo que uma *estilista* comprou um guarda-roupa novo para você?

Julian assentiu.

— Completamente novo. O "visual novo e totalmente único", foi como a garota o descreveu. E, Rook, essa menina sabia o que estava fazendo. Ela só levou algumas horas e eu não tive que fazer nada além de me sentar em um provador particular enorme na Barney's e esperar enquanto todas aquelas garotas e aqueles caras gays ficavam trazendo cabides cheios de roupas. Eles montaram, tipo, conjuntos e coisas e me mostraram o que usar com o quê. Tomamos algumas cervejas e eu experimentei todas essas roupas malucas e todo mundo estava avaliando o que achavam que funcionava e o que não funcionava e, quando terminaram, eu saí com tudo isso. — Ele fez um gesto na direção da mala. — Só olhe algumas dessas coisas, são um escândalo.

Ele mergulhou as mãos dentro das pilhas, puxou uma braçada de roupas e a jogou no sofá entre eles. Brooke queria gritar com ele para que tomasse mais cuidado com as roupas, para respeitar as dobras e as pilhas, mas até mesmo ela percebia o quanto isso era ridículo. Ela se inclinou e ergueu um casaco com capuz de cashmere verde-musgo. Era em ponto de arroz e tão macio quanto um cobertor de bebê. A etiqueta dizia US$ 495.

— Isso não é legal? — perguntou Julian com o entusiasmo que normalmente reservava apenas para instrumentos musicais ou aparelhos eletrônicos novos.

— Você nunca usa casacos com capuz — foi só o que Brooke conseguiu dizer.

— É, mas que hora melhor para começar do que agora? — ele falou com outro grande sorriso. — Acho que posso me acostumar com um casaco de capuz de 500 dólares. Sentiu como é macio? Tome, veja isso. — Ele jogou para ela uma jaqueta de couro aveludada e um par de botas de couro preto John Varvatos que eram uma mistura de botas de motociclista e caubói. Brooke não tinha certeza do que eram, mas até ela sabia que eram maneiras. — Isso não arrebenta?

Mais uma vez, ela assentiu. Com medo de que fosse começar a chorar se não fizesse alguma coisa, Brooke inclinou-se e puxou da mala outra pilha de roupas para cima do colo. Havia montes de camisetas vintage de grife em todas as cores imagináveis. Ela viu um par de mocassins Gucci — os com a sola lisa e sem a logomarca bandeira — e um par de tênis Prada branco. Havia chapéus, tantos chapéus, gorros grossos de tricô como os que ele sempre usava, mas também de cashmere e chapéus-panamá e de feltro branco. Provavelmente dez ou 12 chapéus em estilos e cores diferentes, cada um diferente mas bacana à sua própria maneira. Punhados de suéteres de cashmere fininhas com gola em V, blazers italianos de corte justo extremamente descolados e casuais, e jeans. Tantos jeans em todas as cores, cortes e lavagens que Julian provavelmente poderia usar um par novo todos os dias durante 15 dias e não ter que repetir. Brooke forçou-se a desdobrar e olhar cada um deles até encontrar — e ela sabia que encontraria — a mesma calça que sua mãe selecionara primeiro na Bloomingdale's naquele dia, a que Brooke havia achado perfeita desde o início.

Ela tentou murmurar "Uau", mas saiu apenas um som engasgado.

— Não é incrível? — perguntou Julian, sua voz ficando mais entusiasmada enquanto ela vasculhava as roupas. — Você não está feliz, gata? Eu finalmente vou parecer um adulto. Um adulto com roupas muito caras. Faz ideia de quanto essas coisas custaram? Adivinhe.

Ela não precisava adivinhar; podia ver só de olhar a qualidade e a quantidade enorme de mercadorias que a Sony não havia gastado menos de 10 mil dólares. Ainda assim, ela não queria estragar tudo para Julian.

— Sei lá, 2 mil? Talvez 3? É uma loucura! — ela falou com a energia que conseguiu encontrar.

Ele riu.

— Eu sei, é o que eu também teria chutado. Dezoito mil. Acredita nisso? Dezoito mil dólares em roupas.

Ela esfregou um dos suéteres de cashmere entre as palmas das mãos.

— Mas você concorda que eles mudem o seu visual? Não te incomoda o fato de ter que usar coisas completamente diferentes?

Ela prendeu a respiração enquanto ele parecia pensar nisso por um momento.

— Não, não posso fazer isso — disse ele. — É hora de ir em frente, sabe? O velho uniforme funcionou por algum tempo, mas estou recomeçando. Tenho que aceitar o novo visual e tomara que, com ele, venha a nova carreira. Eu mesmo estou surpreso, mas estou gostando da ideia.

— Ele sorriu maliciosamente. — Além do mais, se você tem que fazer isso, melhor fazer direito, certo? Então, você está feliz?

Ela forçou outro sorriso.

— Muito feliz. É simplesmente sensacional que eles estejam dispostos a investir em você dessa maneira.

Ele arrancou seu gorro velho e gasto e colocou o Borsalino branco com uma faixa de cambraia. Pulou para olhar no espelho do corredor e virou-se algumas vezes, admirando-se de ângulos diferentes.

— Então, qual é a sua novidade? — gritou ele. — Se me lembro bem, não sou o único por aqui com uma surpresa hoje.

Ela sorriu para si mesma, um sorriso triste apesar do fato de que ninguém podia vê-la.

— Não é nada — gritou ela de volta, esperando que sua voz soasse mais alegre do que se sentia.

— Ah, qual é, você queria me mostrar alguma coisa.

Ela colocou as mãos no colo e ficou olhando para a mala transbordando.

— Nada tão emocionante quanto isso, meu amor. Vamos curtir isso agora e eu guardo a minha surpresa para outra noite.

Ele andou até ela, de chapéu e tudo, e a beijou na bochecha.

— Tudo bem então, Rookie. Vou tirar minhas coisas da mala. Quer ajudar? — Julian começou a arrastar tudo na direção do quarto.

— Eu vou em um minuto — ela berrou, rezando para que ele não percebesse as sacolas de compras no closet.

Ele voltou para a sala de estar um momento depois e sentou-se ao lado dela no sofá.

— Tem certeza de que está tudo bem, gata? Há alguma coisa errada?

Ela sorriu de novo e balançou a cabeça, forçando o nó em sua garganta a ir embora.

— Está tudo ótimo — mentiu, apertando a mão dele. — Não há nada errado.

8

meu pobre coração não aguenta outro *ménage a trois*

— É errado que eu esteja odiando isso? — perguntou Brooke enquanto entrava na rua onde Randy e Michelle moravam.

— Nós não os vemos há muito tempo — resmungou Julian, apertando furiosamente as teclas do telefone.

— Não, a festa. Estou odiando ter que ir a essa festa. Todas aquelas pessoas da minha infância nos interrogando sobre as nossas vidas e me contando tudo sobre a vida de seus filhos, que eram meus amigos mas que agora me superam de todas as formas imagináveis.

— Eu garanto que nenhum dos filhos delas se casou tão bem quanto você.

Pelo canto do olho, ela o viu sorrindo.

— Há! Eu poderia ter concordado com você antes de encontrar a mãe de Sasha Phillip na cidade há seis meses. Sasha era a rainha da 6ª série, a que podia fazer com que todo mundo caísse em cima de você estalando os dedos e quem, por acaso, tinha as meias *mais* lindas e os tênis de couro mais brancos do mundo.

— Isso vai chegar a algum lugar?

— Então, antes que eu pudesse me esconder, vejo a mãe da Sasha na Century 21, no departamento de utilidades domésticas.

— Brooke...

— E ela me encurralou bem entre as cortinas de chuveiro e as toalhas e começou a se vangloriar de que a Sasha agora está casada com um cara que está sendo "preparado" para ser alguém "muito influente" em uma conhecida "família de negócios" italiana. Esse cara podia ter qualquer mulher no mundo e se encantou por sua linda Sasha. Que, por falar nisso, agora é a madrasta dos quatro filhos dele. Ela está se vangloriando! A mulher era tão habilidosa que eu cheguei a sair de lá me sentindo mal por você não ser da máfia e não ter um punhado de crianças de um casamento anterior.

Ele riu.

— Você nunca me contou isso.

— Não queria pôr sua vida em risco.

— Vamos passar por isso juntos. Alguns canapés, um jantarzinho, um brinde e aí caímos fora. Está bem?

— Se você diz — ela encostou na entrada do prédio de Randy, número 88, e percebeu imediatamente que seu altamente adorado Nissan 350Z de dois lugares não estava em nenhum lugar à vista. Estava prestes a comentar isso com Julian, mas o telefone dele tocou pela milésima vez nas últimas duas horas e ele já havia saltado do carro.

— Eu volto para pegar nossas malas, está bem? — ela gritou para ele, mas ele estava no fim do caminho, o aparelho pressionado contra a orelha, assentindo furiosamente — Está bem, então, ótimo — ela resmungou para si mesma e se dirigiu para a porta da frente. Estava prestes a subir as escadas quando Randy abriu a porta de supetão, saiu apressado e a envolveu em um abraço.

— Ei, Rookie! É tão bom ver vocês! Michelle está vindo. Onde está o Julian?

— Falando ao telefone. Vou lhe dizer, a operadora de celular não vai ficar feliz por ter oferecido um plano ilimitado quando vir a conta dele.

Os dois observaram enquanto Julian sorria, botava o telefone no bolso e voltava até o porta-malas aberto.

— Precisa de ajuda com essas malas? — gritou Randy.

— Não, tudo bem — gritou Julian, lançando ambas por cima do ombro com facilidade. — Você está ótimo, cara. Emagreceu?

Randy deu um tapinha em sua barriga ampla-mas-talvez-ligeiramente-menos-ampla.

— A patroa me colocou numa dieta rígida — respondeu ele, com um orgulho inconfundível. Brooke não teria acreditado nisso um ano antes, mas Randy estava obviamente adorando ter um relacionamento adulto, uma casa supostamente mobiliada e um bebê a caminho.

— Talvez precise de uma ainda mais rígida — disse Brooke, afastando-se dele para não levar um tapa.

— Eu falo demais. Admito, tenho que perder mais alguns quilos, mas você é nutricionista, qual é a sua desculpa? Você não devia ser, tipo, totalmente anoréxica? — Randy alcançou-a do outro lado da calçada e bagunçou seu cabelo.

— Uau, um comentário sobre peso e um insulto à minha profissão, tudo de uma vez só. Você está com a corda toda hoje.

— Ah, qual é, você sabe que eu estou brincando. Você está ótima.

— A-hã. Talvez eu devesse perder 2,5 quilos, mas Michelle vai ter um trabalhão — disse ela abrindo um grande sorriso.

— Acredite, estou trabalhando nisso — Michelle gritou enquanto descia as escadas cautelosamente. Sua barriga parecia se estender 1,80 metros à sua frente, apesar do fato de ela ainda ter sete semanas de gestação pela frente, e seu rosto começou a suar de imediato no calor escaldante de agosto. Apesar de tudo isso, ela parecia feliz, quase revigorada. Brooke sempre achara que toda essa história do brilho da gravidez era um mito, mas não havia como negar que alguma coisa estava fazendo bem à Michelle.

— Também estou trabalhando na Brooke — disse Julian enquanto dava um beijo na bochecha de Michelle.

— Brooke é linda do jeito que é — respondeu Michelle imediatamente, sua expressão registrando o golpe que a cunhada recebeu.

Brooke virou-se para encarar Julian, esquecendo-se de que Michelle e Randy estavam vendo tudo.

— O que você acabou de dizer?

Julian deu de ombros.

— Nada, Rook. Foi uma piada. Só uma piada.

— Você está "trabalhando em mim"? Foi isso? O quê, você está tentando manter minha obesidade mórbida sob controle?

— Brooke, podemos falar sobre isso em outra hora? Você sabe que eu estava só brincando.

— Não, eu gostaria de falar sobre isso agora. O que exatamente você quis dizer?

Julian já estava ao lado dela, instantaneamente arrependido.

— Rookie, foi só uma piada. Você sabe que eu amo o seu corpo e não mudaria nada nele. Eu só, hum, não quero que *você* se sinta desconfortável.

Randy pegou a mão de Michelle e anunciou:

— Nós vamos arrumar as coisas lá dentro. Olhe, vou levar essas malas. Entrem quando estiverem prontos.

Brooke esperou até que eles fechassem a porta de tela.

— Por que, exatamente, eu me sentiria *desconfortável*? Não sou nenhuma top model, eu sei, mas quem é?

— Não, eu sei, é só que... — ele chutou a mureta com seu All Star e então sentou-se.

— É só o quê?

— Nada. Você sabe que eu te acho linda. É só que o Leo achou que você poderia se sentir desconfortável em termos de publicidade e, você sabe, essas coisas.

Ele olhou para ela, esperando, mas ela estava estupefata demais para falar.

— Brooke...

Ela tirou um chiclete da bolsa e ficou olhando fixamente para o chão.

— Rookie, venha cá. Jesus, eu não devia ter dito isso. Não era o que eu queria dizer...

Ela fez uma pausa e esperou que ele explicasse o que realmente queria dizer, mas só houve silêncio.

— Vamos entrar — disse ela, segurando para não chorar. De certa forma, seria mais fácil não saber o que ele realmente quisera dizer.

— Não, espere um minuto. Venha cá — chamou ele, puxando-a para sentar ao seu lado na mureta e pegando suas duas mãos nas suas. — Gata, sinto muito ter dito isso. O Leo e eu não ficamos falando sobre sua aparência e eu sei que toda essa cascata a respeito da minha "imagem" não tem grande importância, mas estou *apavorado* com tudo isso e tenho que escutá-lo neste momento. O disco acabou de sair e eu estou tentando não deixar que as coisas me subam à cabeça, mas de qualquer modo eu penso nisso o tempo todo. Estou apavorado. Se der certo e o disco for um sucesso, é apavorante. Se, mais provavelmente, isso tudo só foi uma ilusão muito boa e não der em nada, é ainda mais apavorante. Ontem eu estava sentado no meu estudiozinho tocando as músicas que adoro, totalmente capaz de fingir que era só eu e um piano e mais ninguém e, de repente, há essas outras coisas: apresentações de TV, jantares com executivos, entrevistas. Eu só... não estou preparado. E se isso significa que tenho sido meio que um babaca ultimamente, eu realmente, *realmente* sinto muito.

Havia um milhão de coisas que Brooke queria dizer — o quanto ela sentia falta dele agora que ele estava viajando com tanta frequência, quanto estava nervosa com todas as brigas recentes, a montanha-russa constante, como ela estava feliz por ele ter se aberto um pouco e a deixado entrar —, mas em vez de pressioná-lo ainda mais, de fazer todas as perguntas ou verbalizar todos os seus sentimentos, ela se abrigou a dar valor ao esforço que ele havia acabado de fazer.

Brooke apertou as mãos dele e beijou sua bochecha.

— Obrigada — falou baixinho, olhando em seus olhos pela primeira vez o dia inteiro.

— Eu é que tenho que agradecer — ele respondeu e beijou a bochecha dela de volta.

Com muito ainda por dizer e uma sensação persistente de inquietude, Brooke segurou na mão do marido e se permitiu ser erguida. Os dois foram juntos para dentro. Ela faria o melhor que podia para esquecer o comentário sobre seu peso.

Randy e Michelle estavam esperando por eles na cozinha, onde Michelle estava preparando várias opções para que cada um montasse seu próprio sanduíche: peru fatiado, rosbife, pão de centeio, molho rosé, tomates, alface e picles. Havia latas de refrigerante de cereja preta Dr. Brown's e um litro de água seltzer de limão. Michelle entregou um prato de papel para cada um se servir.

— Então, a que horas começam as festividades? — perguntou Brooke, colocando no prato algumas fatias de peru, deixando o pão de lado. Ela esperava que tanto Randy quanto Julian percebessem e se sentissem culpados.

— A festa começa às 19h, mas Cynthia quer que a gente chegue às 18h para ajudar a arrumar as coisas. — Michelle se movia com uma graça surpreendente, levando-se em conta seu tamanho.

— Acha que ele vai ficar surpreso? — perguntou Brooke.

— Não acredito que seu pai está fazendo 65 anos. — Julian espalhou molho rosé em uma fatia de pão.

— Não acredito que ele finalmente se aposentou — disse Randy. — É estranho, mas setembro que vem vai ser a primeira vez em quase 15 anos que não vamos começar um ano letivo juntos.

Brooke seguiu os outros até a sala de jantar e colocou seu prato e uma lata de Dr. Brown's ao lado de seu irmão.

— Ah, você vai sentir saudades dele, não vai? Com quem você vai almoçar?

O telefone de Julian tocou e ele pediu licença para atender.

— Ele parece relativamente calmo, levando em conta que o disco acabou de sair — comentou Randy, dando uma mordida enorme em um sanduíche gigante.

— Pode parecer, mas não está. O telefone dele está tocando sem parar e ele está constantemente falando com alguém, mas ninguém tem muita certeza de nada ainda. Acho que hoje mais tarde ou talvez amanhã vamos saber. Ele diz que todo mundo tem esperanças de que o disco estreie entre os vinte primeiros das paradas, mas acho que nunca se pode ter certeza.

— É incrível — falou Michelle, mordiscando um pedaço de pão de centeio. — Quer dizer, algum dia você pensou que estaria dizendo que o disco do Julian iria estrear entre os vinte? As pessoas tentam conseguir isso a vida inteira e este é apenas o primeiro dele...

Brooke deu um gole em seu refrigerante e enxugou a boca.

— Ainda não aconteceu... eu só não quero dar azar. Mas é, é a coisa mais louca do mundo.

— Na verdade, não é a coisa mais louca do mundo — disse Julian, entrando na sala de novo com um de seus sorrisos típicos. O sorriso dele era tão grande que fez Brooke esquecer a tensão entre eles.

Michelle ergueu a mão.

— Não seja tão modesto, Julian. Falando objetivamente, ter seu disco de estreia figurando entre os vinte primeiros é a coisa mais louca do mundo.

— Na realidade, ter seu disco de estreia entre os quatro primeiros é a coisa mais louca do mundo — disse ele baixinho antes de abrir outro sorriso arrasador.

— O quê? — perguntou Brooke, com o queixo caindo.

— Era o Leo. Ele falou que não é oficial, mas o disco está a caminho de chegar ao quarto lugar. Quarto! Nem consigo processar isso.

Brooke pulou da cadeira para os braços de Julian.

— Ai-meu-deus, ai-meu-deus, ai-meu-deus — ela não parava de repetir. Michelle soltou um gritinho e Randy, depois de abraçar Brooke e Julian, foi pegar uma garrafa especial de uísque para fazer um brinde.

Randy voltou com três copos redondos cheios de líquido marrom e um com suco de laranja para Michelle.

— Ao Julian — disse, erguendo seu copo. Todos brindaram e beberam. Brooke fez uma careta e colocou o dela na mesa, mas Randy e Julian viraram os seus de um gole só.

Randy deu um tapinha nas costas do Julian.

— Sabe, estou feliz por você e pelo sucesso todo e blá-blá-blá, mas, cara, eu tenho que dizer: é maneiro pra cacete ter um *astro de rock* na família.

— Ah, qual é, galera, não é...

Brooke bateu no ombro do Julian.

— Eles estão certos, gato. Você é um astro. Quantas pessoas podem dizer que estrearam em quarto lugar nas paradas? Cinco? Dez? Quer dizer, tipo, os Beatles e Madonna e Beyoncé e... Julian Alter? É totalmente louco!

Eles comemoraram e encheram Julian de perguntas por mais 45 minutos antes de Michelle anunciar que estava na hora de se arrumarem, que iriam sair para o restaurante em uma hora. No momento em que Michelle lhes entregou uma pilha de toalhas e fechou a porta do quarto de hóspedes atrás de si, Brooke voou para cima de Julian em um abraço tão forte que os dois acabaram caindo na cama juntos.

— Gato, está acontecendo. Está acontecendo mesmo, inegavelmente — disse ela, beijando a testa dele e então suas pálpebras, bochechas e lábios.

Julian a beijou de volta e então apoiou-se nos cotovelos.

— Sabe o que mais isso significa?

— Que você agora é uma celebridade oficial? — Ela beijou o pescoço dele.

— Significa que você pode finalmente pedir demissão da Huntley. Diabos, você pode pedir demissão dos dois lugares se quiser.

Ela se afastou e olhou para ele.

— Por que eu faria isso?

— Bem, para começar, você tem trabalhado como louca nos últimos anos e acho que merece uma folga. E as coisas estão começando a se encaixar, finalmente. Entre a porcentagem que eu recebo da turnê do Maroon 5, as festas particulares que o Leo agenda e agora o dinheiro desse disco... bem, só acho que você devia relaxar e curtir um pouco.

Tudo o que ele disse era perfeitamente lógico, mas por motivos que Brooke não conseguia entender, ela se irritou.

— Eu não faço só pelo dinheiro, você sabe. As meninas precisam de mim.

— É o momento perfeito, Brooke. O ano letivo só começa daqui a duas semanas, então tenho certeza de que podem encontrar alguém para substituí-la. Aí, mesmo que você decida continuar no hospital, provavelmente vai ter algum tempo livre.

— "Se" eu decidir continuar no hospital? Julian, essa é a minha carreira. Foi para isso que eu fiz pós-graduação e, apesar de não parecer tão importante quanto estrear em quarto lugar, por acaso eu adoro.

— Sei que você adora. Só pensei que talvez quisesse adorar de longe por algum tempo — ele a cutucou e sorriu.

Ela ficou olhando para ele.

— O que você está sugerindo?

Ele tentou puxá-la de volta para cima dele, mas Brooke se afastou.

— Não estou sugerindo nada horrível, Brooke. — Ele deixou escapar um suspiro. — Talvez, se não estivesse tão estressada com seu cronograma, você fosse gostar da ideia de tirar umas férias. Talvez viajar mais comigo, curtir os eventos?

Ela ficou em silêncio.

— Está chateada? — perguntou Julian, procurando a mão dela.

— Não estou chateada — ela mentiu. — Sinto como se estivesse fazendo um esforço enorme para achar um equilíbrio entre o meu trabalho e tudo o que está acontecendo com você. Nós fomos ao *Leno* juntos e à festa do *Friday Night Lights* e à festa de aniversário de Kristen Stewart em Miami e ao Bonnaroo. Eu fico ao seu lado no estúdio nas noites em que você trabalha até tarde. Não sei o que mais posso fazer, mas tenho quase certeza de que a resposta não é abandonar a minha carreira e segui-lo por aí. Não acho que você ficaria feliz com isso, não importa quanto possa parecer divertido no começo. E, sinceramente, não acho que eu estaria me respeitando se fizesse isso.

— Pense a respeito — pediu ele enquanto tirava a camisa e andava na direção do banheiro. — Só me prometa isso.

O som da água caindo no chuveiro abafou a resposta dela. Brooke resolveu tirar a questão da cabeça por aquela noite: eles não precisavam decidir nada e, só porque não estavam exatamente de acordo, não significava que havia algo errado.

Brooke tirou suas roupas, puxou a cortina do chuveiro e entrou.

— A que devo esta honra? — perguntou Julian com os olhos apertados. Seu rosto inteiro estava coberto de sabão.

— Ao fato de que temos menos de meia hora para nos arrumarmos — disse ela enquanto abria toda a torneira de água quente.

Julian gritou.

— Tenha um pouco de misericórdia!

Ela escorregou por ele, curtindo a sensação do peito ensaboado dele contra o seu, e imediatamente apropriou-se do fluxo de água escaldante.

— Aaah. Isso está uma delícia.

Julian fingiu ficar de mau humor e se afastou para o lado oposto da banheira. Brooke riu.

— Venha para cá — disse, mesmo sabendo que ele não suportava nada mais quente do que água morna. — Há espaço suficiente para nós dois.

Ela espremeu um pouco de xampu na palma da mão, diminuiu a temperatura da água e beijou a bochecha dele.

— Pronto, amor — ela escorregou por ele de novo e sorriu enquanto Julian entrava hesitantemente debaixo do jato d'água. Brooke massageou o cabelo com o xampu e ficou observando-o curtir a água quase fria.

Essa era uma das centenas, talvez milhares de minúsculos detalhes que eles conheciam um sobre o outro e esse conhecimento nunca deixava de fazer Brooke se sentir feliz. Ela adorava pensar que provavelmente era a única pessoa no mundo que sabia que Julian odiava submergir em água muito quente — banheiras, chuveiros, Jacuzzis, fontes de água quente, ele evitava escrupulosamente todos —, mas podia aguentar temperaturas quentes e úmidas sem reclamar; que ele também se autoproclamava um "engolidor de bebidas quentes", colocava uma xícara de café pelando ou uma tigela de sopa fumegante na frente e despejava o conteúdo pela goela abaixo sem nem dar um gole para provar; que ele tinha uma tolerância impressionante para dor, como ficou provado na vez em que quebrou o tornozelo e não reagira com mais do que um "Droga!", mas gritava e se contorcia como uma menininha sempre que Brooke tentava arrancar um fio da sobrancelha dele. Mesmo agora, enquanto ele se ensaboava, ela sabia que estava grato por ter um sabonete em barra em vez de um sabonete líquido e que, desde que não tivesse cheiro de lavanda, ou pior, frutas cítricas, ele usaria qualquer coisa que lhe fosse entregue.

Ela se inclinou para a frente para beijar sua bochecha com a barba por fazer e recebeu um jato de água bem nos olhos.

— Bem feito — Julian falou e deu um tapinha no traseiro dela. — Isso vai ensiná-la a não se meter com um artista em quarto lugar.

— O que o Sr. Quarto Lugar acha de uma rapidinha?

Julian beijou suas costas, mas aí saiu do chuveiro.

— Não vou explicar para o seu pai que chegamos atrasados na festa dele porque sua filha me agarrou no chuveiro.

Brooke riu.

— Você é tão covarde.

Cynthia já estava no restaurante quando eles chegaram, andando pela sala privativa em um redemoinho frenético de energia e ordens. Eles estavam no Ponzu, que, de acordo com Cynthia, era o novo restaurante da moda no sudeste da Pensilvânia. Segundo Randy, o lugar usava o termo "fusão asiática" para descrever sua tentativa ambiciosa demais de abordar pratos de sushi e teriyaki do Japão, rolinhos primavera inspirados no Vietnã, uma lebre tailandesa que poucos tailandeses reconheceriam e um prato de frango e brócolis, "marca registrada" da casa, que não era nada diferente do que era servido no restaurante delivery baratinho que ele frequentava. Ninguém parecia se incomodar com a falta de pratos realmente de fusão, então os quatro ficaram de boca calada e imediatamente começaram a trabalhar.

Os homens penduraram dois cartazes enormes de papel que diziam FELIZ 65º! e PARABÉNS PELA APOSENTADORIA, enquanto Brooke e Michelle arrumavam as flores que Cynthia trouxera em dois vasos de vidro que o restaurante forneceu. Elas haviam acabado de terminar o primeiro vaso quando Michelle disse:

— Já pensaram no que vão fazer com todo esse *dinheiro*?

Brooke quase deixou a tesoura cair, de tão surpresa. Ela e Michelle nunca haviam falado sobre nenhum assunto pessoal antes e uma conversa sobre o potencial financeiro de Julian parecia totalmente inadequada.

— Ah, você sabe, ainda temos montes de empréstimos estudantis e todo tipo de dívidas para pagar. Não é tão fácil quanto parece. — Ela deu de ombros.

Michelle trocou uma rosa por uma peônia e inclinou a cabeça para o lado, examinando seu trabalho.

— Qual é, Brooke, não se engane. Vocês dois vão nadar em dinheiro!

Brooke não fazia ideia do que responder, então apenas riu, meio constrangida.

Todos os amigos de seu pai e de Cynthia chegaram exatamente às 18h e perambularam pela sala, beliscando os canapés e bebericando vinho. Quando o pai finalmente chegou para o que ele sabia ser sua festa "surpresa", as pessoas pareciam festivas na dose certa. Provaram isso quando o Sr. Greene foi acompanhado à sala dos fundos pelo maître e todo mundo gritou "Surpresa!" e "Parabéns!" e ele demonstrou todas as reações comuns de pessoas fingindo estarem surpresas por suas festas surpresa já anunciadas. Ele pegou a taça de vinho tinto que Cynthia lhe entregou e bebeu, fazendo esforço para aproveitar a festa, já que, como Brooke bem sabia, ele preferia estar em casa se preparando para o jogo da pré-temporada no domingo.

Felizmente, Cynthia planejara fazer os brindes durante a hora dos aperitivos; Brooke ficava nervosa ao falar em público e não queria passar a noite inteira com medo de seus dois minutos. Um copo e meio de vodca-tônica tornou a coisa um pouco mais fácil e ela foi capaz de recitar seu discurso pré-planejado sem nenhum sobressalto. A plateia pareceu gostar especialmente da história que Brooke contou sobre a primeira vez em que ela e Randy visitaram seu pai depois do divórcio e o encontraram na cozinha um dia de manhã, enchendo o forno com pilhas de revistas velhas e contas pagas, já que não tinham muitos armários e não queria desperdiçar o espaço do forno. Os discursos de Randy e Cynthia se seguiram ao dela e, apesar de uma menção constrangedora de Cynthia em relação à "atração imediata que sentiram na primeira vez em que se encontraram" — o que, por acaso, fora quando o pai de Brooke ainda estava casado com a mãe dela — tudo ocorreu de forma relativamente tranquila.

— Ei, pessoal, podem me dar sua atenção só por um minuto? — perguntou o Sr. Greene, levantando-se de seu lugar no meio de uma mesa longa.

Todos ficaram em silêncio.

— Quero agradecer muito a vocês por terem vindo. Gostaria principalmente de agradecer à minha adorável esposa por marcar esta festa em um sábado e não em um domingo (ela finalmente aprendeu a diferença entre futebol universitário e profissional) e agradecer a todos os meus quatro filhos adoráveis por estarem aqui esta noite; vocês fazem tudo valer a pena.

Todo mundo aplaudiu. Brooke corou e Randy revirou os olhos. Quando ela olhou para Julian, ele estava digitando no celular debaixo da mesa.

— E uma última coisa. Alguns de vocês podem já saber que temos uma estrela em ascensão na família...

Isso chamou a atenção de Julian.

— Bem, estou felicíssimo por anunciar que o disco do Julian vai estrear em quarto lugar nas paradas da *Billboard* semana que vem! — Todos no local gritaram e aplaudiram. — Por favor, ergam seus copos para meu genro, Julian Alter, por conseguir o quase impossível. Sei que falo por todos quando digo que estamos incrivelmente orgulhosos de você.

Brooke ficou olhando enquanto seu pai se aproximava e abraçava seu marido surpreso mas claramente encantado e sentiu uma onda de gratidão. Era exatamente o tipo de coisa que Julian esperara a vida inteira que seu próprio pai dissesse e, se não podia vir dele, pelo menos que ouvisse da família dela. Julian agradeceu ao sogro e sentou-se de novo rapidamente. Apesar de claramente envergonhado por ser o centro da atenção, Brooke pôde ver quanto ele estava feliz. Ela esticou o braço e apertou a mão dele, que a apertou de volta com o dobro da força.

Os garçons estavam servindo canapés quando Julian se inclinou na direção de Brooke e perguntou se eles podiam conversar a sós por um momento.

— Essa é a sua maneira de me levar para o banheiro? — sussurrou ela enquanto o seguia pelo salão — Pode imaginar o escândalo? Só espero que, se formos pegos, seja pela mãe da Sasha...

Julian a guiou para o corredor onde ficavam os banheiros e Brooke puxou seu braço.

— Eu estava só brincando.

— Rook, acabei de receber um telefonema do Leo — disse ele, apoiando-se em um banco.

— Ah, é?

— Ele está em L.A. agora e tem feito um monte de reuniões em meu nome. — Julian parecia querer dizer mais, mas parou.

— E? Alguma coisa emocionante?

Então ele não pôde mais se conter. Um sorriso enorme se abriu em seu rosto e, apesar de Brooke ter a sensação imediata de que algo emocionante seria algo de que ela não ia gostar, ela o imitou e sorriu de volta.

— O quê? O que foi? — perguntou ela.

— Bem, na verdade... — a voz dele foi sumindo e seus olhos se arregalaram. — Ele disse que a *Vanity Fair* quer me incluir em um grupo de jovens artistas estreantes para a capa de outubro ou novembro. Uma *capa*, acredita nisso?

Brooke passou os braços em volta do pescoço dele.

Julian roçou os lábios rapidamente contra ela e se afastou primeiro.

— E adivinhe? Annie Leibovitz vai fotografar.

— Está brincando!

Ele abriu um grande sorriso.

— Não estou, não. Vai fotografar com outros quatro artistas. Para várias mídias, eu acho. Leo achou que eles provavelmente vão convidar um músico, um pintor, um escritor, esse tipo de coisa. E adivinhe onde vão fotografar? No Chateau.

— É claro que vão. Vamos ser hóspedes frequentes! — Ela já estava calculando mentalmente como poderia faltar ao mínimo de trabalho e ainda acompanhá-lo. Também havia a questão do que levar na mala...

— Brooke — a voz do Julian não demonstrava nada, mas sua expressão era sofrida.

— Qual é o problema?

— Sinto muito fazer isso com você, mas eu tenho que partir agora. Leo marcou um voo para mim às 6h saindo do JFK amanhã e ainda tenho que voltar a Nova York e pegar algumas coisas no estúdio.

— Você vai viajar *agora*? — ela cuspiu, percebendo que a passagem apenas para ele já estava marcada e, apesar de ele estar fazendo o melhor que podia para parecer triste, não podia conter seu entusiasmo.

Em vez disso, ele a abraçou e coçou o ponto entre seus ombros.

— Sei que é uma droga, amor. É uma pena que tenha sido tão em cima da hora e que terei que ir embora no meio da festa do seu pai, mas...

— Antes.

— O quê?

— Não está indo embora no meio da festa, está indo embora antes mesmo de a gente comer.

Ele ficou em silêncio. Por um momento, Brooke imaginou se ele ia dizer que a história toda era uma grande piada, que ele não tinha que ir a lugar nenhum.

— Como você vai para casa? — ela finalmente perguntou, a voz com um traço de resignação.

Ele a puxou em um abraço.

— Chamei um táxi para a estação de trem para ninguém precisar me levar. Assim você vai ter o carro para voltar amanhã. Tudo bem por você?

— Claro.

— Brooke? Eu te amo, gata. E vou levá-la para comemorar assim que voltar. É tudo bom, sabe?

Brooke forçou um sorriso pelo bem dele.

— Eu sei que é. E estou entusiasmada por você.

— Acho que estarei de volta na terça-feira, mas não tenho certeza — disse ele, beijando-a de leve na boca. — Guarde todos os planos para mim, está bem? Eu gostaria que a gente fizesse algo especial.

— Eu também gostaria.

— Você me espera aqui? Vou só entrar para me despedir rapidinho do seu pai. Não quero chamar muita atenção...

— Sinceramente, acho que seria melhor se você simplesmente fosse embora — falou Brooke e pôde ver o alívio dele. — Eu explico o que aconteceu. Eles vão entender.

— Obrigado.

— Venha, eu o acompanho até lá fora.

Eles desceram as escadas de mãos dadas e conseguiram escapar para o estacionamento sem dar de cara com nenhum dos convidados da festa ou ninguém da família dela. Brooke assegurou a Julian mais uma vez que era melhor assim, que ela explicaria tudo para seu pai e Cynthia e agradeceria ao Randy e à Michelle por sua hospitalidade e que tudo isso era preferível a fazer uma grande cena de despedida na qual ele teria que se explicar mil vezes. Ele tentou parecer sério quando lhe deu um beijo de despedida e sussurrou seu amor mas, no momento em que o táxi apareceu, Julian pulou na direção dele como um golden retriever animado atrás de uma bola de tênis. Brooke lembrou a si mesma de dar a ele um grande sorriso e um aceno feliz, mas o táxi se afastou antes que Julian pudesse se virar e acenar de volta. Ela voltou para o restaurante, sozinha.

* * *

Ela olhou para seu relógio e ficou imaginando se daria tempo para dar uma corrida depois de sua última consulta e antes de ir para a casa da Nola. Decidiu que iria fazer dar tempo, mas lembrou que estava fazendo 34 graus do lado de fora e só um louco correria num calor daquele.

Houve uma batida na porta. Era a primeira sessão de Kaylie desde que o novo ano letivo começara e ela estava ansiosa para ver a garota. Seus e-mails soavam cada vez mais positivos e Brooke estava confiante de que ela estava começando a se adaptar à escola. Mas, quando a porta se abriu, foi Heather quem entrou.

— Oi, e aí? Obrigada de novo pelo café hoje de manhã.

— Ah, o prazer foi meu. Ouça, eu só queria avisá-la que a Kaylie não vai comparecer à consulta hoje. Ela está em casa por causa de um probleminha no estômago.

Brooke deu uma olhada na folha de presença do dia em sua mesa.

— É mesmo? Porque ela não está na lista de hoje.

— É, eu sei. Ela esteve na minha sala hoje mais cedo e parecia bem mal, então eu a mandei à enfermaria e a enfermeira a mandou para casa. Tenho certeza de que não é nada sério, mas só queria avisá-la.

— Obrigada, eu agradeço.

Heather virou-se para ir embora, mas Brooke perguntou:

— Como ela estava? Além de se sentindo mal?

Heather pareceu pensar sobre isso.

— Sabe, é difícil dizer. Foi nosso primeiro encontro depois das férias e ela não se abriu muito. Ouvi alguns rumores pelas outras meninas de que ela ficou amiga da Whitney Weiss, o que, por motivos óbvios, me fez pensar, mas Kaylie não tocou no assunto. Eu diria que ela emagreceu bastante.

Brooke levantou a cabeça imediatamente.

— Bastante quanto?

— Sei lá... uns 10, talvez 12 quilos. Ela estava ótima, na verdade. Parecia muito satisfeita consigo mesma. — Heather percebeu que Brooke parecia preocupada. — Por quê? Isso é ruim?

— Não necessariamente, mas é muito peso para se perder em um período tão curto. E essa amizade com Whitney? Digamos que, juntando as coisas, acho que temos um sinal de alerta aí.

Heather assentiu.

— Bem, acho que você a verá antes de mim, então me mantenha informada, está bem?

Brooke se despediu de Heather e se recostou na cadeira. Doze quilos em dois meses e meio é demais e a ligação com Whitney não parecia uma boa ideia. Whitney era uma menina extremamente magra que ganhara 3 ou 4 quilos depois que parara de jogar hóquei sobre grama no ano anterior e sua mãe anoréxica havia aparecido imediatamente na sala de Brooke exigindo o nome de um "campo para gordos" conceituado, como a mulher colocou tão rudemente. Todos os argumentos de que era um ganho de peso completamente normal, até bem-vindo, para uma menina de 14 anos não serviram de nada e Whitney foi mandada para um spa chique no interior do estado para "suar o excesso". Previsivelmente, a garota começou a dar sinais de que estava comendo e vomitando desde então, algo a que Kaylie certamente não precisava ficar exposta. Ela fez uma anotação mental para ligar para o pai de

Kaylie depois da primeira consulta e ver se ele havia percebido algum comportamento incomum.

Ela fez algumas anotações sobre suas sessões anteriores e então foi embora, a umidade sufocante do começo de setembro atingindo-a como um muro enquanto todos os pensamentos de pegar o metrô iam direto pelo ralo. Como se um anjo tivesse lido sua mente ou, mais provavelmente, um taxista de Bangladesh a tivesse visto acenando freneticamente com o braço, um táxi parou bem na entrada da escola para deixar um passageiro e Brooke se jogou no banco de trás do carro com ar-condicionado.

— Esquina da Duane e com a Hudson, por favor — disse ela enquanto botava as pernas mais perto do ar frio que saía da abertura da ventilação. Passou toda a corrida com a cabeça para trás e os olhos fechados. Pouco antes do táxi parar na frente do prédio de Nola, chegou uma mensagem de texto de Julian.

Acabei de receber um e-mail do John Travolta!!! Disse que "amou" o disco novo e me deu os parabéns, dizia.

Brooke podia sentir o entusiasmo dele pelo visor do aparelho. *John Travolta?!*, ela escreveu de volta. *Fala sério! Muito legal.*

Ele escreveu para o agente dele e o cara encaminhou para o Leo, Julian respondeu.

Parabéns! Muito maneiro. Esse é para guardar. Na casa da Nola agora. Ligue quando puder. Beijo.

O quarto e sala da Nola ficava no final de um corredor comprido e tinha vista para um café bacana com mesas na calçada. Brooke entrou direto pela porta aberta, largou a bolsa enquanto chutava os sapatos para longe e traçou uma reta até a cozinha.

— Cheguei! — gritou enquanto pegava uma lata de Coca Diet na geladeira. Seu pecado favorito, ao qual só se permitia no apartamento da amiga.

— Tem Coca Diet na geladeira. Pegue uma para mim também! — Nola gritou do quarto. — Minhas malas estão quase prontas. Eu já vou.

Brooke abriu as duas latas e foi entregar uma para Nola, que estava sentada sobre uma pilha enorme de roupas, sapatos, cosméticos, eletrônicos e guias de viagem.

— Como você espera que eu ponha todas essas coisas em uma mochila? — ela explodiu, tentando enfiar uma escova redonda no bolso da frente e, quando fracassou, arremessando-a pelo quarto. — No que eu estava pensando quando me comprometi com isso?

— Não faço ideia — falou Brooke, avaliando o caos. — Na verdade, venho me perguntando isso há duas semanas.

— Isso é o que acontece quando suas férias não acumulam e você não tem namorado; você toma decisões como esta. Dezesseis dias com 11 estranhos no sudeste da Ásia? Sério, Brooke, a culpa é sua.

Brooke riu.

— Bela tentativa. Eu lhe disse que era a pior ideia que eu já tinha ouvido *na vida* no momento em que você falou, mas você estava muito determinada.

Nola se levantou, deu um gole na Coca Diet e foi para a sala.

— Devia haver um alerta para mulheres solteiras em todos os lugares. Nada de excursões impulsivas de última hora. O Vietnã não vai a lugar nenhum. Por que eu estava com tanta pressa?

— Ah, qual é, vai ser divertido. Além disso, talvez até haja um gatinho no seu grupo.

— A-hã. Claro que sim. Definitivamente não um bando de casais alemães de meia-idade ou hippies aspirantes a budista ou, possivelmente, só lésbicas. Não! Vai estar lotado de homens solteiros e adoráveis com idade entre 30 e 35 anos.

— Eu gosto da sua atitude positiva! — disse Brooke abrindo um grande sorriso.

Algo atraiu a atenção de Nola e ela andou na direção da janela da sala. Brooke olhou para fora e não viu nada de extraordinário.

— Está vendo ali, na primeira mesa à esquerda? Natalie Portman? Usando aquele bonezinho e óculos escuros como disfarce, como se sua Natalie Portmandade pudesse se esconder — falou Nola.

Brooke olhou novamente, desta vez notando a garota de boné enquanto ela bebericava de sua taça de vinho e ria de algo que seu companheiro de jantar dissera.

— Hum, é, acho deve mesmo ser ela.

— É claro que é! E ela está absolutamente fantástica. Não consigo descobrir por que não a odeio. Eu devia, mas não odeio. — Nola inclinou a cabeça para o lado, sem tirar os olhos da janela.

— Por que você deveria odiá-la? — perguntou Brooke. — Ela parece ser uma das atrizes mais normais.

— Motivo ainda maior para odiá-la. Não só ela é loucamente bonita —, até quando está careca, mas também é formada em Harvard, fala, tipo, 15 idiomas, viajou o mundo inteiro encorajando as pessoas a apoiarem a microfinança e está tão apaixonada pelo meio ambiente que não usa sapatos de couro. E, além disso tudo, todo mundo que já trabalhou com ela ou que se sentou ao lado dela em um voo jura que é a pessoa mais bacana e pé no chão que já conheceu. Isso sem falar que ela ganhou um Oscar! Agora, me diga, por favor, como você pode não odiar alguém assim?

Nola finalmente abandonou seu posto na janela e Brooke a seguiu. As duas caíram nas poltronas encapadas de frente uma para a outra e se encararam.

Brooke tomou um gole e deu de ombros, pensando no fotógrafo do lado de fora de seu apartamento.

— Bom para a Natalie Portman, eu acho?

Nola balançou a cabeça lentamente de um lado para o outro.

— Meu Deus, você é uma figura.

— O que foi que eu disse? Não entendo. Eu deveria ser obcecada por ela? Ter inveja dela? Ela nem é real.

— É claro que ela é real! Está sentada bem do outro lado da rua e parece ótima.

Brooke passou o braço por cima da testa e gemeu.

— E agora nós a estamos perseguindo, o que eu não gosto muito. Deixe-a em paz.

— Está se sentindo meio sensível a respeito da privacidade da Natalie? — perguntou Nola com certo cuidado.

— É, acho que sim. É estranho; o meu lado que lê todas as revistas de celebridades há anos e já viu todos os filmes que ela fez e pode descrever cada vestido que ela usou nas premiações me faz querer sentar naquela janela e ficar olhando para ela a noite inteira. Aí, tem o lado que...

Nola apontou o controle remoto para a TV e procurou pelos canais até encontrar a estação de rock alternativo. Ela se apoiou no cotovelo.

— Eu entendo. O que mais está acontecendo? Por que você está com um humor tão ruim?

Brooke suspirou.

— Tive que pedir mais um dia de folga para o próximo fim de semana em Miami e vamos só dizer que Margaret não ficou muito feliz.

— Ela não pode querer que seus funcionários não tenham vida pessoal.

Brooke fungou.

— Provavelmente não é injusto que ela queira que seus funcionários apareçam de vez em quando.

— Você está sendo dura demais consigo mesma. Posso mudar o assunto para algo um pouco mais divertido? Sem ofensa.

— O quê, a festa este final de semana?

— Estou convidada? — Nola deu um grande sorriso. — Posso ser sua acompanhante.

— Sério? Eu adoraria, mas não achei que fosse uma opção.

— Como assim? Acha que eu ia preferir estar em Nova York tomando drinques com algum fracassado quando podia estar comendo caviar com a mulher de um astro do rock em ascensão?

— Combinado. Tenho certeza de que Julian vai adorar não ter que me paparicar a noite inteira. — O celular de Brooke vibrou na mesinha de centro. — Falando no diabo...

— Oi! — disse Brooke ao telefone. — Nola e eu estávamos falando sobre a festa do fim de semana.

— Brooke? Adivinhe! Acabei de falar com o Leo, que teve notícias do vice-presidente da Sony. Disseram que os primeiros números do disco estão excedendo em muito suas expectativas.

Brooke podia ouvir música e barulhos indistintos ao fundo, mas não conseguia se lembrar de onde Julian estaria naquela tarde. Talvez Atlanta? Ou iam tocar em Charleston naquela noite? É, definitivamente era isso. Atlanta fora na noite anterior — ela se lembrava de ter falado com Julian quando ele ligara por volta da 1 da manhã e ele parecia bêbado, mas no geral de bom humor. Ele devia estar ligando do Ritz em Buckhead.

— Ninguém quer se comprometer com nada por enquanto, já que a semana de avaliação de execuções ainda tem mais três dias, mas a semana de avaliação de vendas terminou hoje e parece que está indo bem.

Brooke passara duas horas na noite anterior lendo sobre todos os outros cantores e grupos que haviam lançado discos nas últimas semanas, mas ainda não entendia como a avaliação acontecia. Ela devia perguntar? Ou ele só ia ficar irritado com sua ignorância?

— Eles falam em *pelo menos* uma mudança do quarto para o terceiro lugar. Possivelmente até mais!

— Estou tão orgulhosa de você! Vocês estão se divertindo em Charleston? — perguntou ela alegremente.

Houve silêncio. Ela entrou em pânico por um segundo. Eles não estavam em Charleston? Mas aí ele disse:

— Acredite ou não, estamos ralando muito por aqui. Ensaiando, tocando, desmontando, montando, ficando em um hotel diferente a cada noite. Todo mundo está *trabalhando* aqui.

Brooke ficou calada por um momento.

— Eu não estava sugerindo que vocês estão na gandaia — Brooke conseguiu, de alguma maneira, se conter e não comentar o fato de ele ter ligado bêbado muito tarde na noite anterior.

Nola chamou a atenção de Brooke e fez sinal de que estaria no outro quarto, mas Brooke acenou e lhe deu um olhar que dizia *Não seja ridícula.*

— Isso tem a ver com sair no meio da festa do seu pai? Quantas vezes eu pedi desculpas por isso? Não acredito que você ainda está me punindo.

— Não, não tem a ver com isso, apesar de, só para ficar registrado, você ter saído mais ou menos seis segundos depois de avisar e não ter voltado para casa desde então e isso ter sido há quase duas semanas — ela abrandou a voz. — Acho que pensei que você voltaria por um ou dois dias depois das fotos, antes de partir em turnê.

— Que postura é essa?

Pareceu um tapa.

— *Postura*? É realmente tão horrível eu ter dito que esperava que você estivesse se divertindo? Ou perguntado quando vamos nos ver? Nossa, eu sou uma pessoa horrível.

— Brooke, eu não tenho tempo para um piti agora.

O modo como ele disse seu nome inteiro fez com que ela se arrepiasse.

— Um "piti", Julian? *Sério*? — ela quase nunca dizia a ele como realmente se sentia. Ele estava sempre estressado demais, ocupado demais, distraído demais ou longe demais, então ela se esforçava para não reclamar. Ser alegre e compreensiva, como sua mãe havia aconselhado, não era nada fácil.

— Bem, então por que exatamente você está tão irritada? Sinto muito não poder ir para casa esta semana. Quantas vezes você quer que eu peça desculpas? Estou fazendo isso por nós, sabe? Você pode querer se lembrar disso de vez em quando.

Brooke teve aquela sensação de ansiedade excessiva.

— Acho que você não entende — falou ela baixinho.

Ele suspirou.

— Vou tentar tirar uma noite e ir para casa antes de Miami neste fim de semana, está bem? Isso melhoraria as coisas? É que não é tão fácil fazer isso apenas duas semanas depois que seu disco sai.

Ela queria mandá-lo se foder, mas em vez disso respirou fundo, contou até três e falou:

— Seria ótimo se você conseguisse. Eu adoraria te ver.

— Vou tentar, Rook. Olhe, tenho que ir, mas por favor saiba que eu te amo. E sinto a sua falta. Eu ligo para você amanhã, está bem? — Antes que ela pudesse dizer alguma coisa, ele desligou.

— Ele desligou na minha cara! — ela gritou, antes de bater seu celular no sofá, que quicou em uma almofada e caiu no chão.

— Você está bem? — a voz da Nola era suave e tranquilizadora. Ela ficou parada no vão da porta da sala, segurando um punhado de menus de entrega e uma garrafa de vinho. "For the Lost" começou a tocar na estação de rádio da TV e tanto Nola quanto Brooke se viraram na direção do aparelho.

Ele era o sonho de uma mãe, ele era um punhado de areia
Meu irmão, você se foi com a segunda mão...

— Pode desligar, por favor? — Brooke despencou no sofá e cobriu os olhos, apesar de não estar chorando. — O que eu vou fazer? — ela gemeu.

Nola mudou rapidamente o canal.

— Primeiro, vai decidir se quer frango com capim-limão ou camarão ao curry do restaurante vietnamita e aí vai me contar o que está acontecendo com vocês. — Nola pareceu se lembrar da garrafa em sua mão. — Esqueça isso. Primeiro vamos beber.

Ela cortou rapidamente o lacre com a ponta do saca-rolha e estava prestes a enfiá-la na rolha quando disse:

— Achei que você tinha superado aquela foto idiota da Layla.

Brooke fungou e aceitou uma taça de vinho tinto de Nola que, para uma companhia mais educada, teria sido considerada cheia demais, mas esta noite parecia perfeita.

— O quê, você quer dizer a foto na qual meu marido está com o braço em volta da cintura de 65 centímetros dela com um sorriso gigantesco, tão absolutamente beatífico que parece que está tendo um orgasmo?

Nola bebericou seu vinho e colocou os pés em cima da mesa.

— Uma estrelinha idiota estava querendo tirar vantagem e ter um pouco mais de espaço na mídia com o próximo sucesso. Ela não podia se importar menos com o Julian.

— Eu sei disso. E não é tanto a foto quanto... Ele foi do Nick's e um estágio de meio expediente para *isso*? Tudo mudou do dia para a noite, Nola. Eu não estava preparada.

Não fazia mais sentido negar: Julian Alter, seu marido, era oficial e inegavelmente famoso. Brooke tinha consciência de que fora um caminho longo e difícil; tantos anos de ensaios e shows e composições diárias (sem falar nos incontáveis shows e nas horas que Julian trabalhara antes de eles se conhecerem). Houve fitas demo, faixas promocionais, singles que quase davam certo, mas nunca vingavam. Mesmo depois que ele conseguiu o suado contrato que não deveria dar em nada com a gravadora, passou semanas e meses examinando toneladas de contratos, trabalhando com advogados especializados no ramo do entretenimento, entrando em contato com artistas mais experientes para pedir conselhos e possíveis ensinamentos. Houve os muitos meses dentro de um estúdio de gravação no centro da cidade, ajustando o teclado e os vocais centenas, talvez milhares de vezes para que o som ficasse perfeito. As intermináveis reuniões com produtores e diretores artísticos e executivos intimidantes que sabiam — e demonstravam — que tinham a chave para o futuro dele. Houve a audição aberta da Sony para novos integrantes da banda e então as entrevistas e os testes que se seguiram; as viagens infindáveis entre Los Angeles e Nova York para garantir que tudo estava correndo sem problemas; as consultas com relações-públicas que podiam guiar a percepção do público; e as instruções dos assessores de imprensa sobre como agir na frente das câmeras. E, é claro, a estilista encarregada da imagem de Julian.

Durante anos Brooke havia trabalhado de bom grado em dois empregos para sustentá-los, apesar das confusas pontadas de ressentimento que às vezes sentia quando estava exausta e sozinha, uma viúva de estúdio trancada no apartamento. Havia seus próprios sonhos — em segundo plano por opção —, o desejo de encontrar seu lugar no trabalho, viajar mais, ter um bebê. Havia o desgaste financeiro de ter que investir e reinvestir cada dólar em diferentes áreas da carreira de Julian. As horas hediondas passadas no estúdio. Todas as madrugadas longe de casa, quando ambos estavam em bares barulhentos e enfumaçados para os shows de Julian, em vez de aninhados no sofá ou passando o fim de semana fora com outros casais. E agora as viagens! As viagens constantes, implacáveis e intermináveis dele, indo de cidade em cidade, de costa a costa. Os dois tentavam, de coração, mas parecia algo cada vez mais difícil. Atualmente, uma conversa ao telefone sem interrupção parecia um luxo.

Nola encheu de novo os copos das duas e pegou o telefone.

— O que você quer?

— Não estou com muita fome — falou Brooke, surpresa por estar realmente falando sério.

— Vou pedir um camarão e um frango para dividirmos e um monte de rolinhos primavera. Tudo bem?

Brooke acenou com o copo, quase derramando seu vinho. A primeira taça acabara tão rápido.

— Ótimo, está ótimo — ela pensou por um momento e percebeu que estava fazendo com Nola exatamente o que Julian sempre fazia com ela. — Então, o que está acontecendo com você? Alguma novidade com o...

— Drew? Acabou. Tive uma pequena... distração no último fim de semana e isso me fez lembrar que há muitos homens mais interessantes por aí do que Drew McNeil.

Brooke cobriu os olhos mais uma vez.

— Ah, não. Lá vamos nós de novo.

— O quê? Foi só diversão.

— Quando você encontrou tempo?

Nola fingiu estar magoada.

— Lembra que depois do jantar no sábado você queria ir para casa e Drew e eu íamos sair?

— Ah, Deus. Por favor, não me diga que foi mais um *ménage à trois*. Meu pobre coração não aguenta outro *ménage à trois*.

— Brooke! Drew foi embora logo depois de você, mas eu queria ficar mais um pouco. Tomei mais um drinque e aí saí sozinha por volta de 1h30 e chamei um táxi.

— Não está meio *coroa* para pegar alguém de madrugada? Os meninos ainda falam assim hoje em dia?

Foi a vez de Nola cobrir os olhos.

— Meu Deus, você é tão pudica. Eu estava prestes a entrar no primeiro táxi vazio que apareceu em vinte minutos e esse cara tentou roubá-lo de mim. Ele simplesmente entrou pelo outro lado.

— Ah?

— É, bem, mas ele era muito gato e eu disse que ele podia rachar comigo desde que eu fosse deixada primeiro, e antes que eu me desse conta, nós estávamos nos agarrando.

— E depois? — perguntou Brooke, embora já soubesse a resposta.

— Foi incrível.

— Pelo menos você sabe o nome dele?

— Ah, me poupe — disse Nola, revirando os olhos.

Brooke ficou olhando para a amiga, tentando se lembrar de seus dias de solteira. Havia namorado vários homens e ficado com muitos outros, mas nunca fora tão, tão... *livre* em sua disposição para ir para a cama com as pessoas. Às vezes, quando não estava apavorada por Nola, tinha inveja de sua confiança e da forma agressiva com que ela tratava sua sexualidade. A única vez em que Brooke ficara com um cara só por uma noite, ela ficou repetindo para si mesma que seria divertido e emocionante e que se sentiria poderosa. Uma camisinha estourada, 24 horas de enjoo por causa da pílula do dia seguinte, seis semanas até que o teste de HIV pudesse dar cem por cento negativo e exatamente zero telefonemas de seu amante depois, ela soube que não fora feita para aquele estilo de vida.

Ela respirou fundo e ficou aliviada ao ouvir o barulho do interfone para avisá-las que a comida havia chegado.

— Nola, você percebe que poderia ter sido...

— Pode me poupar do sermão de "ele podia ser um psicopata", por favor?

Brooke ergueu as mãos, desistindo da ideia.

— Está bem, está bem. Olhe, fico feliz que tenha se divertido. Talvez seja só a minha inveja falando.

Nola deu um gritinho quando ouviu isso. Ela puxou os joelhos para cima do sofá e se esticou para pegar a mão de Brooke, na qual bateu prontamente.

— Por que você fez isso? — perguntou Brooke com um olhar magoado.

— Nunca mais diga que você sente inveja! — Nola falou com uma intensidade que Brooke raramente via nela. — Você é linda e talentosa e nem pode imaginar quanto é maravilhoso, como sua amiga, ver a maneira como Julian olha para você. Eu sei que nem sempre fui a fã número um dele, mas ele ama você e não há como negar isso. Talvez você não perceba, vocês são uma inspiração para mim. Sei que foi muito duro, mas está valendo a pena.

Houve uma batida na porta. Brooke se inclinou para a frente e abraçou Nola.

— Eu te amo. Obrigada, eu precisava ouvir isso.

Nola sorriu, pegou sua carteira e se dirigiu para o corredor.

As garotas comeram rápido e Brooke, exausta por causa do dia e pela meia garrafa de vinho, foi embora assim que terminaram. Por hábito, andou até o trem 1 e sentou-se em seu assento favorito no fim, até se lembrar, já na metade do caminho, que podia se dar ao luxo de pegar um táxi. Ignorou o telefonema de sua mãe durante a caminhada de três quarteirões até sua casa e começou a fantasiar a respeito de seu ritual noturno de garota solteira: chá de ervas, banho de banheira quente, quarto gelado, pílula para dormir e um sono profundo debaixo de seu edredom superfofo. Talvez desligasse o telefone para que Julian não a acordasse com suas ligações esporádicas e imprevisíveis — a não ser pelo fato de que ela certamente ouviria música, garotas falando ou ambos ao fundo.

Perdida em devaneios e desesperada para entrar e tirar a roupa, Brooke não viu as flores em seu capacho até tropeçar nelas. O vaso cilíndrico de vidro era decorado com folhas de bananeira verdes vibrantes. Estava cheio até a borda de lírios, roxo-escuro e branco, um único talo alto de bambu como destaque.

Houvera o arranjo de flores ocasional, do tipo que as mulheres recebem em um ou outro momento — os girassóis de seus pais quando ela arrancou o siso no primeiro ano de faculdade, a dúzia de rosas obrigatória de vários namorados sem imaginação no Dia dos Namorados, os buquês comprados no quiosque que os amigos traziam como presente para a anfitriã — mas nunca na vida ela recebera algo como isso. Uma escultura. Um objeto de arte. Brooke o levou para dentro e arrancou o envelope minúsculo do lugar discreto onde estava preso com fita adesiva na base. Walter veio aos pulos para cheirar a nova aquisição perfumada.

Querida Brooke,
Sinto tanto a sua falta. Contando os dias até poder vê-la neste fim de semana. Amor, J

Ela sorriu e se inclinou para a frente para cheirar os lírios deslumbrantes, uma alegria que durou exatamente dez segundos até todas as suas dúvidas aflorarem. Por que ele escrevera *Brooke* quando quase sempre a chamava de Rookie, especialmente quando estava tentando ser romântico ou íntimo? Era essa a forma de ele pedir desculpas por ser um babaca ingrato nas últimas semanas e, em caso afirmativo, por que não havia claramente dito que sentia muito? Será que alguém que se orgulha de saber lidar com as palavras — um compositor, pelo amor de Deus — podia escrever algo tão genérico? E, acima de tudo, por que ele escolheria esse dia, de todos os outros que estivemos juntos, para mandar seu primeiro arranjo de flores quando Brooke sabia que ele odiava a ideia de flores vendidas a varejo? De acordo com Julian, elas eram uma muleta clichê, inflacionada e comercial para pessoas que não sabiam expressar suas emoções criativa ou verbalmente, sem mencionar o fato de que flores morriam rápido, e então que tipo de simbologia era essa? Brooke nunca dera muita importância, de um jeito ou de outro, mas ela entendia a posição de Julian e sempre valorizara as cartas, as canções e os poemas que ele escrevia para ela antes. Então, que porcaria era essa de "contando os dias"?

Walter cutucou seu joelho e soltou um uivo triste.

— Por que seu pai não pode levá-lo para passear? — perguntou Brooke enquanto colocava a coleira nele e voltava para a rua. — Ah, eu sei por quê. Porque ele nunca está aqui! — Apesar de se sentir tremendamente culpada por deixar Walter sozinho por tanto tempo, ela o arrastou para dentro no momento em que ele terminou de fazer suas necessidades e o subornou com um pouco de ração extra no jantar e uma cenoura especialmente grande para a sobremesa. Ela pegou o cartão de novo, releu mais duas vezes e então o colocou em cima da pilha na lata de lixo. Depois voltou e pegou-o novamente. Podia não ter sido a coisa mais adorável que Julian já havia escrito mas, ainda assim, era um gesto.

Ela discou o número do celular de Julian, já pensando no que ia dizer, mas a ligação caiu direto na caixa postal.

— Oi, sou eu. Acabei de chegar em casa e recebi as flores. Meu Deus, elas são... incríveis. Nem sei o que dizer — *Pelo menos você está sendo sincera*, ela pensou. Cogitou em pedir que ele retornasse a ligação para eles conversarem, mas de repente isso pareceu exaustivo demais. — Está bem, então. Hum, tenha uma boa noite. Eu te amo.

Brooke encheu a banheira com a água mais quente que podia aguentar, pegou a última edição da *Last Night* que havia acabado de chegar e entrou devagarzinho, levando quase cinco minutos inteiros até poder tolerar a temperatura e afundar o corpo todo. Assim que a água passou por seus ombros, ela deu um grande suspiro de alívio. *Graças a Deus este dia está quase terminando.*

Nos dias Antes da Foto, nada era melhor do que se acomodar em uma banheira com uma *Last Night* recém-saída da gráfica. Agora ela estava sempre vagamente apavorada com o que poderia encontrar, mas hábitos antigos eram difíceis de largar. Leu as primeiras páginas, fazendo uma pausa por um momento para refletir sobre como tantas celebridades casadas estavam dispostas a falar de sua vida sexual usando pérolas tipo "Nosso segredo para manter a chama acesa? Ele me traz café na cama aos domingos e aí eu realmente mostro a ele o meu apreço" e "O que eu posso dizer? Sou um cara de sorte. Minha mulher é muito fogosa na cama". A página na qual eles mostravam as estrelas fazendo coisas de "gente normal" geralmente era chata: Dakota Fanning fazendo compras em um shopping em Sherman Oaks, Kate Hudson agarrada ao seu cara *du jour*, Cameron Diaz puxando o biquíni do traseiro, Tori Spelling saindo do salão segurando uma criança loura. Tinha uma matéria ligeiramente interessante sobre o que havia acontecido com os astros mirins dos anos 1980 (quem diria que Winnie Cooper era um gênio da matemática!), mas foi só quando chegou na matéria principal que ela se esqueceu de respirar. Uma reportagem de várias páginas intitulada "Compositores sentimentais que sacodem o nosso mundo" apresentava matérias e fotos de provavelmente meia dúzia de artistas. Os olhos dela voaram pela página, procurando intensamente. John Mayer, Gavin DeGraw, Colbie Caliat, Jack Johnson. Nada. Ela virou a página. Bon Iver, Ben Harper, Wilco. De novo, nada. Mas, espere! *Ai, meu Deus*. Ali, na parte de baixo da quarta página, havia um box amarelo. QUEM É JULIAN ALTER?, a manchete roxa gritava. Aquela foto horrenda de Julian e Layla Lawson ocupava a metade de cima do box e a parte de baixo estava preenchida com texto. *Ai, não*, Brooke pensou, e percebeu que seu coração batia forte e que estava prendendo a respiração, simultaneamente desesperada para ler e desesperada para que aquilo evaporasse, sumisse, desaparecesse completamente de sua consciência para sempre. Alguém já havia lido isso? *Julian* já havia lido isso? Como assinante, ela sabia que recebia a revista um dia antes de chegar às bancas, mas era realmente possível que ninguém tivesse conseguido lhe contar isso com antecedência? Ela pegou uma toalha para enxugar o suor da testa e secar as mãos, respirou fundo e começou a ler.

> *Julian Alter não apenas fez sucesso no começo deste verão com uma ótima apresentação no Leno e uma foto supersexy, mas ele tem condições de decolar: seu primeiro disco estreou em quarto lugar nas paradas da Billboard na semana passada. Agora ninguém pode deixar de perguntar... quem é ele?*

Brooke usou os pés para empurrar o corpo e se sentar direito. Tinha consciência de um enjoo crescente e rapidamente culpou a combinação vinho em excesso e água escaldante. *E se você acredita nisso...* pensou. Respirou fundo. Era natural se sentir um pouco estranha lendo uma matéria surpresa a respeito do próprio marido em uma revista de circulação nacional. Ela se forçou a continuar.

Primeiros anos: nascido em Manhattan, no Upper East Side, em 1979, estudou na renomada Dalton School e passou os verões no sul da França. Criado para ser o perfeito mauricinho, o interesse de Alter pela música não agradou os pais da alta sociedade.

Carreira: depois de se formar na Amherst, em 1999, Julian largou a faculdade de medicina para se dedicar às suas ambições musicais. Assinou contrato com a Sony em 2008 depois de um período de dois anos como estagiário de Novos Talentos. Espera-se que seu novo disco seja uma das estreias mais bem-sucedidas do ano.

Paixões: quando não está no estúdio, Julian gosta de ficar com seu cãozinho, Walter Alter, e sair com amigos. Colegas do ensino médio dizem que ele era um craque no tênis na Dalton, mas não joga mais porque tênis "não combina com sua imagem".

Vida amorosa: não alimentem esperanças de um affaire *com Layla Lawson tão cedo! Alter é casado com Brooke há cinco anos, apesar de haver rumores sobre problemas no paraíso devido às novas exigências de calendário de Julian. "Brooke o apoiou muito quando ele não era ninguém, mas está tendo dificuldades em lidar com o sucesso dele", diz uma fonte íntima do casal. Eles moram em um modesto quarto e sala perto da Times Square, mas amigos dizem que estão querendo fazer um upgrade.*

Bem no final do box havia uma foto dela com Julian, tirada por um dos fotógrafos profissionais na festa do *Fri-*

day Night Lights, uma que ela ainda não tinha visto. Seus olhos a devoraram famintamente e ela deu um enorme suspiro de alívio: parecia um milagre, mas, de alguma maneira, os dois estavam bonitos. Julian estava se inclinando para baixo, beijando o ombro dela, e dava para ver um sorriso em seu rosto. Brooke estava com um dos braços em volta do pescoço dele e o outro segurava uma margarita colorida; sua cabeça estava jogada um pouco para trás e ela estava rindo. Apesar do drinque, dos dois chapéus de caubói e do maço de cigarros enrolado na manga da camisa de Julian como parte de sua fantasia, Brooke adorou que eles parecessem felizes e despreocupados, não bêbados ou desarrumados. Se fosse forçada a encontrar algo errado nessa foto, ela provavelmente teria apontado para sua barriga, onde, devido à combinação de seu corpo se contorcendo em um ângulo incomum, as sombras lançadas pelo aposento escuro e um leve vento vindo do pátio dos fundos, sua camisa xadrez se estufara como se ela tivesse barriga. Nada escandaloso, só a sugestão de um pneuzinho que na realidade não existia. Mas a verdade era que ela podia viver com um ângulo ruim da câmera. Levando-se tudo em consideração — e havia diversas outras formas pelas quais podia ter parecido horrenda —, estava bastante satisfeita.

Mas havia a matéria. Por onde começar? Julian com certeza não ficaria feliz com o fato de terem mencionado a escola de elite onde ele estudara. Independentemente de quantas vezes Brooke tentasse assegurá-lo de que ninguém se importava com onde os outros haviam feito o ensino médio, ele não conseguia aguentar nem a mais leve sugestão de que suas realizações eram de alguma forma o resultado de sua criação privilegiada. Havia aquela parte sobre as paixões de Julian incluírem passar tempo com seu cachorro — um pouco humilhante para todos os envolvidos, considerando-se que não haviam mencionado quanto ele adorava ficar com ela ou com sua família, nem havia passatempos de verdade na lista. A sugestão de que as garotas estavam chateadas porque Julian e Layla não ficariam juntos era ao mesmo tempo lisonjeira e desconcertante. E aquela citação sobre ela apoiá-lo mas estar estressada com o sucesso? Certamente era verdade, então por que parecia uma acusação maldosa? Algum de seus amigos realmente fizera aquela declaração ou essas revistas simplesmente inventavam coisas e as creditavam a fontes anônimas sempre que lhes era conveniente? De toda a matéria, a única linha que realmente fez seu coração bater mais forte foi a parte que dizia que ela e Julian supostamente estavam pensando em mudar de apartamento. Como assim? Julian sabia muito bem que Brooke estava desesperada para voltar para o Brooklyn, mas eles não tinham começado a procurar.

Brooke jogou a revista no chão, levantou-se lentamente para evitar a tontura por causa da água quente e saiu da banheira. Não havia lavado o corpo ou o cabelo, mas isso não era relevante agora. A única coisa importante era falar com Nola antes que ela desligasse o telefone e fosse dormir. Com uma toalha enrolada em volta do corpo e Walter lambendo o excesso de água em seus tornozelos, Brooke agarrou o telefone sem fio e discou o número da Nola de cabeça.

Ela atendeu depois de quatro toques, um pouco antes do momento em que normalmente caía na caixa postal.

— O que foi? Não conversamos o suficiente hoje mais cedo?

— Eu acordei você?

— Não, mas já estou na cama. O que houve? Está cheia de remorso por insinuar que eu sou a maior piranha do mundo?

Brooke fungou.

— Nem um pouco. Você viu a *Last Night*?

— Ah, não. O que foi?

— Você é assinante, não é?

— Diga o que houve.

— Pode pegá-la, por favor?

— Brooke, não seja ridícula! Estou literalmente debaixo das cobertas, cheia de creme no rosto e já tomei um calmante. Nada no mundo pode me convencer a descer até a *caixa de correio* agora.

— Há um box enorme chamado "Quem é Julian Alter?" e uma foto de nós dois na página 12.

— Eu ligo de volta em dois minutos.

Apesar da ansiedade, Brooke sorriu para si mesma. Ela só teve tempo de pendurar a toalha e entrar nua debaixo das cobertas antes que o telefone tocasse.

— Pegou? — perguntou Brooke.

— Ô, se peguei.

— Agora você está me deixando apavorada. É tão ruim assim?

Silêncio.

— Nola! Diga alguma coisa! Estou entrando em pânico. É pior do que eu pensei, não é? Vou ser demitida por ser um constrangimento para o hospital? Margaret não vai gostar disso...

— Isso deve ser a coisa mais maneira que eu já vi.

— Estamos lendo a mesma página?

— "Quem é Julian Alter?" É, estamos lendo a mesma coisa. E é sensacional!

— Sensacional? — Brooke quase gritou. — O que há de sensacional na frase que diz que Julian e o meu casamento estão com problemas? Ou a parte na qual supostamente já estamos procurando apartamento e eu não sei nada sobre isso?

— Shii — falou Nola. — Respire fundo e se acalme. Não vou deixá-la transformar isso em algo negativo como você sempre faz. Pare só um segundo e lembre-se de que seu marido, *seu marido*, é famoso o bastante para conseguir um box inteiro na *Last Night*, e um que na minha opinião é muito lisonjeiro. Basicamente declara que o país inteiro o quer, mas que ele é seu. Pense nisso por um segundo.

Brooke ficou calada enquanto levava isso em consideração. Ela não havia pensado dessa forma.

— Veja a situação como um todo. O sucesso de Julian é uma realidade agora e você não é superficial ou má se está amarradona nisso.

— Acho que não...

— Eu sei! Ele chegou onde está agora por *sua* causa. Como conversamos mais cedo. Por causa do *seu* apoio, do *seu* trabalho duro, do *seu* amor. Então levante a cabeça e fique orgulhosa. Fique entusiasmada com o fato de seu marido ser famoso e as meninas do país inteiro estarem com inveja de você. Tudo bem, de verdade. Aproveite!

Brooke ficou em silêncio enquanto absorvia tudo. Nola insistiu.

— Por que todas as outras coisas são bobagem. Não importa o que estão escrevendo, só que estão escrevendo algo. Se você acha que isso é loucura, o que vai acontecer quando ele estiver na capa da *Vanity Fair* no mês que vem? Hein? Agora, o que o Julian achou? Aposto que está eufórico.

Só então ocorreu a ela.

— Ainda não falei com ele.

— Bem, neste caso, vou te dar um conselho. Ligue para ele e lhe dê os *parabéns*. Isso é *emocionante*. É um marco! A indicação mais clara de que ele chegou lá. Não se prenda às bobagens, está bem?

— Vou tentar.

— Pegue essa revista, deite na cama e pense no fato de que as garotas do país inteiro dariam tudo para estar no seu lugar agora.

Brooke riu.

— Não sei nada sobre isso.

— Mas é verdade. OK, eu tenho que dormir agora. Então pare de se estressar e aproveite, está bem?

— Obrigada, vou aproveitar. Eu te amo.

— Também te amo.

Brooke pegou a revista e examinou a foto novamente, só que desta vez se concentrou na imagem de Julian. Era verdade, não havia como negar que, no momento em que essa foto havia sido tirada, ele parecia estar cheio de amor por ela, apaixonado e feliz e romântico. O que mais ela podia pedir? E, ainda que ela jamais fosse admitir para ninguém, era bem inebriante se ver em uma revista como aquela e saber que seu marido era um galã. Nola tinha razão — ela devia se permitir aproveitar por algum tempo. Não havia mal nisso.

Ela pegou o celular e digitou um texto rápido para Julian:

Acabei de ver a Last Night — tão sensacional. Estou muito orgulhosa de você. Obrigada pelas flores. Amei as flores, amo você. Bj

Pronto. Era disso que Julian precisava neste momento — um pouco de amor e apoio, nada mais de críticas e de se apavorar. Orgulhosa de si mesma por lutar contra seu pânico inicial, Brooke botou o telefone de lado e pegou seu livro. Havia altos e baixos em todos os casamentos, disse a si mesma enquanto começava a ler. Os deles eram um pouco aumentados pelas circunstâncias extraordinárias, sem dúvida, mas com dedicação e esforço da parte dos dois, não era nada que eles não pudessem superar.

9

um pãozinho no forno e uma bebida na mão

Walter Alter descansou o focinho no tornozelo de Brooke e soltou um suspiro satisfeito.

— Isso é aconchegante, não é? — perguntou ela e ele piscou. Quando ela lhe entregou uma pipoca, ele a cheirou e então a tirou gentilmente dos dedos dela com a boca.

Era tão gostoso estar enrolada no sofá, esperando ansiosamente a chegada de Julian e de uma chance de passarem algum tempo de verdade juntos, mas a mente dela continuava voltando para Kaylie. Apesar de terem mantido contato durante todo o verão, ela ficara chocada quando pusera os olhos na menina no começo do novo ano letivo. Heather estava certa: Kaylie perdera peso demais, o suficiente para deixar Brooke sem fôlego na primeira vez em que a viu. Elas tiveram imediatamente uma longa conversa a respeito da diferença entre escolhas alimentares saudáveis e dietas radicais perigosas — conversas que haviam continuado nas semanas seguintes — e Brooke estava começando a ter esperanças de que estava fazendo progressos.

Seu celular vibrou e a trouxe de volta à realidade. Era uma mensagem de Julian dizendo que chegaria em vinte minutos. Ela correu para o banheiro, arrancando as roupas pelo caminho, decidida a pelo menos tirar o cheiro de desinfetante do cabelo e das mãos depois de uma faxina pesada e ligeiramente obsessivo-compulsiva. Ela havia acabado de entrar debaixo d'água quando ouviu Walter começar a latir com uma agitação que só podia significar uma coisa.

— Julian? Vou sair em dois minutos! — gritou ela em vão, sabendo por experiência própria que ele não seria capaz de ouvir nada da sala.

Um momento depois, ela sentiu a lufada de ar frio entrar antes até de ver a porta se abrir. Ele se materializou no meio da fumaça e, apesar do fato de ele já tê-la visto nua milhares e milhares de vezes antes, Brooke sentiu um desejo intenso, quase desesperado, de se cobrir. A cortina de plástico transparente a fazia sentir-se exposta como se estivesse tomando banho no meio de uma rua lotada.

— Ei, Rook — falou ele, erguendo a voz para se fazer ouvir acima do som da água corrente e dos latidos frenéticos de Walter.

De início ela virou de costas para ele e então se repreendeu por ser tão ridícula.

— Oi — disse ela. — Estou quase acabando. Por que não espera por mim... hum, pegue uma Coca e eu saio já.

Ela foi recebida com silêncio, depois ele disse tudo bem e Brooke soube que provavelmente estava magoado. Mais uma vez, lembrou a si mesma de que tinha direito aos seus sentimentos e não tinha que pedir perdão por eles ou se explicar.

— Desculpe — ela gritou enquanto se mantinha de costas para a porta, apesar de poder sentir que ele já havia saído. *Não peça desculpas!*, ela se repreendeu de novo.

Enxaguou-se o mais rápido possível e se secou ainda mais depressa. Felizmente, Julian não estava no quarto, e ela vestiu uma calça jeans e uma camiseta de mangas compridas rapidamente, como se tivesse visitas em casa que pudessem entrar a qualquer instante. Não havia escolha a não ser pentear o cabelo molhado para trás e prendê-lo em um rabo de cavalo. Ela olhou no espelho e esperou que a rudeza de seu rosto sem maquiagem aparentasse um brilho saudável e feliz para Julian, apesar de suspeitar que fosse improvável. Só quando entrou na sala de estar e viu seu marido acomodado no sofá, lendo a seção de imóveis do *Times* do último domingo com Walter ao seu lado, que a emoção tomou conta dela.

— Bem-vindo ao lar — disse ela, esperando que não soasse tão carregado quanto parecia. Ela se sentou ao lado dele no sofá. Ele olhou para ela, sorriu e lhe deu o que pareceu um abraço um tanto morno.

— Ei, gata. Estou tão feliz por estar em casa, você nem pode imaginar.

Depois de sair no meio da festa do pai dela, Julian fora para casa apenas duas noites no final de setembro, uma das quais passou no estúdio. Ele viajou por mais três semanas para promover o disco novo e, embora tivessem mantido contato regular via e-mail, Skype e telefone, a distância estava começando a parecer intransponível.

— Encontrou alguma coisa boa? — perguntou ela, sentando-se ao lado dele no sofá. Ela queria beijá-lo mas não conseguia ultrapassar o constrangimento persistente.

Ele apontou para um anúncio intitulado "Loft de luxo em Tribeca". Três quartos, dois banheiros, um escritório, um deque no terraço, uma lareira a gás, porteiro 24 horas e impostos reduzidos para o "Melhor Valor da Cidade" de US$ 2,6 milhões.

— Veja este. Os preços estão caindo alucinadamente.

Brooke tentou descobrir se ele estava brincando ou não. Como todo casal de Nova York, eles frequentemente participavam da procura por imóveis das manhãs de domingo, circulando anúncios que eram astronomicamente acima de seu orçamento e imaginando em voz alta como seria ser dono deles. Mas dessa vez parecia diferente.

— É, é uma pechincha. Devíamos comprar dois e juntá-los. Talvez três — ela riu.

— Sério, Brooke, 2.600 é muito razoável para um três quartos com serviços em Tribeca.

Ela ficou olhando para a pessoa sentada ao seu lado e imaginou aonde diabos seu marido havia ido. Este era o mesmo homem que dez meses antes havia brigado para renovar o aluguel do apartamento na Times Square que ambos detestavam porque não queria gastar mil dólares para pagar a companhia de mudanças?

— Sabe, Rook — ele falou, ignorando o fato de ela não ter dito nada —, sei que deve parecer surreal quando você realmente pensa a respeito, mas nós podemos comprar algo assim. Com o que estou começando a receber, podemos facilmente pagar a entrada de vinte por cento. E, com todos os shows que eu tenho agendados, mais os royalties do disco, daria para pagarmos as prestações mensais com tranquilidade.

Mais uma vez, ela não sabia o que dizer.

— Você não adoraria morar em um lugar assim? — perguntou ele, apontando para a foto de um loft ultramoderno com canos expostos no teto e um clima geral industrial-chique. — É sensacional.

Cada fibra dela queria gritar não. *Não*, ela não queria morar em um armazém reformado. *Não*, ela não desejava viver numa Tribeca distante e moderna com suas galerias de alta classe e restaurantes chiques e nenhum lugar para se comprar um café de cantina ou um hambúrguer simples. *Não*, se ela tivesse 2 milhões de dólares para gastar em um apartamento, esse certamente, absolutamente *não* seria o que ela escolheria. Era como se ela dialogasse com um completo estranho, considerando-se o número de vezes que eles haviam sonhado juntos em ter uma casa geminada no Brooklyn ou, se isso estivesse fora do alcance — e sempre estivera —, então talvez um apartamento em uma rua tranquila e arborizada, com um jardinzinho nos fundos e muitas plantas. Algo caloroso e aconchegante, preferivelmente do pré-guerra, com pé-direito alto e charme e personalidade. Um lar para uma família em um bairro de verdade, com livrarias pequenas e cafés bonitinhos e alguns restaurantes baratos mas bons aonde eles poderiam ir sempre. O exato oposto, na verdade, daquele loft de aço frio em Tribeca que estava na foto. Ela não podia evitar imaginar quando o ideal do Julian mudara tão drasticamente e, mais importante, por quê.

— Leo acabou de se mudar para um prédio novo na Duane Street que tem uma Jacuzzi no deque da cobertura — continuou ele. — Disse que nunca viu gente mais bonita em um só lugar em toda a sua vida. E ele come no Nobu Next Door tipo três vezes por semana. Pode imaginar?

— Você quer café? — ela soltou, desesperada para mudar de assunto. Cada palavra que ele pronunciava conseguia chateá-la ainda mais.

Ele ergueu os olhos para ela e pareceu estudar seu rosto.

— Você está bem?

Ela virou de costas e se dirigiu para a cozinha, onde colocou café no filtro.

— Estou ótima — gritou.

O iPhone de Julian tocou enquanto ele mandava uma mensagem de texto. Tomada por uma tristeza inexplicável, Brooke se apoiou na bancada e observou o café pingar na jarra, pouco a pouco. Preparou suas canecas como sempre fazia. Julian pegou o café, mas não tirou os olhos do telefone.

— Olá? — disse ela, tentando mascarar sua irritação, sem sucesso.

— Sinto muito, só um SMS do Leo. Pediu que eu ligasse para ele agora mesmo.

— Por favor... — Ela sabia que seu tom deixava claro que ela queria dizer exatamente o contrário.

Ele olhou para ela e, pela primeira vez desde que havia chegado, colocou o telefone no bolso.

— Não, estou aqui agora. Leo pode esperar. Quero conversar com você.

Ele fez uma pausa por um momento, como se estivesse esperando que ela dissesse alguma coisa. Parecia um flashback estranho do começo do namoro, apesar de ela não se lembrar de *jamais* sentir esse tipo de constrangimento ou distância antes, nem mesmo no início do relacionamento, quando eram praticamente estranhos.

— Sou toda ouvidos — falou ela, querendo apenas que ele a envolvesse em um abraço de urso, anunciasse seu amor eterno e jurasse que a vida iria voltar imediatamente ao normal. À felicidade. E, embora isso fosse improvável — e ela não queria realmente isso, de qualquer maneira —, ela teria adorado que ele iniciasse uma conversa de verdade a respeito dos desafios que vinham enfrentando e que propusesse uma estratégia para lidar com eles.

— Venha cá, Rook — disse ele com tanta ternura que o coração dela se derreteu.

Ah, graças a Deus. Ele entendia, ele também lamentava o fato de eles nunca se verem e queria resolver a situação. Ela sentiu um lampejo de esperança.

— Me diga o que está pensando — disse ela baixinho, esperando se mostrar aberta, receptiva. — Foram semanas difíceis, não é?

— Foram — concordou Julian. Ele estava com aquele olhar familiar. — Por isso eu acho que merecemos umas férias.

— Férias?

— Vamos para a Itália! Falamos nisso há séculos, e outubro é uma época perfeita. Acho que posso tirar seis ou sete dias de folga, começando no final da semana que vem. Só tenho que estar de volta antes da apresentação no *Today*. Vamos a Roma, Florença, Veneza... passear de gôndola e encher a cara de macarrão e vinho. Só você e eu. O que me diz?

— Isso parece incrível — falou ela, antes de se lembrar que o bebê de Randy e Michelle estava previsto para nascer no mês seguinte.

— Eu sei o quanto você adora carnes e queijos curados — ele a provocou, dando uma cutucada em Brooke. — Carnes salgadas e nacos de parmesão até você se fartar.

— Julian...

— Se vamos fazer isso, vamos com tudo. Acho que devíamos ir de primeira classe. Toalhas de mesa brancas, champanhe sem fim, assentos que viram cama. Realmente nos darmos um presente.

— Parece incrível.

— Então por que está olhando assim para mim? — Ele tirou seu gorro de tricô e passou os dedos pelos cabelos.

— Porque não tenho mais dias de férias e é bem no meio do semestre letivo da Huntley. Não podemos ir no Natal, em vez disso? Se partirmos no dia 23, teríamos quase...

Julian soltou sua mão e despencou de volta no sofá com um suspiro alto e frustrado.

— Eu não faço ideia do que vai estar acontecendo em dezembro, Brooke. Sei que posso ir agora. Simplesmente não acredito que você deixaria algo como isso atrapalhar essa oportunidade.

Agora foi a vez de Brooke ficar olhando fixo para ele.

— Acontece que "isso" é o meu trabalho. Julian, eu tirei mais dias de folga este ano do que qualquer um. Não posso entrar lá e pedir mais uma *semana* de folga. Eu seria demitida imediatamente.

Os olhos dele estavam gelados quando encontraram os dela.

— Isso seria tão ruim assim?

— Vou fingir que você não disse isso.

— Não, estou falando sério, Brooke. Isso seria a pior coisa do mundo? Você vem se matando para manter o emprego na Huntley e no hospital. É tão horrível assim sugerir que você tire uma folga?

Tudo estava saindo de controle. Ninguém sabia melhor do que Julian que Brooke precisava aguentar mais um ano antes de poder pensar em abrir o próprio consultório. Sem falar na amizade que ela havia feito com algumas das meninas, principalmente Kaylie.

Ela respirou fundo.

— Não é horrível, Julian, mas não vai acontecer. Você sabe que eu só preciso de mais um ano e aí...

— E se for só uma pausa temporária? — interrompeu ele, gesticulando com as mãos. — Minha mãe acha até que eles provavelmente segurariam seu emprego, mas eu não acho que seja necessário. Não é como se você nunca mais fosse encontrar...

— A sua mãe? Desde quando você conversa com a sua mãe sobre alguma coisa?

Ele olhou para ela.

— Sei lá, eu estava só comentando com eles como tem sido difícil estarmos longe um do outro o tempo inteiro e achei que ela teve algumas boas ideias.

— Que eu deveria largar meu emprego?

— Não necessariamente largar, Brooke, apesar de que, se você quisesse fazer isso, eu a apoiaria totalmente. Mas talvez umas férias sejam a resposta.

Ela não conseguia imaginar. É claro, a ideia de se livrar de horários, turnos e horas extras soava paradisíaca. Quem não iria querer isso? Mas ela realmente gostava do trabalho dela e estava animada com o sonho de ser sua própria chefe um dia. Ela já pensara em um nome — Mamãe & Bebê Saudáveis — e podia visualizar exatamente como queria que seu website fosse. Brooke até já imaginara a logomarca: dois pares de pés, lado a lado, um obviamente de uma mãe que estaria segurando a mão de uma criança pequena.

— Não posso, Julian — disse ela, esticando-se para pegar a mão dele apesar da raiva que sentia por ele não entendê-la. — Estou dando o melhor que posso para fazer parte de tudo o que está acontecendo na sua carreira, para partilhar de toda emoção e loucura, mas eu também tenho uma carreira.

Ele pareceu estar pensando sobre isso, mas aí inclinou-se e a beijou.

— Pense bem, Rook. Itália! Por uma semana.

— Julian, eu realmente...

— Chega de falar — disse ele, pressionando os dedos contra os lábios dela. — Não iremos, se você não quiser — ele se corrigiu quando viu a expressão de Brooke — se você não puder. Eu espero até podermos ir juntos, juro. Mas promete que vai pensar?

Sem confiar na própria voz, Brooke apenas assentiu.

— Está bem, então. Que tal sairmos hoje? Algum lugar discreto mas legal. Sem imprensa. Sem amigos, só nós. O que me diz?

Ela achara que passariam sua primeira noite juntos em casa, mas não conseguia se lembrar da última vez em que haviam saído sozinhos. Ainda havia tanto para conversar, mas eles podiam fazer isso tomando um bom vinho. Talvez ela só estivesse sendo dura demais e fosse bom para os dois se ela relaxasse.

— Está bem, vamos fazer isso. Só quero secar um pouco o meu cabelo para não ficar crespo.

Julian sorriu e a beijou.

— Excelente. Walter e eu vamos dar uns telefonemas e descobrir o lugar perfeito. — Ele se virou para Walter e também o beijou. — Walty, garoto, aonde eu devo levar a patroa?

Brooke passou rapidamente o secador nos cabelos úmidos e escolheu sua sapatilha mais bonita. Passou um pouco de gloss, colocou uma corrente de ouro de duas voltas e, depois de uma ligeira dúvida, decidiu usar um cardigã comprido e macio em vez de um blazer quadrado. O visual não a faria ganhar nenhum prêmio, mas era o melhor que podia fazer sem se despir completamente e começar do zero.

Julian estava ao telefone quando ela voltou para a sala, mas desligou imediatamente e andou até ela.

— Venha cá, garota linda — murmurou ele, beijando-a.

— Hum, você está com um gosto bom.

— Sua aparência está ainda melhor. Vamos jantar, tomar um pouco de vinho e aí o que você acha de voltarmos para cá e nos conhecermos de novo?

— Eu aceito — respondeu Brooke, beijando-o de volta. A inquietação que ela sentira desde o momento em que Julian entrara, de que tanta coisa estava acontecendo e que eles ainda não haviam resolvido nada, ainda a incomodava, mas ela se esforçou para ignorá-la.

Julian escolhera um ótimo restaurantezinho espanhol na Ninth Avenue e o clima ainda estava quente o bastante para sentar do lado de fora. Depois de tomarem a primeira meia garrafa de vinho que haviam pedido, ambos relaxaram e a conversa ficou fácil novamente, mais confortável. O bebê de Randy e Michelle deveria nascer na semana seguinte, os pais de Julian iam viajar no Ano-Novo e haviam oferecido sua casa nos Hamptons, a mãe de Brooke acabara de ver uma peça incrível off-Broadway e estava insistindo para que também fossem ver.

Só quando eles chegaram em casa e se despiram o constrangimento voltou à toda. Brooke esperara que Julian cumprisse sua oferta de sexo de reconciliação no instante em que entraram no apartamento — afinal de contas, haviam se passado três semanas —, mas ele ficou distraído primeiro por seu telefone e aí pelo laptop. Quando finalmente se juntou a ela no banheiro para escovar os dentes, já passava da meia-noite.

— A que horas você acorda amanhã? — perguntou Julian enquanto tirava as lentes de contato e esguichava soro nelas.

— Tenho que estar no hospital às 7h30 para uma reunião da equipe. E você?

— Vou encontrar Samara em um hotel no SoHo para uma sessão de fotos.

— Entendi. Então, devo passar meu hidratante facial agora ou depois? — perguntou ela a Julian enquanto ele passava fio dental. Como Julian odiava o cheiro de seu hidratante noturno intensivo e se recusava a chegar perto dela quando ela o estava usando, isso era o código para "Nós vamos transar esta noite?".

— Estou acabado, gata. O cronograma está muito intenso agora. Tão perto do novo single. — Ele colocou a caixinha de plástico do fio dental na pia e beijou a bochecha dela.

Ela não podia deixar de se sentir insultada. Sim, ela podia entender como ele devia estar absolutamente exausto o tempo todo na estrada. Ela também estava bem cansada, depois de acordar às 6h para passear com Walter, mas ele era homem e fazia *três semanas*.

— Entendi — disse ela e imediatamente espalhou seu creme facial grosso e amarelo; o mesmo que todos os críticos na beauty.com opinavam ser cem por cento sem aroma mas que seu marido jurava poder sentir o cheiro do outro lado da sala de estar.

Está bem, tudo bem, ela admitia: também estava aliviada. O que não queria dizer que não adorasse transar com seu marido, porque ela adorava — desde a primeira vez fora um dos melhores aspectos de seu relacionamento e certamente um dos mais constantes. É claro que transar todo dia (às vezes duas vezes) quando você tem 24 anos e ainda parece vagamente escandaloso dormir no apartamento de outra pessoa não é tão raro, mas as coisas não haviam se acalmado muito enquanto namoravam ou até mesmo quando se casaram. Durante anos ela ouviu suas amigas brincarem sobre seus diferentes métodos para evitar maridos e namorados toda noite e Brooke ria junto com elas, mas não entendia. Por que elas iriam querer isso? Deitar na cama com seu marido e fazer amor antes de adormecerem tinha sido sua parte favorita do dia; diabos, era a parte *boa* de estar em um relacionamento adulto e comprometido.

Bem, agora ela entendia. Nada entre eles havia mudado — o sexo ainda era tão bom quanto sempre fora —, mas os dois estavam *exaustos* demais o tempo todo (na noite antes de ele partir, ele adormecera enquanto ainda estava em cima dela, e Brooke só conseguira se sentir insultada por cerca de noventa segundos, antes de desmaiar também). Estavam ambos constantemente em movimento, com frequência separados e sobrecarregados. Ela esperava que fosse apenas temporário e que quando Julian passasse mais tempo em casa e ela pudesse definir melhor seus próprios horários eles se redescobrissem.

Ela apagou a luz do banheiro e o seguiu para a cama, onde Julian havia se acomodado com uma cópia da *Guitar Player* nas mãos, Walter aninhado na dobra de seu cotovelo.

— Olhe, gata. Há uma menção sobre a minha música nova. — Ele lhe mostrou a revista.

Ela assentiu, mas já estava pensando em dormir. Sua rotina era militarmente eficiente, projetada para levá-la à inconsciência no menor tempo possível. Ela colocou o ar-condicionado no mais frio, apesar de estar fazendo agradáveis 16 graus do lado de fora, ficou nua e entrou debaixo do edredom extremamente fofo. Depois de tomar sua pílula anticoncepcional com um gole d'água, arrumou um par de plugues de ouvido de espuma azul e sua máscara favorita de cetim na mesinha, ao lado do despertador e, satisfeita, começou a ler.

Quando ela tremeu de frio, Julian se inclinou para perto e descansou a cabeça no ombro dela.

— Minha garota louca — murmurou ele com exasperação forçada. — Nunca parece perceber que podia ficar mais quente sempre que quisesse. Só precisa diminuir o ar-condicionado. Ou talvez usar uma camiseta para dormir...

— Sem chance. — Todo mundo sabia que boas condições para dormir eram gelado, escuro e completamente silencioso. Ela dormia nua desde a época em que tinha idade suficiente para tirar o pijama e nunca conseguia dormir realmente bem quando as situações (colônia de férias, dormitório no primeiro ano de faculdade, dormir na casa de caras quando ainda não haviam transado aos 20 e poucos anos) exigiam que ela usasse uma camisola.

Brooke tentou ler por algum tempo, mas sua mente não parava de se desviar para uma série de pensamentos ansiosos. Ela sabia que devia ter só se aninhado ao lado de Julian e pedido uma massagem nas costas ou um cafuné, mas antes que se desse conta, estava dizendo algo completamente diferente.

— Você acha que a gente transa o suficiente? — perguntou ela enquanto ajustava o elástico de sua máscara de dormir.

— Transa *o suficiente*? — perguntou Julian. — De acordo com os padrões de quem?

— Julian, estou falando sério.

— Eu também. Com quem estamos nos comparando?

— Ninguém em particular — falou ela, uma ponta de exasperação se tornando aparente. — Só, você sabe, o normal.

— O normal? Sei lá, Brooke, acho que nós parecemos bastante normais. Você não acha?

— Hum.

— Isso é por causa de hoje? Porque nós dois estamos muito cansados? Sério, não seja tão dura conosco.

— Já faz três semanas, Julian. O máximo que tínhamos ficado sem sexo antes foi talvez cinco dias, e isso foi quando eu tive pneumonia.

Julian suspirou e continuou lendo.

— Rook, pode por favor parar de se preocupar com a gente? Nós estamos bem. Eu juro.

Ela ficou em silêncio por alguns instantes enquanto pensava sobre isso, sabendo que na verdade nem queria mais transar — não agora, não estando tão cansada —, mas queria que *ele* quisesse.

— Você trancou a porta da frente quando chegou em casa hoje? — perguntou ela.

— Acho que sim — murmurou ele sem levantar os olhos. Estava lendo uma matéria sobre os melhores guitarristas dos Estados Unidos. Brooke sabia que ele não tinha a menor ideia se havia trancado a porta da frente ou não.

— Bem, você trancou ou não?

— Sim, definitivamente tranquei.

— Porque, se não tem certeza, eu me levanto e verifico. Prefiro ter esse incômodo por trinta segundos a morrer — disse ela com um suspiro profundo e dramático.

— Sério? — ele se aconchegou mais profundamente debaixo das cobertas.

— Julian, sério. Aquele cara no nosso andar morreu na semana passada. Não acha que devíamos tentar ser um pouco mais cuidadosos?

— Brooke, querida, ele bebeu até morrer. Não sei se isso poderia ter sido evitado se ele trancasse a porta da frente.

Ela sabia disso, é claro — sabia de tudo o que acontecia no prédio porque o zelador era fofoqueiro —, mas será que Julian ia morrer se lhe desse um pouco de atenção?

— Acho que posso estar grávida — anunciou ela.

— Não está, não.

— É, bem, e se eu estivesse?

— Mas não está.

— Mas como você sabe? Enganos acontecem o tempo todo. Eu podia estar. Aí, o que iríamos fazer? — ela conseguiu fingir um sorriso.

Ele sorriu e finalmente — finalmente! — largou a revista.

— Ah, querida, venha cá. Sinto muito, eu devia ter percebido antes. Você quer ficar abraçadinha.

Ela assentiu. Era mais do que imaturo, mas ela estava desesperada.

Ele se aproximou dela na cama e a envolveu em um abraço.

— E em algum momento lhe ocorreu dizer "Julian, ó, marido amoroso, eu quero ficar abraçada. Quer prestar atenção em mim?", em vez de arrumar uma briga?

Ela balançou a cabeça indicando que não.

— É claro que não — disse ele com um suspiro. — Está mesmo preocupada com a nossa vida sexual ou isso era tudo parte do plano para conseguir uma reação?

— É, só estava atrás da reação — ela mentiu.

— E não está grávida?

— Não! — ela falou um pouco mais alto do que pretendia. — Absolutamente, definitivamente, não. — Ela resistiu e não perguntou a ele se seria a pior coisa do mundo se ela *estivesse* realmente grávida. Eles eram casados havia cinco anos, afinal de contas...

Eles deram um beijo de boa-noite (ele aturou o hidratante besuntado, mas não sem franzir o nariz e fazer um som exagerado de ânsia de vômito) e ela esperou os dez minutos de praxe até a respiração dele se estabilizar antes de vestir seu roupão e andou na ponta dos pés até a cozinha. Depois de verificar se a porta da frente estava trancada (estava), foi até o computador para dar uma navegada rápida na internet.

No início do Facebook, ela ficava satisfeita em limitar seu tempo on-line ao universo abrangente de Perseguição aos Ex-Namorados. Primeiro, ela procurou um punhado de namorados com quem ficara mais tempo no ensino médio e na faculdade, além do cara venezuelano com quem saíra por alguns meses na pós-graduação e que ficava em algum ponto entre um casinho e um namoro (se o inglês dele fosse um pouco melhor...) e se atualizou a respeito da vida deles. Ficara feliz em ver que cada um deles parecia pior do que quando ela os conhecera e imaginou repetidamente a mesma coisa que estava na cabeça de tantas mulheres de 20 e poucos anos: por que, exatamente, quase toda garota que ela conhecia estava muito melhor do que na época da faculdade e todos os caras pareciam mais gordos, mais carecas e muito, muito mais velhos?

Alguns meses haviam se passado dessa maneira até ela se interessar por qualquer coisa além das fotos dos gêmeos de seu acompanhante do baile de formatura do último ano e logo começou a acumular amigos de todas as eras de sua vida: jardim de infância em Boston, enquanto seus pais ainda estavam fazendo pós-graduação; colônia de férias em Poconos; ensino médio nos subúrbios da Filadélfia; dúzias e dúzias de amigos e conhecidos da faculdade em Cornell e da residência no hospital; e agora colegas de seus dois empregos no hospital e na Huntley School. E, apesar de ela ter se esquecido da existência de muitos amigos de infância até seus nomes reemergirem em sua pasta de Notificações, sempre ficava ansiosa para se reconectar e ver o que os últimos dez ou até mesmo vinte anos haviam trazido.

Esta noite não era diferente: ela aceitou um pedido de amizade de uma amiga de infância cuja família havia se mudado para longe quando ela cursava o ensino fundamental e então escaneou faminta o perfil dela, registrando todos os detalhes (solteira, formada pela UC Boulder, mora atualmente em Denver, parece amar mountain bikes e caras com cabelo comprido) e mandou para a garota uma mensagem rápida e alegremente insípida que ela sabia que provavelmente seria o começo e o fim de seu "reencontro".

Ela clicou o botão da Página Inicial e foi transportada de volta para o viciante Feed de Notícias, no qual verificou rapidamente as atualizações de status de seus amigos sobre o jogo dos Cowboys, as realizações diárias de seus bebês, suas ideias para fantasias de Dia das Bruxas, sua felicidade por ser sexta-feira e as fotos que haviam postado de várias férias pelo mundo todo. Só quando foi para o fim da segunda página ela viu a atualização do Leo, toda em caixa-alta, é claro, como se ele estivesse gritando diretamente com ela.

Leo Walsh... ANIMADO PARA A SESSÃO DE FOTOS DE JULIAN ALTER AMANHÃ!! SOHO. MODELOS GOSTOSAS. ME MANDEM UMA MENSAGEM SE QUISEREM PASSAR POR LÁ...

Eca. Eca, eca, eca. Felizmente abriu seu e-mail e encontrou uma distração bem-vinda antes que pudesse chafurdar na nojeira de Leo.

O novo e-mail era da Nola. Era a primeira vez (bem, a segunda, na verdade; a primeira só dizia: "ME SALVE DESTE INFERNO!!!") que Brooke tinha notícias dela desde que viajara e o abriu ansiosamente. Talvez houvesse uma *chance* de ela estar se divertindo? Não, era impossível. As férias de Nola eram mais do tipo esquiar nos Alpes suíços/tomar sol em St. Tropez/ir às festas em Cabo. Em geral eram frequentes, caras e quase sempre incluíam um homem extremamente louco por sexo que ela havia acabado de conhecer e muito provavelmente não veria de novo quando voltassem para casa. Brooke não acreditara em Nola quando ela anunciou que havia se inscrito em uma excursão para o Vietnã, Camboja, Tailândia e Laos... sozinha. Para ficar em hotéis duas estrelas e pousadas e viajar de ônibus. Uma única mochila durante três semanas. Uma compreensiva falta de restaurantes estrelados do *Guia Michelin*, serviços de limusine ou pedicures de 100 dólares. Zero chances de festejar no iate de um amigo novo ou usar um par de Louboutins. Brooke tentou dissuadi-la, mostrando a Nola suas próprias fotos de lua de mel no sudeste da Ásia, que eram repletas de closes de insetos exóticos, bichos de estimação para comer no jantar e uma colagem de todos os banheiros sem privadas que haviam encontrado, mas Nola insistiu até o último minuto que daria tudo certo. Brooke não ia dizer "eu avisei", mas a julgar pelo e-mail, as coisas estavam indo exatamente como esperado.

Saudações de Hanói, uma cidade tão cheia que faz o metrô de NY na hora do rush parecer uma viagem de férias para jogar golfe. Estou só no quinto dia e não tenho certeza se vou aguentar até o final. Os pontos turísticos são ótimos, mas o grupo está me matando. Eles acordam todos os dias com uma nova disposição para a vida — nenhuma viagem de ônibus é longa demais, nenhuma feira é cheia demais, nenhuma falta de ar-condicionado é insuportável demais para essa galera. Ontem eu tive uma crise e disse para o líder do grupo que estava disposta a pagar a diferença para ter um quarto só para mim depois de cinco manhãs com a minha colega de quarto acordando uma hora e meia mais cedo para correr 9 quilômetros antes do café da manhã. Um desses tipos "eu não me sinto eu mesma se não me exercitar". Nojento. Desmoralizante. Totalmente tóxico para a minha autoestima, como você bem pode imaginar. Então ela foi eliminada, o que eu acho que foi a forma mais sábia como já gastei 500 dólares. Tirando isso, não tenho muito o que contar. O país é lindo, é claro, e infinitamente interessante, mas só para ficar registrado, o único homem solteiro abaixo de 40 anos no grupo está aqui com a mãe (de quem, por acaso, eu gosto muito — será que eu devo reconsiderar???). Eu perguntaria o que está acontecendo aí, mas como você não se importou o suficiente para me escrever nenhuma vez desde que eu fui embora, não imagino que isso vá ser diferente. Independente disso, estou com saudades de você e espero que pelo menos de alguma forma pequena e insignificante você esteja pior do que eu. Bjs, eu

Brooke levou apenas alguns segundos para responder.

Querida Nola,

Não vou dizer eu avisei. Na verdade, risque isso — vou dizer, sim. EU AVISEI! Onde você estava com a cabeça, porra? Minha foto de 20 x 25 centímetros do escorpião transparente não teve nenhum efeito sobre você? Desculpe por não manter contato. Nem tenho uma boa desculpa para isso. Não há muito o que contar por aqui. O trabalho tem andado uma loucura — estou cobrindo um monte de turnos para pessoas que estão de férias, esperando poder cobrar em uma data posterior quando pudermos viajar. Julian passou a semana viajando, mas acho que está funcionando, porque o disco está indo incrivelmente bem. As coisas estão meio estranhas entre a gente. Ele parece distante. Estou botando na conta do... diabos, sei lá. Onde está minha melhor amiga quando eu mais preciso? Ajude uma garota aqui!

Está bem, vou sair da internet e acabar com o nosso sofrimento. Já estou contando os dias até você estar em casa e podermos sair para comer comida vietnamita. Vou levar uma garrafa de água turva misteriosa e você vai se sentir como se ainda estivesse de férias. Vai ser o máximo. Cuide-se e coma um pouco de arroz por mim. Bj, eu

P.S.: Já encontrou utilidade para aqueles sarongues nojentos e usados que eu insisti para que você levasse só para tirá-los do meu apartamento?

P.P.S.: Para ficar registrado, eu a encorajo fortemente a ficar com o/qualquer cara que viaje com a mãe.

Ela apertou Enviar e ouviu Julian andando na ponta dos pés em sua direção.

— Gata, o que você está fazendo aqui? — perguntou ele sonolento enquanto enchia um copo d'água. — O Facebook vai estar aí de manhã.

— Não estou no Facebook! — ela falou, indignada. — Eu estava conseguindo dormir, então vim escrever para a Nola. Acho que ela não está adorando seus companheiros de viagem.

— Volte para a cama — ele começou a beber sua água enquanto voltava para o quarto.

— Está bem, eu já vou — ela gritou, mas ele não estava mais lá.

Brooke acordou instantaneamente com o barulho no apartamento, sentou-se de um pulo na cama, em alerta total, apavorada até se lembrar de que Julian estava em casa naquela noite. Eles não tinham ido para a Itália; em vez disso, Julian estivera circulando pela cidade, participando de programas nas principais estações de rádio, encontrando DJs, fazendo pequenas apresentações no estúdio e respondendo às perguntas dos ouvintes. Mais uma vez, ele havia ficado fora por duas semanas seguidas.

Ela se inclinou para ver o relógio na mesinha de cabeceira, uma tarefa dificultada pela língua quente de Walter em seu rosto e sua inabilidade para encontrar seus óculos. Eram 3h19 da madrugada. O que ele estava fazendo acordado quando tinham que se levantar tão cedo?

— Está bem, venha comigo — cantarolou ela para Walter, que estava balançando o rabo e pulando com uma inesperada emoção noturna. Brooke vestiu um roupão e foi pé ante pé para a sala de estar, onde Julian estava sentado no escuro, vestindo apenas uma cueca samba-canção e tocando teclado com os fones no ouvido. Ele não parecia estar ensaiando nada, só se distraindo — seu olhar estava fixo na parede oposta ao sofá e suas mãos se moviam pelas teclas sem a menor sugestão de consciência. Se ela não o conhecesse, poderia ter pensado que ele estava drogado ou tendo um ataque de sonambulismo. Ela conseguiu sentar ao lado dele antes que ele percebesse sua presença.

— Oi — disse ele, colocando os fones em volta do pescoço como uma echarpe. — Eu a acordei?

Brooke assentiu.

— Mas não tem som — ela falou, apontando para o teclado silencioso ligado aos fones. — Não sei o que eu ouvi.

— Isso — disse Julian, erguendo um punhado de CDs. — Eu derrubei há um minuto. Foi mal.

— Sem problemas. — Brooke se aconchegou mais perto. — Você está bem? O que está acontecendo?

Julian passou os braços em volta dos ombros dela mas não pareceu menos distraído. Suas sobrancelhas se franziram.

— Acho que estou muito nervoso. Já dei muitas entrevistas até agora, mas nenhuma tão importante quanto o *Today Show*.

Brooke pegou a mão dele, a apertou e disse:

— Você vai se sair muito bem, gato. Sério, você tem jeito para esse negócio de mídia. — Talvez isso não fosse exatamente verdade: as poucas entrevistas para TV que ela vira Julian dar até agora tinham sido meio constrangedoras; mas, se havia um bom momento para mentir...

— Você tem que dizer isso. É minha mulher.

— Tem toda razão, eu tenho que dizer isso. Mas por acaso estou falando sério. Você vai ser espetacular.

— É ao vivo e em *rede nacional.* Milhões de pessoas assistem todas as manhãs. Isso não é apavorante?

Brooke se aconchegou no peito dele para que ele não pudesse ver sua expressão.

— Você só vai entrar lá e fazer o que sabe fazer. Eles vão montar um palco do lado de fora e todos os turistas vão estar gritando. Nada diferente de um show normal. Vai ter até menos gente, na real.

— Realidade.

— O quê?

— Na realidade. É "na realidade", não "real". — Julian deu um sorriso fraco.

Brooke lhe deu um soco.

— Então é isso que eu ganho por tentar reconfortá-lo, não é? Correção gramatical? Venha, vamos voltar para a cama.

— Para quê? Não temos que levantar daqui a pouco?

Brooke olhou para o relógio no aparelho de DVD. Eram 3h35.

— Podemos dormir por mais, ah, digamos, cinquenta minutos antes de termos de começar a nos arrumar. Eles vão mandar um carro às 5h15.

— Deus do céu. Isso é cruel.

— Esqueça isso. Acho que só podemos dormir 45 minutos. Não pense que só porque é uma celebridade agora você não precisa passear com seu cachorro.

Julian gemeu. Walter latiu.

— Venha, vai ser melhor deitar um pouco, mesmo que não consiga dormir — disse Brooke, ficando de pé e puxando-o pelo braço.

Julian se ergueu e a beijou na bochecha.

— Vá indo, eu já vou.

— Julian...

Ele deu outro sorriso, este verdadeiro.

— Não seja tirana, mulher. Preciso de permissão para ir ao banheiro? Eu já vou.

Brooke fingiu irritação.

— Tirana? Venha, Walter, vamos voltar para a cama e deixar o papai em paz para se sentar na privada e baixar aplicativos para iPhone. — Ela deu um beijinho nos lábios de Julian e fez um som de beijo para que Walter a seguisse.

Quando Brooke retomou a consciência, o rádio-relógio estava tocando "All the single ladies" aos berros e ela se sentou de um pulo na cama, convencida de que de alguma forma eles haviam perdido a hora. Ficou aliviada quando viu no relógio que eram 4h15 e inclinou-se de lado para sacudir Julian, mas em seu lado da cama ela encontrou apenas um emaranhado de cobertor e um cocker spaniel esparramado. Walter estava deitado de costas, as quatro patas para cima, a cabeça no travesseiro de Julian como um ser humano. Ele a olhou com um olho que parecia dizer *Eu podia me acostumar com isso*, antes de fechá-lo de novo e soltar um suspiro de satisfação. Brooke enterrou o rosto em seu pescoço e então foi para a sala na ponta dos pés, certa de que encontraria Julian exatamente onde o deixara. Em vez disso, ela viu uma fresta de luz debaixo da porta do lavabo e, quando se aproximou para perguntar se ele estava bem, ouviu o inconfundível som de vômito. *O pobrezinho está um caco*, pensou com uma combinação de solidariedade pelo Julian e alívio por não ser ela quem tinha que dar essa entrevista agora. Se fosse o contrário, ela não tinha dúvidas de que estaria ali naquele banheiro, vomitando e rezando por alguma intervenção divina.

Ela ouviu a água correr por um momento e então a porta se abriu, revelando uma versão pálida e suada de seu marido. Ele passou as costas da mão pela boca e olhou para ela com uma expressão que ficava entre o nauseado e o ligeiramente divertido.

— Como está se sentindo, gato? Posso lhe trazer alguma coisa? Um pouco de água tônica, talvez?

Julian se afundou em uma cadeira à mesa de cozinha para duas pessoas e passou os dedos pelos cabelos. Brooke percebeu que seu cabelo parecia mais cheio ultimamente, quase como se os novos cortes feitos para garantir a "nova imagem" pudessem ter descoberto uma maneira de esconder ou camuflar a calvície de alguma forma. O que quer que estivesse fazendo, estava funcionando. Sem a distração do pontinho calvo, seus olhos eram imediatamente atraídos para aquelas covinhas.

— Eu me sinto uma merda — anunciou ele. — Acho que não vou conseguir fazer isso.

Brooke ajoelhou-se ao lado dele, o beijou na bochecha e pegou suas duas mãos.

— Vai ser ótimo, gato. Isso vai ser uma ajuda tremenda para você e o seu disco.

Por um segundo, Brooke achou que ele ia chorar. Felizmente, ele pegou uma banana da fruteira e começou a mastigar lentamente.

— E eu acho que a parte da entrevista vai ser mole. Todo mundo sabe que você está lá para *se apresentar*. Você vai tocar "For the lost", a galera vai enlouquecer, você vai se esquecer até de que as câmeras estão ali e aí eles virão até você no palco e irão perguntar como se sente sendo um astro da noite para o dia ou algo assim. Você vai dizer o quanto ama e adora todos os seus fãs e então vão passar para Al, para a previsão do tempo. Vai ser moleza, eu prometo!

— Você acha?

Os olhos suplicantes dele fizeram Brooke se lembrar de quanto tempo fazia que ela tivera que acalmá-lo assim. Seu marido, o astro do rock, ainda podia ser seu marido, o cara nervoso.

— Tenho certeza que sim! Anda, vai tomar um banho enquanto eu faço ovos e torrada. O carro vai estar aqui em meia hora e não podemos nos atrasar. Está bem?

Julian assentiu. Ele bagunçou o cabelo dela enquanto se levantava e voltou para o banheiro sem dizer mais nenhuma palavra. Ficava nervoso a cada apresentação, independente de ser um show de rotina em um bar universitário ou uma pequena apresentação em um local intimista ou uma multidão em um estádio, mas Brooke não se lembrava de jamais tê-lo visto assim.

Ela pulou para o chuveiro enquanto ele saía e pensou em lhe oferecer mais algumas palavras de encorajamento, mas achou que talvez um pouco de silêncio seria melhor. Quando ela finalmente terminou, Julian tinha saído para passear com Walter e ela correu para vestir a roupa mais fácil que pudesse encontrar que fosse confortável sem ser horrenda: um suéter estilo túnica por cima de uma legging preta com botas baixas de cano curto. Ela demorara a adotar leggings, mas depois que se rendeu e comprou seu primeiro modelo gloriosamente colado e indulgente, Brooke nunca se arrependeu. Depois de tantos anos lutando para se enfiar em jeans justíssimos de cintura baixa e saias-lápis apertadas e calças que nunca favoreciam sua cintura, ela descobriu que leggings eram o pedido de perdão de Deus para todas as mulheres. Pela primeira vez, algo que estava na moda caía perfeitamente bem em sua silhueta, ao mesmo tempo disfarçando seu traseiro e acentuando as curvas de suas pernas razoavelmente torneadas. Toda vez que vestia uma calça dessas, ela agradecia em silêncio ao seu inventor e rezava para que elas continuassem na moda por bastante tempo.

O trajeto do apartamento até o Rockefeller Center foi rápido. Não havia trânsito àquela hora da manhã, e o único som vinha dos dedos do Julian tamborilando a madeira do descanso de braço. Leo ligou para dizer que estava esperando por eles no estúdio, mas, tirando isso, não houve uma única palavra. Só quando o carro encostou na frente da entrada dos artistas Julian apertou a mão de Brooke com tanta força que ela teve que cerrar os dentes para não gritar.

— Vai dar tudo certo — ela sussurrou para ele enquanto um rapaz de uniforme e fones de ouvido os levava até o camarim.

— É ao vivo e em rede nacional — retrucou Julian, seus olhos fixos à frente. Ele parecia ainda mais pálido do que estava de manhã, e Brooke rezou para que ele não vomitasse de novo.

Ela puxou uma caixa de antiácidos mastigáveis da bolsa, tirou discretamente dois do invólucro e os pressionou na palma da mão de Julian.

— Mastigue isso — disse ela baixinho.

Eles passaram por alguns estúdios, cada um emanando o ar gelado denunciador que mantinha os âncoras frescos debaixo dos holofotes escaldantes e Julian apertou mais a mão dela. Dobraram uma esquina, passaram por um espaço que parecia um salão de beleza improvisado, onde três mulheres estavam arrumando produtos de maquiagem e cabelo, e foram deixados em uma sala com algumas poltronas e um pequeno bufê de café da manhã. Brooke nunca estivera em nenhum tipo de sala verde antes e, apesar de este dizer isso na porta, era tudo decorado em tons de bege e malva. Só Julian estava verde.

— Lá está ele! — berrou Leo, sua voz soando pelo menos trinta decibéis mais alta do que o necessário.

— Eu, hum, volto para levá-lo para fazer cabelo e maquiagem assim que o restante da banda estiver aqui — o mensageiro falou, parecendo pouco à vontade. — Só, hum, tomem um café, sei lá. — Ele saiu silenciosamente.

— Julian! Como estamos esta manhã? Está pronto? Não parece pronto, cara. Você está bem?

Julian assentiu, parecendo tão infeliz por ver Leo quanto Brooke se sentia.

— Ótimo — murmurou ele.

Leo deu um tapa nas costas de Julian e então o puxou para o corredor para tentar incentivá-lo. Brooke se serviu de uma xícara de café e sentou-se no canto mais longe de todo mundo. Ela examinou a sala e tentou adivinhar quem eram os outros convidados daquela manhã: uma menina que, a julgar tanto pelo violino que segurava quanto por sua atitude mal-humorada, era um prodígio musical; o editor de uma revista masculina que estava ensaiando com seu assessor de imprensa as dez dicas para perder peso que planejava apresentar; uma famosa escritora de livros para garotas segurando seu mais recente romance em uma das mãos e o celular na outra, parecendo extremamente entediada enquanto verificava sua lista de chamadas.

Os outros membros da banda foram chegando durante os 15 minutos seguintes, todos conseguindo parecer exaustos e entusiasmados ao mesmo tempo. Eles engoliram o café e revezaram-se na sala de cabelo e maquiagem e, antes que Brooke tivesse outra oportunidade de avaliar como Julian estava segurando as pontas, eles foram levados para fora, para a passarela, para saudar os fãs e fazerem uma última passagem de som. Era uma manhã fria de outono e havia uma multidão. Quando finalmente começaram a apresentação, por volta das 8h, a plateia havia inchado para mais de mil pessoas, quase todas mulheres com idades entre 12 e 50 anos, e parecia que praticamente todas elas estavam gritando o nome de Julian. Brooke ficou olhando para o monitor no camarim, tentando lembrar a si mesma que Julian estava — naquele exato instante — na televisão em todos os Estados Unidos, quando o mensageiro veio e perguntou se ela gostaria de assistir à parte da entrevista de dentro do estúdio.

Brooke ficou de pé e seguiu o garoto escada abaixo até o estúdio familiar que ela reconhecia de anos assistindo ao programa. O ar gelado a atingiu imediatamente.

— Uau, é um estúdio lindo. Por algum motivo, eu achei que o entrevistariam lá fora, na frente da multidão.

O mensageiro ergueu alguns dedos até o fone de ouvido, escutou e assentiu. Ele se voltou para Brooke, mas não pareceu realmente vê-la.

— Normalmente sim, mas o vento hoje está criando um caos com os microfones.

— Entendi — disse Brooke.

— Pode se sentar aqui — disse ele, apontando para uma cadeira dobrável entre duas câmeras enormes. — Eles vão voltar para dentro a qualquer segundo e estarão no ar — ele verificou um cronômetro pendurado em uma cordinha em volta de seu pescoço — em pouco menos de dois minutos. Seu celular está desligado, certo?

— Sim, eu o deixei lá em cima. Ah, isso é tão legal! — falou Brooke. Ela nunca estivera em um estúdio de televisão antes, muito menos em um tão famoso. Era quase avassalador só se sentar ali e observar todos os câmeras e técnicos de som e produtores com fones de ouvido andando rápido e se preparando. Ela estava observando enquanto um homem trocava almofadas de sofá gordas demais por outras pequenas e mais magras, quando houve uma lufada de ar do lado de fora e muita comoção. Cerca de uma dúzia de pessoas entrou pela porta do estúdio e

Brooke viu Julian ao lado de Matt Lauer e Meredith Vieira. Ele parecia meio aturdido e tinha uma camada fina de suor no lábio superior, mas estava rindo de algo e balançando a cabeça.

— Um minuto, trinta segundos — uma voz feminina trovejou pelo alto-falante.

O grupo passou bem na frente dela e, por um momento, Brooke só conseguiu olhar fixamente para os rostos familiares dos âncoras. Mas aí Julian chamou sua atenção e lhe deu um sorriso nervoso. Ele falou algo para ela só mexendo a boca, apesar de Brooke não entender o quê. Ela ficou sentada na cadeira que o mensageiro havia apontado. Imediatamente mais duas pessoas caíram em cima dele, uma lhe mostrando como passar o microfone pelas costas da camisa e prendê-lo no colarinho e a outra aplicando pó compacto em seu rosto lustroso. Matt Lauer se inclinou para perto para sussurrar algo para Julian, que riu e saiu do palco. Meredith sentou-se na cadeira de frente para Julian e, apesar de Brooke não poder ouvir o que estavam dizendo, parecia que Julian estava bem à vontade com ela. Tentou imaginar quanto ele devia estar nervoso naquele momento e só a ideia foi o suficiente para fazê-la sentir-se enjoada. Ela enfiou as unhas nas palmas das mãos e rezou para que tudo corresse bem.

— Quarenta e cinco segundos para entrarmos ao vivo!

Parecia que só haviam se passado dez segundos, mas um silêncio profundo caiu sobre o estúdio, e Brooke viu um comercial de Tylenol nos monitores à sua frente. Durou provavelmente trinta segundos quando os acordes de abertura do *Today Show* começaram a tocar e a voz no alto-falante começou a contagem regressiva. De repente o aposento inteiro ficou imóvel, a não ser por Meredith, que varreu suas anotações com os olhos e passou a língua por cima dos dentes da frente para ver se estavam sujos de batom.

— Cinco. Quatro. Três. Dois. E, no ar! — No momento exato em que a voz gritou a palavra "e", alguém ligou os holofotes gigantescos do estúdio que imediatamente foi banhado por uma luz intensa e quente. No mesmo instante, Meredith deu um sorriso largo, virou-se na direção da câmera com a luz verde piscando e leu o teleprompter.

— Bem-vindos de volta, pessoal! Para aqueles que ligaram a TV agora, temos a sorte de ter um dos jovens astros mais badalados da cena musical hoje, o cantor e compositor Julian Alter. Ele já havia feito turnê com o Maroon 5 antes de embarcar em sua própria turnê, e seu primeiro disco estreou em quarto lugar nas paradas da Billboard — ela virou-se para Julian e seu sorriso cresceu. — E acabou de fazer uma apresentação incrível da música "For the lost". Você foi ótimo, Julian! Obrigada por estar aqui hoje.

Ele abriu um grande sorriso, mas Brooke podia ver a rigidez nos lábios e o modo como sua mão esquerda estrangulava o braço da cadeira.

— Obrigado por me receberem. Estou muito feliz por estar aqui.

— Tenho que dizer, gostei muito da música — Meredith falou com muito entusiasmo. Brooke ficou impressionada em ver que a maquiagem da âncora parecia carregada e falsa vista de perto, mas impecável e linda no monitor. — Pode nos falar um pouco sobre como você a escreveu?

O rosto de Julian instantaneamente se animou e ele se inclinou para a frente na cadeira. Seu corpo inteiro pareceu relaxar enquanto ele descrevia sua inspiração para "For the lost".

Os quatro minutos seguintes passaram em um instante. Julian atravessou perguntas sobre como ele fora descoberto, quanto tempo levara para gravar o disco, se conseguia acreditar em todo o retorno e atenção. O treinamento de mídia realmente valera a pena: suas respostas foram engraçadas e charmosamente autopejorativas, sem parecer que cada uma havia sido escrita por uma equipe (o que definitivamente ocorrera). Ele manteve um bom contato visual, parecia relaxado sem ser desrespeitoso e à certa altura sorriu tão lindamente para Meredith Vieira que ela própria quase riu como uma menina e disse:

— Posso ver por que você faz tanto sucesso com as fãs mais jovens.

Só quando Meredith pegou uma cópia de uma revista de celebridades não identificável que devia estar de cabeça para baixo na mesa entre eles e virou para uma página marcada foi que Julian parou de sorrir.

Brooke se lembrou da noite em que Julian chegara em casa vindo do treinamento de mídia e disse a ela que havia aprendido a coisa mais importante de todas.

— Você não tem que responder a pergunta que eles lhe fazem e, se não gostar da pergunta, vá em frente e fale sobre qualquer coisa que esteja a fim de falar. Não precisa ter nenhuma relação com a pergunta. A única exigência é que você transmita a informação que quer partilhar. Retome o controle da entrevista. Não deixe que eles o pressionem a responder qualquer coisa desagradável ou desconfortável. Só sorria e mude de assunto. O ônus é do âncora para manter a entrevista fluindo, fazer com que pareça tranquila e sem sobressaltos, e eles não vão denunciá-lo por se recusar a responder uma pergunta. Isso é um programa matutino de televisão, não o debate presidencial, então enquanto continuar sorrindo e relaxado, estará tudo sob controle. Nunca vai ser encurralado ou derrubado se só responder às perguntas que quiser.

Aquela noite parecia ter sido há um ano, e Brooke rezou para que Julian conseguisse sentir a mesma confiança agora. *Atenha-se ao roteiro*, ela tentou lhe transmitir mentalmente, *e não deixe que o vejam suar.*

Meredith dobrou a revista, que Brooke agora podia ver que era a *Us Weekly*, e ergueu uma página na direção de Julian. Ela apontou para uma foto no canto direito superior, o que foi a primeira indicação de que não se tratava da infame foto de Layla. Julian estava sorrindo, mas parecia confuso.

— Ah, sim — disse ele em resposta a nada, já que Meredith ainda não fizera uma pergunta. — Minha linda mulher.

Ah, não, Brooke pensou. Meredith estava apontando para uma foto de Brooke e Julian com os braços um em volta do outro, sorrindo alegremente para a câmera. A câmera deu um zoom na foto e ela podia ver os detalhes agora: seu vestido coringa preto, Julian parecendo desconfortável com uma calça social preta e uma camisa de botão, ambos com suas taças de vinho erguidas... Onde eles estavam? Ela se inclinou para a frente na cadeira e ficou olhando para o monitor mais próximo e tudo lhe veio de uma vez. A festa de 65 anos de seu pai. A foto devia ter sido tirada logo depois de Brooke fazer seu brinde, já que ela e Julian estavam de pé na frente de uma mesa cheia de gente sentada. Quem diabos a havia tirado e, a propósito, por que a *Us Weekly* se importava?

Aí, a câmera desceu só um pouquinho e ela pôde ver que a foto tinha uma legenda que dizia "Um pãozinho no forno e uma bebida na mão?". Ela sentiu uma descarga horrível de ansiedade no meio de seu estômago quando percebeu que a nova edição da *Us Weekly* provavelmente saíra naquele dia e que ninguém na equipe de Julian tinha visto ainda.

— Sim, eu soube que você e sua mulher, Brooke, são casados há, o que, cinco anos? — perguntou Meredith, olhando para Julian. Ele só assentiu, obviamente nervoso a respeito de aonde essa linha de interrogatório ia levar.

Meredith se inclinou mais para perto de Julian e, com um sorriso enorme, disse:

— Então, você pode confirmar aqui primeiro?

Julian olhou de volta para ela, olhando em seus olhos, mas parecia tão confuso quanto Brooke. Confirmar o quê? Brooke sabia que ele não havia processado todo o negócio de "pãozinho no forno" e muito provavelmente achava que estava sendo questionado quanto ao estado de seu casamento.

— Perdão? — Não era exatamente articulado, mas Brooke não podia culpá-lo. O que, exatamente, ela estava perguntando?

— Bem, não pudemos deixar de imaginar se é uma barriguinha de grávida que sua mulher está exibindo. — Meredith sorriu amplamente, como se a resposta afirmativa fosse uma mera formalidade, não realmente uma pergunta.

Brooke respirou fundo. Definitivamente não era o que ela estava esperando e era tão provável que o pobre do

Julian usasse a frase "barriguinha de grávida" quanto que respondesse à pergunta em russo. Sem falar no fato de que, apesar de poder não estar na melhor forma de sua vida, ela com certeza não achava que parecia grávida. Era só mais um ângulo esquisito de câmera, tirado de baixo e expondo o estufado estranho de tecido em volta da cintura onde o vestido fechava. E daí?

Ele se contorceu na cadeira; seu desconforto só pareceu confirmar a verdade da pergunta.

— Ah, vamos lá, você pode nos contar aqui. Seria um ano e tanto para você: disco de estreia e um bebê! Tenho certeza de que os fãs adorariam saber...

Brooke levou um segundo para perceber que não estava respirando. Isso estava realmente *acontecendo*? Quem diabos ela achava que eles eram? Alguém realmente se importava se eles estavam grávidos? Era da conta de alguém? Ela realmente parecia tão enorme naquela foto que só se podia presumir que estivesse esperando um bebê? E, acima de tudo, se a droga do mundo inteiro ia presumir que ela estava grávida, aquela foto a fazia parecer uma mulher grávida com um problema de alcoolismo. Era quase demais para acreditar.

Julian abriu a boca para dizer alguma coisa, mas pareceu se lembrar de suas instruções de sorrir e responder o que bem entendesse, e falou:

— Eu amo muito minha mulher. Nada disso jamais poderia ter acontecido sem o apoio dela.

Nada do quê? Brooke queria gritar. *A horrível gravidez que não existia? O fato de que sua mulher estava bebendo durante sua suposta gravidez?*

Houve um silêncio constrangedor que provavelmente só durou alguns segundos, mas pareceu interminável e então Meredith agradeceu a Julian, olhou direto para a câmera, mandou que todo mundo comprasse seu disco e cortou para os comerciais. Brooke tinha uma vaga consciência de que as luzes haviam sido baixadas e Meredith havia soltado seu microfone e ficado de pé. Ela estendeu a mão para Julian, que parecia em estado de choque, falou algumas palavras que Brooke não conseguiu ouvir e saiu rapidamente do lugar. Uma dúzia de pessoas começou a se movimentar pelo estúdio, verificando cabos e empurrando câmeras e trocando pranchetas. Julian continuou sentado ali, como se tivesse acabado de levar uma pancada na cabeça.

Brooke se levantou e estava prestes a ir até Julian quando Leo se materializou na sua frente.

— Nosso garoto se saiu muito bem, não acha, Brooke? Um pouco esquisito na última pergunta, mas nada grave.

— Hum — Brooke estava determinada a chegar até Julian, mas pelo canto do olho, observou enquanto Samara, a assessora de imprensa, e dois assistentes acompanhavam Julian de volta para fora para se preparar para o próximo bloco. Ele ainda tinha mais duas músicas para cantar, uma às 8h45 e outra às 9h30, antes que essa manhã infernal finalmente terminasse.

— Quer vir para fora ou assistir do camarim? Pode querer descansar, sabe, colocar os pés para cima? — Leo a olhou maliciosamente, o que pareceu mais nojento do que o normal naquele momento.

— Você acha que eu estou grávida? — perguntou ela, sem acreditar.

Leo jogou as mãos para o alto.

— Não estou perguntando. Isso é assunto de vocês, sabe? Mas confesso que não seria o melhor momento para a carreira de Julian, mas, bem, acho que os bebês vêm quando estão prontos...

— Leo, eu agradeceria muito...

O celular de Leo tocou e ele o arrancou do bolso e o segurou como se fosse a Bíblia.

— Tenho que atender — falou, virando-se para sair.

Brooke ficou parada no lugar. Ela não conseguia nem começar a processar o que havia acontecido. Julian havia praticamente confirmado uma gravidez imaginária ao vivo e em cadeia nacional na TV. O rapaz que os havia recebido naquela manhã apareceu ao lado de Brooke.

— Oi! Posso levá-la de volta ao camarim? Eles estão se preparando para o próximo bloco, então as coisas estão meio loucas por aqui — disse ele, verificando sua prancheta.

— Claro, isso seria ótimo. Obrigada — disse Brooke com gratidão.

Ela o seguiu em silêncio escada acima de novo e pelo longo corredor. Ele abriu a porta do camarim para ela e Brooke pensou ter ouvido um "parabéns" antes de ele sair, mas não tinha certeza. Seu lugar fora tomado por um homem usando uniforme completo de chef, então ela pegou a única cadeira vazia que sobrara.

A menina-prodígio com o violino olhou para ela.

— Você já sabe o que é? — perguntou, a voz tão aguda que parecia que a garota havia acabado de inalar gás hélio.

— Como disse? — Brooke olhou para a criança, sem saber se ouvira corretamente.

— Eu perguntei — a menina falou entusiasmadamente — se você já sabe se vai ser menino ou menina.

O queixo de Brooke caiu com o choque.

A mãe da menina se inclinou para perto e sussurrou algo no ouvido dela, provavelmente algo sobre sua pergunta ser grosseira ou inadequada, mas a menina só olhou de volta.

— Eu só perguntei o que ia ser! — guinchou ela.

Brooke tentou relaxar. Era melhor se divertir um pouco — Deus sabia que sua família e seus amigos não iam achar tão divertido. Ela varreu a sala com os olhos para se assegurar de que ninguém estava ouvindo e se inclinou para perto.

— Vou ter uma menina — sussurrou, sentindo-se apenas um pouco má por mentir para uma criança. — E só espero que ela seja tão adorável quanto você.

Os telefonemas dos amigos e da família começaram a chover durante o trajeto de carro para casa e continuaram sem parar durante dias. Sua mãe anunciou que, apesar de estar magoada por ter que descobrir pela televisão, ainda assim estava felicíssima porque sua única filha finalmente seria mãe. Seu pai estava encantado pela foto de sua festa ter sido mostrada em rede nacional e ficou imaginando como ele e Cynthia não haviam percebido antes. A mãe do Julian contribuiu com o esperado "Ah, bem! Nós certamente não nos sentimos velhos o bastante para sermos avós!". Randy ofereceu-se gentilmente para incluir o futuro filho de Brooke no timezinho de futebol das crianças que estava delineando mentalmente e Michelle ofereceu seus serviços para decorar o quarto do pequenino. Nola ficou lívida por Brooke não haver contado a ela primeiro, apesar de admitir que estaria mais disposta a perdoar se a menina fosse batizada com o nome dela. E todos eles — alguns mais gentilmente do que outros — comentaram sobre o vinho.

O fato de ter que convencer sua família inteira, mais a família de Julian, todos os seus colegas de trabalho e todos os seus amigos de que, primeiro, ela não estava grávida e, segundo, que ela *jamais* beberia durante sua gravidez puramente hipotética pareceu a Brooke mais do que um insulto. Uma afronta. E ela ainda podia sentir ceticismo. A única coisa que funcionou — que na verdade fez as pessoas largarem do seu pé por meio segundo — foi a *Us Weekly* da semana seguinte, que mostrava uma foto de Brooke tirada por um paparazzo fazendo compras de supermercado no Gristedes de seu bairro. Sua barriga parecia mais achatada, sem dúvida, mas não foi isso que fez efeito. Na foto, ela segurava uma cesta com bananas, quatro unidades de iogurte, um litro de Poland Spring, um vidro de desinfetante e, aparentemente, uma caixa de Tampax. A versão Pérola, superabsorvente, caso o mundo quisesse saber, e estava circulada com uma caneta preta e grossa e uma legenda que berrava "Nada de bebê para os Alter!", como se a revista, por meio de algum hábil trabalho detetivesco, tivesse realmente chegado ao *x* da questão.

Graças àquele jornalismo estelar, o mundo inteiro sabia que ela *não* estava grávida, mas que *tinha* períodos menstruais com maior fluxo do que a maioria. Nola achou a história toda histericamente engraçada; Brooke não conseguia para de pensar que todo mundo, de seu namorado no primeiro ano do ensino médio a seu avô de 91 anos — sem falar em cada adolescente, dona de casa, viajante frequente, quem fazia compras de supermercado, visitava salões de beleza e assinava a revista na América do Norte —, estava a par da intensidade de seus ciclos menstruais. Ela nem *vira* o fotógrafo! Daquele dia em diante, ela comprava todos os produtos que eram relacionados a sexo, menstruação ou digestão pela internet.

Felizmente, o bebê de Randy e Michelle, Ella, provou ser a maior distração. Ela nasceu, como uma bênção dos céus, duas semanas depois do drama do *Today Show*, e teve a cortesia de chegar bem no Dia das Bruxas, dando-lhes assim a desculpa perfeita para não irem à festa a fantasia do Leo. Brooke não podia deixar de sentir uma imensa gratidão em relação à sua nova sobrinha. Em meio a todas as histórias repetidas sobre o nascimento (a bolsa de Michelle estourando enquanto eles estavam em um restaurante italiano, a corrida para o hospital só para esperar mais 12 horas, a oferta de refeições grátis para Ella pelo resto da vida feita pelo dono do Campanelli's), as lições de como enrolar cueiros e a contagem de dedos dos pés e das mãos, o foco havia se afastado de Brooke e Julian. Pelo menos, dentro de sua própria família.

Eles foram o tio e a tia perfeitos, chegaram ao hospital com tempo de sobra antes de o bebê nascer, lembraram de levar com eles duas dúzias de bagels e salmão defumado o suficiente para alimentar a maternidade inteira. Até

Julian parecera feliz com o acontecimento todo, arrulhando no ouvido de Ella que suas mãozinhas pareciam ter sido feitas para tocar piano. Brooke sempre pensaria na pequena Ella como a última calmaria deliciosa antes da tempestade infernal que viria.

10

covinhas de bom moço

O celular de Brooke tocou no momento em que ela arrastava o peru de 10 quilos para dentro do apartamento e conseguia içá-lo para cima da bancada.

— Alô? — disse ela enquanto começava a tirar da geladeira todos os itens não indispensáveis para dar lugar à ave gigantesca.

— Brooke? É a Samara.

Ela foi pega de surpresa. Samara nunca, jamais telefonara para ela antes. Será que queria verificar o que eles haviam achado da capa da *Vanity Fair*? Havia acabado de chegar às bancas e Brooke não conseguia parar de olhar para ela. Brooke achava que era um Julian vintage, de jeans e uma camiseta branca justa, usando um de seus gorros de tricô favoritos e sorrindo daquela maneira que exibia suas covinhas surpreendentemente adoráveis. Ele era de longe o mais gato do grupo.

— Ah, oi! Ele não está incrível na capa da *Vanity Fair*? Quer dizer, não estou surpresa, mas ele está tão...

— Brooke, você tem um minuto?

Obviamente isso não era um telefonema de cortesia sobre uma capa de revista e, se aquela mulher tentasse dizer a Julian que ele não poderia estar em casa para o primeiro Dia de Ação de Graças em que *eles* eram os anfitriões, bem, ela a mataria.

— Hum, tenho, espere só um segundo. — Ela fechou a geladeira e sentou-se à mesinha minúscula, o que a fez lembrar-se de que precisava ligar e verificar a situação do aluguel da mesa e das cadeiras. — Está bem, estou sentada. O que houve?

— Brooke, escreveram uma matéria, e não é agradável — Samara anunciou daquela forma curta e grossa que sempre usara, apesar de que, em se tratando de notícias ruins, era melhor assim.

Brooke tentou dispensar a ideia com uma risada.

— Bem, parece que ultimamente há sempre alguém escrevendo uma matéria. Ei, eu sou a grávida cachaceira, lembra? O que o Julian disse?

Samara limpou a garganta.

— Eu ainda não contei a ele. Acho que vai ficar muito chateado e eu queria falar com você primeiro.

— Ah, meu Deus. O que falaram sobre ele? Fazem gozação com seu cabelo? Com sua família? Ou será que alguma vadia carente do passado dele reapareceu alegando que...

— Não é sobre o Julian, Brooke. É sobre você.

Silêncio. Brooke sentiu suas unhas se enterrarem nas palmas das mãos, mas não conseguia evitar conscientemente que isso acontecesse.

— Sobre mim? — perguntou ela finalmente, a voz quase um sussurro.

— É uma coleção de mentiras ofensivas — disse Samara friamente. — Eu queria que você ouvisse de mim primeiro. E também quero que saiba que estamos com nossa equipe jurídica trabalhando nisso, refutando a matéria inteira. Estamos levando isso muito a sério.

Brooke não conseguia falar. Sem dúvida devia ser bem horrível se Samara estava tendo esse trabalho todo por causa de uma matéria sensacionalista. Finalmente, ela disse:

— Onde está? Eu preciso ver.

— Vai estar na edição de amanhã da *Last Night*, mas você pode ler on-line agora mesmo. Brooke, por favor entenda que todos aqui estão do seu lado e que prometemos...

Possivelmente pela primeira vez desde que era adolescente — e certamente pela primeira vez envolvendo alguém que não fosse sua mãe —, Brooke desligou no meio da frase e foi para o computador. Encontrou a página em segundos e olhou de novo quando uma foto enorme na página principal mostrou ela e Julian jantando em uma mesa ao ar livre. Ela vasculhou o cérebro, tentando lembrar onde estavam, então percebeu uma placa ao fundo. É claro, a comida espanhola que haviam partilhado na noite em que Julian voltou para casa depois de sair no meio da festa de aniversário do pai dela. Aí, começou a ler.

O casal dividindo uma paella em uma mesa ao ar livre em Hell's Kitchen pode parecer um casal comum, mas os entendidos os reconheceram como o novo cantor-compositor favorito dos Estados Unidos Julian Alter e sua esposa de muitos anos, Brooke. O disco de estreia de Alter arrasou as paradas e suas covinhas de bom moço encantaram as fãs de costa a costa. Mas quem é a mulher a seu lado? E como eles estão lidando com a fama recente de Julian?

Mal, de acordo com uma fonte próxima ao casal. "Eles se casaram muito jovens e conseguiram ficar cinco anos juntos até agora, mas estão prestes a desabar", disse a fonte. "O cronograma dele é apertado e Brooke não tem sido muito compreensiva."

Os dois se conheceram pouco depois dos ataques terroristas de 11 de Setembro e grudaram um no outro durante a situação que mexeu com Nova York. "Brooke praticamente perseguiu Julian durante meses, seguindo-o por toda Manhattan e sentando-se sozinha em todos os seus shows até que se tornou impossível não notá-la. Eles dois só estavam solitários", explicou a fonte. Um amigo íntimo dos Alter concorda: "Os pais de Julian ficaram arrasados quando ele anunciou seu noivado com Brooke depois de menos de dois anos de namoro. Eles só tinham 24 anos, qual era a pressa?" No entanto, o casal se uniu em uma cerimônia pequena e simples na casa dos Alter nos Hamptons, apesar de os pais dele "sempre terem suspeitado que Brooke, uma garota de alguma cidadezinha da Pensilvânia, estava tentando pegar carona na estrela de Julian".

Nos últimos anos, Brooke trabalhou em dois empregos para ajudar a sustentar as aspirações musicais de seu marido, mas uma de suas amigas explica que "ela teria feito o que fosse necessário para ajudar Julian a alcançar a fama que ela sempre desejou tanto. Dois empregos, dez empregos — nada disso importava, des-

de que ela estivesse casada com uma celebridade". A mãe de uma aluna matriculada na escola particular no Upper East Side onde Brooke dá aconselhamento nutricional relata que "ela parece ser ótima pessoa, apesar de minha filha ter dito que ela com frequência sai cedo ou cancela sessões". Os problemas de trabalho não terminam por aí. Um colega do Centro Médico da NYU explica que "Brooke costumava ter o melhor desempenho em todo o nosso programa, mas ela realmente caiu nos últimos tempos. Se ela está distraída com a carreira do marido ou só entediada com a própria, tem sido triste de ver".

Quanto àqueles boatos acerca de uma possível gravidez que começaram no Today Show *e foram rapidamente destruídos na semana seguinte pela* Us Weekly *com provas fotográficas de que os Alter não estão grávidos? Bem, não esperem que isso mude tão cedo. Um velho amigo de Julian alega que Brooke tem "forçado a barra para ter um bebê desde o dia em que se conheceram, mas Julian continua a dispensá-la porque ainda não tem certeza se ela é a mulher de sua vida".*

E, com os problemas aumentando desse jeito, quem pode culpá-lo?

"Tenho toda a fé de que Julian vá fazer a coisa certa", declarou recentemente uma fonte próxima a Julian. "Ele é um garoto incrível com uma cabeça muito boa. Vai encontrar o caminho certo."

Ela não sabia quando as lágrimas haviam começado, mas quando finalmente acabou de ler, elas haviam formado uma poça perto do teclado e molhado suas bochechas, seu queixo e seus lábios. Não havia palavras para descrever como era ler algo assim sobre si mesma, saber que era evidentemente inverídico, mas imaginar — como poderia não imaginar? — se não havia um bocadinho de verdade. É claro que toda aquela história sobre como ela e Julian se conheceram era ridícula, mas *será* que os pais dele realmente a odiavam? *Será* que sua reputação em ambos os empregos estava comprometida pelos dias de trabalho que perdera? Poderia haver *alguma* nesga de verdade na suposta razão dada pela matéria para Julian não querer um bebê agora? Era mais aterrorizante do que ela podia compreender.

Brooke leu pela segunda vez e depois pela terceira. Poderia ter ficado sentada ali lendo e relendo o dia inteiro, mas seu telefone tocou de novo. Era Julian desta vez.

— Rook, nem tenho como lhe dizer quanto estou irado! Se querem escrever um monte de lixo sobre mim é uma coisa, mas quando vão para cima de você...

— Não quero falar sobre isso — ela mentiu. Na verdade só queria falar sobre aquilo, perguntar a Julian ponto a ponto se ele concordava com aquelas alegações cruéis que a matéria fazia, mas não tinha coragem.

— Já falei com a Samara e ela me prometeu que o departamento jurídico da Sony está se preparando...

— Julian, eu realmente não quero falar sobre isso — repetiu ela. — É horrível e detestável e totalmente mentiroso, eu espero, e não há nada que eu possa fazer a respeito. Vamos receber pessoas para o Dia de Ação de Graças amanhã e preciso começar a me preparar.

— Brooke, não quero que pense nem por um segundo que...

— Está bem, eu sei. Você ainda vem para casa amanhã, certo?

— É claro! Estou no primeiro voo, então vou aterrissar por volta das 8h e vou direto de LaGuardia. Precisa que eu leve alguma coisa?

Brooke fechou a matéria abominável e olhou sua lista de compras.

— Acho que tenho tudo... na verdade preciso de mais algumas garrafas de vinho. Talvez mais uma de tinto e mais uma de branco.

— É claro, gata. Vou estar em casa logo logo e vamos resolver isso, está bem? Eu ligo para você mais tarde.

— Hum. Está bem. — A voz dela soava fria e distante e, apesar de não ser culpa dele, não podia deixar de se sentir ressentida.

Eles desligaram e ela pensou primeiro em ligar para Nola e então para sua mãe, mas decidiu que a única maneira de lidar com isso era não lidar com isso. Telefonou para verificar o aluguel da mesa, botou o peru na salmoura, lavou as batatas para o purê do dia seguinte, fez o molho de cranberry e cortou as pontas dos aspargos. Depois disso fez uma tremenda faxina e arrumou o apartamento ao som de um CD de hip-hop da época de adolescente. Planejava ir à manicure por volta das 17h, mas quando espiou pela janela, pelo menos dois e talvez quatro homens em furgões com câmeras estavam espreitando na rua abaixo. Brooke olhou para suas cutículas e de volta para os homens: não valia a pena.

Quando finalmente se arrastou para a cama com Walter naquela noite, ela havia conseguido se iludir, acreditando que a história toda simplesmente iria desaparecer. Apesar de ter sido a primeira coisa que lhe veio à mente quando acordou na manhã do Dia de Ação de Graças, ela espantou o pensamento para longe. Havia muito a fazer, e as pessoas chegariam em cinco horas. Quando Julian chegou em casa um pouco depois das 9h, ela insistiu para que mudassem de assunto.

— Mas, Rook, acho que não é saudável não discutirmos isso — ele falou enquanto ajudava a empurrar todos os móveis da sala de estar contra as paredes para abrir espaço para a mesa alugada.

— Só não sei o que há para dizer. É tudo um monte de mentiras e, sim, é irritante, mortificante, ler coisas assim sobre mim e sobre o meu casamento, mas, a não ser que alguma coisa seja realmente verdade, não vejo de que vai adiantar discutir e rediscutir isso... — ela olhou para ele interrogativamente.

— Nem uma única palavra é verdade. Nem aquela merda sobre os meus pais ou sobre eu achar que você não é "a mulher da minha vida". Nada disso.

— Então vamos nos concentrar no dia de hoje, está bem? A que horas seus pais disseram que vão embora? Não quero que Neha e Rohan cheguem até que eles tenham ido embora. Acho que simplesmente não vai caber todo mundo ao mesmo tempo.

— Eles vêm às 13h para tomar um drinque e eu lhes disse que têm que sair às 14h. Está bom?

Brooke pegou uma pilha de revistas e a escondeu no armário do corredor.

— Isso é perfeito. Os outros vão chegar às 14h. Me diga novamente que eu não devo me sentir culpada porque vamos expulsá-los.

Julian fungou.

— Não vamos expulsá-los. Eles vão à casa dos Kamen. Acredite em mim, não vão querer ficar nem mais um minuto.

Ela não devia ter ficado preocupada. Os Alter chegaram exatamente na hora, beberam apenas o vinho que haviam trazido ("Ah, queridos, guardem suas garrafas para os outros convidados — por que não bebemos o vinho bom agora?"), fizeram apenas um comentário depreciativo a respeito do apartamento ("Ele certamente é *uma graça*, não? Só é incrível que vocês tenham conseguido viver aqui por tanto tempo") e foram embora 15 minutos antes da hora. Trinta segundos depois que partiram, o interfone tocou novamente.

— Subam — ela falou ao interfone.

Julian apertou sua mão.

— Vai ser ótimo.

Brooke abriu a porta e sua mãe entrou, mal dando um olá.

— A bebê está dormindo — declarou ela, como se estivesse anunciando a chegada do presidente e da primeira-dama — Onde podemos colocá-la?

— Bem, vejamos. Como vamos todos comer na sala e eu acho que não querem que ela fique no banheiro, isso só deixa uma opção. O que acha de colocá-la na nossa cama? — perguntou Brooke.

Randy e Michelle se materializaram segurando a pequena Ella em um bebê-conforto.

— Ela ainda é pequena demais para rolar, então provavelmente não tem problema — disse Michelle, inclinando-se para dar um beijo em Julian.

— De jeito nenhum! — falou Randy, arrastando o que parecia ser uma tenda dobrada. — Foi exatamente por isso que eu trouxe o cercadinho. Nada de deixá-la na cama.

Michelle deu uma olhada para Brooke que dizia *Bem, quem é que pode discutir com um pai superprotetor?*, e as duas riram. Randy e a Sra. Greene levaram Ella para o quarto, e Julian começou a servir as taças de vinho.

— Então... você está bem? — perguntou Michele.

Brooke fechou o forno, largou a pipeta e se virou para Michelle.

— Sim, estou ótima. Por quê?

Sua cunhada pareceu imediatamente arrependida.

— Ah, me desculpe, eu não deveria ter tocado no assunto, mas aquela matéria foi tão... tão maldosa.

Brooke inspirou profundamente.

— Ah, é, pensei que ninguém havia lido ainda. Já que ainda nem saiu, sabe?

— Ah, tenho certeza de que ninguém leu! — falou Michelle. — Uma amiga minha me encaminhou o link da revista, mas ela é totalmente louca por sites de fofocas. Ninguém lê tanto quanto ela.

— Entendi. Ei, você se incomoda de levar isso para a sala? — perguntou Brooke, entregando a Michelle uma bandeja de queijos e tigelinhas de geleia de figo e torradinhas sortidas.

— Levo, claro — disse Michelle. Brooke achou que ela havia entendido o recado, mas Michelle deu dois passos para fora da cozinha, virou-se e disse: — Sabe, vivem nos ligando e fazendo perguntas sobre vocês dois, mas nós não falamos nada.

— Quem? — perguntou Brooke, a voz cheia do pânico que havia conseguido sufocar até agora. — Você se lembra que eu pedi a vocês dois para não falarem com nenhum repórter a nosso respeito. Nem por telefone, nem pessoalmente, nunca.

— Ah, nós sabemos disso. E nunca falaríamos. Só achei que você devia saber que há pessoas lá fora à caça de informações.

— É, bem, a julgar pela precisão, não fizeram um bom trabalho com as fontes — disse Brooke, servindo-se de mais um copo de vinho branco.

A voz de sua mãe quebrou o silêncio constrangedor e Michelle se apressou para sair da cozinha com o queijo.

— O que está acontecendo aqui? — perguntou ela, beijando a cabeça de Brooke. — Estou tão aliviada por você ter decidido ser a anfitriã! Estava ficando cada vez mais solitário ano após ano quando todos vocês iam para a casa do seu pai.

Brooke não disse a ela que o único motivo pelo qual ela havia se oferecido para fazer o jantar de Ação de Graças este ano era porque seu pai e Cynthia iam para a casa da família dela no Arizona. Além disso, era bom se sentir uma adulta de verdade, mesmo que fosse só por um dia.

— É, bem, vamos ver se ainda vai dizer isso quando provar o peru — Brooke brincou.

A campainha tocou e Ella começou a chorar no quarto.

Todo mundo se dispersou: Randy e Michelle para cuidar de Ella, Julian para abrir outra garrafa de vinho e a Sra. Greene para seguir Brooke até a porta.

— Quem são mesmo esses amigos? — perguntou ela. — Eu sei que você já me disse, mas não consigo me lembrar.

— Neha e eu fizemos pós-graduação juntas e agora ela trabalha com nutrição pré-natal no consultório de um ginecologista em Brookline. O marido dela, Rohan, é contador e eles moram em Boston há três anos. As famílias dos dois ainda estão na Índia, então eles não comemoram realmente o Dia de Ação de Graças, mas achei que seria legal convidá-los — sussurrou Brooke quando estavam no hall.

Sua mãe assentiu. Brooke sabia que ela não se lembraria da metade do que havia dito e acabaria perguntando a Neha e Rohan a história toda de novo.

Brooke abriu a porta e Neha imediatamente entrou, dando-lhe um abraço de urso.

— Quanto tempo! Nem acredito! Por que nós não nos vemos com mais frequência?

Brooke a abraçou de volta e então ficou na ponta dos pés para beijar Rohan.

— Entrem, pessoal. Neha, Rohan, esta é a minha mãe. Mamãe, esses são amigos de longa data.

Neha riu.

— Tipo, da época em que tínhamos 20 e poucos anos e ainda éramos gostosas?

— É, e hoje nós usamos jalecos e tamancos melhor do que qualquer um. Venham, deixem-me pegar seus casacos — Brooke falou enquanto os acompanhava para dentro.

Julian emergiu da minúscula cozinha planejada.

— Ei, cara — disse, apertando a mão de Rohan e dando um tapinha em seu ombro. — Quem bom ver vocês. Como vão as coisas? — Julian estava especialmente adorável em um jeans preto, um suéter de cashmere cinza quadriculado e um par de tênis vintage. Sua pele reluzia com um bronzeado sutil adquirido em L.A. e, apesar de estar exausto, seus olhos brilhavam e ele se movia com uma confiança relaxada que Brooke só percebera recentemente.

Rohan olhou para suas próprias calças de sarja azul-marinho, camisa social e gravata e corou. Ele e Julian nunca haviam sido amigos íntimos — Julian achava Rohan calado e conservador demais —, mas sempre haviam conseguido bater papo ao lado de suas mulheres. Agora, mal conseguindo olhar nos olhos de Julian, Rohan murmurou:

— Ah, nada de novo para nós. Nem de longe tão emocionante quanto vocês. Nós vimos o seu rosto em um outdoor outro dia.

Houve uma pausa sem graça até que Ella, que não estava mais chorando e usava o macacão com estampa de vaca mais fofo que Brooke já vira, apareceu e todo mundo fez "ooh" e "aah" por causa dela por algum tempo.

— Então, Neha, o que acha de Boston? — perguntou a Sra. Greene. Ela espalhou um pequeno naco de gorgonzola em uma torradinha e a jogou na boca.

Neha sorriu.

— Bem, nós adoramos o bairro e conhecemos algumas pessoas legais. Eu gosto muito do nosso apartamento. A cidade realmente tem uma ótima qualidade de vida.

— O que ela quer dizer é que é mais chata do que se pode descrever — disse Brooke, perfurando uma azeitona com um palito.

Neha assentiu.

— Ela tem razão. É de matar de tédio.

A Sra. Greene riu e Brooke pôde ver que sua mãe estava encantada.

— Então por que vocês dois não voltam para Nova York? Brooke ficaria felicíssima.

— Rohan vai acabar o MBA no ano que vem e, se a minha opinião contar, vamos vender o carro (eu odeio dirigir), abrir mão de nosso apartamento lindinho, dizer adeus aos nossos vizinhos extremamente bem-educados e voltar correndo para cá, onde só podemos pagar um apartamento sem elevador em um bairro sinistro cercado de gente grosseira. E eu vou adorar cada minuto.

— Neha... — Rohan ouviu essa última parte e deu uma olhada para sua mulher.

— O que foi? Você não pode esperar que eu more lá para sempre. — Ela se virou para Brooke e para a Sra. Greene e abaixou a voz: — Ele também odeia, mas se sente culpado por odiar. Quem é que odeia Boston, sabe?

Quando todo mundo havia se reunido em volta da mesa para começar a refeição, Brooke quase se esquecera da matéria hedionda. Havia bastante vinho e o peru estava suculento e perfeitamente cozido e, apesar de o purê de batatas estar um pouco insosso, seus convidados protestaram dizendo que era o melhor purê de batatas que já haviam comido. Eles conversaram tranquilamente a respeito do novo filme de Hugh Grant e a futura viagem para Mumbai e Goa que Neha e Rohan estavam planejando fazer no Natal para visitar suas famílias. As coisas estavam tão relaxadas, na verdade, que quando a mãe de Brooke se inclinou para perto e perguntou baixinho como ela estava aguentando a bomba, Brooke quase deixou o garfo cair.

— *Você* leu? — Brooke cuspiu, olhando fixamente para sua mãe.

— Ah, querida, é claro que li. Quatro amigas diferentes encaminharam o link para mim hoje de manhã. Caçadoras de fofocas, todas elas. Nem posso imaginar o quanto deve ser devastador ler...

— Mamãe, não quero falar sobre isso.

— ...algo assim sobre si mesma, mas qualquer um que conheça vocês dois sabe que é, perdoe a expressão, uma merda de uma mentira.

Neha deve ter pegado essa última parte, porque também se inclinou mais para perto e disse:

— Sério, Brooke, era óbvio que era tudo inventado. Quer dizer, nenhuma palavra era verdade. Não leve isso a sério nem por um segundo.

Ela sentiu como se tivesse sido estapeada novamente. Por que havia pensado que ninguém iria ler? Como conseguira se iludir e acreditar que a história toda simplesmente desapareceria?

— Estou tentando não pensar a respeito — falou Brooke.

Neha assentiu e Brooke sabia que ela entendia. Se pelo menos pudesse dizer a mesma coisa sobre sua mãe.

— Você viu os fotógrafos lá fora quando entrou? — a Sra. Greene perguntou a Neha e Rohan. — Eles são um bando de abutres.

Julian deve ter visto o rosto dela ficar tenso, porque limpou a garganta, mas Brooke queria explicar de uma vez por todas para que eles pudessem ir em frente.

— Não é tão ruim — falou, passando a travessa de aspargos grelhados para Randy. — Eles não ficam aqui o tempo todo e mandamos instalar blackouts nas cortinas, então não podem tirar nenhuma foto. Tirar nosso número da lista telefônica também ajudou. Tenho certeza de que é o entusiasmo inicial por causa do disco. Vão estar totalmente cansados de nós quando chegar o Ano-Novo.

— Espero que não — Julian falou com um sorriso com covinhas. — Leo acabou de me dizer que está tentando uma apresentação no Grammy. Ele acha que há uma boa chance de eu ser convidado para tocar.

— Parabéns! — disse Michelle com mais entusiasmo do que havia demonstrado o dia inteiro. — Isso é segredo?

Julian olhou para Brooke, que lançou um olhar de volta.

Ele tossiu.

— Bem, não sei se é segredo, mas não vão anunciar as atrações até depois do Ano-Novo, então provavelmente não faz sentido falar nada.

— Sensacional, cara — disse Randy, sorrindo. — Nós todos estaremos lá, se você for. Sabe disso, não é? Essa família vem em um pacote fechado.

Julian contara a ela por telefone sobre a possibilidade, mas ouvi-lo contar a todo mundo de certa forma tornava mais real. Ela mal conseguia absorver a ideia: seu marido se apresentando no Grammy para o mundo inteiro.

Ella grasnou de seu bebê-conforto ao lado da mesa e quebrou o encanto do momento. Brooke demorou-se colocando as sobremesas levadas pelas convidadas em pratos de bolo e travessas: duas tortas feitas em casa por sua mãe, uma de abóbora e outra de morango; uma dúzia de minibrownies da Michelle; e um prato da especialidade de Neha, *burfi* de coco, que lembravam bolinhos de arroz, mas tinham gosto de cheesecake.

— Então, Brooke, como anda o seu trabalho? — Rohan perguntou com a boca cheia de brownie.

Brooke bebericou seu café e disse:

— Vai bem. Eu adoro o hospital, mas espero abrir meu próprio consultório nos próximos anos.

— Você e Neha podiam fazer isso juntas. Ela só fala nisso ultimamente.

Brooke olhou para Neha.

— Sério? Está pensando em abrir um consultório particular?

Neha assentiu com tanta veemência que seu rabo de cavalo negro balançou para cima e para baixo.

— Com certeza. Meus pais se ofereceram para me emprestar parte do capital inicial, mas eu ainda precisaria de um sócio para que desse certo. É claro que nem estava pensando nisso até voltarmos para a cidade...

— Eu não fazia ideia! — disse Brooke, com o entusiasmo crescendo a cada segundo.

— Não posso trabalhar em um consultório de ginecologia para sempre. Espero que um dia nós tenhamos uma família — algo na forma como Neha olhou para Rohan, que corou imediatamente e desviou o olhar, fez Brooke achar que ela estava grávida — e vou precisar ter horários mais flexíveis. O ideal seria um pequeno consultório particular que se concentrasse exclusivamente em nutrição pré e pós-natal para mães e bebês. Talvez trazer também um consultor em lactação. Não tenho certeza.

— Era exatamente o que eu estava pensando! — disse Brooke. — Preciso de mais uns nove meses a um ano de experiência clínica direta, mas depois disso...

Neha mordeu delicadamente um pedaço de *burfi* e sorriu. Ela se virou para o outro lado da mesa.

— Ei, Julian, você acha que pode liberar algum dinheiro para sua mulher começar? — perguntou ela, e todo mundo riu.

Mais tarde, depois que todos haviam voltado para casa e eles haviam lavado toda a louça e dobrado as cadeiras, Brooke se enroscou ao lado de Julian no sofá.

— Que loucura Neha estar planejando exatamente a mesma coisa, não é? — perguntou ela animadamente. Apesar de a conversa ter mudado de forma natural para outros assuntos durante a sobremesa, Brooke não havia parado de pensar a respeito.

— Parece absolutamente perfeito — respondeu Julian, beijando a cabeça dela. O telefone dele havia tocado a noite inteira e, apesar de continuar tirando o som e fingindo que estava tudo bem, era claro que ele estava distraído.

— Ainda mais perfeito porque, quando eu puder trabalhar por conta própria, terei muito mais tempo livre para viajar com você, muito mais flexibilidade do que tenho agora. Isso não vai ser ótimo?

— Hum. Definitivamente.

— Quer dizer, o tempo e o esforço que seriam necessários para fazer algo assim sozinha, sem falar no investimento, são assustadores, mas seria perfeito para nós duas fazermos juntas. Seríamos capazes de dar cobertura uma para a outra e ainda atender o dobro de pacientes. É literalmente a situação *ideal* — disse Brooke, transbordando de alegria.

Era exatamente a boa notícia de que ela precisava. As ausências de Julian, os repórteres bisbilhoteiros, a matéria horrível ainda machucavam, mas ter uma meta ajudava a abafar todo o resto.

O telefone dele tocou de novo.

— Atenda isso de uma vez — disse ela, soando mais irritada do que pretendia.

Julian olhou para o identificador de chamada, que dizia "Leo". Atendeu.

— Ei, cara, feliz Dia de Ação de Graças — ele assentiu algumas vezes, riu e então disse:

— Claro, está bem. É, eu vou verificar com ela, mas tenho certeza de que ela pode. É. Pode contar com a gente. Até mais.

Ele se virou e a encarou com um sorriso largo.

— Adivinhe aonde nós vamos?

— Aonde?

— Nós, minha cara, fomos convidados para os ultra-exclusivos almoço e coquetel de Natal VIP da Sony. Leo disse que o mundo inteiro vai à festa à noite na cidade, mas só os melhores artistas são convidados para se juntar aos maiores executivos da gravadora em uma casa louca de 1 trilhão de dólares nos Hamptons durante o dia. Apresentações de convidados surpresa. Vamos de *helicóptero* na ida e na volta. Nada jamais foi escrito sobre essa festa antes porque ela é supersecreta e exclusiva. E *nós* vamos!

— Uau, isso parece incrível. Quando é? — perguntou Brooke, sua mente já pensando em opções de roupas.

Julian ficou de pé em um pulo e se dirigiu para a cozinha.

— Sexta-feira antes do Natal. Não sei que dia é.

Ela pegou o telefone dele e verificou o calendário.

— Vinte de dezembro? Julian, é meu último dia na Huntley antes de a escola fechar para o Natal.

— E daí? — ele tirou uma cerveja da geladeira.

— E daí que é a nossa festa de Natal. Na Huntley. Eles pediram que eu planejasse o primeiríssimo menu saudável de opções variadas para as meninas. Também prometi a Kaylie que conheceria o pai e a avó dela. Pais são convidados para a festa, e ela está muito ansiosa para nos apresentar.

Brooke estava orgulhosa do tremendo progresso que conseguira com a garota nos últimos meses. Ao aumentar a frequência das consultas e fazer perguntas diretas sobre sua amizade com Whitney Weiss, Brooke descobriu que Kaylie andava flertando com a bulimia, mas agora estava certa de que ela não apresentava nenhum sintoma de um distúrbio alimentar grave. Com muito papo e muita atenção extra, Kaylie havia recuperado alguns quilos que tinha perdido tão rapidamente e parecia ter desenvolvido mais autoconfiança também. Provavelmente, o mais importante de tudo, entrara para o grupo de teatro e conseguira o papel disputado de coadjuvante na produção daquele ano, que seria *Amor, sublime amor*. Ela finalmente tinha amigas.

Julian sentou ao lado dela no sofá novamente e ligou a televisão. O som do aparelho encheu a sala.

— Pode baixar isso? — pediu Brooke, tentando mascarar a irritação em sua voz.

Ele baixou o som, mas só depois de lhe lançar um olhar estranho.

— Não quero parecer insensível, mas você não pode ligar e dizer que está doente? Estamos falando de helicópteros e de conhecer o presidente da Sony Music. Não acha que outra pessoa pode providenciar os bolinhos?

Em nenhum momento dos últimos cinco anos de casamento ela se lembrava de ele ter sido tão paternalista, tão incrivelmente condescendente. O que tornava pior era a forma como ele estava olhando para ela, sem noção de quão ridículo e egoísta soava.

— Sabe de uma coisa? Tenho certeza de que alguém poderia "providenciar os bolinhos", como você sugere de maneira tão imbecil. O que é o meu emprego idiota e frívolo comparado à importância mundial do seu, certo? Mas está se esquecendo de uma coisa. Eu realmente gosto do que faço. Eu ajudo aquelas garotas. Investi muito tempo e energia na Kaylie e adivinhe? Está dando resultado. Ela está mais feliz e mais saudável do que esteve durante todo o ano. Não está mais se prejudicando ou chorando todo dia. Sei que isso não pode ser comparado a emplacar um disco de estreia em quarto lugar na *Billboard* no seu mundo, mas, no meu, é muito bom. Então, não, Julian, não vou com você à sua festa VIP e superchique de Natal. Porque tenho minha própria festa para ir.

Ela se levantou e ficou olhando para ele, esperando um pedido de desculpas, um ataque, qualquer coisa menos o que ele estava fazendo: olhando inexpressivamente para a TV sem som, balançando a cabeça sem acreditar, com uma cara que parecia dizer *Eu sou casado com uma louca.*

— Bem, fico feliz por termos resolvido isso — disse ela baixinho enquanto andava na direção do quarto.

Ela esperou que ele fosse atrás dela e conversasse a respeito, a abraçasse, lembrasse a ela que eles nunca iam dormir brigados, mas quando se arrastou de volta para a sala mais de uma hora depois, ele estava aninhado no sofá, debaixo da manta roxa, roncando suavemente. Ela se virou e voltou para a cama sozinha.

11

até o pescoço de tequila e garotas de 18 anos

Julian riu da lagosta mais gorda tomando a frente.

— Setecentos e cinquenta gramas à frente. Eles estão prestes a fazer a curva, amigos — disse ele, em sua melhor imitação de comentarista esportivo. — Acho que vou ficar com esta.

Sua rival, uma lagosta menor com uma couraça preta brilhante e o que Brooke podia jurar serem olhos sentimentais, andou rápido para a frente e diminuiu a distância.

— Não tão rápido — disse ela.

Eles estavam sentados no chão da cozinha, as costas contra a ilha, torcendo por suas respectivas concorrentes. Brooke sentia-se vagamente culpada por apostar corrida com sua lagosta antes de jogá-la em uma panela de água fervente, mas elas não pareciam se importar. Só quando Walter mexeu em uma delas com o focinho e ela se recusou a se mover mais um centímetro Brooke entrou e resgatou a sua da tortura.

— Vitória por desistência! Eu aceito — gritou Julian, erguendo o punho. Ele então fez um *high five* com a pinça presa por uma tira de borracha da lagosta. Walter latiu.

— O vencedor as coloca na água — disse ela, fazendo um gesto para a panela de lagostas que haviam desencavado da despensa dos Alter — Acho que não posso fazer isso.

Julian se levantou e estendeu a mão para ajudar Brooke.

— Dê uma olhada no fogo, eu lido com esses caras.

Ela aceitou a oferta dele e se dirigiu para a sala de estar, onde algumas horas antes Julian a ensinara a acender a lareira. Era algo que sua mãe ou Randy sempre haviam feito e ela ficou encantada em descobrir quanto era gostoso empilhar estrategicamente as toras e usar o atiçador para virá-las só um pouquinho. Ela pegou uma tora de tamanho médio da cesta ao lado da lareira e a colocou em diagonal por cima do topo; recostou-se no sofá, observando as chamas, hipnotizada. Podia ouvir o celular do Julian tocando do outro aposento.

Ele veio da cozinha com duas taças de vinho tinto e juntou-se a ela no sofá.

— Elas devem estar prontas em 15 minutos. Não sentiram nada, eu juro.

— A-hã. Tenho certeza de que adoraram. Quem foi que ligou? — perguntou ela.

— Ligou? Ah, sei lá, não importa.

— Saúde — disse Brooke e brindou com ele.

Julian suspirou, um suspiro profundo e satisfeito que parecia dizer que estava tudo certo no mundo.

— Isso não é gostoso? — perguntou ele. Era o suspiro certo, o sentimento certo, mas algo pareceu estranho para Brooke. Ele estava quase sendo doce *demais*.

As coisas entre eles estavam visivelmente tensas nas semanas que antecediam a festa da Sony; Julian continuava esperando que Brooke abrisse mão de suas responsabilidades na Huntley e, quando ela não abriu, fazendo-o voar para os Hamptons sem acompanhante, ele pareceu absolutamente chocado. Nos dez dias seguintes à festa, eles haviam discutido a respeito da melhor forma possível, mas Brooke não conseguia se livrar da sensação de que Julian ainda não entendia seu ponto de vista e, apesar de um esforço heroico de ambas as partes para superar aquilo e agir como se tudo estivesse bem, as coisas ainda não pareciam normais.

Ela deu um gole no vinho e apreciou aquela sensação familiar de quentura quando ele bateu em seu estômago pela primeira vez.

— Gostoso é um eufemismo. Isso é uma delícia — disse ela com uma formalidade quase constrangida.

— Não entendo por que meus pais nunca vêm para cá no inverno. É lindo quando está nevando, eles têm essa lareira sensacional e não há mais ninguém por perto.

Brooke sorriu.

— Não há mais ninguém por perto. É justamente isso que eles não conseguem aguentar. Por que comer no Nick & Toni's se não há ninguém para ver você conseguir a melhor mesa?

— É, bem, Anguilla deve ser perfeito para isso. Tenho certeza de que estão muito felizes brigando com as multidões do feriado. Além disso, tudo vai custar duas ou três vezes mais agora, o que eles adoram. Faz com que se sintam especiais. Aposto que estão mais felizes do que nunca.

Apesar de nenhum dos dois gostar de admitir, ambos eram muito gratos pelos Alter terem a casa de East Hampton. Não que eles passassem um fim de semana ali com os pais de Julian ou ousassem desfrutar uns dias do verão lá — até mesmo seu casamento fora no começo de março, quando ainda havia neve no chão —, mas a casa lhes dava uma fuga grátis e exuberante da cidade durante seis meses por ano. Haviam aproveitado com frequência nos primeiros anos, indo até lá para ver a primeira floração de primavera ou visitar um vinhedo local ou andar pela praia em outubro quando o tempo estava começando a virar, mas com a loucura dos compromissos dos dois, não tinham conseguido ir por mais de um ano. Fora ideia de Julian passar o Ano-Novo lá, e ainda que ela suspeitasse ser mais um pedido de paz do que um desejo de ficar junto, Brooke aceitou prontamente.

— Eu vou fazer a salada — disse ela, levantando-se. — Quer alguma coisa?

— Vou ajudar.

— O que você fez com o meu marido?

O telefone dele tocou de novo. Ele olhou e o enfiou de volta no bolso.

— Quem era?

— Sei lá. Número restrito. Não sei quem ligaria agora — disse ele, seguindo-a até a cozinha e, sem ser requisitado, escorreu as batatas cozidas e começou a amassá-las.

A conversa durante o jantar foi mais fácil e relaxada, provavelmente graças ao vinho. Parecia haver algum tipo de acordo tácito de que não falariam sobre trabalho, nem o dela, nem o dele; em vez disso, conversaram sobre Nola e a promoção que ela acabara de receber, sobre como

Randy ficava feliz perto da pequena Ella e se eles conseguiriam ou não fazer uma viagem de fim de semana juntos para algum lugar quente antes que os compromissos da turnê de Julian realmente aumentassem no novo ano.

Os brownies que Brooke havia feito para a sobremesa estavam mais moles do que ela gostaria e, cobertos de chantilly, sorvete de baunilha e pedacinhos de chocolate, pareciam mais um ensopado de brownie quente, mas estavam deliciosos. Julian vestiu todo o equipamento de neve para levar Walter para fora para sua última caminhada enquanto Brooke fazia café. Eles se encontraram na frente do fogo. O celular dele tocou de novo, mas ele o silenciou mais uma vez sem olhar para a tela.

— Como está se sentindo por não tocar hoje à noite? Deve ser bem estranho recusar — perguntou Brooke, descansando a cabeça no colo dele.

Julian fora convidado para tocar no programa da contagem regressiva da MTV na Times Square e se apresentar numa festa cheia de celebridades no Hotel on Rivington de meia-noite em diante. Ele ficara animado quando Leo lhe contara a respeito dos planos para o começo do outono, mas, conforme a data foi se aproximando, Julian foi ficando menos entusiasmado. Quando finalmente instruiu Leo a cancelar tudo na semana anterior, ninguém ficou mais chocado — ou feliz — do que Brooke. Especialmente quando ele se virou para a mulher e perguntou se ela o acompanharia até os Hamptons para uma noite a dois em casa.

— Não temos que falar dessas coisas hoje — disse Julian. Brooke podia ver que ele estava tentando ser delicado com ela, mas era óbvio que algo o estava incomodando.

— Eu sei — respondeu Brooke. — Só queria ter certeza de que você não se arrependeu.

Julian acariciou seu cabelo.

— Está maluca, gata? Entre todo o drama do *Today Show* e todas as viagens e antecipando o quanto as coisas vão ficar mais loucas no ano que vem, eu precisava de uma folga. *Nós* precisávamos de uma folga.

— Precisávamos mesmo — murmurou ela, sentindo-se mais satisfeita do que se sentia havia meses. — Acho que o Leo não ficou feliz, mas eu certamente estou.

— Leo pegou o primeiro voo para Punta del Este. Ele provavelmente está até o pescoço de tequila e garotas de 18 anos. *Não* se sinta mal pelo Leo.

Eles terminaram o vinho. Com cuidado, Julian colocou primeiro a tela e depois as portas de vidro na frente do fogo que se extinguia e eles subiram para o segundo andar de mãos dadas. Desta vez foi o telefone fixo que tocou e, antes que Julian pudesse dizer uma palavra, Brooke atendeu uma extensão no quarto de hóspedes em que eles sempre ficavam.

— Brooke? É a Samara. Olhe, sinto muito por ligar esta noite, mas estou tentando falar com Julian há horas. Ele disse que estaria aí, mas não está atendendo o celular.

— Ah, oi, Samara. É, ele está bem aqui. Espere um segundo.

— Espere, Brooke? Olhe, eu sei que você não pode ir ao Grammy por causa do trabalho e só queria assegurá-la de que vai haver umas festas ótimas depois da premiação em Nova York nas quais posso incluir vocês dois.

Brooke achou que tinha ouvido errado.

— O quê?

— O Grammy. Para a apresentação do Julian.

— Samara? Pode esperar só um minuto? — Ela apertou o botão Mudo e entrou no banheiro, onde Julian estava enchendo a banheira.

— Quando você ia me contar sobre o Grammy? — perguntou, tentando manter a histeria longe.

Ele olhou para ela.

— Eu ia esperar até amanhã. Não queria que esse assunto dominasse nossa noite.

— Ah, qual é, Julian! Você não quer que eu vá. Foi por isso que não disse nada.

Ao ouvir isso, Julian pareceu realmente alarmado.

— Por que você pensaria isso? É claro que eu quero que você vá!

— Bem, parece que a Samara não acha isso. Ela acabou de me dizer que entende perfeitamente eu estar ocupada demais com o trabalho para ir. Está brincando? Meu marido vai se apresentar no Grammy e ela acha que eu não posso faltar ao *trabalho* para ir?

— Brooke, acho que ela só pensou isso porque você não podia, hum, faltar ao trabalho para a festa de Natal da Sony, sabe? Mas juro que o único motivo para eu não ter lhe contado foi porque achei que podíamos passar uma noite sem falar de trabalho. Vou dizer a ela que você vai.

Brooke virou-se e voltou para o quarto.

— Eu mesma digo.

Ela apertou o modo de escuta no telefone e disse:

— Samara? Deve ter havido algum mal-entendido, porque eu com certeza planejo acompanhar o Julian.

Houve uma longa pausa antes de Samara dizer:

— Você sabe que é uma apresentação, não uma indicação, certo?

— Eu entendo.

Outra pausa.

— E tem certeza de que seus próprios compromissos não vão interferir desta vez?

Brooke queria gritar com a garota que ela não entendia nada, mas forçou-se a permanecer calada.

— Bem, então está bem. Vamos dar um jeito — continuou Samara.

Brooke tentou ignorar a hesitação — decepção? — em sua voz.

— Está bem, ótimo. Então, o que devo vestir? Quer dizer, eu definitivamente não tenho nada tão chique. Acha que devo alugar alguma coisa?

— Não! Deixe que nós cuidamos de tudo, está bem? Só precisamos que você chegue seis horas antes e teremos um vestido, sapatos, lingerie, bolsa, joias, cabelo e maquiagem. Não lave seu cabelo por 24 horas, nada de bronzeamento artificial a não ser que seu estilista recomende um esteticista, vá a uma boa manicure e use ou Allure da Essie ou Bubble Bath, da OPI, depile as pernas e as axilas com cinco a sete dias de antecedência e faça uma hidratação profunda nos cabelos 72 horas antes. Quanto à cor, vou lhe mandar uma recomendação para o salão com o qual trabalhamos em Nova York. Vai começar um tratamento de mechas semana que vem.

— Nossa, uau. Está bem, você...

— Não se preocupe. Vou mandar tudo isso por e-mail e nós vamos revisá-lo. Ouça, você sabe que as câmeras vão estar em cima de Julian e sei que o Leo mencionou uma assessoria para vocês dois... tiveram tempo de pensar sobre isso? Então vou marcar uma hora para você no lugar onde tratamos os dentes de Julian. O cara é um gênio, você nunca diria que é jaqueta, parecem realmente muito naturais. Vai ficar surpresa com a diferença que faz.

— Hum, está bem. Só me diga o quê...

— Deixe conosco. Eu faço contato em breve, Brooke. Vamos resolver tudo. Posso falar com o Julian agora? Juro que é só uma pergunta rápida.

Brooke assentiu em silêncio, sem lembrar que Samara não podia vê-la, e entregou o telefone a Julian, que viera para o quarto para se despir. Ele disse "sim", "não" e "Parece bom, eu ligo para você amanhã" e então virou-se para ela.

— Pode entrar na banheira comigo? Por favor?

Seus olhos estavam suplicando e ela se forçou a tirar o Grammy da cabeça. Eles estavam tendo uma noite tão adorável; decidiu que não deixaria nenhuma discussão estragá-la. Ela o seguiu para o banheiro e se despiu.

Eles jamais dormiriam na cama dos pais do Julian — esquisito demais! —, mas adoravam usar o banheiro da suíte. Era o paraíso na Terra, puro luxo. Pisos aquecidos, uma banheira gigantesca com uma ducha de sauna separada e, o melhor de tudo, uma pequena lareira a gás. Apesar de não conseguir entrar na água escaldante, Julian sempre preparava um banho de banheira para Brooke e, depois de uma ducha, acendia o fogo e sentava-se na borda da banheira para fazer companhia a ela.

Brooke colocou um pouco mais de sais de lavanda na água e se recostou, adorando aquele momento. Julian estava lembrando do primeiro banho de banheira que haviam tomado juntos, em uma viagem de fim de semana no início do namoro. Ele estava recontando sua infelicidade com a água escaldante, que aturou em silêncio em um esforço para impressionar, e Brooke só conseguiu ficar olhando enquanto ele falava, completamente tomada pelo relaxamento intenso e pelo clima de intimidade.

Depois, enrolada em uma enorme toalha de plush, Brooke voltou com Julian para o quarto, onde ele havia acendido uma vela em cada uma das mesinhas de cabeceira e colocado uma música relaxante. Eles fizeram amor gentilmente, devagar, como duas pessoas que estão juntas há anos e sabem tudo uma sobre a outra e, pela primeira vez em séculos, adormeceram abraçados.

Dormiram quase até o meio-dia e, quando acordaram, havia 15 centímetros de neve, o que significava que passariam mais uma noite nos Hamptons. Encantada, Brooke prendeu seu cabelo em um coque, vestiu suas botas e seu casaco de inverno volumoso e pulou no banco do carona do jipe que os Alter deixavam por lá o ano inteiro. Julian estava adoravelmente bobo com um dos gorros de seu pai que encontrara no armário: tinha uma bola de lã no topo e, saindo dos protetores de ouvido, havia tiras que podiam ser amarradas debaixo do queixo. Ele parou no Starbucks de East Hampton para Brooke comprar o *Times* e se dirigiram ao Golden Pear Café para tomar café da manhã.

Com as mãos em volta de uma xícara de café quente, Brooke suspirou de satisfação. Se pudesse ter feito o roteiro da melhor noite de Ano-Novo de sua vida, teria sido exatamente como suas últimas 24 horas. Julian estava lendo o jornal em voz alta para ela, uma matéria sobre um homem que ficou preso por 28 anos e depois foi inocentado por provas de DNA, quando o telefone dela tocou.

Ele ergueu os olhos.

— É a Nola — disse Brooke, olhando para o visor.

— Não vai atender?

— Você não se importa? Ela vai querer me contar tudo sobre a sua noite, eu acho.

Julian balançou a cabeça.

— Fico feliz em só me sentar aqui e ler. Eu realmente não me incomodo.

— Oi, Nol — disse Brooke o mais baixo possível. Ela não suportava gente gritando ao celular.

— Brooke? Onde vocês estão?

— Como assim, onde nós estamos? Estamos nos Hamptons, você sabe disso. Na verdade, acho que com esta neve toda vamos ter que ficar até...

— Já viu a edição on-line da *Last Night*? — interrompeu Nola.

— *Last Night*? Não, o wi-fi da casa não está funcionando. Estou com o *Times* bem aqui...

— Olhe, só vou te contar isso porque não quero que você saiba por outra pessoa. A *Last Night* escreveu uma coluna horrível esta manhã, teorizando sobre todos os possíveis motivos para Julian ter cancelado o show de ontem à noite.

— Eles *o quê*?

Julian olhou para ela e ergueu os olhos inquisitivamente.

— É claro que são todos ridículos. Mas eu lembrei que você tinha dito que Leo estava em algum lugar na América do Sul e, bem, só achei que vocês gostariam de saber, se já não tivessem sido avisados.

Brooke respirou fundo.

— Ótimo. Isso é simplesmente ótimo. Pode me contar o que dizia?

— Só baixe no telefone do Julian, está bem? Sinto muito estragar sua manhã, mas a matéria também dizia que vocês dois provavelmente estão "se escondendo" nos Hamptons, então eu queria avisá-los de que podem ter companhia.

— Ah, não — gemeu Brooke.

— Sinto muito, querida. Me avise se eu puder fazer alguma coisa, está bem?

Elas se despediram e só depois que desligaram é que Brooke percebeu que nem perguntara sobre a noite de Nola.

Antes mesmo que acabasse de contar a história para Julian, ele começou a procurar a matéria da *Last Night* no telefone.

— Aqui, achei.

— Leia em voz alta.

Os olhos dele correram de um lado para o outro.

— Uau — murmurou ele, mexendo na tela com o indicador. — De onde eles tiram essas coisas?

— Julian! Comece a ler ou me dê aqui!

Uma garota tímida de no máximo 16 anos apareceu à mesa deles segurando dois pratos. Ela olhou para Julian, mas Brooke não tinha certeza se o havia reconhecido.

— Omelete vegetariana de claras com pão integral? — perguntou ela quase sussurrando.

— Aqui — disse Brooke, levantando a mão.

— Acho que isso significa que você vai comer o especial de café da manhã? — ela falou para Julian com um sorriso tão grande que não restava mais dúvida. — Rabanada com açúcar de confeiteiro, dois ovos fritos e bacon bem passado. Posso lhes trazer mais alguma coisa?

— Obrigado, estamos bem — disse Julian, mergulhando imediatamente o garfo na rabanada macia. Brooke havia perdido completamente o apetite.

Ele ajudou tudo a descer com um gole de café e pegou o telefone novamente.

— Está pronta?

Brooke assentiu.

— Muito bem. A manchete diz "Onde está Julian Alter?" e bem ao lado há uma foto minha tirada sabe lá Deus onde parecendo suado e bêbado. — Ele mostrou a tela para ela.

Brooke mastigou sua torrada seca, desejando ter optado pela de centeio.

— Estou reconhecendo esta. Foi tirada trinta segundos depois de você sair do palco após sua apresentação na festa da Kristen Stewart em Miami. Estava fazendo 35 graus naquele dia e você estava cantando havia quase uma hora.

Julian começou a ler:

— "Apesar de fontes afirmarem que o famoso cantor está se escondendo na casa dos pais em East Hampton depois de cancelar uma apresentação no Ano-Novo MTV ontem à noite, o que ninguém parece concordar é por quê. Muitos suspeitam de problemas no paraíso para o cantor sexy que alcançou a fama com seu disco de estreia, *For the lost*. Uma fonte que conhece bem a indústria da música sugere que essa é a 'hora da tentação', quando muitos astros de ascensão meteórica cedem ao chamado das drogas. Apesar de não ter havido relatos *específicos* sobre uso de drogas, 'a reabilitação é um dos primeiros lugares no qual eu procuro quando um novo artista some', diz a fonte."

Julian ergueu os olhos para ela, a boca aberta, o telefone frouxo na mão.

— Estão sugerindo que eu estou em *reabilitação*? — perguntou ele.

— Não acho que estejam sugerindo que *você* está em reabilitação *per se* — falou Brooke, arrastando as palavras. — Na verdade, não sei bem o que estão dizendo. Continue lendo.

— "Uma fonte que conhece bem a indústria da música"? — Julian leu de novo. — Isso é alguma brincadeira?

— Continue lendo — Brooke comeu uma garfada de omelete e tentou parecer despreocupada.

— "Outros dizem que Julian e seu amor de longa data, a nutricionista Brooke, têm sentido o desgaste da fama. 'Não posso imaginar nenhum casal prosperando sob circunstâncias tão difíceis', declarou o renomado psiquiatra de Beverly Hills Ira Melnick, que não tratou pessoalmente dos Alter mas tem ampla experiência com casais 'inter-fama' desse tipo (no qual uma pessoa é famosa e a outra é desconhecida). 'Se eles fizerem terapia de casal imediatamente', continuou o Dr. Melnick, 'terão pelo menos uma chance de sobrevivência.' "

— "Uma chance de sobrevivência"? — guinchou Brooke — Quem diabos é o Dr. Melnick e por que ele está comentando sobre o nosso relacionamento se nunca o encontramos?

Julian só balançou a cabeça.

— E quem disse que estamos "sentindo o desgaste da fama"? — perguntou ele.

— Sei lá. Talvez estejam se referindo àquela história da gravidez no *Today Show*? Vai, continue.

— Uau — falou Julian, lendo mais. — Eu sempre soube que essas revistas de fofocas eram mentirosas, mas isso está ficando cada vez melhor. "Enquanto a reabilitação ou a terapia de casal são as causas mais prováveis do *desaparecimento* de Julian" — ele pronunciou a palavra cheio de sarcasmo —, "há uma terceira opção. De acordo com uma fonte próxima da família, o cantor estaria sendo cortejado por cientologistas famosos, mais notavelmente John Travolta. 'Não sei se foi só um gesto amigável ou uma tentativa de recrutamento, mas posso dizer sem dúvida que eles estiveram em contato', disse a fonte. O que nos leva a imaginar: será que JBro vão seguir os passos de TomKat e manter a fé? Fiquem ligados..."

— Eu ouvi direito? Você acabou de dizer "JBro"? — perguntou Brooke, convencida de que ele havia inventado aquela parte.

— Cientologia! — Julian quase gritou antes que Brooke o mandasse ficar quieto. — Eles acham que nós somos cientologistas!

A mente de Brooke estava correndo para absorver tudo. Reabilitação? Terapia de casal? Cientologia? *JBro*? Que todas aquelas coisas fossem mentira não era tão irritante, mas e quanto às pequenas verdades? Que "fonte da família" mencionara qualquer coisa a respeito de John Travolta, uma pessoa que realmente falara com Julian, apesar de não ter relação com a cientologia? E quem estava sugerindo — pela segunda vez nesta mesma revista — que ela e Julian estavam tendo problemas no relacionamento? Brooke quase perguntou exatamente isso, mas vendo o olhar de devastação no rosto de Julian, ela se forçou a manter o clima leve.

— Olhe, não sei o que você acha, mas entre cientologia, o psiquiatra mundialmente renomado que nunca nos viu e JBro, você chegou lá. Quer dizer, se isso não é indicação de fama, não sei o que é. — Ela abriu um grande sorriso, mas Julian ainda parecia abatido.

Pelo canto do olho, Brooke viu um flash de luz e pensou por um milésimo de segundo como era estranho ver relâmpagos no meio de uma nevasca. Antes que pudesse comentar a respeito, a jovem garçonete reapareceu à sua mesa.

— Ei, hum, uau — resmungou ela, conseguindo parecer tão envergonhada quanto entusiasmada ao mesmo tempo. — Sinto muito pelos fotógrafos lá fora... — Sua voz foi sumindo a tempo de Brooke se virar e ver quatro homens com câmeras pressionadas contra a janela do café. Julian devia tê-los visto antes dela, porque esticou o braço, pegou-a pela mão e disse:

— Precisamos ir agora.

— O, hum, o gerente disse a eles que não podiam entrar, mas não podemos obrigá-los a sair da calçada — disse a garçonete. Ela estava com aquela cara de *Estou a dois segundos de pedir um autógrafo* e Brooke sabia que tinham que ir embora imediatamente.

Ela puxou duas notas de 20 da carteira, jogou-as para a garota e disse:

— Há uma porta dos fundos?

Quando a garota assentiu, Brooke apertou a mão de Julian e falou:

— Vamos.

Eles pegaram seus casacos, suas luvas e echarpes e traçaram uma linha reta na direção dos fundos do café. Brooke tentou não pensar no quanto parecia feia, quão desesperadamente ela não queria que o mundo inteiro visse fotos dela de moletom e rabo de cavalo, mas ainda mais do que isso, ela queria proteger Julian. Por algum milagre da sorte, o jipe estava estacionado nos fundos e eles conseguiram entrar, ligar o motor e virar à direita para sair do estacionamento antes que os paparazzi os vissem.

— O que vamos fazer? — perguntou Julian com mais do que uma ponta de pânico. — Não podemos voltar para casa ou eles vão nos seguir. Vão fazer um cerco.

— Não acha que eles provavelmente já sabem onde é? Não é por isso que estão aqui?

— Sei lá. Nós estávamos no meio do East Hampton Village. Se está procurando por alguém que você sabe que está nos Hamptons no meio do inverno, é um bom lugar para começar. Acho que eles só deram sorte. — Julian dirigiu para leste pela estrada 27, para longe da casa de seus pais. Pelo menos dois carros os seguiam.

— Podíamos dirigir direto para Nova York...

Julian bateu no volante com a palma da mão.

— Todas as nossas coisas estão na casa. Além disso, a estrada está muito perigosa. Nós iríamos nos matar.

Eles ficaram em silêncio por um instante antes de Julian dizer:

— Ligue para a polícia local, sem ser o número da emergência, e coloque no viva-voz.

Brooke não sabia bem qual era o plano dele, mas não queria discutir. Ela discou e Julian começou a falar quando uma policial atendeu o telefone.

— Olá, meu nome é Julian Alter e no momento eu estou dirigindo para leste na estrada 27, logo depois de East Hampton Village. Há vários carros de fotógrafos perseguindo o meu carro a uma velocidade que não é segura. Tenho medo de que, se for para casa, eles tentem entrar à força. Haveria alguma forma de um policial me encontrar em casa para lembrá-los de que estariam cometendo invasão de domicílio?

A mulher concordou em enviar alguém dentro de vinte minutos e, depois de dar o endereço da casa de seus pais a ela, ele desligou.

— Isso foi inteligente — disse Brooke. — O que o fez pensar nisso?

— Não pensei. Foi o que o Leo me mandou fazer se estivéssemos em qualquer lugar fora de Manhattan e começássemos a ser seguidos. Vamos ver se realmente funciona.

Eles continuaram dirigindo em círculos durante vinte minutos, antes que Julian verificasse o relógio e virasse à direita na pequena estradinha de terra que levava ao campo aberto onde a casa dos Alter se localizava. O jardim da frente era grande e lindamente projetado, mas a casa não ficava suficientemente ao fundo para escapar de uma teleobjetiva. Ambos ficaram aliviados ao ver uma viatura de polícia parada na interseção da estradinha de terra e a entrada da casa. Julian encostou ao lado dela e abaixou o vidro da janela; os dois carros que os seguiam agora já eram quatro e todos pararam bruscamente atrás deles. Eles puderam distinguir imediatamente o som das câmeras clicando enquanto o policial caminhava até o jipe.

— Olá, seu guarda. Eu sou Julian Alter e esta é minha mulher, Brooke. Só estamos tentando chegar em casa em paz. Pode por favor nos ajudar?

O policial era jovem, tinha no máximo 20 anos, e não parecia particularmente irritado por ter sua manhã de Ano-Novo interrompida. Brooke rezou silenciosamente em agradecimento e se pegou esperando que o policial reconhecesse Julian.

Ele não a decepcionou.

— Julian Alter, oi! Minha namorada é sua fã. Ouvimos um boato de que seus pais moram aqui, mas ninguém tem certeza. Esta é a casa deles?

Julian franziu os olhos para ler o nome do homem.

— É, policial O'Malley — falou. — Fico feliz em saber que a sua namorada é minha fã. Acha que ela gostaria de um disco autografado?

Os cliques das câmeras continuaram e Brooke ficou imaginando como seriam as legendas dessas fotos. "Julian Alter preso em corrida estimulada pelas drogas"? Ou "Policial para Alter: Não queremos pessoas como você aqui". Ou talvez a preferida de todos, "Alter tenta converter policial à cientologia".

O rosto de O'Malley se iluminou com a sugestão.

— Tenho certeza que sim — disse ele, soprando nas mãos, que pareciam vermelhas e rachadas. — Acho que ela iria adorar.

Antes que Julian pudesse proferir uma palavra, Brooke abriu o porta-luvas e entregou a ele uma cópia de *For the lost*. Eles haviam guardado uma cópia novinha lá para ver se os pais do Julian iriam ouvir antes do próximo verão, mas ela percebeu que o CD seria mais útil agora. Ela vasculhou a bolsa e desenterrou uma caneta.

— O nome dela é Kristy — disse o policial, soletrando duas vezes cuidadosamente.

Julian rasgou o invólucro de plástico do CD, removeu a folha com os créditos e rabiscou "Para Kristy, com amor, Julian Alter".

— Ei, valeu. Ela vai ficar louca — disse O'Malley, colocando o CD cuidadosamente no bolso lateral de seu casaco. — Agora, o que posso fazer por vocês?

— Prender aqueles caras? — falou Julian com um meio sorriso.

— Não posso fazer isso, mas posso mandá-los se afastar e lembrá-los das regras sobre propriedades particulares. Vocês dois vão em frente. Vou falar com seus amigos ali. Liguem se houver mais algum problema.

— Obrigado! — tanto Brooke quanto Julian disseram ao mesmo tempo. Eles se despediram de O'Malley e, sem olhar para trás, entraram na garagem e fecharam a porta.

— Ele foi gentil — disse Brooke enquanto entravam no hall e tiravam as botas.

— Vou ligar para o Leo agora mesmo — disse Julian, já na metade do caminho para o escritório de seu pai nos fundos da casa. — Estamos cercados e ele deve estar deitado em alguma praia.

Brooke o observou sair e então andou de cômodo em cômodo, fechando todas as cortinas. A tarde já havia caído e ela podia ver os flashes estourando diretamente em sua direção enquanto ia de janela em janela. Por trás de uma das cortinas do quarto de hóspedes no segundo andar, ela espiou lá fora e quase gritou quando viu um homem com uma lente do tamanho de uma bola de futebol americano apontada diretamente na sua direção. Só havia um cômodo sem cortina nas janelas — um pequeno lavabo que ninguém jamais usava no terceiro andar —, mas Brooke não ia arriscar. Ela prendeu um saco de lixo preto com fita isolante por cima da janela e então desceu de novo para ver como Julian estava.

— Você está bem? — perguntou ela, abrindo a porta do escritório depois de não receber resposta para sua batida.

Julian ergueu os olhos do laptop.

— É, estou. E você? Sinto muito — disse ele, apesar de Brooke não poder identificar exatamente o tom em sua voz. — Sei que isso está estragando tudo.

— Não está estragando nada — ela mentiu.

Mais uma vez, nenhuma resposta. Ele continuou a olhar para a tela.

— Posso acender a lareira para vermos um filme. Que tal?

— Bom. Ótimo. Eu vou em alguns minutos, está bem?

— Perfeito — disse ela com uma animação forçada. Ela fechou suavemente a porta atrás de si e amaldiçoou em silêncio aqueles fotógrafos, a infeliz da coluna na *Last Night* e, apenas parcialmente, seu marido por ser famoso. Ela se esforçaria ao máximo para ser forte por ele, mas Julian tinha razão em uma coisa: seu retiro abençoadamente tranquilo e muito necessário havia acabado. Ninguém ousou entrar pelo caminho até a garagem ou atravessar o gramado, mas a multidão na rua continuou crescendo. Eles dormiram naquela noite com os sons distantes de homens conversando e rindo, motores sendo ligados e desligados e, apesar de se esforçarem ao máximo para ignorá-los, nenhum dos dois conseguiu. No dia seguinte, quando a neve finalmente havia derretido o suficiente para partirem, só haviam cochilado uma ou duas horas e sentiam-se como se tivessem corrido duas maratonas, e mal falaram no trajeto de volta para a cidade. Eles foram seguidos durante todo o caminho até em casa.

12

melhores ou piores do que as fotos de sienna?

— Alô? — disse Brooke ao telefone.

— Sou eu. Já está vestida? O que você escolheu? — A voz de Nola parecia arfante, ansiosa.

Brooke deu uma espiada na mulher de 30 e poucos anos ao seu lado e a viu olhando de volta. Os seguranças do Beverly Wilshire estavam fazendo o possível para manter os paparazzi do lado de fora, mas muitos repórteres e fotógrafos haviam burlado as regras reservando quartos no hotel. Ela pegara a mesma mulher observando-a no saguão antes, quando descera para ver se a loja de presentes tinha balas Altoids e, dito e feito, ela entrara no elevador com Brooke logo antes de as portas se fecharem. A julgar por sua aparência — blusa de seda para dentro de calças bem cortadas, mocassins caros e joias elegantemente discretas —, Brooke deduziu que ela não era blogueira, colunista de fofocas ou paparazzo disfarçado, como o cara que ficava sentado do lado de fora do seu prédio e o que a seguia no supermercado. O que fazia dela algo ainda mais assustador: uma repórter de verdade, viva, inteligente e observadora.

— Estarei no meu quarto em um minuto. Eu ligo de volta para você quando chegar. — Brooke desligou o telefone antes que Nola tivesse chance de proferir mais uma palavra.

A mulher sorriu para ela e revelou um lindo conjunto de dentes branquíssimos. Era um sorriso gentil, um que dizia *Eu entendo como é! Também recebo telefonemas inoportunos da minha amiga*, mas Brooke havia afiado seus instintos à perfeição nos últimos meses: apesar de sua aparência não ameaçadora e da expressão solidária, esta mulher era uma predadora, uma vampira em busca de um furo de reportagem. Fique e você será mordida. Brooke estava desesperada para escapar.

— Está aqui para o Grammy? — perguntou a mulher educadamente, como se tivesse total familiaridade com os rigores da preparação para um evento como aquele.

— Hum — murmurou Brooke, sem querer se comprometer com mais nada. Ela sabia, simplesmente sabia, que aquela mulher estava prestes a lançar uma série de perguntas rápidas; ela vira essa tática de desarmar-e-atacar antes com um blogueiro particularmente agressivo que a abordara depois da apresentação de Julian no *Today Show*, fingindo ser um fã inocente, mas ainda não conseguia ser grosseira.

O elevador parou no décimo andar e Brooke teve que aguentar uma conversa "Ah, está subindo? Bem, eu vou descer" entre a mulher e um casal que tinha aquele visual típico europeu (tanto a mulher quanto o homem estavam usando calças capri, a dele mais justa do que a dela, e cada um tinha uma versão diferente da mesma mochila Invicta néon). Ela prendeu a respiração e desejou mentalmente que o elevador andasse.

— Deve ser emocionante ir ao Grammy, principalmente levando-se em consideração que a apresentação do seu marido está sendo tão esperada.

Pronto. Brooke soltou o ar e, para sua surpresa, sentiu-se momentaneamente melhor. Era um alívio ter suas suspeitas confirmadas; agora nenhuma das duas tinha que fingir. Ela amaldiçoou a si mesma em silêncio por não ter deixado a assistente de Leo descer em seu lugar, mas pelo menos agora sabia o que era esperado dela. Fixou os olhos no painel de botões acima das portas e se esforçou ao máximo para fingir que não ouvira uma palavra do que a mulher dissera.

— Eu só estava imaginando, Brooke — ao ouvir seu nome, a cabeça de Brooke ergueu-se por reflexo —, se você tem algum comentário sobre as últimas fotografias divulgadas.

Últimas fotografias. Do que ela estava falando? Brooke mais uma vez ficou olhando fixamente para a porta do elevador e lembrou a si mesma que essas pessoas diziam qualquer coisa para arrancar uma única frase de você — a frase que eles então torceriam e transformariam para se ajustar a qualquer lixo que tivessem acabado de inventar. Ela jurou que não cairia na armadilha.

— Deve ser tão difícil aguentar todos esses boatos horrorosos sobre seu marido e outras mulheres, nem posso imaginar. Acha que isso vai impedi-la de aproveitar as festividades de hoje à noite?

A porta do elevador finalmente se abriu no andar da cobertura. Brooke saltou para o saguão que levava à sua suíte de três quartos, atualmente o marco zero da Loucura de Preparação para o Grammy. Ela só queria revirar os olhos e dizer que, se Julian estava realmente dormindo com a quantidade de mulheres que os tabloides sugeriam, ele não só teria ganhado de lavada do Tiger, como não lhe sobraria um segundo para apresentar uma única canção. Ela queria dizer que, depois que você lê inúmeros relatos detalhados de fontes anônimas sobre seu marido ter fetiches com tudo, de strippers tatuadas a homens obesos, alegações de infidelidades normais quase nem causavam reação. Mais do que tudo, ela queria dizer a essa mulher o que sabia ser verdade acima de qualquer coisa: que seu marido, ainda que soberbamente talentoso e agora inegavelmente famoso, ainda vomitava antes de cada apresentação, suava quando as adolescentes gritavam seu nome e tinha uma mania inexplicável de cortar as unhas dos pés na privada. Ele simplesmente não era do tipo que trai e isso era óbvio para qualquer um que realmente o conhecesse.

Mas é claro que não podia dizer nada disso, então, como sempre, ela não falou absolutamente nada e só observou as portas do elevador se fecharem.

Não vou pensar em nada disso esta noite, Brooke instruiu a si mesma enquanto destrancava a porta com seu cartão. *Esta noite é do Julian. Nada mais, nada menos.* Era a noite que faria todas as invasões de privacidade e os horrores dos compromissos e o aspecto de circo de suas vidas valerem a pena. Independentemente do que acontecesse — um boato novo e vil a respeito de Julian e outras mulheres, uma foto humilhante tirada por um paparazzo, um comentário maldoso de alguém da equipe do Julian tentando "ajudar" —, ela estava determinada a aproveitar cada segundo de uma noite tão importante. Apenas algumas horas antes, sua mãe havia sido eloquente sobre como uma noite como aquela acontecia "só uma vez na vida" e que era sua obrigação aproveitá-la o melhor que pudesse. Brooke jurou fazer exatamente isso.

Ela entrou na suíte e sorriu para um dos assistentes — era impossível saber quem era quem —, que a levou direto para uma cadeira de maquiagem sem nem dar um olá. A ansiedade que pesava no aposento como um cobertor molhado não era indicativo de que a noite não seria fantástica. Ela não permitiria que os preparativos a deixassem deprimida.

— Verificação de horário! — uma das assistentes gritou com uma voz irritantemente aguda, que ficava ainda pior com o sotaque nova-iorquino pesado.

"Às 13h10!", "Um pouco depois das 13h!", "Às 13h10!", três outras pessoas responderam simultaneamente, todas com traços de pânico.

— Muito bem, pessoal, vamos *pisar fundo*! Falta uma hora e cinquenta minutos, o que significa, a julgar pelo estado das coisas — ela fez uma pausa e verificou o aposento com um giro exagerado e olhou nos olhos de Brooke, mantendo contato visual absoluto enquanto terminava —, que não estamos nem *perto* de parecermos apresentáveis.

Brooke levantou a mão timidamente, tomando cuidado para não atrapalhar a dupla que maquiava seus olhos, e fez um gesto para que a assistente se aproximasse.

— Sim? — perguntou Natalya, sem fazer nenhum esforço para esconder sua irritação.

— Quando vocês acham que Julian deve estar de volta? Há algo que eu preciso...

Natalya projetou seu quadril quase inexistente para fora e consultou uma prancheta de acrílico.

— Vejamos, ele está acabando a massagem relaxante e de lá vai fazer a barba. Deve estar de volta exatamente às 14h, mas vai se encontrar com o alfaiate para garantir que finalmente temos a situação da lapela sob controle.

Brooke sorriu docemente para a garota estressada e decidiu usar uma tática diferente.

— Você deve estar ansiosa para que este dia acabe. Pelo visto, não parou de correr um segundo.

— Esse é o seu jeito de dizer que estou horrorosa? — Natalya explodiu de volta, a mão voando automaticamente para o cabelo. — Porque, se é, você devia simplesmente dizer.

Brooke suspirou. Por que era impossível dizer qualquer coisa certa perto dessas pessoas? Apenas 15 minutos antes, quando ela perguntara brincando ao Leo se o hotel em Beverly Hills no qual estavam hospedados era o mesmo onde haviam filmado *Uma linda mulher*, ele gritara dizendo que ela devia fazer passeios turísticos quando tivesse tempo livre.

— Eu não disse nada disso. Só sei que está tudo uma loucura hoje e acho que você está fazendo um trabalho incrível cuidando de tudo.

— Bem, alguém tem que fazer — Natalya falou e foi embora.

Brooke ficou tentada a chamá-la de volta e ter uma conversinha sobre educação, mas reconsiderou quando viu um repórter observando tudo a 2,5 metros de distância. Este, infelizmente, fora autorizado a acompanhá-los nas horas que antecediam o Grammy, como pesquisa para uma matéria grande que a revista estava fazendo sobre Julian. Leo havia feito algum acordo dando a ele livre acesso a Julian durante uma semana se a *New York* garantisse uma capa, então agora, passados quatro dias desde então, toda a equipe de Julian estava se esforçando para manter a fachada só-sorrisos-nós-amamos-nosso-trabalho — e fracassando barbaramente. Toda vez que Brooke vislumbrava o repórter — um cara bastante gentil, pelo que parecia —, fantasiava matá-lo.

Ela ficou impressionada com a habilidade com que um bom repórter conseguia se misturar ao cenário. Antigamente, sempre havia achado ridículo que um casal brigasse ou repreendesse um empregado ou até mesmo atendesse o telefone na presença de um repórter em busca de notícias; agora ela só sentia solidariedade pelos alvos. O homem da revista *New York* estava na cola deles nos últimos quatro dias, mas ao agir como cego, surdo e mudo, parecia tão ameaçador quanto um papel de parede. O que, Brooke sabia, era exatamente o que o tornava mais perigoso.

Ela ouviu o som da campainha, mas não podia se virar sem arriscar ser mutilada pelo *babyliss*.

— Alguma chance de ser o almoço? — perguntou Brooke.

Uma das maquiadoras fungou.

— Pouco provável. Não parece que a Nazista do Cronograma considera comida uma prioridade. Agora, chega de conversa enquanto eu tento esconder suas marcas de expressão.

Comentários como esse quase nem eram mais registrados. Brooke estava feliz pela garota ainda não ter perguntado se ela já tinha pensado em fazer um clareamento de pele para eliminar suas sardas, algo que parecia ser algo muito comum ultimamente. Tentou se distrair com o *Los Angeles Times*, mas não conseguia se concentrar com tanto nervosismo à sua volta. Brooke varreu com os olhos a suíte duplex de 195 metros quadrados na cobertura e identificou dois maquiadores, dois cabeleireiros, uma manicure, um estilista, um assessor de imprensa, um agente, um gerente-executivo, o repórter da *New York*, um alfaiate da Valentino e assistentes em número suficiente para formar a equipe da Casa Branca.

Era inegavelmente ridículo, mas Brooke não podia deixar de se sentir entusiasmada com o negócio todo. Ela estava no Grammy — o Grammy! — prestes a acompanhar seu marido pelo tapete vermelho na frente do mundo inteiro. Dizer que parecia surreal era um eufemismo; será que algum dia um evento como esse pareceria real? Desde a primeira vez que ouvira Julian cantar no bar Rue B's quase nove anos antes, ela dissera a qualquer um que quisesse ouvir que ele seria um astro. O que ela nunca imaginara era a realidade daquela palavra — "astro". Astro do rock. Superastro. Seu marido, o mesmo cara que ainda só comprava cuecas samba-canção Hanes em pacotes de três unidades e adorava os palitinhos de pão do Olive Garden e cutucava o nariz quando achava que ela não estava olhando, era um astro do rock internacionalmente aclamado com *milhões* de fãs dedicadas, que gritavam e o idolatravam. Ela não podia imaginar um momento, agora ou no futuro, em que fosse ser capaz de assimilar este fato.

A campainha tocou uma segunda vez antes que uma das assistentes extremamente jovens corresse para abri-la — e soltasse um grito.

— Quem é? — perguntou Brooke, incapaz de abrir os olhos enquanto passavam o delineador.

— O segurança da Neil Lane — ela ouviu Natalya responder. — Ele está com as suas joias.

— Minhas joias? — perguntou Brooke. Ela não confiou em si mesma para não gritar também, então fechou a boca e tentou não sorrir.

Quando estava finalmente na hora de colocar o vestido, Brooke achou que iria desmaiar de entusiasmo (e falta de comida, mas mesmo com o exército de ajudantes naquela suíte, ninguém parecia preocupado com o almoço). Duas assistentes seguraram o magnífico longo Valentino aberto e outra segurou sua mão enquanto ela entrava no vestido. Ele se fechava com facilidade nas costas e abraçava seus quadris recém-emagrecidos e os seios habilmente levantados como se tivesse sido ajustado para suas medidas — o que obviamente havia sido. O formato de sereia acentuava sua cintura um tanto fina enquanto disfarçava seu traseiro "curvilíneo" e o decote drapeado em formato de coração valorizava seu colo de maneira perfeita. Sem falar na cor (um tom dourado profundo, não metálico, mas como se ela estivesse usando um bronzeado perfeito e cintilante); aquela era uma lição de como um tecido deslumbrante e um corte impecável funcionavam muito melhor do que babados, contas, mangas, laços, paetês, crinolinas ou cristais para transformar um vestido lindo em absolutamente espetacular. Tanto o costureiro da Valentino quanto a estilista assentiram sua aprovação e Brooke ficou felicíssima por ter dobrado a carga de exercícios físicos nos últimos meses. Finalmente valera a pena.

As joias vieram em seguida e era quase demais para suportar. O segurança, um homem mais baixo do que a média com ombros do tamanho dos de um jogador de futebol americano, entregou três caixas de veludo à estilista, que as abriu imediatamente.

— Perfeito — declarou ela, enquanto retirava as peças de suas caixas.

— Ai-meu-deus — disse Brooke, tendo um primeiro vislumbre dos brincos. Eram gotas de brilhante em formato de pera, montados em camadas delicadas, e tinham um ar glamoroso da Velha Hollywood.

— Vire-se — ordenou a estilista. Ela prendeu habilmente os brincos nos lóbulos das orelhas de Brooke e fechou uma pulseira de estilo parecido em seu pulso direito.

— São deslumbrantes. — Brooke arfou, olhando para a pilha faiscante de diamantes em seu braço. Ela se virou para o segurança: — É melhor você me seguir até no banheiro hoje à noite. Eu tenho o hábito de "perder" joias o tempo inteiro! — Ela riu para mostrar que estava brincando, mas o guarda não abriu nem um sorriso.

— Mão esquerda — latiu a estilista.

Brooke esticou o braço esquerdo e, antes que percebesse o que estava acontecendo, a mulher removeu sua aliança simples de ouro, na qual Julian gravara a data do casamento, e a substituiu por um anel de brilhante majestoso.

Brooke puxou a mão de volta assim que se deu conta.

— Não, isso não vai funcionar, porque, você sabe, hum, isso é, hum...

— Julian vai entender — disse a garota e sublinhou sua decisão fechando a caixa do anel. — Vou pegar a Polaroid para podermos tirar algumas fotos de teste e nos assegurarmos de que tudo fotografa bem. Não saia daí.

Finalmente sozinha, Brooke deu um giro na frente do espelho de corpo inteiro que fora trazido especialmente para a ocasião. Em toda a sua vida, ela não conseguia se lembrar de jamais se sentir tão linda. A maquiagem fazia com que se sentisse uma versão mais bonita mas ainda real de si mesma, e sua pele estava brilhando de saúde e cor. Diamantes faiscavam em todos os lugares, seu cabelo parecia chique mas ainda assim natural, preso e retorcido baixo na nuca, e o vestido era a perfeição completa e absoluta. Ela sorriu para seu reflexo e agarrou o telefone da cabeceira, animada para partilhar esse momento.

Ele tocou antes que ela pudesse discar o número de sua mãe, e Brooke sentiu uma descarga familiar de ansiedade no estômago quando o número do Centro Médico da NYU apareceu no identificador de chamadas. Por que diabos estariam ligando para ela? Outra nutricionista, Rebecca, havia concordado em cobrir os dois turnos de Brooke em troca de dois outros turnos normais, um feriado e um fim de semana. Era uma troca injusta, mas ela não tinha escolha. Era o Grammy. Outro pensamento surgiu em sua mente antes que pudesse afastá-lo: seria Margaret ligando para dizer que toda a pediatria era dela?

Brooke se permitiu um momento de entusiasmo esperançoso antes de decidir que provavelmente era só Rebecca pedindo detalhes sobre algum prontuário. Ela limpou a garganta e disse alô.

— Brooke? Está me ouvindo? — a voz de Margaret trovejou pela linha.

— Olá, Margaret. Está tudo bem? — perguntou Brooke, tentando deixar sua voz o mais calma e confiante possível.

— Ah, oi. Agora estou ouvindo.. Ouça, Brooke, eu só queria saber se está tudo bem. Estava começando a ficar meio preocupada...

— Preocupada? Por quê? Está tudo ótimo. — Será que Margaret havia lido o que quer que fosse que a repórter no elevador havia mencionado? Ela rezou para que não fosse isso.

Margaret deu um suspiro profundo, quase triste.

— Olhe, Brooke, sei que esse é um fim de semana importantíssimo para você e para o Julian. Você devia estar exatamente onde está e odeio ter que lhe telefonar neste momento. Mas ainda tenho uma equipe para coordenar e não posso fazer isso quando estou com falta de pessoal.

— Falta de pessoal?

— Sei que essa provavelmente é a última coisa em que você estava pensando, tendo em vista tudo o que está acontecendo, mas se vai faltar ao trabalho, é imperativo que encontre alguém para cobri-la. O seu turno começou às 9 da manhã e já passa das 10.

— Ai, céus! Eu sinto muito. Margaret? Sei que posso esclarecer isso tudo. Por favor, só me dê cinco minutos. Eu já ligo de volta.

Brooke não esperou por uma resposta. Ela desligou e procurou no telefone o número de Rebecca. Rezou enquanto o telefone tocava e sentiu uma onda de alívio quando ouviu a voz de Rebecca.

— Rebecca? Oi. É Brooke Alter.

Houve um segundo de hesitação.

— Ah, oi! Como você está?

— Eu estou bem, mas Margaret acabou de ligar querendo saber onde eu estava e, como trocamos de turno hoje... — Brooke deixou suas palavras sumirem, temendo dizer alguma coisa irreparavelmente grosseira se continuasse.

— Ah, sim, nós *deveríamos* trocar — disse Rebecca animadamente, sua voz doce e alegre —, mas eu deixei um recado dizendo que eu não ia poder.

Brooke sentiu como se tivesse recebido um tapa. Ela ouviu um rapaz gritar de alegria da sala da suíte e quis matá-lo, quem quer que fosse.

— Você deixou um recado para mim?

— Deixei, sim. Vejamos, hoje é domingo... hum, eu deixei um recado para você no início da tarde de sexta.

— Tarde de sexta? — Brooke saíra para o aeroporto por volta das 14h. Rebecca devia ter ligado para o telefone fixo e deixado um recado na secretária eletrônica. Ela estava começando a se sentir enjoada.

— Agora estou me lembrando. Foi por volta das 14h15, 14h30, porque eu tinha acabado de pegar Brayden no jardim de infância e Bill ligou para ver se podíamos ir à casa dos meus sogros no domingo para uma reunião de família. A irmã dele e o marido iam vir com a bebê, uma menininha que adotaram na Coreia e, bem...

— Entendi — interrompeu Brooke, mais uma vez usando toda a sua força de vontade para não explodir com Rebecca. — Está bem, obrigada por esclarecer isso. Desculpe, mas tenho que ligar de volta para Margaret agora.

Brooke afastou o telefone do ouvido, mas ainda pôde ouvir "Eu sinto muito mesmo" do aparelho antes de desligá-lo.

Merda. Isso era ainda pior do que havia pensado. Ela se forçou para discar o número, sem querer perder nem mais um segundo de uma noite tão sensacional.

Margaret atendeu no primeiro toque.

— Alô?

— Margaret, realmente não tenho como me desculpar, mas parece que houve um enorme mal-entendido. Eu tinha combinado com a Rebecca para me cobrir hoje, espero que você lembre que eu nunca a deixaria numa situação dessas, mas parece que ela teve alguma emergência de última hora e não pôde ir. Acho que ela me deixou um recado, mas eu não...

— Brooke. — A tristeza na voz dela era indisfarçável.

— Margaret, eu sei que isso é um inconveniente terrível para você e sinto muito por isso, mas tem que acreditar em mim quando...

— Brooke, eu é que sinto muito. Sei que já lhe disse antes, mas com todos os cortes no orçamento, eles estão pegando no meu pé em relação ao desempenho e ao comparecimento. Examinam o cartão de ponto e os relatórios de todo mundo.

Brooke não tinha a menor dúvida do que estava acontecendo. Ela sabia que estava sendo demitida e estava absolutamente apavorada, mas a única coisa que passava por sua cabeça era *Por favor, não fale! Desde que você não diga isso, não está realmente acontecendo. Por favor, não faça isso agora. Por favor! Por favor! Por favor!*

Em vez disso, ela falou:

— Não sei se estou entendendo.

— Brooke, estou assinando sua carta de demissão. Acho que suas ausências frequentes e a prioridade que tem dado a sua vida particular atrapalharam seu comprometimento com o programa e acho que você não se encaixa mais.

O nó em sua garganta a estava quase sufocando e ela podia sentir uma única lágrima quente escorrer pela bochecha. A maquiadora com certeza iria lhe dar uma bronca por essa transgressão.

— Você acha que eu não me encaixo mais? — disse ela, sua voz revelando que estava chorando. — Eu tirei a nota mais alta de toda a equipe na avaliação dos pacientes. Tive a segunda maior média da NYU no meu ano. Margaret, eu *adoro* o meu trabalho e acho que sou boa no que faço. E agora?

Margaret soltou o ar e, por um momento, Brooke teve consciência de que isso era quase tão difícil para sua chefe quanto para ela.

— Brooke, sinto muito. Devido às suas... circunstâncias atenuantes... estou disposta a aceitar sua demissão e confirmar com qualquer futuro empregador que você saiu, hum, voluntariamente. Sei que isso não é nada reconfortante, mas é o melhor que posso fazer.

Brooke se esforçou para pensar em algo para dizer. Não há um roteiro de como terminar um telefonema depois que você foi demitida, principalmente quando você não pode gritar "Vá se foder!" meia dúzia de vezes. Houve um silêncio constrangedoramente longo.

Margaret se recuperou primeiro.

— Brooke, você ainda está aí? Por que não conversamos mais quando vier limpar o seu armário?

As lágrimas estavam realmente caindo agora, e Brooke só conseguia pensar no iminente ataque histérico da maquiadora.

— Está bem. Posso passar aí na semana que vem? — Ela não sabia o que mais dizer. — Hum, obrigada por tudo. — Por que estava agradecendo a essa mulher que acabara de demiti-la?

— Se cuide, Brooke.

Ela desligou o telefone e ficou olhando para o aparelho por quase um minuto inteiro até a realidade da situação se estabelecer.

Demitida. Pela primeira vez em toda a sua vida, incluindo sua carreira como babá no ensino fundamental, seu período como servente de iogurte no TCBY no ensino médio, um verão como garçonete no TGI Friday's, três semestres como guia no campus em Cornell e o que pareciam ser mil horas de estágio e prática como aluna de pós-graduação.

Agora ela finalmente era uma profissional assalariada em tempo integral e fora demitida sem cerimônia. Brooke percebeu que suas mãos estavam tremendo e esticou-se para pegar o copo d'água ao lado.

Pensamentos ressentidos e cruéis surgiram em sua mente, fazendo com que se sentisse ainda pior. Nada disso jamais teria acontecido se não fosse o Julian. Ela sempre tinha que segui-lo, acompanhá-lo, apoiá-lo. A alternativa seria não se verem jamais. Era uma situação impossível. Ela sentiu um nó na garganta.

Brooke bebeu o copo d'água todo, colocou-o na mesa e respirou tão profundamente quanto o vestido permitia. Na semana seguinte ela apareceria no hospital e pediria, imploraria e rastejaria até convencê-los de que levava seu trabalho a sério — mas no momento tinha que se esforçar ao máximo para tirar isso da cabeça. Ela secou o rímel escorrido com um paninho morno e jurou que não deixaria Julian nem *perceber* que havia algo errado. Esta noite era para homenagear o sucesso dele, partilhar seu entusiasmo, deixá-lo se esbaldar com toda a atenção. Era para se lembrar de aproveitar cada momento.

Ela não teve que esperar muito. A porta do quarto da suíte se abriu instantes depois e Julian chegou. Ele parecia extremamente estressado e desconfortável, provavelmente devido ao nervosismo e ao fato de estar usando um terno extraordinariamente brilhante combinado com uma camisa justa e abotoada até a metade que mostrava uma extensão alarmante do tórax. Brooke forçou-se a sorrir.

— Oi! — Ela abriu um grande sorriso, dando uma voltinha para ele. — O que você acha?

Julian conseguiu dar um sorriso tenso e distraído.

— Uau. Você está linda.

Brooke estava prestes a lembrá-lo de que um esforço desses da parte dela exigia muito mais entusiasmo da parte dele quando olhou-o mais atentamente. Ele sorriu como se estivesse sentindo dor e sentou-se em uma poltrona de veludo.

— Ah, você deve estar tão ansioso! — disse ela, andando até ele. Ela tentou se ajoelhar ao seu lado, mas o vestido não permitia, então Brooke ficou de pé ao lado da poltrona. — Você está um gato.

Julian ficou em silêncio.

— Venha cá, amor — murmurou ela, pegando a mão dele na sua. Sentiu-se um pouco falsa por fingir que estava tudo bem, mas lembrou a si mesma de que era a coisa certa a fazer. — É natural estar nervoso, mas esta noite vai ser...

O olhar dele a fez parar no meio da frase.

— Julian, o que foi? Qual é o problema?

Ele passou os dedos pelos cabelos e respirou fundo. Quando finalmente falou, sua voz grave e equilibrada a fez ficar arrepiada.

— Tenho uma coisa para te contar — disse ele, os olhos mirando o chão.

— Está bem. Então conte. O que foi?

Ele inspirou e expirou lentamente e, naquele momento, Brooke soube que isso não tinha nada a ver com nervosismo. A mente dela começou a girar por todas as horríveis possibilidades. Ele estava doente, com câncer ou tumor cerebral. Um de seus pais estava doente. Aconteceu um terrível acidente. Talvez fosse a família dela? A pequena Ella? Sua mãe?

— Julian? O que foi? Estou apavorada. Você tem que me dizer. Fale.

Finalmente ele olhou para ela com o que parecia ser uma determinação renovada. Por um milésimo de segundo ela achou que o momento havia passado e que poderiam continuar se arrumando. Mas, na mesma velocidade, aquele olhar voltou e ele andou na direção da cama.

— Brooke, acho melhor você se sentar para ouvir isso — disse ele, de alguma forma fazendo o nome dela soar agourento. — Vai ser muito difícil de ouvir.

— Você está bem? Seus pais estão bem? Julian! — Ela estava em pânico, absolutamente segura de que algo horrível demais havia acontecido.

Ele ergueu a mão e balançou a cabeça.

— Não, não é nada disso. É sobre a gente.

O quê?

— Sobre a gente? Qual o problema com *a gente*? — Ele estava realmente escolhendo *este momento* para discutir a relação?

Julian olhou fixamente para o chão. Brooke puxou a mão dele e o cutucou no ombro.

— Julian, de que diabos você está falando? Chega de enrolar. Só diga logo, o que quer que seja.

— Parece que surgiram umas fotos... — Ele declarou isso no mesmíssimo tom que teria usado para anunciar que tinha três meses de vida.

— Que tipo de fotos? — perguntou Brooke, mas ela soube imediatamente o que ele queria dizer. Sua mente voltou à repórter no elevador, mais cedo naquela tarde. Ela vira como a notícia sobre sua gravidez inexistente havia se espalhado rápido. Lera sobre o "caso" com Layla Lawson durante meses. Mas nunca houve fotos de verdade.

— Fotos que parecem ruins, mas que não contam a história como realmente aconteceu.

— Julian.

Ele suspirou.

— Não são boas.

— Melhores ou piores do que as fotos de Sienna? — Apenas algumas semanas antes, eles haviam conversado sobre aquelas fotos infames. Ironicamente, era Julian quem não conseguia entender como um homem casado, pai de quatro crianças podia ser fotografado na varanda de um quarto de hotel com uma atriz de topless pendurada no pescoço. Brooke oferecera diversas explicações perfeitamente lógicas para como tudo podia não ser o que parecia, mas acabou concordando que não havia uma razão legítima para Balthazar Getty estar segurando o peito de Sienna em uma foto e enfiando a língua pela goela dela na outra. Por que ele não podia ter ficado dentro do hotel enquanto estava seminu, dando uns amassos e traindo a mulher?

— Mais ou menos a mesma coisa. Mas, Brooke, eu juro para você, não foi tão ruim quanto parece.

— Mais ou menos *a mesma coisa*? E *o que* não foi tão ruim se supostamente nada aconteceu? — Brooke ficou olhando fixamente para Julian até ele olhar de volta. A expressão dele era de vergonha.

— Mostre — ordenou ela, esticando a mão para que ele lhe entregasse a revista que estava segurando, enrolada, no punho fechado.

Ele desenrolou a revista e ela viu que era uma cópia da *Spin*.

— Não, não é isto. Eu estava, hum, lendo isso mais cedo. Pode me deixar explicar primeiro, Brooke? Essas fotos foram tiradas no Chateau Marmont e você sabe como é ridículo...

— Quando você esteve no Chateau Marmont? — Brooke soltou, odiando o som da própria voz.

Julian parecia ter levado uma bofetada: seus olhos estavam arregalados de descrença (ou pânico?) e a cor sumiu de suas bochechas.

— Quando eu estive... Eu estive lá, vejamos, quatro, cinco... na última segunda-feira à noite. Lembra? Nós tocamos em Salt Lake naquele dia e então todos voamos juntos para L.A., já que só iríamos tocar de novo na quarta. Eu te falei sobre isso.

— Não foi assim que você me contou na semana passada — disse ela baixinho, suas mãos começando a tremer de novo. — Eu me lembro perfeitamente de você dizer que ia para L.A. para encontrar alguém, não me lembro quem agora, mas você nunca falou nada sobre ter uma noite de folga.

— Hein?

— Bem, você jura que sempre faz tudo o que está ao seu alcance para vir para casa quando pode, mesmo que seja só por uma noite, mas parece que *essa* noite foi uma exceção.

Julian pulou da cadeira e andou até Brooke. Ele tentou passar seus braços em volta dela, mas ela chegou para trás como um cervo assustado.

— Brooke, venha cá. Eu não... transei com ela. Não é o que parece.

— Você não *transou* com ela? Eu devo ficar sentada aqui agora e adivinhar o que realmente aconteceu?

Ele passou os dedos pelos cabelos.

— Não é assim.

— Não é assim como? O que diabos aconteceu, Julian? Obviamente *alguma coisa*, porque nunca tivemos uma conversa como esta antes.

— É só que... é complicado.

Ela sentiu a respiração ficar presa na garganta.

— Diga que não aconteceu *nada*. Diga "Brooke, elas são completamente falsas, uma distorção total" e eu vou acreditar em você.

Ela olhou para ele e ele desviou o olhar. Não era preciso dizer mais nada.

Por alguma razão que nem ela mesma compreendia, Brooke sentiu toda a raiva desaparecer em um instante. Não se sentia melhor ou reconfortada, mas era como se alguém tivesse lhe tirado toda a raiva e a substituído por uma mágoa fria e profunda. Ela não conseguiu falar.

Ficaram sentados em silêncio, nenhum dos dois ousou dizer uma palavra. Brooke agora estava tremendo, suas mãos, seus ombros, tudo, e Julian estava olhando para o colo. Ela achou que fosse vomitar.

Finalmente, ela disse:

— Eu fui demitida.

A cabeça dele se ergueu num estalo.

— O quê?

— É, agora mesmo. Margaret disse que a chefia questiona o meu "comprometimento com o programa". Porque eu nunca estou lá. Porque tirei mais dias de folga e troquei mais turnos nos últimos seis meses do que as pessoas fazem em dez anos. Porque estou ocupada demais seguindo você por todo o país, ficando em suítes deslumbrantes de hotel e usando diamantes.

Julian deixou a cabeça cair nas mãos.

— Eu não fazia ideia.

Houve uma batida na porta. Como ninguém respondeu, Natalya enfiou a cabeça para dentro.

— Precisamos fazer uma checagem final com vocês dois e vamos começar a sair. Vocês têm que estar no tapete vermelho em 25 minutos.

Julian assentiu e ela fechou a porta de novo. Ele olhou para Brooke.

— Eu sinto muito, Rook. Não acredito que eles realmente, hum, a demitiram. Tiveram sorte em tê-la e sabem disso.

Houve outra batida na porta.

— Nós já vamos! — gritou ela, mais alto do que planejara.

A porta se abriu mesmo assim e Leo apareceu. Brooke observou enquanto ele armava cuidadosamente sua expressão de pacificador, um conciliador, um confidente compreensivo durante os momentos difíceis, e imediatamente quis vomitar.

— Leo, pode nos dar um minuto? — ela não se deu ao trabalho de esconder sua aversão.

Ele entrou e fechou a porta atrás de si como se não a tivesse escutado.

— Brooke, sei que não pode estar sendo fácil neste momento, acredite, mas vocês dois têm que estar no tapete vermelho em menos de trinta minutos, e é meu trabalho garantir que estejam preparados.

Julian assentiu. Brooke não podia fazer nada além de ficar olhando para ele.

— Agora, é claro que todos nós sabemos que aquelas fotos são pura cascata mas, até eu poder chegar ao fundo disso e forçar uma retratação — ele fez uma pausa para dar a todos uma chance de processar seu poder e influência —, eu gostaria que vocês dois se preparassem.

— Está bem — Julian falou e olhou para Brooke. — Acho que devemos definir nossa resposta oficial para qualquer pergunta. Mostrar que ainda estamos unidos.

Brooke teve certeza de que a raiva que sentira no começo da conversa havia lentamente se transformado em uma tristeza profunda. *O que acontece quando você mal consegue reconhecer seu marido?*, ela ficou imaginando. Julian, que costumava completar seus pensamentos, agora parecia totalmente incapaz de compreendê-la.

Ela respirou profundamente.

— Vocês dois podem decidir sua "resposta oficial" e eu não me importo particularmente com qual vai ser. Vou terminar de me vestir agora. — Ela se virou para Julian e o olhou bem nos olhos. — Eu vou com você esta noite e vou sorrir para as câmeras e segurar a sua mão no tapete vermelho mas, no instante em que a cerimônia acabar, eu vou para casa.

Julian se levantou e se sentou ao lado dela na cama. Pegou as mãos dela nas suas e disse:

— Brooke, eu imploro, por favor, não deixe...

Ela puxou as mãos para trás e se afastou alguns centímetros.

— Não *ouse* jogar a culpa disso em mim. Eu não sou o motivo de precisarmos de uma reunião e de uma declaração oficial para a imprensa. Vocês dois resolvam isso.

— Brooke, sério, não podemos simplesmente...

— Deixe-a fazer o que quiser, Julian — anunciou Leo com uma voz cheia de sabedoria e experiência, acompanhada por um olhar que dizia *Pelo menos ela concordou em ir. Pode imaginar o pesadelo que seria se ela fosse embora? Vá com calma, dê um pouco de espaço para a esposa ofendida e ela vai estar a caminho do palco logo logo...* — Faça o que precisar fazer, Brooke. Julian e eu vamos resolver tudo.

Brooke ficou olhando para os dois antes de voltar para a sala. Natalya caiu em cima dela imediatamente.

— Jesus Cristo, Brooke! O que diabos aconteceu com a sua maquiagem? Alguém encontre a porra do Lionel! — ela gritou enquanto corria na direção do quarto dos fundos. Brooke aproveitou a oportunidade para entrar no terceiro quarto, abençoadamente vazio, trancar a porta e ligar para Nola.

— Alô? — O som da voz de sua amiga quase a fez chorar novamente.

— Oi, sou eu.

— Já está usando o vestido? Pode pedir para o Julian tirar uma foto do seu BlackBerry e me mandar? Estou louca para ver você!

— Escute, só tenho dois segundos antes que eles me encontrem, então...

— A encontrem? Está sendo perseguida por algum tipo de assassino de cerimônias de premiação? — ela riu.

— Nola, por favor, só me escute. Isso aqui se transformou em um show de horrores. Fotos do Julian com uma garota. Eu ainda não vi, então realmente não sei, mas parece ser ruim. E fui demitida por faltar tanto ao trabalho. Não posso explicar tudo agora, mas eu só queria dizer que vou pegar um voo noturno logo depois da cerimônia e gostaria de ir para a sua casa. Posso? Tenho a sensação de que o meu apartamento vai estar completamente cercado.

— Fotos de Julian e uma garota? Ah, Brooke, tenho certeza de que não é nada. Essas revistas publicam qualquer lixo, não importa se é verdade ou não...

— Posso ficar com você, Nola? Tenho que sair daqui. Mas entendo totalmente se você não quiser se comprometer.

— Brooke! Não diga mais nada. Eu mesma vou marcar o seu voo. Lembro que uma vez fiz um projeto em L.A. e o último voo para Nova York era às 23h pela American. Quer este? Dá tempo? Também vou solicitar táxis para pegá-la no aeroporto e trazê-la para cá.

O simples tom de preocupação na voz de sua amiga fez com que as lágrimas começassem a correr de novo.

— Valeu. Eu agradeço. Ligo para você quando tiver acabado.

— Lembre-se de descobrir se a Fergie é mesmo tão velha pessoalmente quanto aparenta nas fotos...

— Eu te odeio.

— Eu sei. Também te amo. Não tenha medo de tirar umas fotos escondido e enviá-las. Eu gostaria especialmente de ver algumas do Josh Groban...

Sem se conter, Brooke sorriu e desligou. Ela verificou seu reflexo no espelho do banheiro e reuniu coragem suficiente para abrir a porta. Natalya parecia pronta para desmaiar de estresse; ela se jogou em cima de Brooke.

— Percebe que só temos vinte minutos e temos que maquiá-la *toda* de novo? Quem é que *chora* depois que é maquiada? — ela resmungou a última parte, mas foi alto o bastante para que Brooke ouvisse.

— Sabe do que eu preciso agora, Natalya? — perguntou ela, esticando a mão para tocar no braço da garota, a voz baixa, mas mal escondendo um ódio duro como aço.

Natalya olhou de volta para ela com os olhos arregalados.

— Preciso que você conserte minha maquiagem, encontre os meus sapatos e peça para mim uma vodca com martíni e uma cartela de Advil. E preciso que faça essas três coisas sem falar. Nem uma única palavra. Acha que pode fazer isso?

Natalya ficou olhando para ela.

— Excelente. Eu sabia que podíamos resolver isso. Muito obrigada pela sua ajuda.

E, com isto, sentindo apenas um pouquinho de satisfação, Brooke voltou para o quarto. Ela ia superar todos os problemas.

13

deuses e enfermeiras não combinam

— Lembrem-se, vocês dois: deem as mãos, sorriam e relaxem. Vocês estão felizes e apaixonados e obviamente não estão preocupados com alguma vagabundazinha de quinta categoria atrás de fama. Ela não está no seu radar. Estamos prontos? — Leo quase gritou para eles de seu assento a 1 metro de distância no fundo da limusine.

— Estamos prontos... — resmungou Julian.

— Estão animados? Precisamos de animação! Vocês dois estão sentindo? — Leo espiou pela janela para ver se já estavam sendo chamados pela mulher com a prancheta que coordenava a chegada dos artistas. Julian estava marcado para pisar no tapete vermelho exatamente às 16h25, o que, de acordo com o celular de Brooke, era dentro de um apavorante minuto.

Sentindo o quê, exatamente? Brooke queria perguntar. *Como se eu fosse uma merda? Como se eu estivesse prestes a marchar voluntariamente para a morte e, se soubesse o que é bom para mim, voltaria imediatamente, mas sou avessa demais a conflitos para criar problemas, então em vez disso irei em silêncio para o cadafalso? Então, sim, seu imbecil, acho que eu estou "sentindo".*

— Não vou mentir para vocês, galera, eles vão atacar como piranhas. — Leo ergueu as mãos, as palmas para a frente. — Só estou avisando para que estejam preparados. Mas ignorem, sorriam e aproveitem o momento. Vocês vão se sair muito bem. — O telefone dele tocou e, depois de olhar para o aparelho por meio segundo, virou-se para Brooke e Julian.

— Está na hora. Vamos lá! — gritou Leo, abrindo a porta da limusine. Antes que Brooke pudesse processar o que estava acontecendo, ficou cega com os flashes. E, ainda que os clarões de luz fossem perfurantes e dolorosos, não eram nada comparados às perguntas.

— Julian! Como se sente comparecendo à sua primeira cerimônia do Grammy?

— Brooke! Tem algum comentário a respeito das fotos publicadas no último número da *Last Night*?

— Julian! Olhe para cá! Aqui! Você está tendo um caso?

— Brooke! Vire para cá! Aqui, esta câmera! De quem é o seu vestido?

— Brooke! Se você pudesse dizer alguma coisa para a mulher do Chateau, o que seria?

— Julian! Para a esquerda! É, assim mesmo! Seu casamento vai resistir aos últimos acontecimentos?

— Julian! Como é andar pelo tapete vermelho quando há um ano ninguém sabia o seu nome?

— Brooke! Acha que a culpa é sua porque você não se encaixa fisicamente nos padrões de Hollywood?

— O que você diria para as moças que a estão assistindo neste momento?

— Julian! Você gostaria que a sua mulher viajasse mais com você?

Era como se tivessem subitamente acendido os holofotes de um estádio no seu quarto às 3 da manhã: os olhos dela não conseguiam — não podiam — se adaptar, e cada tentativa só resultava em mais desconforto.

Ela virou ligeiramente na direção da zona livre de câmeras e vislumbrou Nicole Kidman e Keith Urban saindo de um Escalade preto. *Por que vocês estão falando com a gente quando há celebridades de verdade aqui?*, ela queria gritar. Só quando se virou de volta, seus olhos finalmente capazes de aguentar os flashes, ela viu o mar infinito de vermelho à sua frente. Aquilo tinha um quilômetro de comprimento? Dois? Dez? As pessoas que já estavam mais à frente no tapete pareciam tranquilas, até mesmo relaxadas. Estavam de pé em grupos de três ou cinco, conversando calmamente com os repórteres ou posando para as câmeras, oferecendo sorrisos ofuscantes e planejados a cada virada. Seria possível ser como eles? Ela também poderia fazer isso? Mas a propósito, será que tinha chance de sobreviver ao interminável tapete à sua frente?

E então eles estavam andando. Ela manteve um pé de sandália diretamente na frente do outro, queixo erguido, bochechas provavelmente pegando fogo, e Julian a guiou através da multidão. Quando haviam atravessado metade do caminho, Leo colocou as mãos quentes e suadas no ombro de cada um dos dois, botou a cabeça entre as deles e disse:

— Noticiário da E! entertainment, vindo pela sua direita. Se eles os abordarem para uma entrevista, falem com eles.

Brooke olhou para a direita e viu a parte de trás da cabeça de um louro baixinho. Ele estava segurando um microfone para um trio de garotos de terno preto, nenhum dos quais parecia ter mais do que 15 anos. Ela teve que vasculhar o cérebro tentando pensar em seus nomes e, quando finalmente se lembrou que eles eram os Jonas Brothers, sentiu-se muito, muito velha. Eram bonitinhos, ela pensou, num estilo meio coala, mas sexy? Sedutores? Capazes de levar milhões de adolescentes ao delírio com apenas um sorriso? Ridículo. Ela pensou que aquelas garotas deviam olhar as fotos da *Tiger Beat* de Kirk Cameron e Ricky Schroeder se quisessem ver galãs adolescentes de verdade. Ela balançou a cabeça, processando a ideia. Havia acabado de pensar na palavra "galã"? Acrescentou isso à uma lista mental de coisas para contar à Nola.

— Julian Alter? Podemos falar com você? — o louro baixinho havia finalmente se despedido das crianças Jonas e se virou na direção de Brooke e Julian. Seacrest! Parecendo tão bronzeado quanto no *American Idol*, o sorriso caloroso e acolhedor. Brooke queria beijá-lo.

— Oi — disse Julian, o reconhecimento surgindo em seu rosto exatamente ao mesmo tempo. — Hum, claro. Nós adoraríamos.

Seacrest fez um gesto para o câmera atrás dele e se posicionou ligeiramente à esquerda de Brooke e Julian. Ele assentiu e o câmera ligou uma luz fortíssima que imediatamente gerou uma quantidade surpreendente de calor. Aí, falou ao microfone enquanto olhava para a câmera.

— Comigo agora, Julian Alter e sua linda esposa, Brooke — ele se virou na direção deles e fez um gesto com a mão. — Obrigado por dizerem oi para nós, meninos. Tenho que dizer, vocês estão lindos esta noite.

Os dois deram um sorriso falso por reflexo. Brooke teve um breve momento de pânico quando se lembrou que milhões de pessoas estavam vendo isso agora, por todo o país e, possivelmente, o mundo.

— Obrigado, Ryan — falou Julian e Brooke ficou aliviada por ele ter se lembrado de usar o primeiro nome do apresentador. — Nós dois estamos muito felizes por estarmos aqui.

— Então, me diga, Julian. Seu primeiro álbum vai ganhar disco de platina em menos de oito semanas. Até hoje — ele fez uma pausa e deu uma espiada em um quadradinho de papel —, foram 4 milhões de cópias vendidas no mundo inteiro. Agora você vai se apresentar no Grammy. O que está passando pela sua cabeça?

Ele enfiou o microfone debaixo da boca de Julian e sorriu. Julian, mais tranquilo do que ela jamais vira, sorriu de volta e disse:

— Bem, Ryan, tenho que admitir que tem sido uma viagem inacreditável. Fiquei chocado com a reação ao disco, e agora isso? Que honra. Realmente fenomenal.

Seacrest pareceu gostar do que ouviu e os recompensou com outro sorriso e um aceno de cabeça atencioso.

— Julian, nas suas músicas você escreve muito sobre o amor. Até "For the lost", que a princípio parece ser sobre seu falecido irmão, é na verdade uma canção sobre o poder redentor do amor. De onde vem sua inspiração?

Uma bela tentativa. Brooke se concentrou em manter o olhar fixo em Julian, esperando passar a imagem de esposa amorosa, companheira e atenciosa que se agarrava a todas as palavras dele, em vez do desastre em estado de choque que era como ela realmente se sentia.

Julian entendeu na hora aonde ele estava querendo chegar.

— Sabe, é engraçado, Sea... Ryan. Quando comecei, minha música era sombria, bem pesada. Eu estava passando por muita coisa e acho que a música sempre reflete os sentimentos do artista. Mas agora? — dizendo isso, ele se virou para Brooke, olhou diretamente nos olhos dela e falou: — Agora é uma história totalmente diferente. Graças à minha linda mulher, tanto a minha vida quanto a minha música estão infinitamente melhores. Ela é mais do que a minha inspiração — é minha motivação, minha influência, meu... meu tudo.

Apesar de tudo o que havia acontecido no hotel, apesar de sua demissão e das supostas fotos horríveis, apesar da vozinha no fundo de sua mente que estava imaginando se ele estava apenas atuando para sua plateia, Brooke sentiu uma onda de amor por seu marido. Naquele momento, na frente das câmeras e usando roupas ridículas e sendo citada e fotografada e festejada, ela sentiu em relação ao Julian exatamente o que sentira no dia em que se conheceram.

Seacrest fez um sinal para o câmera e então agradeceu pela entrevista e desejou boa sorte ao Julian. No instante em que se virou na direção de seu próximo convidado — alguém igualzinha à Shakira, apesar de Brooke não ter certeza se era ela —, Julian virou-se e disse:

— Viu? Seacrest nem se deu ao trabalho de perguntar sobre aquelas fotos idiotas. Qualquer jornalista sério sabe que não passam de armação.

Só a simples menção daquelas fotos a levou direto de volta ao quarto do hotel, anulando seu surto amoroso. Sem saber o que mais fazer e extremamente consciente de que havia câmeras e microfones espalhados por cada centímetro quadrado do tapete vermelho, ela apenas sorriu para o vazio e assentiu. Não demorou muito para Leo enfiar o rosto entre os dois novamente. — Brooke quase pulou quando sentiu a mão dele em seu pescoço.

— Julian, Layla Lawson está bem à frente. Quero que você a cumprimente com um beijo na bochecha e a apresente à Brooke. Brooke, ajudaria muito se você pudesse parecer feliz em conhecê-la.

Brooke olhou para cima e viu Layla em um vestido preto curto surpreendentemente elegante, pendurada no braço de Kid Rock. De acordo com os tabloides que lia, Kid era só um amigo, já que Layla não namorava muito desde o rompimento conturbado com seu famoso namorado jogador de futebol americano há um ano. Antes que Brooke tivesse a chance de insultar Leo, eles haviam chegado ao casal. Flashes estouraram com a intensidade de um tiroteio.

— Julian Alter! — Layla guinchou e jogou os braços em volta do pescoço dele — Mal posso esperar pela sua apresentação!

Brooke achou que sentiria algo mais quando conhecesse essa garota de quem não gostara por tanto tempo, mas tinha que admitir que, pessoalmente, Layla exalava um certo charme que não era identificável na televisão ou nas páginas das revistas de fofoca. Mesmo com o corpo apertado contra o de Julian, havia algo atraente nela, algo mais doce e mais vulnerável — talvez até um pouco mais burro, o que também não fazia mal — que deixou Brooke instantaneamente à vontade.

Julian fez o melhor que podia para se livrar do abraço dela e pareceu constrangido quando a apresentou à Brooke.

— Olá! — disse ela com seu sotaque sulista profundo e açucarado. — É um prazer enorme finalmente conhecê-la.

Brooke sorriu e ofereceu a mão, mas Layla já se aproximara para um abraço.

— Ah, venha cá, querida. Parece que eu a conheço há séculos! Seu marido é um cara de sorte!

— Obrigada — disse Brooke, sentindo-se ridícula por ter se sentido ameaçada. — Adorei o seu vestido.

— Ah, você é uma gracinha. Ei, pessoal, quero que conheçam meu amigo Kid. — Ao dizer isso, ela pegou a mão dele e tentou dirigir sua atenção para Brooke e Julian, mas ele parecia distraído por um pequeno exército de modelos (backing vocals? dançarinas?) que estavam desfilando ali perto. Após um momento um pouco longo demais, seu rosto mostrou uma centelha de reconhecimento e ele deu um tapinha nas costas de Julian.

— Cara, maneiro seu disco — disse Kid, segurando as duas mãos de Julian nas suas como os políticos faziam. — Parabéns! Ouça, eu estava pensando se podia te perguntar quem você usa para...

Brooke não teve a chance de ouvir o que Kid Rock queria saber de seu marido porque Layla a estava puxando para o lado e se inclinando tão para perto que Brooke podia sentir seu perfume cítrico.

— Comece a gastar esse dinheiro imediatamente — disse Layla no ouvido de Brooke. — É tão seu quanto dele. Cara, ele provavelmente não teria um centavo se não fosse por você, estou certa? Então não se prejudique só para puni-lo.

— Dinheiro? — foi só o que Brooke conseguiu dizer.

— Brooke, amor, é disso que eu mais me arrependo sobre a minha história com Patrick. Eu assisti a, o que, centenas de jogos universitários e profissionais, voei para cada estádio gelado no meio do nada deste país, o apoiei em todas as merdas que ele fez até finalmente conseguir aquele contrato de 80 milhões de dólares? Aí, quando *ele me* traiu com aquela, aquela *atriz pornô*, fui eu que pensei que seria cara de pau demais comprar uma casa decente para mim. Bem, aprenda com os meus erros, querida. Compre a maldita casa. Você fez por merecer.

Antes mesmo que Brooke pudesse reagir, Julian e Kid voltaram até ela e Layla; os quatro ficaram automaticamente lado a lado, sorriram e acenaram para as câmeras.

Brooke nem teve a chance de falar com Layla de novo antes de Leo empurrá-los mais para perto da entrada do Staples Center. Ela estava prestes a se parabenizar por ter sobrevivido ao tapete vermelho quando uma mulher com um vestido sem mangas de paetê e sapatos de salto alto que desafiavam o equilíbrio sacou um microfone e praticamente gritou:

— Brooke Alter, como se sente ao ver fotos do seu marido com outra mulher depois de tê-lo apoiado por tanto tempo?

Um silêncio caiu sobre eles. Nos dois segundos que a mulher levara para fazer essa pergunta, cada artista, organizador, jornalista, apresentador, câmera e fã pareceu ficar em silêncio. Só por um instante, Brooke ficou imaginando se aquele silêncio constrangedor era um sinal de que ela ia desmaiar, mas percebeu imediatamente que não teria tanta sorte. Ela viu dúzias — centenas? — de cabeças se virarem para olhá-la exatamente no instante em que sentiu Julian apertando sua mão com tanta força que ela tinha certeza de que vários ossos estavam se quebrando com a pressão. Teve a estranha sensação de querer gritar e rir ao mesmo tempo. Imaginou qual seria a reação de todos se simplesmente sorrisse e dissesse *Bem, é engraçado você ter perguntado. Porque é realmente maravilhoso, quer dizer, que garota não ia adorar saber que seu marido supostamente teve um caso com outra mulher e ter a coisa toda divulgada em rede nacional graças a pessoas como você? Gostaria de fazer mais alguma pergunta brilhante antes de entrarmos? Não? Então foi um prazer ter conhecido você.* Este pensamento foi seguido por uma fantasia de um segundo de cortar o vestido de paetê da mulher com uma tesoura e então bater nela com seu próprio salto agulha. Ela mal conseguia respirar.

Mas é claro que não gritou ou vomitou ou riu ou agrediu quem quer que fosse. Ela respirou profundamente, se esforçou ao máximo para fingir que ninguém mais estava olhando e disse com tranquilidade:

— Estou extremamente orgulhosa do meu marido por suas realizações e muito entusiasmada por estar aqui esta noite para vê-lo tocar. Desejo sorte a ele! — ela apertou a mão de Julian de volta e, sem fazer a menor ideia de onde havia tirado tamanha calma, virou-se para ele e falou:

— Vamos?

Julian a beijou e ofereceu-lhe o braço e, antes que mais alguém pudesse se materializar na frente deles, ela, Julian e Leo haviam atravessado a porta da frente.

— Brooke, você foi brilhante! — Leo exultou triunfantemente, passando a mão ainda suada em volta de sua nuca.

— Sério, Rook, isso foi um confronto da melhor qualidade com a mídia — disse Julian, concordando. — Você lidou com aquela vaca como uma profissional.

Ela largou o braço do Julian. A maneira como ele a parabenizou a deixou irritada.

— Vou ao banheiro.

— Espere! Brooke, precisamos nos sentar imediatamente para que Julian possa ir para os bastidores se aquecer com...

— Rook? Pode esperar só um...

Ela deixou os dois para trás sem nem olhar uma segunda vez e abriu caminho por entre a multidão de pessoas lindas e deslumbrantemente vestidas. Afirmou para si mesma que ninguém sabia quem ela era, que independentemente do quanto se sentisse mal ninguém estava olhando para ela ou falando dela. Traçou uma linha reta na direção da placa do banheiro, desesperada para se esconder e se recompor só por alguns minutos. O banheiro feminino era surpreendentemente básico — o que alguém esperaria do Staples Center, mas que não fazia jus à cerimônia do Grammy — e Brooke fez um grande esforço para não tocar em nada enquanto fechava a porta do reservado atrás de si. Ela se concentrou em respirar fundo enquanto as outras mulheres no banheiro conversavam.

Uma mulher não parava de falar que vira Taylor Swift e Kanye West conversando ao lado no tapete vermelho e ela simplesmente não conseguia entender por que a gracinha da Taylor dava atenção ao Kanye — "aquele imbecil completo!". A amiga avaliava se era Taylor ou Miley quem ficava melhor com o vestido preto quase idêntico que estavam usando (a votação empatou) e cada uma nomeou sua escolha do cara mais gostoso da festa (uma escolheu Jay-Z; a outra insistiu em Josh Duhamel). Uma delas imaginou quem estaria cuidando do filho da Jennifer Hudson naquela noite. Outra queria saber por quê, exatamente, Kate Beckinsale estava lá se nem ela nem o marido tinham nada a ver com a indústria da música. Era precisamente o tipo de papo furado que ela e Nola teriam tido se estivessem naquele banheiro e Brooke achou isso estranhamente reconfortante. Até elas começarem o próximo assunto.

— Então, você já viu as fotos do Julian Alter? — a mulher com a voz irritante perguntou para a amiga.

— Não, são tão ruins assim?

— Nossa, são *péssimas*. A garota está, tipo, se esfregando toda nele. Eles podem até estar transando por baixo da saia dela em uma das fotos.

— Quem é ela? Descobriram?

— Alguma ninguém. Só uma garota baladeira procurando diversão no Chateau.

Pelo que pareceu ser a milésima vez naquela noite, Brooke parou de respirar. O banheiro estava movimentado — mulheres entravam e saíam constantemente, lavando as mãos e arrumando fios soltos imaginários e retocando o batom já perfeito —, mas ela só tinha ouvidos para aquelas duas vozes. Era uma má ideia, mas sua curiosidade estava ganhando a briga. Verificando novamente a porta do reservado para se assegurar de que estava trancada, ela alinhou os olhos com a fenda entre as dobradiças e espiou lá fora. De pé na frente da pia havia duas mulheres, ambas deviam ter entre 25 e 29 anos, provavelmente atrizes estreantes, apesar de nenhuma das duas parecer familiar.

— No que ele estava pensando ao fazer isso no Chateau? Quer dizer, se você vai trair sua mulher, não devia pelo menos tentar ser discreto?

A outra desdenhou.

— Ah, *tanto faz*. Como se importasse onde eles traem! Eles sempre são pegos. Veja o Tiger! Os homens são *muito* burros.

Isso fez a outra rir.

— Julian Alter não é nenhum Tiger Woods e, acredite, a mulher dele não é nenhuma top model sueca.

Ela sabia muito bem que não era uma top model sueca, mas não precisava ouvir outras pessoas dizerem isso. Queria desesperadamente ir embora, mas detestava voltar para Julian e Leo tanto quando detestava ouvir escondida no banheiro. A mulher puxou um cigarro.

— Você acha que ela vai deixá-lo? — a garota com a franja curta moderna perguntou para sua amiga Voz Arranhada.

Houve uma fungada.

— Acho que ela não vai a lugar nenhum... a não ser que ele mande.

— O que ela é, professora, sei lá?

— Enfermeira, eu acho.

— Pode imaginar? Você é apenas uma pessoa normal um dia e aí seu marido vira um popstar no dia seguinte.

Voz Arranhada riu com o comentário.

— Não vejo o Martin correndo o risco de se tornar supernada. Acho que isso põe toda a responsabilidade em mim, não é?

Franja Moderna soltou um último anel de fumaça e apagou o cigarro na pia.

— Eles não têm salvação — anunciou com a confiança de alguém que já viu de tudo, esteve em todos os lugares, conheceu todo mundo. — Ela é doce e sem graça e ele é um deus. Deuses e enfermeiras não combinam.

Nutricionista!, ela queria gritar. *Pelo menos falem certo quando estiverem dissecando meu casamento e difamando o meu caráter!*

As duas colocaram chicletes nas bocas recém-pintadas, fecharam suas bolsas e saíram sem dizer mais nenhuma palavra. O alívio de Brooke foi visível, tanto que, quando finalmente saiu do reservado, nem percebeu a mulher encostada do lado oposto da pia, de costas para o espelho, digitando algo no telefone.

— Desculpe a intromissão, mas você é Brooke Alter?

Brooke suspirou profundamente ao ouvir seu nome. Àquela altura, ela teria escolhido um pelotão de fuzilamento a mais uma conversa.

A mulher virou-se para ficar de frente para ela e estender a mão e Brooke a reconheceu imediatamente a atriz de cinema e televisão respeitada e extremamente famosa. Brooke tentou disfarçar o fato de que sabia tudo que havia no mundo sobre essa mulher — de todos os personagens que havia interpretado em comédias românticas durante anos ao fato horrível de que seu marido a trocara por uma jogadora de tênis quase menor de idade quando ela estava grávida de seis meses —, mas era inútil tentar fingir que não reconhecia Carter Price. Alguém não reconhecia Jennifer Aniston ou Reese Witherspoon? Por favor.

— Eu sou a Brooke — ela falou tão baixo e com tanta suavidade que pareceu triste até para si mesma.

— Oi, Carter Price. Ah, meu Deus... Nem me dei conta... Ah, eu sinto tanto...

As mãos de Brooke voaram imediatamente para o rosto. Carter estava olhando para ela com tanta solidariedade que ela tinha certeza de que algo estava muito errado.

— Você ouviu tudo o que aquelas vacas disseram, não foi?

— Eu, hum, eu não...

— Não pode dar ouvidos a elas, e a ninguém daquele tipo! São pessoas mesquinhas, tolas e ridículas e acham que entendem, acham que têm alguma noção de como é ter seu casamento aberto para o público, mas elas não sabem nadinha. Sobre nada.

Hã. Não era o que ela estava esperando, mas era bem-vindo.

— Obrigada — respondeu Brooke, esticando a mão para pegar um lenço de papel que Carter oferecia. Ela disse a si mesma para se lembrar de contar a Nola que Carter Price havia lhe dado um lenço de papel e então se sentiu imediatamente idiota por pensar nisso.

— Olhe, você não me conhece — disse Carter, seus dedos longos e graciosos gesticulando pelo ar —, mas eu gostaria que alguém tivesse dito que as coisas realmente melhoram. Toda história, não importa quanto seja picante ou terrível, acaba sendo esquecida. Esses abutres precisam de tragédias frescas para se alimentar, então, se você mantiver a calma e se recusar a comentar, as coisas *vão* melhorar.

Brooke estava tão concentrada no fato de que Carter Price estava ao lado dela e fazendo confidências sobre seu ex (o ator mais lindo, talentoso e reverenciado de sua geração) que se esqueceu de falar.

Ela deve ter ficado calada por mais tempo do que percebeu, porque Carter virou-se de volta para o espelho, com o tubo de corretivo na mão, e disse enquanto maquiava um círculo imaginário debaixo do olho esquerdo:

— Deus, isso não era da minha conta, não é?

— Não! Isso me ajudou *tanto* e eu fico *tão* agradecida — respondeu Brooke, consciente de que parecia uma adolescente ingênua.

— Tome — disse Carter, passando-lhe uma taça cheia de champanhe. — Você precisa disso mais do que eu.

Sob qualquer outra circunstância, Brooke teria recusado educadamente, mas esta noite ela concordava com Carter, notável estrela de cinema, e a virou de um gole. Ela não sabia dizer quanto pagaria por outra daquelas — era um território novo.

Carter lançou um olhar de aprovação.

— É como se o mundo inteiro opinasse sobre sua vida com argumentos falsos.

Ela era tão gentil! Tão consciente! Brooke sentiu-se culpada por todas as vezes que havia especulado com Nola se fora a sagacidade de Carter ou sua plástica malsucedida nos seios que jogara seu ex nos braços daquela tenista. Nunca mais seria uma megera tão preconceituosa em relação a alguém que não conhecia.

— É isso mesmo — falou Brooke, batendo com a palma da mão na pia para reforçar o que dizia. — E a pior parte é que todos acreditam. Presumir automaticamente como verdadeiro o que quer que seja divulgado nessas porcarias é ridículo.

Ao ouvir essa última frase, Carter parou de assentir e inclinou a cabeça para o lado. Um instante depois, seu rosto demonstrou entendimento.

— Ah, eu não tinha percebido.

— Não tinha percebido o quê?

— Que você acha que ele não fez aquilo. Querida, aquelas fotos... — sua voz sumiu. — Olhe, sei que é doloroso, eu também passei por tudo isso, mas negar para si mesma não ajuda em nada.

Parecia que Carter Price estava lhe dando um soco no estômago.

— Olhe, eu ainda nem vi as fotos, mas conheço meu marido e...

A porta do banheiro se abriu e uma moça se materializou. Ela estava usando um terninho chique, um fone no ouvido e um crachá em uma cordinha em volta do pescoço.

— Carter? Precisamos posicioná-la neste instante. — Ela virou-se e olhou para Brooke. — Você é Brooke Alter?

Brooke fez que sim, rezando para que essa mulher não fosse dizer o que pensava sobre Julian. Ela não aguentaria mais uma opinião.

— O empresário de Julian pediu que avisasse que ele precisou ser levado para os bastidores, mas é para você ir para o seu lugar na plateia. Leo vai mandar alguém buscá-la antes do Julian se apresentar.

— Obrigada — disse ela. Estava aliviada por não ter que encarar Leo ou Julian, mas nervosa por entrar no teatro sozinha.

Ela não precisava se preocupar.

— Eu acompanho vocês, se estiverem prontas.

Carter deu uma olhada rápida e abriu um sorriso enorme para Brooke.

— Estamos prontas — disse ela, ficando de braços dados com Brooke. — Não estamos?

Era surreal. Em poucos minutos, uma das atrizes mais famosas da Terra havia anunciado que achava que o marido de Brooke a estava traindo e então ficara de braço dado com ela enquanto caminhavam juntas pela multidão como se fossem amigas há vinte anos. O rosto de Brooke deve ter revelado sua confusão e náusea e desconforto geral; quando a moça do crachá apontou para o lugar de Brooke na quarta fileira a partir do palco, Carter se inclinou para perto dela e sussurrou:

— Foi um prazer conhecê-la. E você vai sobreviver a isso, eu prometo. Se eu consigo, qualquer um consegue. Quanto ao show agora, lembre-se de sorrir, sorrir, sorrir. Aquelas câmeras vão estar *em cima* de você esta noite, rezando por uma crise nervosa, então não dê isso a elas, está bem?

Brooke assentiu, desejando mais do que tudo poder apertar um botão mágico e ser transportada de volta para Nola e Walter e sua calça de moletom favorita. Em vez disso, ela tomou seu lugar. E sorriu.

Aliás, manteve o sorriso durante o monólogo de abertura de Jimmy Kimmel, a apresentação de Carrie Underwood, um dueto de música e dança com Justin Timberlake e Beyoncé, uma montagem pré-editada de vídeo e um numerozinho peculiar feito por Katy Perry. Os músculos de suas bochechas estavam começando a latejar quando a garota sentada ao seu lado, uma Kardashian, ela achava, apesar de não conseguir distinguir uma da outra ou saber por que eram famosas, inclinou-se para perto e disse:

— Só para você saber, está linda esta noite. Não deixe que aquelas fotos a derrubem.

Já parecera suficientemente impossível quando era só ela e Julian juntos num quarto de hotel, mas isso? Isso era insuportável.

Ela ouviu o mestre de cerimônias anunciar que tinham ido para os comerciais e, antes que pudesse reagir ao comentário da garota, Leo se materializou no fim de sua fileira, agachando-se para não bloquear a visão de ninguém, e fez um sinal para que ela o seguisse. *Você sabe que a coisa está feia quando fica feliz em vê-lo,* pensou para si mesma. Sorrindo, sorrindo, sorrindo o tempo inteiro apesar de se sentir ligeiramente tonta. Brooke ignorou a Kardashian em potencial e educadamente pediu desculpas enquanto pulava por cima das pernas das pessoas (era no colo do Seal que ela quase havia sentado?) e seguia Leo para os bastidores.

— Como ele está? — ela queria desesperadamente não se importar mas, conhecendo Julian e seu medo de palco, não podia deixar de ficar nervosa por ele. Instantaneamente, apesar de tudo o que havia acontecido, ela foi transportada de volta às inúmeras vezes em que havia segurado sua mão e esfregado suas costas, garantindo a ele que se sairia bem.

— Só vomitou, tipo, umas 17 vezes, então acho que estamos prontos.

Ela olhou fixamente para Leo, que estava olhando para a bunda de uma garota extremamente jovem enquanto levava Brooke para uma área de observação à esquerda do palco.

— Sério?

— Ele está bem. Um pouco nervoso, mas bem. Vai arrebentar esta noite.

Ela teve um vislumbre rápido de Julian na frente de um assistente, que ouviu algo pelo fone, assentiu e deu um tapinha no ombro de Julian. Ele e seus colegas de banda tomaram rapidamente suas posições nos instrumentos. Ainda estavam atrás da cortina e Brooke podia ouvir Jimmy Kimmel brincando com a plateia, mantendo-os aquecidos durante o intervalo comercial. O monitor na área de observação mostrava a contagem regressiva de vinte segundos e a mão de Julian que segurava o microfone estava tremendo visivelmente.

No instante em que ela achou que não podia mais aguentar, Jimmy Kimmel anunciou o nome de Julian e a cortina se levantou de todos os lados, revelando uma multidão tão grande e tão barulhenta que Brooke imaginou se Julian seria capaz de se fazer ouvir. Mas aí o baterista começou com um *tap-tap-tap* de leve, o guitarrista tocou algumas notas tristes e Julian pressionou o microfone contra a boca e começou a cantar a letra que o tornara famoso. O som de sua voz de barítono reverberou pelo salão, fazendo com que a plateia se calasse quase que imediatamente; para Brooke, pareceu nada menos do que uma descarga elétrica.

Seus pensamentos voltaram à primeira vez que ouvira Julian tocar "For the lost", naquela noite agradável de terça-feira no Nick's. Ele já havia tocado as músicas cover favoritas de Brooke, mais duas ou três de suas canções originais, mas quando tocou sua música nova pela primeira vez, Brooke ficou arrepiada. Desde então, ela testemunhara inúmeras apresentações, mas nada poderia tê-la preparado para a experiência de ver seu marido cantar a plenos pulmões para milhões de pessoas.

No que pareceu ser apenas alguns segundos depois, a multidão irrompeu em aplausos enlevados, quase frenéticos. Julian estava fazendo reverência e um gesto de agradecimento na direção de seus colegas de banda e, no minuto seguinte, estava saindo do palco, a mão ainda agarrada ao microfone. Brooke podia ver que ele estava exultante, tremendo com a emoção e o orgulho de um homem que encanta uma casa cheia de colegas de profissão e heróis. Seus olhos brilhavam e ele se aproximou para puxar Brooke para um abraço.

Ela se afastou e ele sentiu como se tivesse levado uma bofetada de alguém.

— Venha comigo — disse ele, pegando-a pela mão. As pessoas nos bastidores andavam apressadas de um lado para o outro, dando parabéns e demonstrando admiração, mas Julian agarrou a mão de Brooke e a levou para seu camarim. Fechou a porta atrás deles e sorriu amplamente.

Brooke olhou diretamente em seus olhos.

— Precisamos conversar sobre as fotos. Sei que não é um bom momento, mas não aguento mais ficar imaginando. Se você pudesse ouvir o que as pessoas estão falando... o que elas têm dito para mim...

— Shi — falou ele, colocando um dedo em cima dos lábios dela. — Vamos conversar sobre tudo, vamos resolver tudo. Mas, agora, só precisamos curtir este momento. Vamos abrir uma garrafa de champanhe! Leo disse que conseguiu convites para a festa pós-premiação do Usher no Geisha House e eu estou lhe dizendo, vai ser incrível.

Um milhão de imagens passaram pela cabeça dela ao mesmo tempo, e todas incluíam repórteres, flashes e um rodízio de mulheres desprezadas oferecendo conselhos não requisitados sobre como sobreviver à devastação e à humilhação. Antes que pudesse dizer ao Julian que precisava da verdade, houve uma batida na porta.

Nenhum dos dois disse que podiam entrar, mas Leo entrou mesmo assim. Samara estava de pé ao lado dele. Ambos olharam para Brooke.

— Ei, Brooke, você está bem? — perguntou Samara sem a menor preocupação na voz.

Brooke deu um sorriso falso.

— Escutem, a CBS quer fazer uma entrevista pós-apresentação.

— Samara... — Julian começou, mas Leo o interrompeu.

— Com vocês *dois* — disse ele como se tivesse acabado de anunciar a data de sua execução.

— Ah, qual é, galera.

— Eu sei, Julian, e peço desculpas, mas acho que tenho que insistir que você vá. A Brooke decide depois se vai acompanhá-lo — disse Samara firmemente e olhou para Brooke —, mas é bom deixar registrado que todo mundo na Sony gostaria muito que ela pudesse fazer isso. Obviamente há muito interesse em torno dessas fotos. Vocês dois precisam sair e mostrar ao mundo que não há nada errado entre vocês.

Todo mundo ficou em silêncio por um momento até Brooke perceber que estavam todos olhando para ela.

— Só podem estar brincando comigo. Julian, diga a eles que...

Julian não respondeu. Quando ela tomou coragem para olhá-lo, ele estava com os olhos fixos em suas mãos.

— Não — disse Brooke.

— Mais cinco minutos de solidariedade? Nós vamos até lá, sorrimos, dizemos que está tudo ótimo e aí estaremos livres.

Leo e Samara estavam assentindo em aprovação pela sabedoria e bom-senso de Julian.

Brooke percebeu que seu vestido estava muito amarrotado. Sua cabeça doía muito. Ela ficou de pé, mas ainda assim não chorou.

— Brooke, vamos lá, depois conversamos sobre isso — pediu Julian com sua voz lidando-com-minha-esposa-sensível.

Ela passou por Samara e deu de cara com Leo na porta do camarim.

— Com licença — ela pediu. Como ele não chegou para o lado, ela virou o corpo e deslizou por ele para abrir a porta. Pela última vez naquele dia, sentiu a mão suada dele tocar sua pele.

— Brooke, espere um minuto, está bem? — A irritação de Leo era inconfundível. — Não pode sair assim. Há 10 mil câmeras lá fora. Eles vão comê-la viva.

Ela se virou e o encarou, prendendo a respiração quando seu rosto ficou a centímetros do dele.

— Considerando-se toda essa loucura, acho que vou arriscar. Agora, tire sua mão nojenta do meu pescoço e saia da minha frente.

E, sem mais nenhuma palavra para ninguém, ela se retirou.

14

a remoção de roupas

Nola também havia providenciado para que um carro esperasse em uma rua transversal atrás do Staples Center e, por algum milagre — ou pelo fato de que as pessoas em geral não saíam no meio da rua —, Brooke conseguiu se esgueirar pelos fundos e entrar no carro sem ser vista por nenhum paparazzo. Sua mala estava aberta no banco de trás e tudo estava cuidadosamente dobrado, graças a um prestativo funcionário do Beverly Wilshire. O motorista anunciou que lhe daria um pouco de privacidade enquanto ela tirava o vestido e colocava roupas normais.

Ela se trocou rapidamente e ligou para Nola.

— Como conseguiu fazer tudo isso? — perguntou sem dizer alô. — Você tem um futuro brilhante como assistente. — Era mais fácil fazer piada do que tentar explicar como a noite realmente fora.

— Olhe, não ache que você está livre, eu ainda quero ouvir tudo, mas tivemos uma mudança nos planos.

— Uma mudança nos planos? Por favor, não me diga que vou ter que ficar aqui esta noite.

— Não precisa ficar aí, mas não pode vir para cá. Minha casa está completamente cercada de paparazzi. Deve haver uns oito, talvez dez deles. Já desliguei meu telefone fixo. Se está assim aqui, nem posso imaginar como estará o seu apartamento. Eu definitivamente não acho que você vai querer lidar com isso.

— Nola, eu sinto muito.

— Ah, por favor! Isso é, de longe, a coisa mais emocionante que já aconteceu comigo, então cale a boca. Só fico triste em não poder vê-la. Marquei para você um voo direto da US Airways para a Filadélfia e combinei tudo com a sua mãe. Você parte às 22h hoje e chega um pouco antes das 6h. Ela vai encontrar você no aeroporto. Está bom assim?

— Obrigada. Não tenho como agradecer. Está mais do que bom.

O motorista ainda estava de pé do lado de fora do carro, falando ao celular, e Brooke queria partir antes que alguém os visse.

— Lembre-se de usar meias bonitas para quando tirar os sapatos na checagem de segurança, porque eu garanto que vai haver alguém tirando fotos. Sorria o máximo que puder e depois vá para a sala da classe executiva; eles não devem estar por lá.

— Certo.

— Ah, e deixe tudo o que pegou emprestado no banco de trás do carro. O motorista vai devolver tudo no hotel e eles vão fazer com que sejam devolvidas à estilista.

— Não sei como posso te agradecer.

— Esqueça, Brooke. Você faria exatamente a mesma coisa por mim se o meu marido se tornasse um superstar da noite para o dia e eu estivesse sendo perseguida por fotógrafos. É claro que isso significaria que eu teria um marido, o que nós duas sabemos ser altamente improvável, e que meu marido hipotético teria um mínimo de talento, o que é ainda mais improvável.

— Estou muito cansada para discutir mas, só para ficar registrado, suas chances atuais de felicidade e sucesso em um relacionamento superam as minhas por algo elevado a dez mil, então pare de reclamar. Eu te amo.

— Eu também te amo. Lembre-se: meias bonitas e me ligue.

Ela passou o trajeto do Staples Center até LAX colocando cuidadosamente o vestido no cabide que haviam fornecido, enfiando os sapatos no saquinho e arrumando as joias e a pulseira nas caixas forradas de veludo empilhadas no assento ao seu lado. Só quando tirou o brilhante gigantesco da mão esquerda ela percebeu que a estilista ainda estava com sua aliança simples de casamento e fez uma anotação mental para lembrar a Julian para pegá-la de volta. Ela resistiu ao impulso de pensar nisso como alguma espécie de sinal.

Dois Bloody Marys e um Ambien durante o voo garantiram um sono muito necessário de cinco horas mas, como a reação de sua mãe na esteira de bagagens revelou, não fez maravilhas por sua aparência. Brooke sorriu e acenou quando a viu no final da escada rolante e quase derrubou o homem de pé à sua frente.

A mãe a abraçou forte e então a afastou e a segurou a um braço de distância. Ela olhou para o conjunto de moletom de Brooke, o tênis e o rabo de cavalo e declarou:

— Você está horrível.

— Valeu, mãe. Também me sinto mal.

— Vamos para casa. Você embarcou a mala?

— Não, é só isso — disse Brooke, apontando para a mala de rodinhas. — Quando você tem que devolver vestido, sapatos, bolsa, joias e roupas de baixo, não sobra muita coisa para colocar na mala.

Sua mãe começou a serpear entre as pessoas na direção do elevador.

— Prometi a mim mesma que não faria nenhuma pergunta até você estar pronta para falar a respeito.

— Obrigada, eu agradeço.

— Então...

— Então o quê? — perguntou Brooke. Elas saíram do aeroporto. O ar frio da Filadélfia a atingiu com força, como se fosse um lembrete de que não estava mais na Califórnia.

— Então... eu estarei aqui, esperando, se você quiser conversar. Sobre qualquer coisa.

— Ótimo, obrigada.

Sua mãe jogou as mãos para o alto antes de abrir a porta do carro.

— Brooke! Você está me torturando.

— Torturando? — Brooke fingiu incredulidade. — Estou aceitando sua oferta muito gentil de me dar um pouco de espaço.

— Sabe perfeitamente bem que essa oferta não foi sincera!

Brooke içou sua mala para dentro do bagageiro e se acomodou no banco do carona.

— Posso relaxar no caminho antes que o interrogatório comece? Acredite, depois que me fizer começar, não conseguirá que eu cale a boca.

Ela ficou aliviada quando a mãe falou durante toda a viagem de carro até seu apartamento em Center City, contando tudo sobre as pessoas que havia conhecido em seu novo grupo de jogging. Até mesmo depois que haviam estacionado o carro na garagem subterrânea do prédio e pegado o elevador para o apartamento da sua mãe no quinto andar, a Sra. Greene manteve um solilóquio constante e animado. Só quando entraram e fecharam a porta ela se virou para Brooke, que se preparou para o que viria.

Sua mãe, em um raro momento de intimidade, segurou a bochecha de Brooke entre as palmas das mãos.

— Primeiro, tome um banho. Tem toalhas limpas no banheiro e coloquei um xampu novo de lavanda pelo qual estou apaixonada. Depois disso, você vai comer. Vou fazer uma omelete (só de claras, eu sei) e umas torradas. E aí você vai dormir. Os voos noturnos são um inferno e acho que você não dormiu muito no avião. O quarto de hóspedes está arrumado e liguei o ar-condicionado no máximo — ela afastou a mão e começou a andar na direção da cozinha.

Brooke soltou o ar, puxou a mala até o quarto e desabou na cama. Dormiu antes de conseguir tirar os sapatos.

Quando finalmente acordou, com uma vontade tão grande de fazer xixi que não podia mais ignorar, o sol já estava quase se pondo atrás do prédio. O relógio mostrava 16h45 e ela podia ouvir sua mãe esvaziando a máquina de lavar louças. Levou apenas dez segundos até a noite chegar. Ela pegou o celular e ficou tão desanimada quanto satisfeita ao ver 12 ligações perdidas e o mesmo número de mensagens de texto, todas de Julian, começando às 23 da noite anterior, no fuso horário da Califórnia, e continuando noite adentro e pela manhã seguinte.

Ela saiu da cama e se dirigiu primeiro para o banheiro e depois para a cozinha, onde sua mãe estava de pé na frente da máquina de lavar louças, olhando para uma televisão pequena instalada debaixo de um armário. Oprah estava abraçando um convidado não identificável enquanto a mãe de Brooke balançava a cabeça.

— Oi — disse Brooke, imaginando pela milésima vez o que sua mãe faria quando o programa da Oprah finalmente fosse cancelado. — Quem é o entrevistado?

A Sra. Greene nem se virou.

— É a Mackenzie Phillips — respondeu ela. — *De novo.* Você pode acreditar? Oprah está verificando como ela está se saindo depois da declaração inicial.

— E como ela está se saindo?

— Ela está se recuperando. Era viciada em heroína e teve um relacionamento sexual com o próprio pai durante dez anos. Sabe, não sou psiquiatra, mas eu não diria que seu prognóstico para felicidade duradoura seja sensacional.

— É justo — Brooke pegou um pacote de cem calorias de Oreo da despensa e o abriu. Colocou alguns biscoitos na boca. — Meu Deus, isso é ótimo. Como podem só ter cem calorias?

Sua mãe fungou.

— Porque só vêm umas migalhas vagabundas em cada pacote. Você tem que comer cinco pacotes para se sentir remotamente satisfeita. É tudo uma enganação.

Brooke sorriu e sua mãe desligou a televisão. Ela se virou para ficar de frente para a filha.

— Posso fazer aqueles ovos e umas torradas para você agora?

— Claro. Parece ótimo. Na verdade, estou faminta — ela disse enquanto esvaziava o resto do pacote de biscoitos diretamente na boca.

— Você se lembra de quando eram crianças e eu fazia omelete no jantar algumas vezes por mês? Você e seu irmão adoravam. — Ela puxou uma frigideira de uma gaveta e passou tanto óleo que parecia que havia sido mergulhada na água.

— Hum, claro que me lembro. Só que tenho quase certeza de que você fazia isso duas ou três vezes por semana, não por mês, e tenho certeza de que eu era a única que gostava. Randy e papai costumavam pedir pizza toda vez que você fazia ovos à noite.

— Ah, qual é, Brooke, não era com tanta frequência assim. Eu cozinhava o tempo todo!

— A-hã.

— Eu fazia uma panela enorme de chili de peru toda semana. Vocês todos adoravam. — Ela quebrou meia dúzia de ovos em uma tigela e começou a batê-los. Brooke abriu a boca para reclamar quando sua mãe acrescentou seu chamado "molho especial" (um pouquinho de leite de soja sabor baunilha que dava aos ovos um gosto doce nojento), mas pensou melhor. Ela simplesmente os afogaria em ketchup e os engoliria, como sempre.

— Era um molho pronto! — disse Brooke, abrindo outro pacote de Oreo. — Você só acrescentava o peru e um vidro de molho de tomate.

— Era delicioso, e você sabe disso.

Brooke sorriu. Sua mãe sabia que era péssima cozinheira, nunca havia alegado ser melhor que isso, e ambas gostavam dessa discussãozinha.

A Sra. Greene retirou os ovos com leite de soja de baunilha da frigideira de teflon usando um garfo de metal e os dividiu em dois pratos. Puxou quatro fatias de pão da torradeira e também os dividiu, sem perceber que não havia apertado o botão de Torrar. Ela entregou um prato para Brooke e fez sinal na direção da mesinha da copa.

Elas levaram seus pratos para a mesa e se sentaram em seus lugares de sempre. Sua mãe voltou para a cozinha e retornou com duas latas de Coca Diet, dois garfos, uma faca, um vidro velho de geleia de uva e uma manteigueira, jogando tudo em cima da mesa.

— *Bon appetit!*

— Nham! — disse Brooke, empurrando os ovos com cheiro de baunilha pelo prato. Ela passou manteiga em seu pão tostado e ergueu a lata de refrigerante. — Saúde!

— Saúde! A... — Brooke podia ver sua mãe se contendo, provavelmente para não dizer algo sobre estarem juntas ou novos começos ou qualquer referência nada sutil a Julian. Em vez disso, ela falou: — A boas refeições e boa companhia!

Elas comeram rapidamente e Brooke ficou surpresa por sua mãe ainda não ter feito nenhuma pergunta. É claro, causou o efeito desejado fazer com que Brooke ficasse desesperada para discutir a situação, algo que sua mãe devia saber. Independente disso, Brooke sabia que as duas sempre conseguiriam chegar a algum entendimento. Quando as duas haviam se acomodado no sofá com canecas de Lipton para assistir aos últimos três episódios de *Brothers & Sisters* no DVD, Brooke achou que poderia explodir.

— Então, você provavelmente está louca para saber o que aconteceu ontem à noite — disse ela depois de dar um gole.

A Sra. Greene puxou o saquinho de chá e o deixou pingar por um segundo e então o colocou sobre um guardanapo em cima da mesa. Brooke podia ver que estava tomando muito cuidado para não olhar diretamente para ela. *As coisas devem estar feias*, pensou para si mesma. Sua mãe definitivamente não era do tipo que aliviava a pressão.

— Quando você estiver pronta — disse ela vagamente, gesticulando com a mão de uma forma inacreditável que dizia *Eu estou tranquila*.

— Bem, eu acho... meu Deus, nem sei por onde começar. A história toda é muito confusa.

— Diga como tudo aconteceu. Da última vez que falei com você foi por volta do meio-dia e você estava se preparando para colocar o vestido. Tudo parecia estar bem. O que houve depois?

Brooke se recostou no sofá e descansou um dos pés na beira da mesinha de vidro.

— É, foi mais ou menos aí que foi tudo por água abaixo. Eu tinha acabado de pôr o vestido e as joias e tudo o mais quando Margaret ligou.

— Sim...

— Bem, houve um enorme mal-entendido que nem vale a pena contar agora, mas o resumo da história é que ela me demitiu.

— Ela *o quê*? — sua mãe ficou atenta imediatamente, com a mesma expressão que assumia quando Brooke voltava da escola contando que as garotas más haviam feito chacota dela durante o recreio.

— Ela me demitiu. Disse que não dava mais para contar comigo. Que o hospital não confiava no meu comprometimento com a minha carreira.

— *O quê?*

Brooke sorriu e suspirou.

— É verdade.

— Aquela mulher deve estar louca — sua mãe disse, batendo com a mão na mesa.

— Bem, eu agradeço pelo voto de confiança, mamãe, mas tenho que admitir que ela tem razão. Não venho tendo um desempenho exatamente exemplar nos últimos meses.

A Sra. Greene ficou em silêncio por um momento, como se estivesse pensando no que dizer. Quando falou, sua voz era baixa e controlada.

— Você sabe que eu sempre gostei do Julian. Mas não vou mentir: ver aquelas fotos me fez querer matá-lo com minhas próprias mãos.

— O que você disse? — Brooke sussurrou, sentindo-se encurralada. Não que tivesse esquecido as fotos, aquelas que seu próprio marido havia descrito como similares às da matéria Sienna/Balthazar, mas conseguira empurrá-las bem para o fundo de sua mente.

— Sinto muito, querida. Eu sei que não é da minha conta e jurei para mim mesma que não diria nada, mas não dá para simplesmente fingir que nada aconteceu. Você precisa de algumas respostas de verdade.

Brooke ficou irritada.

— Acho que está bastante claro que ele e eu precisamos resolver um monte de coisas. Eu não reconheço mais este Julian e não é só por causa de umas fotos tiradas pelos paparazzi.

Brooke olhou para a mãe e esperou por uma resposta, mas ela ficou em silêncio.

— O que foi? — perguntou Brooke — O que você está pensando?

— Você ainda não viu, não é?

Brooke ficou calada por um instante antes de dizer:

— Eu quero, mas não consigo. Tudo vai se tornar tão real no momento em que eu vir...

A Sra. Greene dobrou as pernas debaixo de si e esticou o braço pelo sofá para pegar a mão de Brooke.

— Querida, eu entendo o que você está dizendo. Deve se sentir como se estivesse no parapeito de um edifício alto. Lamento ter que dizer isso, mas... acho que você precisa dar uma olhada.

Ela se virou e olhou para a mãe.

— Sério, mãe? Não é você que sempre me aconselha a ignorar essas merdas todas? Você não vive me lembrando o tempo inteiro, basicamente toda vez que eu fico chateada com alguma coisa que leio, que 99 por cento do que os tabloides publicam é um monte de mentiras e distorções?

— Há uma revista na minha mesinha de cabeceira.

— Na sua mesinha de cabeceira? — guinchou Brooke, odiando o som de sua própria voz, uma mistura de choque e pânico. — Desde quando você assina a *Last Night*? Achei que esta casa vivesse estritamente de *Oprah* e *Newsweek*.

— Assinei quando você e Julian começaram a aparecer regularmente — ela explicou baixinho. — Era emocionante e eu queria entender quando as pessoas comentavam.

Brooke riu desconsoladamente.

— Ah, bem, não está feliz por ter feito isso? Não é simplesmente uma fonte de informações fascinantes?

— É horrível fazer isso, mas prefiro que você veja aqui pela primeira vez. Estarei bem aqui esperando por você. Vá.

Brooke olhou para a mãe e pôde ver a dor em seu rosto. Ela se levantou do sofá e tentou ignorar os sentimentos avassaladores de medo e terror. O caminho da sala de estar até o quarto pareceu interminável, mas antes mesmo de poder processar o que estava acontecendo, Brooke sentou-se na beirada da cama. A capa mostrava os rostos sorridentes de Justin Timberlake e Jessica Biel com uma grande rachadura entre eles. A palavra "Acabou!" estava esparramada em vermelho-vivo no alto.

Reconfortada pelo fato de Julian ainda não ser importante o suficiente para garantir uma capa, Brooke abriu no índice para ver as manchetes. Foi desnecessário. Bem no alto da página, ocupando mais espaço do que devia, estava uma foto do seu marido em uma mesa ao ar livre no pátio de Chateau Marmont. A garota sentada ao seu lado estava quase completamente escondida por um enorme vaso de planta, mas dava para distinguir seu perfil enquanto ela se inclinava na direção dele, a cabeça virada de lado e a boca aberta, como se estivessem prestes a beijá-lo. Ele estava segurando uma cerveja em uma das mãos e exibindo suas covinhas para a garota. Brooke sentiu uma onda de náusea, seguida pela percepção clara de que essas revistas nunca exibiam as fotos mais fortes no sumário. O pior ainda estava por vir.

Ela respirou fundo e abriu na página 18. Quem quer que alegasse que coisas horríveis levavam um tempo para serem absorvidas obviamente nunca encarara uma matéria de página dupla sobre seu marido seduzindo outra mulher. A mente dela absorveu tudo sem titubear. Sem o menor esforço, ela viu outra versão da primeira foto, só que nesta Julian parecia estar escutando atentamente enquanto a garota sussurrava algo em seu ouvido. Estava marcada como tendo sido tirada às 23h38. A foto seguinte, marcada com um 0h22 em vermelho brilhante, mostrava Julian jogando a cabeça para trás às gargalhadas; a garota também estava rindo e agora tinha a palma da mão plantada firmemente no peito dele. Ela estava fingindo empurrá-lo para longe? Só procurando uma desculpa para tocá-lo? A terceira e última foto no lado esquerdo da página era a pior: mostrava a garota com o corpo colado no dele, bebendo o que parecia ser champanhe rosé. Julian ainda estava segurando sua cerveja em uma das mãos, mas a outra mão parecia estar subindo pelo vestido dela. Dava para ver pelo ângulo de seu braço que ele não estava fazendo nada mais do que tocando a coxa dela, mas não havia como negar que tanto a mão quanto o pulso estavam completamente escondidos pelo tecido. Julian estava piscando para a garota, dando a ela aquele sorriso matreiro que Brooke tanto adorava enquanto ela olhava para seus grandes olhos castanhos com adoração. Eram 1h03.

E então veio o golpe, sem dúvida a coroação da glória da *Last Night*. Do lado direito da página havia uma foto ampliada que bem podia ter o tamanho de um outdoor. A hora dizia 6h18. E mostrava a garota, usando exatamente o mesmo vestido azul sem graça de algumas horas antes, saindo possivelmente de um quarto num bangalô. Seu cabelo estava desastrosamente despenteado e ela trazia a aparência clichê de "dia seguinte". Segurava a bolsa junto ao peito como se estivesse se protegendo da surpresa do flash e seus olhos estavam arregalados, chocados, mas havia outra coisa ali também. Orgulho? Realização? O que quer que fosse, obviamente não era vergonha.

Brooke não podia deixar de examinar cada foto com o cuidado de um cientista examinando um espécime, procurando por pistas, sinais e padrões. Levou mais alguns segundos nauseantes, mas depois de olhar intensamente para a última foto, Brooke soube o que a incomodava mais. A garota não era uma atriz famosa ou uma top model ou uma estrela pop, pelo menos não pelo que Brooke podia ver. Ela parecia comum. Tinha cabelos lisos, um pouco compridos demais e castanho-avermelhados, um vestido azul sem nada de extraordinário e um corpo sem grandes atrativos — tão surpreendentemente mediano — que Brooke quase ficou sem ar quando percebeu: a garota meio que parecia com *ela*. Talvez uns 3 quilos a mais, maquiagem malfeita e sandálias não exatamente apropriadas (os saltos um pouco grossos demais para sair à noite e o couro ligeiramente gasto). O casinho de Julian no Chateau e Brooke podiam ser irmãs. E, quase mais enervante do que tudo, Brooke tinha praticamente certeza de que *ela* seria considerada a mais bonita.

Era tudo muito esquisito. Se o seu marido ia traí-la com uma estranha que conheceu num hotel em Hollywood, não podia ter pelo menos o respeito de escolher uma gostosa? Ou, no mínimo, alguém artificial e cafona? Onde estavam os peitos falsos enormes e os jeans colados? O bronzeamento de spray e as luzes de 500 dólares nos cabelos? *Como é que ela conseguiu* entrar *no Chateau?* Brooke ficou imaginando. Talvez um músico famoso não conseguisse pegar sempre modelos do nível da Giselle, mas ele não podia pelo menos ter encontrado alguém mais bonita do que sua própria *mulher*? Brooke jogou a revista de lado, enojada. Era mais fácil se concentrar no absurdo de seu marido traí-la com uma versão menos atraente dela que admitir a parte da *traição* em si.

— Você está bem? — a voz de sua mãe a surpreendeu. A Sra. Greene estava encostada no vão da porta, o rosto com a mesma expressão sofrida de antes.

— Você estava certa — disse Brooke. — Não teria sido divertido ver isso estampado no trem quando eu estivesse indo para casa amanhã.

— Eu sinto muito, querida. Sei que deve parecer impossível neste momento, mas acho que você tem que ouvir o Julian.

Brooke fungou.

— Você quer dizer ouvir algo do tipo "Querida, tecnicamente eu podia ter ido para casa e passado a noite com você, mas em vez disso enchi a cara e fiquei com sua irmã gêmea menos bonita? Ah, e por acaso fui fotografado fazendo isso?" — Brooke podia ouvir a raiva em sua voz, o sentimento de impotência, e ficou surpresa por não estar com vontade de chorar.

A Sra. Greene suspirou e se juntou a ela na cama.

— Não sei, querida. Ele com certeza precisa fazer melhor do que isso. Mas vamos ser claras em relação a uma coisa: essa vagabunda não é sua irmã gêmea. Ela é só uma garota patética que se jogou em cima do seu marido. Você a ofusca em *todos* os sentidos imagináveis.

O som de "For the lost" tocou no outro quarto. A mãe de Brooke olhou para ela interrogativamente.

— É o toque do meu celular — disse Brooke, levantando-se. — Eu o baixei há algumas semanas. Agora posso passar a noite tentando descobrir como fazê-lo sumir.

Ela localizou seu telefone no quarto de hóspedes e viu que era Julian ligando. Queria ignorar, mas não podia.

— Oi — falou ela, sentando na beirada da cama.

— Brooke! Meu Deus, eu estava em pânico. Por que não atendeu às minhas ligações? Eu nem sabia se você tinha conseguido chegar em casa ou não.

— Não estou em casa, estou na casa da minha mãe.

Ela achou ter ouvido um palavrão abafado e então ele disse:

— Da sua mãe? Não tinha entendido que você ia para aí.

— É, bem, esse não era o meu plano mas os paparazzi não me deixaram outra escolha.

— Brooke? — Ela ouviu uma buzina tocando ao fundo. — *Droga*, quase bateram no carro. Cara, qual é a desse sujeito aí atrás? — Então, para ela: — Brooke? Desculpe. Eu quase morri aqui.

Ela não disse nada.

— Brooke...

— Sim?

Houve uma pausa antes de ele falar:

— Por favor, me escute.

Houve outro momento de silêncio. Ela sabia que ele estava esperando que ela dissesse algo sobre as fotos, mas Brooke não podia lhe dar essa satisfação. O que, por acaso, também era enervante. Como era triste fazer joguinhos infantis de não-mostre-seus-sentimentos a seu próprio marido.

— Brooke, eu... — ele parou e tossiu. — Eu, hum, não posso nem imaginar quanto foi difícil ver aquelas fotos. Como deve ter sido totalmente, absolutamente horrível...

A mão dela apertou o telefone com tanta força que ela ficou com medo de quebrá-lo, mas não conseguia dizer nada. De repente, sua garganta havia se fechado e as lágrimas começaram a correr pelo rosto.

— E quando todos aqueles jornalistas fizeram aquelas perguntas ontem à noite no tapete vermelho... — ele tossiu novamente e Brooke imaginou se ele estava mesmo emocionado ou apenas usando um recurso para sensibilizá-la. — Foi brutal para mim e posso imaginar o inferno que foi para você e...

Ele parou de falar, claramente esperando que ela dissesse alguma coisa, que o salvasse de si mesmo, mas ela não conseguia formar uma frase por trás das lágrimas silenciosas.

Eles ficaram assim por um minuto inteiro, talvez dois, antes de ele dizer:

— Gata, você está chorando? Ah, Rook, eu sinto muito.

— Eu vi as fotos — ela sussurrou e então fez uma pausa. Ela sabia que tinha que perguntar, mas uma parte dela continuava achando que era melhor não saber.

— Brooke, elas parecem muito piores do que a realidade.

— Você passou a noite com aquela mulher? — perguntou ela. Sua voz se alterando ao máximo.

— Não foi assim.

Silêncio. O silêncio ao telefone quase parecia vivo. Ela esperou e rezou para que ele dissesse que era tudo um grande mal-entendido, uma armação, uma manipulação da mídia. Em vez disso, ele não falou nada.

— Está bem, então — ela se ouviu dizer. — Isso basicamente explica tudo. — Suas duas últimas palavras foram engasgadas, abafadas.

— Não! Brooke, eu... eu não transei com aquela garota. Eu juro para você.

— Ela estava saindo do seu quarto às 6 horas da manhã.

— Estou lhe dizendo, Brooke, nós não transamos — ele parecia infeliz, a voz suplicante.

E então ela finalmente entendeu.

— Então você não chegou a transar com ela, mas alguma coisa aconteceu, certo?

— Brooke...

— Eu preciso saber o que aconteceu, Julian. — Ela queria vomitar com o horror de ter essa conversa com seu marido, essa versão estranhamente terrível de "até onde você chegou?".

— Ela tirou a roupa, mas depois disso nós apagamos. Não aconteceu nada, eu juro para você, Brooke.

Ela tirou a roupa. Era uma maneira tão direta de dizer. Tão chocante. Ela sentiu a bílis subindo por sua garganta com a imagem mental de Julian deitado nu na cama com outra pessoa.

— Brooke? Você ainda está aí?

Ela sabia que ele estava falando, mas não podia ouvir o que estava dizendo. Afastou o telefone da orelha e olhou para o visor; uma foto dele com o rosto colado ao focinho do Walter olhou de volta para ela.

Ficou sentada na cama por mais dez segundos, talvez vinte, olhando para a foto de Julian e ouvindo a voz dele subir e descer. Respirou fundo, levou o aparelho até a boca e disse:

— Julian, eu vou desligar. Por favor, não me ligue de volta. Eu quero ficar sozinha.

Antes que pudesse perder a coragem, ela desligou o telefone, tirou a bateria e os guardou separadamente na gaveta da mesinha de cabeceira. Não haveria mais conversas naquela noite.

15

não sou de soluçar no chuveiro

— Tem certeza de que não quer que a gente entre, nem que seja só por alguns minutos? — perguntou Michelle, vendo a fileira de SUVs com vidros escuros cercando o quarteirão do lado de fora da entrada do prédio de Brooke.

— Absoluta — respondeu ela, tentando não soar grosseira. A viagem de carro de duas horas da casa de sua mãe até Nova York com seu irmão e Michelle lhe dera mais do que tempo suficiente para atualizá-los quanto à situação e eles haviam chegado à Manhattan no momento em que as perguntas chegaram a um nível que ela não estava preparada para responder.

— Por que não a ajudamos a passar pela porta da frente? — perguntou Randy. — Eu sempre quis dar um soco em um paparazzo.

Ela cerrou os dentes e sorriu.

— Valeu, gente, mas eu posso cuidar disso. Eles provavelmente estão sentados aí desde o Grammy e acho que não vão embora tão cedo.

Randy e Michelle trocaram um olhar cético, então Brooke continuou.

— Estou falando sério, pessoal. Vocês têm mais três horas de viagem no mínimo e está ficando tarde, então é melhor irem logo. Vou descer o quarteirão, ignorá-los quando pularem para fora dos carros e manter minha cabeça erguida. Não vou nem dizer "sem comentários".

Randy e Michelle estavam indo a um casamento nos Berkshires e planejavam aproveitar um ou dois dias sozinhos em sua primeira viagem sem a bebê. Brooke deu mais uma espiada na barriga impressionantemente seca de Michelle e balançou a cabeça, fascinada. Era um milagre, especialmente já que a gravidez havia substituído seu corpo anteriormente em forma e compacto por uma espécie de silhueta atarracada com zero delineação entre seu peito e sua cintura ou cintura e coxas. Brooke achou que levaria anos para que Michelle recuperasse sua silhueta, mas apenas quatro meses depois do nascimento de Ella, a cunhada parecia melhor do que nunca.

— Bem, está certo... — disse Randy, erguendo as sobrancelhas. Ele perguntou à Michelle se ela queria entrar no apartamento para ir ao banheiro.

Brooke se afundou. Ela estava louca para ter alguns minutos sozinha antes que Nola chegasse e o segundo round do interrogatório começasse.

— Não, eu estou bem — respondeu Michelle e Brooke soltou o ar. — Se o trânsito estiver tão ruim assim, é melhor irmos logo. Você tem certeza de que vai ficar bem?

Brooke abriu um sorriso e inclinou-se para o banco do carona para abraçar Michelle.

— Eu juro. Estou ótima. Por favor, só se concentrem em dormir e beber o máximo que puderem, está bem?

— Corremos o risco de dormir durante o casamento todo — resmungou Randy, inclinando-se para fora da janela do motorista para dar um beijo em Brooke.

Houve uma explosão de flashes por perto. O homem tirando fotos do outro lado da rua obviamente a tinha visto antes de qualquer um dos outros, apesar de Randy ter estacionado a quase um quarteirão da portaria. Ele estava usando um casaco azul-marinho de capuz e calças cáqui e não parecia estar fazendo o menor esforço para disfarçar suas intenções.

— Uau, ele estava bem em cima, não é? Não perdeu um segundo — disse seu irmão, inclinando-se para fora da janela para ver melhor o cara.

— Na verdade, eu já o vi antes. Garanto que você vai ver uma foto na internet nas próximas quatro horas de nós nos beijando com uma legenda do tipo "Esposa desprezada não perde tempo e arruma novo amante". — disse ela.

— Não vão mencionar que eu sou seu irmão?

— Claro que não. Nem o fato de que sua mulher está sentada ao seu lado no carro. Na verdade, há até a possibilidade de que chamem de *ménage à trois*.

Randy sorriu, um sorriso triste.

— Que droga, Brooke. Eu sinto muito. Por tudo.

Brooke apertou o braço dele.

— Pare de se preocupar comigo. Vá curtir a sua viagem!

— Ligue-me se precisar de alguma coisa, está bem?

— Pode deixar — disse ela com uma animação mais fingida do que achava ser possível. — Dirija com cuidado!

— ela ficou parada e acenou até eles virarem a esquina, aí traçou uma reta para a porta da frente. Mal havia andado 3 metros quando os outros fotógrafos, sem dúvida alertados pelos flashes anteriores, pareceram voar para fora dos carros e se reuniram em um grupo barulhento e agitado exatamente em frente ao seu edifício.

— Brooke! Por que não foi a nenhuma das festas pós-premiação com o Julian?

— Brooke! Você colocou o Julian para fora?

— Você sabia que o seu marido estava tendo um caso?

— Por que seu marido ainda não voltou para casa?

Boa pergunta, Brooke pensou para si mesma. *Somos dois imaginando exatamente a mesma coisa*. Eles gritavam e enfiavam câmeras no rosto dela, mas ela se recusou a fazer contato visual com qualquer um deles. Fingindo uma calma que não sentia, ela primeiro abriu a porta de fora, fechou-a atrás de si e então destrancou a porta para o saguão. Os flashes continuaram até o elevador se fechar atrás dela.

O apartamento estava assustadoramente silencioso. Para ser sincera, ela havia se permitido ter esperanças fúteis de que Julian largasse tudo e voasse para casa para conversar. Ela sabia que os dias dele eram cheios e não negociáveis — como membro aprovado da lista "cc", ela recebia seus cronogramas diários, informações de contato e planos de viagem por e-mail todas as manhãs — e *sabia* que ele não podia cancelar nenhuma das oportunidades de entrevistas pós-Grammy para voltar para casa alguns dias antes. Mas isso não mudava o fato de que ela *queria* desesperadamente que ele fizesse exatamente isso. Até aquele momento, ele estava programado para aterrissar no JFK dali a dois dias, na manhã de quinta-feira, para mais uma rodada de entrevista em Nova York, e ela estava tentando não pensar sobre o que aconteceria depois.

Só conseguiu tomar uma ducha rápida e fazer um saco de pipoca de micro-ondas antes que o interfone tocasse. Nola e Walter irromperam pelo hall minúsculo em um alegre emaranhado de coleiras e casacos, e Brooke riu pela primeira vez em dias quando Walter deu um salto de 1,20 metro para tentar lamber seu rosto. Quando ela finalmente o pegou no colo, ele guinchou como um leitão e cobriu seu rosto de beijos.

— Não espere a mesma recepção de mim — falou Nola, franzindo o rosto de nojo. Aí, ela cedeu e deu um abraço apertado em Brooke e depois deram um abraço triplo, junto com Walter. Nola beijando Brooke na bochecha e Walter no focinho. Então foi direto para a cozinha para preparar vodca com gelo e algumas azeitonas.

— Se o que está acontecendo do lado de fora do seu apartamento agora é alguma indicação de como foram as coisas em Los Angeles, acho que você pode precisar disto — disse Nola, entregando um copo de vodca para Brooke. Elas se sentaram frente a frente no sofá — Então... está pronta para me contar o que aconteceu?

Brooke suspirou e deu um gole em seu drinque. O líquido era pungente, mas aqueceu sua garganta e bateu em seu estômago de uma maneira surpreendentemente agradável. Ela não conseguiria reviver a história toda de novo, um ponto miserável de cada vez, e sabia que apesar de Nola ser solidária, nunca poderia realmente entender como fora a noite.

Então ela contou sobre todos os assistentes andando de um lado para o outro pela suíte deslumbrante do hotel, o Valentino dourado. Ela fez Nola rir com a história do segurança da Neil Lane e se vangloriou sobre como seu cabelo e suas unhas estavam perfeitos. Diminuiu a importância do telefonema de Margaret, dizendo que a chefia do hospital estava louca e que ela realmente havia faltado muito ao trabalho e dispensou o olhar de choque no rosto de Nola com uma risada e um gole de vodca. Forneceu obedientemente detalhes sobre como era o tapete vermelho ("bem mais quente do que eu imaginei — você só percebe a quantidade de luz em cima de você depois que já está lá") e como pessoalmente os astros eram, em sua maioria, mais magros do que nas fotos, e quase sempre mais velhos"). Ela respondeu às perguntas de Nola a respeito de Ryan Seacrest ("encantador e adorável, mas você sabe que eu o amo e o defendo"), se John Mayer era ou não gato o suficiente para justificar pegar tantas mulheres ("eu sinceramente acho Julian mais gato, o que, pensando melhor, realmente não é um bom parâmetro") e deu uma opinião absolutamente inútil sobre se Taylor Swift era mais bonita ou mais feia do que Miley Cyrus ("ainda não tenho certeza se posso saber quem é quem"). Sem entender bem por quê, omitiu deliberadamente o encontro com Layla Lawson, as mulheres no banheiro e o sermão de Carter Price.

O que ela não contou à Nola foi como ficara absolutamente arrasada quando desligou o telefone depois de ser demitida. Ela não descreveu quanto Julian tinha sido frio ao falar sobre as fotos, colocando o foco em "gerenciar o impacto" e "passar a mesma mensagem para a imprensa", nem falou que isso foi o que a havia chateado mais. Deixou de fora o detalhe de que, enquanto eles andavam pelo tapete vermelho, os paparazzi os haviam cercado de perguntas humilhantes a respeito das fotos e gritado insultos, esperando fazê-los virar na direção da câmera. Como ela poderia explicar para qualquer um como se sentira ouvindo Carrie Underwood cantar "Before he cheats", imaginando se cada pessoa no auditório estava olhando para eles e tentando ficar com a expressão impassível enquanto ouvia o refrão, "Porque da próxima vez que ele trair/ Ah, você sabe que não será a mim".

Ela omitiu as partes sobre chorar no carro a caminho do aeroporto e rezar para que Julian implorasse a ela para ficar, que a *proibisse* totalmente de partir, como seus protestos frios e pouco entusiasmados haviam sido devastadores. Brooke não podia admitir que fora a última a embarcar no voo, na esperança patética de que Julian viesse correndo pelo portão de embarque, como em todos os filmes, e se ajoelhasse pedindo para ela ficar, ou como, quando finalmente entrou no avião e observou a porta se fechar atrás de si, ela o odiou ainda mais por deixá-la partir do que por qualquer crime idiota que ele tivesse cometido.

Quando finalmente terminou, ela se virou para Nola e a olhou com expectativa.

— Foi um bom resumo?

Nola só balançou a cabeça.

— Qual é, Brooke. Qual é a *verdadeira* história?

— A verdadeira história? — Brooke riu, mas pareceu um riso insípido, infeliz. — Você pode ler a verdadeira história na página 18 da *Last Night* desta semana. — Walter pulou para cima do sofá e descansou o queixo na coxa de Brooke.

— Brooke, já pensou que pode haver uma explicação lógica?

— Fica cada vez mais difícil botar a culpa nos tabloides quando seu marido confirma.

A expressão no rosto de Nola era de descrença.

— Julian admitiu...

— Admitiu. — Isso fez Nola largar o drinque e olhar para ela. — Acho que a citação exata foi "ela tirou a roupa". Como se ele não fizesse ideia de como *isso* aconteceu, apesar de dizer que "ela tirou".

— Ah, meu Deus.

— Ele jura que não dormiu com ela. Como se eu pudesse acreditar nisso. — O celular dela tocou, mas Brooke o silenciou imediatamente. — Ah, Nola, eu simplesmente não consigo tirar a imagem deles dois nus juntos da cabeça! E quer saber a parte mais esquisita? O fato de que ela não é especialmente bonita me faz sentir ainda pior. Tipo, ele nem pode alegar que estava tããooo bêbado e essa modelo gostosa caiu em sua cama. — Ela ergueu uma cópia da *Last Night* e a balançou. — Quer dizer, ela é normal. No máximo! E não vamos nos esquecer de que ele passou a noite inteira flertando com ela. Seduzindo-a. Você espera que eu acredite que eles realmente não transaram?

Nola baixou os olhos para o colo.

— Mesmo se ele não dormiu com ela , obviamente era essa sua intenção — Brooke se levantou e andou de um lado para o outro do aposento. — Ele está tendo um caso, ou gostaria de ter. Eu seria uma idiota se aceitasse isso.

Nola permaneceu em silêncio.

— Mal nos vemos e, quando isso acontece, brigamos. Quase não transamos mais. Quando ele viajava está sempre na rua, com garotas e música ao fundo, e eu nunca sei onde ele está. Já houve *tantos boatos*. Sei que toda esposa desprezada no planeta quer acreditar que sua situação é diferente, mas eu seria uma idiota em achar que isso não poderia acontecer comigo... — Ela soltou o ar e balançou a cabeça. — Meu Deus, nós somos iguais aos meus pais. Sempre achei que seríamos diferentes e aqui estamos...

— Brooke, você precisa conversar com ele.

Brooke jogou as mãos para o alto.

— Eu também acho, mas onde ele está? Comendo sushi em West Hollywood antes de seu circuito de talk shows da madrugada? É difícil ignorar o fato simples de que, se ele realmente *quisesse*, estaria aqui agora.

Nola girou o conteúdo de seu copo e pareceu pensar sobre isso.

— Ele *poderia* estar?

— É claro que poderia! Ele não é o presidente, não está realizando uma cirurgia que vai salvar uma vida e não está pilotando uma espaçonave no espaço para uma aterrissagem segura. Ele é um cantor, pelo amor de Deus, e acho que poderia dar um jeito.

— Bem, *quando* ele volta?

Brooke deu de ombros e coçou o pescoço do Walter.

— Depois de amanhã. Mas não por minha causa, veja bem. Nova York já estava no cronograma. Aparentemente, a dissolução do nosso casamento não garante uma linha no itinerário.

Nola largou seu drinque e virou-se para Brooke.

— *A dissolução do seu casamento*? É realmente isso que está acontecendo aqui?

Aquela frase ficou no ar.

— Não sei, Nola. Eu realmente espero que não. Mas não sei como vamos superar isso.

Brooke tentou afastar a náusea que a tomou. Com toda a conversa de "dar um tempo" e "precisar de espaço" e "tentar entender as coisas" dos últimos dias, ela nunca se permitira realmente considerar a possibilidade de que ela e Julian não fossem conseguir superar essa situação.

— Olhe, Nol, odeio fazer isso, mas vou expulsá-la agora. Eu preciso dormir.

— Por quê? Você está desempregada. O que tem para fazer amanhã?

Brooke riu.

— Obrigada pela sensibilidade. Devo informá-la de que não estou desempregada, só *subempregada*. Ainda tenho as vinte horas semanais na Huntley.

Nola se serviu de mais um dedo de vodca e não se preocupou com as azeitonas desta vez.

— Você só tem que estar lá amanhã à tarde. Precisa realmente dormir neste minuto?

— Não, mas preciso de algumas horas para soluçar no chuveiro, tentar não procurar a garota do Chateau no Google e então chorar até dormir porque vou procurá-la de qualquer maneira — respondeu Brooke. Ela estava brincando na maior parte, é claro, mas acabou não parecendo.

— Brooke...

— Estou brincando. Não sou de soluçar no chuveiro. Além disso, provavelmente vou tomar banho de banheira.

— Não vou deixá-la nesse estado.

— Bem, então você vai dormir no meu sofá, porque eu vou para a cama. Sério, Nola, eu estou bem, de verdade. Acho que preciso de um tempo sozinha. Minha mãe surpreendentemente não se intrometeu, mas ainda não tive um segundo para mim. Não que não vá haver tempo suficiente para isso...

Foram necessários mais dez minutos para convencer Nola a ir embora e, quando ela finalmente partiu, Brooke não ficou tão aliviada quanto havia previsto. Ela tomou um banho de banheira e vestiu seu pijama de algodão mais confortável e o roupão mais esfarrapado e subiu nas cobertas, levando o laptop para a cama com ela. No início do casamento, eles haviam combinado que nunca teriam uma televisão no quarto — o que também aplicaram a computadores —, mas considerando-se que Julian não estava à vista, parecia quase certo que ela baixasse *Vestida para casar* ou um filme do gênero) e se distraísse um pouco. Pensou brevemente em pegar um pote de sorvete, mas achou que seria Bridget Jones demais. O filme provou ser uma excelente distração, devido principalmente à sua determinação de se manter concentrada na tela e não permitir que sua mente vagasse, mas, assim que ele acabou, ela cometeu um erro fatal. Dois, na verdade.

Sua primeira decisão desastrosa foi ouvir as mensagens do celular. Levou quase vinte minutos para ouvir as 33 mensagens que haviam sido deixadas desde o dia do Grammy. A diferença dos recados de domingo, quando amigos e parentes estavam ligando para lhe desejar boa sorte, para hoje — quando quase todos eram telefonemas de condolências — era impressionante. A maioria era de Julian e todas incluíam alguma versão pouco entusiasmada de "Eu posso explicar". Apesar de serem adequadamente suplicantes, nenhuma incluía um "Eu te amo". Havia uma de cada: Randy, seu pai, Michelle e Cynthia, todas oferecendo apoio e força; quatro de Nola em momentos diferentes, querendo saber o que estava acontecendo e dando informações sobre Walter; e uma da Heather, a orientadora da Huntley que ela encontrara na padaria italiana. O resto era de velhos amigos, (ex) colegas de trabalho e outros conhecidos, e cada uma fazia parecer que alguém havia morrido. Apesar de não ter sentido vontade de chorar antes de escutá-las, havia um nó em sua garganta quando ela terminou.

Sua segunda, e talvez pior, jogada amadora foi verificar o Facebook. Havia previsto que muitos de seus amigos teriam postado atualizações de status entusiasmadas a respeito da apresentação de Julian — não era todo dia que alguém que conheceram no colégio ou na faculdade tocava no Grammy. O que ela não havia previsto, ingenuamente, era a enxurrada de mensagens de apoio dirigida a ela: seu mural estava coberto de tudo desde "Você é forte, vai superar isso" da mãe de uma de suas amigas, a "Isso só mostra que todos os homens são uns babacas. Não se preocupe, Sra. A, estamos todas torcendo por vc!!!", da Kaylie. Sob qualquer outra circunstância menos humilhante, teria sido maravilhoso sentir tanto amor e encorajamento, mas isso era totalmente mortificante. Com ele, vinha a prova incontroversa de que sua infelicidade particular estava sendo conduzida muito publicamente e não apenas na frente de estranhos. De uma forma que ela não conseguia bem explicar, fora mais fácil pensar nas multidões de americanos anônimos e sem rosto examinando as fotos de seu marido com a garota do Chateau, mas no instante em que ela percebeu que também eram seus amigos e família, colegas de trabalho e conhecidos, tornou-se praticamente insuportável.

A dose dupla de Ambien que tomou naquela noite profilaticamente foi suficiente para deixá-la grogue e de ressaca no dia seguinte, mas não forte o bastante para levá-la ao sono sem sonhos que ela desesperadamente queria. A manhã e o início da tarde passaram em um nevoeiro, com apenas Walter e o som constante (mas ignorado) do telefone pontuando e, se ela não tivesse pavor de também perder seu emprego na Huntley, teria pensado seriamente em ligar dizendo que estava doente. Em vez disso, forçou-se a tomar uma ducha, comer um sanduíche de manteiga de amendoim com torrada integral e se dirigir ao metrô com tempo suficiente para chegar ao Upper East Side às 15h30. Ela chegou à escola 15 minutos adiantada e, depois de admirar só por um momento a fachada de mármore coberta de hera, percebeu uma grande agitação à esquerda da entrada.

Havia um pequeno grupo de fotógrafos e o que pareciam ser dois repórteres (um com um microfone, o outro com um notebook) cercavam uma mulher loura e miúda que usava um casaco de pele até o joelho, um coque bem-arrumado e tinha um sorriso feio. Os fotógrafos estavam tão concentrados na mulher que não perceberam a chegada de Brooke.

— Não, eu não diria que é algo pessoal — disse a mulher enquanto balançava a cabeça. Ela ouviu por um momento e então a balançava novamente. — Não, nunca interagi com ela; minha filha não precisa de orientação nutricional, mas...

Brooke parou de ouvir por um milésimo de segundo quando percebeu que essa estranha estava falando sobre ela.

— Fiquem sabendo que não estou sozinha ao achar que esse tipo de atenção é inadequado a um ambiente escolar. Minha filha devia estar se concentrando nas matérias do semestre e, em vez disso, está lutando contra telefonemas de repórteres pedindo que dê uma declaração para um tabloide de fofocas de circulação nacional. É inaceitável e é por isso que a Associação de Pais está pedindo a demissão imediata da Sra. Alter.

Brooke ficou sem ar. A mulher a viu. As outras 12 ou mais pessoas ao redor dela — agora era possível ver que havia mais duas mães com a senhora loura — viraram o rosto em sua direção. A gritaria começou imediatamente.

— Brooke! Você conhece a mulher que aparece nas fotos com o Julian?

— Brooke, vai deixar o Julian? Você o viu desde domingo à noite?

— O que acha sobre a Associação de Pais da Huntley pedir a sua demissão? Culpa seu marido por isso?

Era como viver o inferno do Grammy de novo, só que desta vez sem o vestido, o marido ou a corda que a separava dos paparazzi. Felizmente, havia o segurança da escola, que ergueu o braço na direção da multidão e ordenou que todos chegassem para trás, lembrando-os de que, apesar de a calçada ser pública, a escada que levava à porta da frente não era. Brooke lançou-lhe um olhar de gratidão e voou para dentro. Estava tão zangada quanto chocada, mais consigo mesma por não prever — por nem suspeitar — que toda essa atenção não solicitada a seguiria até a escola.

Ela respirou profundamente e foi direto para sua sala no térreo. Rosie, a assistente administrativa dos programas de orientação, olhou para ela de sua mesa quando Brooke entrou na antessala para a suíte onde ela, Heather e as outras três orientadoras mantinham seus escritórios. Rosie nunca fora muito boa em cuidar de seu próprio nariz, mas Brooke achou que hoje ela seria pior do que o normal. Então se preparou para enfrentar a referência inevitável às fotos de Julian, a multidão do lado de fora ou ambos.

— Oi, Brooke. Quando tiver se acalmado dessa loucura lá fora, me avise. Rhonda que falar com você rapidinho antes que suas consultas comecem — disse Rosie, parecendo nervosa o suficiente para deixar Brooke aflita.

— Sério? Alguma ideia do que ela quer?

— Não — retrucou Rosie, obviamente mentindo. — Ela me pediu que a avisasse assim que você chegasse aqui.

— Está bem, posso tirar o casaco e verificar a secretária eletrônica? Dois minutos?

Ela entrou em sua sala, apenas do tamanho suficiente para acomodar uma mesa, duas cadeiras e um cabideiro, e fechou silenciosamente a porta. Através da porta de vidro, pôde ver Rosie pegar o telefone e avisar Rhonda que ela havia chegado.

Mal haviam se passado trinta segundos quando ela ouviu uma batida.

— Entre! — gritou Brooke, tentando soar receptiva. Ela gostava de Rhonda e a respeitava genuinamente e, apesar de uma visita de sua diretora não ser nem um pouco incomum, ela esperara evitar qualquer contato desnecessário naquele dia.

— Estou feliz que você esteja aqui. Quero atualizá-la em relação à Lizzie Stone — disse Brooke, esperando se apropriar da conversa ao falar sobre uma das alunas que aconselhava. Brooke foi em frente como um trator: — Não acredito que confiem ao Treinador Demichev o bem-estar dessas meninas. Quer dizer, acho ótimo que ele consiga criar atletas olímpicos do nada, mas é só uma questão de tempo até que uma delas morra de inanição.

— Brooke — disse Rhonda, pronunciando seu nome de uma forma excepcionalmente longa — Eu quero ouvir isso; talvez você possa me escrever um memorando. Mas nós precisamos conversar.

— Ah? Está tudo bem? — perguntou ela, o coração batendo forte no peito.

— Acho que não. Sinto muito ter que lhe dizer isso...

Ela soube pelo olhar no rosto de Rhonda. É claro que a decisão não tinha sido dela, Rhonda disse; ela podia ser a diretora, mas era subordinada a várias outras pessoas, especialmente aos pais, que achavam que todos os holofotes que Brooke estava atraindo não ficava bem para a escola. Todo mundo sabia que não era culpa de Brooke, que é claro que ela não podia estar satisfeita com o massacre da mídia, motivo pelo qual queriam que tirasse uma licença — remunerada, é claro — até que tudo se acalmasse.

Quando por fim Rhonda falou "Espero que entenda que isso é apenas temporário e é um recurso com o qual nenhum de nós está feliz", Brooke não estava mais mentalmente ali. Ela não sugeriu à Rhonda que a mãe hostil que atualmente estava atendendo à imprensa do lado de fora da escola era a pessoa que estava chamando toda a atenção da mídia, não ela. Conteve-se para não lembrar à diretora que ela nunca se referira à escola pelo nome em uma única entrevista e nunca, jamais, comprometera a privacidade de suas alunas explicando suas responsabilidades para qualquer um fora de seu círculo imediato de amigos e parentes. Em vez disso, forçou-se a entrar no modo automático de respostas apropriadas, assegurando Rhonda de que ela entendia, que sabia que não era culpa dela, que iria embora assim que resolvesse alguns assuntos pendentes. Menos de uma hora depois, Brooke voltou para a antessala vestindo seu casaco e com a bolsa pendurada no ombro e encontrou Heather.

— Ei, já acabou por hoje? Que inveja.

Brooke sentiu um bolo crescendo em sua garganta e tossiu.

— Acho que já acabei para sempre.

— Eu soube o que aconteceu — sussurrou Heather, apesar de estarem sozinhas na sala. Brooke ficou imaginando como é que ela já sabia e então se lembrou de como as fofocas corriam rápido numa escola.

Brooke deu de ombros.

— É, bem, faz parte. Se eu fosse um pai que pagasse US$ 40 mil por ano para minha filha estudar aqui, acho que não ficaria feliz por ela ser importunada pelos paparazzi toda vez que botasse o pé na rua. Rhonda me disse que algumas das garotas haviam sido contatadas por repórteres de tabloides pelo Facebook, perguntando como eu era na escola e se eu falava sobre o Julian. Pode imaginar? — Brooke suspirou. — Se este é realmente o caso, eu *devia* mesmo ser demitida.

— Essas pessoas são absolutamente ordinárias. Ouça, Brooke, eu realmente acho que você devia conhecer a minha amiga. Aquela de quem eu falei, casada com o cara que venceu o *American Idol*. Acho que não há muitas pessoas que sabem pelo que você está passando, mas acredite, ela entende... — a voz de Heather foi sumindo e ela parecia ansiosa, como se tivesse medo de ter ido longe demais.

Brooke não tinha o menor interesse em conhecer a amiga mais jovem do Alabama da Heather e comparar seus problemas conjugais, mas assentiu.

— Claro, me dê o e-mail dela e eu lhe mando uma mensagem.

— Ah, não se preocupe com isso. Eu digo a ela para entrar em contato com você, se não tiver problema.

Claro que havia problema, mas o que ela podia dizer? Brooke só queria sair dali antes que encontrasse mais alguém.

— Não, parece bom — falou meio sem jeito.

Brooke forçou um sorriso e um aceno e correu para a porta da frente. Passou por um grupo de garotas no corredor e uma delas gritou seu nome. Ela pensou em fingir que não tinha ouvido, mas não podia simplesmente ignorar. Quando se virou, Kaylie estava andando em sua direção.

— Sra. A? Aonde vai? Não temos uma consulta hoje? Eu ouvi dizer que há um monte de repórteres lá fora.

Brooke olhou para a menina, que estava, como sempre, retorcendo nervosamente mechas crespas de cabelo em volta dos dedos, e sentiu uma onda de culpa.

— Oi, querida. Parece que eu, bem, eu vou tirar uma licença... — Quando Brooke notou que Kaylie ficou decepcionada, ela se apressou em continuar: — Mas não se preocupe, é temporário, tenho certeza, e você está indo muito bem.

— Mas, Sra. A, eu acho que não...

Brooke a interrompeu e se inclinou mais para perto da garota, para que nenhuma das outras alunas pudesse ouvi-la.

— Kaylie, você não precisa mais de mim — disse com o que esperava ser um sorriso confiante. — Você é forte e saudável e sabe como cuidar de si mesma, provavelmente melhor do que qualquer outra garota daqui. Não só você se encaixa como é uma das estrelas da peça da escola. Você está ótima e se sente ótima... cacete, não sei o que mais eu poderia fazer pra você.

Kaylie sorriu de volta para ela e se aproximou para um abraço.

— Não vou contar para ninguém que você acabou de falar um palavrão.

Brooke deu um tapinha no braço da menina e sorriu, apesar de poder sentir sua garganta se contraindo.

— Se cuide. E ligue se precisar de alguma coisa. Mas acredite, não vai se livrar de mim tão rápido. Eu volto logo, está bem?

Kaylie assentiu e Brooke tentou não chorar.

— E me prometa: chega de lavagens idiotas, está bem? Já passamos dessa fase, certo?

— Passamos — disse Kaylie com um sorriso.

Brooke deu um aceno discreto e virou-se na direção da saída da escola, determinada a continuar ignorando o punhado de fotógrafos que se lançaram em um frenesi de perguntas quando a viram, e não diminuiu o passo até chegar à Fifth Avenue. Ela tentou pegar um táxi, uma empreitada completamente infrutífera às 16 horas. Depois de vinte minutos frustrantes, ela pegou um ônibus na 86 e foi para Oeste até o trem 1, onde ficou grata por encontrar um lugar no último vagão.

Ela fechou os olhos e se recostou, sem se importar por seu cabelo estar tocando o lugar na parede onde tantas pessoas haviam esfregado suas madeixas oleosas. Então ser demitida não uma, mas duas vezes na mesma semana era assim. Ela estava começando a ficar com muita pena de si mesma quando abriu os olhos e viu Julian sorrindo para ela em uma propaganda.

Era o mesmo close que ela vira mil vezes, emoldurado por uma foto da capa de seu disco e a frase "For the lost", mas nunca o vira no metrô antes e não havia percebido como os olhos dele pareciam olhar diretamente nos dela. A ironia de que ele estava ali com ela, naquele metrô, apesar de nunca estar *em lugar nenhum* com ela, não passou despercebida. Brooke andou até a outra ponta do vagão e sentou-se onde os únicos anúncios que haviam eram de uma clínica odontológica e de um curso de línguas. Ela olhou de volta para Julian e sentiu seu estômago se revirar quando, mais uma vez, ele olhou de volta para ela. Não importa para onde ela virasse seu corpo ou inclinasse a cabeça, seus olhos sempre encontravam os dela e, combinados a seu sorriso com covinhas, a faziam sentir-se ainda mais infeliz. Na estação seguinte, Brooke mudou rapidamente de vagão, escolhendo um em que seu marido não estivesse.

16

namorado com uma *villa* e um filho

— Brooke, se você não ouvir nada mais do que eu disser esta noite, por favor, ouça ao menos isto: acho que vale a pena lutar. — Julian esticou o braço para o outro lado do sofá e pegou a mão dela. — Eu vou lutar pelo nosso casamento.

— Bela abertura — disse Brooke. — Bom trabalho.

— Qual é, Rookie, estou falando sério.

Obviamente não havia nada de engraçado na situação, mas ela estava desesperada para fazer o clima ficar mais leve, mesmo que só um pouco. Nos dez minutos desde que Julian chegara em casa, eles tinham agido como completos estranhos. Estranhos educados, cautelosos, totalmente distantes.

— Também estou falando sério — disse ela baixinho. E então, como ele não falou nada, ela perguntou: — Por que não voltou para casa antes? Sei que você tinha compromissos, mas já é quinta-feira. Isso não era importante o suficiente?

Julian olhou para ela, surpreso.

— Como pode pensar isso, Rook? Eu precisava de um tempo... Está tudo acontecendo tão rápido, parece que está tudo se desfazendo...

A chaleira começou a apitar. Brooke sabia, sem precisar perguntar, que Julian não ia querer o chá de limão e gengibre que ela estava fazendo para si, mas provavelmente beberia uma xícara de chá verde se ela o preparasse para ele. Sentiu uma pontinha de satisfação quando ele a aceitou agradecidamente e deu um gole.

Ele torceu as mãos em volta da caneca.

— Olhe, nem tenho como lhe dizer quanto eu lamento. Pensar em como você deve ter se sentido quando viu...

— As fotos não são a questão! — gritou ela, mais estridentemente do que pretendia, depois ficou em silêncio por um minuto. — É, foi horrível e doloroso e constrangedor, não há dúvida. Mas é a razão da existência dessas fotos que me incomoda muito mais.

Ele não respondeu.

— O que diabos aconteceu naquela noite?

— Rooke, eu lhe disse: foi um erro idiota, que não vai se repetir, e eu não transei com ela. E com ninguém — ele se apressou em acrescentar.

— Então, o que vocês *fizeram*?

— Sei lá... Começou com um grupo grande durante o jantar e aí algumas pessoas foram embora e aí outras, e acho que acabou sobrando só nós dois naquela mesa — Só ouvir Julian dizer "nós dois" a respeito de alguém fez Brooke se sentir enjoada. — Nem sei quem ela é, de onde ela é...

— Não se preocupe com isso — disse Brooke sarcasticamente. — O país inteiro fica feliz em ajudá-lo. Janelle Moser, 24 anos, de uma cidadezinha em Michigan. Ela estava em L.A. para a despedida de solteira de uma amiga. Como ela acabou indo parar no Chateau é que é realmente o grande mistério.

— Eu não...

— E, caso você esteja interessado — apesar de provavelmente poder falar sobre isso com mais autoridade do que a *Last Night* —, as informações sobre ela são verdadeiras.

Julian soltou um longo suspiro.

— Eu bebi demais e ela se ofereceu para me acompanhar até o meu quarto. — Ele parou e passou os dedos pelo cabelo.

— E depois?

— Nós nos beijamos e ela tirou a roupa. Simplesmente ficou de pé e se despiu, sem nenhuma desculpa nem nada. Isso me fez voltar à realidade. Eu disse a ela para se vestir. O que ela fez, mas começou a chorar, dizendo que estava muito envergonhada. Então eu tentei acalmá-la e nós bebemos alguma coisa do frigobar. Realmente não me lembro o que a esta altura e, quando dei por mim, estava acordando totalmente vestido e ela tinha ido embora.

— Ela foi embora? E você simplesmente apagou?

— Foi. Nenhum bilhete, nada. E até você me dizer, eu nem me lembrava do nome dela.

— Sabe quanto é difícil acreditar nisso?

— Ela se despiu, eu não. E, Brooke, não sei como dizer isso de outra forma ou como convencê-la, eu juro pela sua vida e pela minha e pelas vidas de todos que nós amamos, que foi *exatamente* assim que aconteceu.

— Por que você fez isso? Por que a convidou para entrar e a beijou? — perguntou ela, incapaz de olhar nos olhos dele. — Por que ela?

— Não sei, Brooke. Como eu disse antes, bebida demais, falta de bom-senso, estava me sentindo solitário. — Ele parou e esfregou as têmporas. — Tem sido um ano difícil. Com todos esses compromissos, eu estando longe de casa com tanta frequência, nós dois nunca temos nenhum tempo juntos. Não é desculpa, Brooke, e sei que fiz merda, mas por favor acredite em mim quando lhe digo que nunca me arrependi tanto de alguma coisa quanto daquela noite.

Ela enfiou as mãos debaixo das coxas para impedi-las de tremer.

— Para onde nós vamos a partir daqui, Julian? Não só isso, mas tudo. Nunca nos vemos. E o fato de que estamos levando vidas completamente separadas? Como vamos resolver *isso*?

Ele se aproximou dela no sofá e tentou passar os braços em volta da mulher, mas Brooke enrijeceu.

— Acho que tem sido difícil para mim ver como tem sido difícil para *você*, quando achei que era o que nós dois queríamos — disse ele.

— Pode ter sido o que nós dois queríamos. E estou genuinamente, sinceramente feliz por você. Mas não é o *meu* sucesso. Não é a *minha* vida. Não é nem a *nossa* vida. É só a *sua* vida.

Ele abriu a boca para falar, mas ela levantou a mão.

— Eu não fazia ideia de como seria, Julian. Não podia imaginar nada disso quando você estava no estúdio todos os dias gravando o seu disco. Era uma chance em um trilhão, mesmo você sendo talentoso e sortudo, mas aconteceu! Aconteceu com *você*!

— Nas minhas fantasias ou nos pesadelos mais loucos, nunca chegou nem aos pés disso — disse ele.

Ela respirou fundo mais uma vez e se forçou a dizer o que vinha pensando havia três dias:

— Não sei se eu posso fazer isso.

Um longo silêncio seguiu suas palavras.

— O que você está dizendo? — perguntou Julian depois do que pareceu ser uma eternidade — Sério, *o que você está dizendo?*

Ela começou a chorar. Não soluços histéricos e profundos, mas um choro lento e silencioso.

— Não sei se eu posso viver desse jeito. Não tenho certeza de como me encaixo ou até se quero me encaixar. Já foi difícil o suficiente e, quando algo assim acontece... sei que vai continuar acontecendo de novo e de novo.

— Você é o amor da minha vida, Brooke. Você é a minha melhor amiga. Não tem que se encaixar. Você é tudo.

— Não. — Ela enxugou o rosto com as costas da mão. — Não há volta.

Ele pareceu cansado.

— Não vai ser sempre assim.

— É claro que vai, Julian! Quando isso vai parar? No segundo disco? No terceiro? E quando quiserem que você comece a fazer turnês internacionais? Você vai ficar fora vários meses de uma vez. O que vamos fazer então?

Ao ouvir isso, uma expressão de entendimento tomou o rosto dele. Agora ele também parecia que ia chorar.

— É simplesmente uma situação impossível. — Ela sorriu um pouco e enxugou mais uma lágrima. — Pessoas como você não se casam com pessoas como eu.

— O que isso quer dizer? — perguntou ele, com um olhar de devastação total em seu rosto.

— Você sabe o que isso quer dizer, Julian. Você é uma celebridade agora. Eu sou uma pessoa comum.

Eles ficaram sentados ali e olharam um para o outro por um longo tempo e em silêncio. Não havia nada mais a dizer.

Quando ouviu a batida na porta às 10h na manhã de sábado uma semana e meia depois, Brooke presumiu que fosse o zelador vindo para finalmente desentupir o ralo do banheiro. Ela baixou os olhos para sua calça de moletom manchada e desbotada e sua camiseta furada e decidiu que o Sr. Finley não se incomodaria com isso. Tentou até mesmo dar um sorriso superficial enquanto abria a porta.

— Minha nossa! — exclamou Nola, horrorizada enquanto olhava Brooke de cima a baixo. Ela farejou o apartamento e fez uma careta. — Acho que vou vomitar.

Nola, como sempre, estava fantástica de botas de salto alto por cima de jeans skinny escuros, um suéter de cashmere justo de gola alta e um daqueles casacos acolchoados caros que de alguma forma conseguiam fazer com que ela parecesse magra e chique em vez de alguém que simplesmente havia se enrolado em um saco de dormir. Suas bochechas brilhavam por causa do frio do lado de fora e seus cabelos louros ondulados pareciam sexy e despenteados pelo vento.

— Hum, você realmente tem que aparecer aqui vestida assim? — perguntou Brooke, devolvendo o exame dos pés à cabeça. — Como conseguiu entrar, por falar nisso?

Nola a empurrou porta adentro, tirou o casaco e sentou-se no sofá da sala de estar. Fez uma careta enquanto empurrava uma tigela de sucrilhos de vários dias para longe com a ponta dos dedos.

— Ainda tenho a chave que você me deu quando tomei conta do Walter. Jesus, isso está ainda pior do que eu imaginei.

— Nola, por favor, eu não preciso ouvir isso. — Brooke se serviu de um copo de suco de laranja, bebeu de um gole só e não ofereceu nem um pouco para sua amiga. — Acho que você devia ir embora.

Nola fungou.

— Acredite, eu gostaria de fazer isso. Mas não posso. Você e eu vamos sair daqui hoje e vamos juntas.

— Nem pensar. Eu não vou sair — Brooke prendeu seu cabelo oleoso em um rabo de cavalo e se sentou na poltrona de frente para o sofá que ela e Julian haviam comprado em um mercado vintage no Lower East Side porque ele dissera que o veludo cor de amora fazia com que se lembrasse do cabelo dela.

— Ah, vai sim. Olhe, eu não percebi que as coisas estavam tão ruins assim. Tenho que dar um pulo no escritório — Nola olhou para o seu relógio —, mas vou voltar aqui às 15h e vamos sair para comer alguma coisa. — Brooke abriu a boca para protestar, mas Nola a interrompeu: — Primeiro, limpe este chiqueiro. Segundo, limpe a sua pessoa. Você está parecendo uma candidata ao papel de esposa rejeitada miseravelmente deprimida.

— Obrigada.

Nola pegou um pote vazio de Häagen-Dazs pelas unhas e o segurou na direção de Brooke com um olhar devastador.

— Controle-se, está bem? Cuide de tudo isso e eu a verei em algumas horas. Se você pensar em me desobedecer, não vai ser mais minha amiga.

— Nola... — Isso saiu como um choramingo, mas um choramingo derrotado.

Nola já havia se dirigido para a porta da frente.

— Eu vou voltar. E vou levar esta chave comigo, então não pense que pode fugir ou se esconder. — E, com isso, ela partiu.

Depois de ficar sabendo de sua licença forçada da Huntley e sobreviver àquela conversa horrorosa com Julian, Brooke se arrastara para a cama e quase não saíra de lá por uma semana. Aproveitou de tudo — as edições antigas da *Cosmo*, os potes de sorvete, uma garrafa de vinho branco por noite e o ciclo interminável das temporadas, da primeira à terceira de *Private Practice* em seu laptop e, de uma maneira estranha, quase gostou. Desde que adoecera durante seu primeiro semestre na faculdade e tivera que passar as cinco semanas das férias de inverno na cama, ela não relaxara e se permitira tanto. Mas Nola tinha razão e, além disso, ela estava começando a ficar com nojo de si mesma. Estava na hora de se levantar.

Resistiu ao impulso de se meter novamente debaixo das cobertas e vestiu sua velha calça de ginástica de lã e seus tênis e foi dar uma corrida de 5 quilômetros pelas margens do Hudson. Estava estranhamente quente para a primeira semana de fevereiro e toda a lama cinzenta da nevasca da semana anterior havia derretido. Sentindo-se revigorada e orgulhosa de sua motivação, ela tomou uma ducha longa e quente. Depois, recompensou-se com vinte minutos se refestelando na cama, deixando que seu cabelo secasse naturalmente enquanto lia alguns capítulos de seu livro e então preparou um lanche saudável: uma tigela de frutas fatiadas, um pouco de queijo cottage e um muffin de trigo integral. Só então começou a se sentir forte o bastante para atacar o apartamento.

A grande faxina levou três horas e fez mais pelo estado mental de Brooke do que qualquer outra coisa que ela pudesse ter imaginado. Pela primeira vez em meses, ela espanou, passou aspirador de pó e esfregou o chão, as bancadas e os banheiros. Ela redobrou todas as roupas em sua cômoda (mas ignorou a de Julian), tirou roupas velhas e não usadas do closet que dividiam, organizou tanto o armário de casacos do corredor quanto as gavetas da escrivaninha da sala e, finalmente, depois do que pareceu serem anos de procrastinação, trocou o cartucho da impressora, ligou para o provedor de internet para falar sobre um erro em sua conta e escreveu um lembrete para marcar um exame no ginecologista para ela mesma, consultas no dentista para ambos (independente do quanto estivesse chateada, ela ainda não desejava que ele tivesse cáries) e uma hora no veterinário para atualizar as vacinas de Walter Alter.

Sentindo-se uma deusa da eficiência e organização, ela abriu a porta de supetão quando ouviu uma batida exatamente às 15h e recebeu Nola com um sorriso enorme.

— Uau, você parece humana novamente. Isso é batom?

Brooke assentiu, feliz com a reação. Ela observou enquanto Nola inspecionava o apartamento.

— Impressionante! — Nola assoviou. — Tenho que admitir, eu não tinha muitas esperanças e fico muito feliz por ter me enganado. — Ela tirou uma japona preta do armário do corredor e a entregou para Brooke. — Venha, vou mostrar a você como é o mundo lá fora.

Brooke seguiu sua amiga pela rua, para dentro de um táxi e, finalmente, a uma mesa na Cookshop, um de seus lugares preferidos para o brunch em West Chelsea. Nola pediu para cada uma um café e um Bloody Mary e insistiu para que Brooke desse três goles em cada antes de deixá-la dizer uma palavra.

— Pronto — disse ela tranquilizadoramente enquanto Brooke obedecia. — Não está se sentindo melhor?

— Estou — disse Brooke, subitamente tomada pelo desejo de chorar. Ela vinha chorando intermitentemente havia uma semana e qualquer coisa, ou nada, podia fazê-la começar. Agora era a visão de um casal mais ou menos da idade dela dividindo uma porção de rabanadas. Estavam fingindo brigar por cada pedaço, cada um simulando espetar um bocado antes que o outro pudesse pegar com o garfo. Aí eles riam e trocavam aquele olhar que dizia *Não existe mais ninguém no mundo*. Aquele que Julian agora lançava para estranhas em quartos de hotel.

E lá estava ela de novo. A imagem mental de Julian e Janelle, embolados em um abraço nu, se beijando apaixonadamente. Ele sugando o lábio inferior daquela garota, exatamente como Julian faria com...

— Você está bem? — perguntou Nola, esticando o braço por cima da mesa para colocar a mão em cima da de Brooke.

Ela tentou conter as lágrimas, mas não conseguiu. Quase que imediatamente, gotas quentes e pesadas estavam correndo por seu rosto e, apesar de todo o esforço para se controlar, Brooke achou que poderia nunca parar.

— Eu sinto muito — disse ela com a voz triste, enxugando as lágrimas com o guardanapo da forma mais suave que podia.

Nola empurrou o Bloody Mary mais para perto de Brooke.

— Mais um gole. Prontinho. Isso é de se esperar, querida. Solte.

— Ai, isso é tão humilhante — sussurrou Brooke. Ela olhou em volta e ficou aliviada por ninguém parecer estar olhando para ela.

— Você está chateada. É natural — falou Nola, com mais delicadeza do que Brooke jamais se lembrava de tê-la visto falar. — Vocês conversaram recentemente?

Brooke assoou o nariz, sentindo-se imediatamente culpada por fazer isso no guardanapo de pano do restaurante.

— Nós nos falamos antes de ontem à noite. Ele estava em Orlando, fazendo alguma coisa na Disney, eu acho, e está se preparando para passar uma semana na Inglaterra. Uma apresentação paga e algum tipo de festival de música gigantesco. Não tenho certeza.

A boca de Nola se tensionou.

— Fui eu que disse a ele que precisávamos de tempo, Nol. Eu pedi que ele fosse embora naquela noite e disse que precisávamos pensar. Ele só foi porque eu insisti — disse Brooke, imaginando por que ainda estava defendendo Julian.

— Então, quando vocês vão se ver de novo? Ele vai se lembrar de voltar para casa depois da Inglaterra?

Brooke ignorou a insinuação.

— Ele vai voltar para Nova York assim que chegar da Inglaterra, sim, mas não vem para casa. Eu disse a ele para ficar em algum outro lugar até decidir o que vamos fazer.

O garçom se aproximou para anotar os pedidos e felizmente não prestou a menor atenção nelas. Quando ele se afastou, Nola perguntou:

— Então, sobre o que vocês conversaram? Fizeram algum progresso?

Brooke jogou um cubo de açúcar dentro da boca e saboreou a sensação do doce derretendo em sua língua.

— Se fizemos algum progresso? Não, eu não diria isso. Tivemos uma briga a respeito do casamento do Trent.

— O que tem ele?

— Ele acha que não devíamos ir ao casamento de Trent e Fern. Acha que vamos "ofuscar" seu grande dia com todo o nosso drama. Mas a verdade é que ele não quer lidar com o fato de que verá sua família inteira e todas as pessoas com as quais cresceu. O que eu até entendo, mas isso é algo que ele precisa superar. É o casamento do primo dele.

— Então, qual foi o resultado?

Brooke suspirou.

— Eu sei que ele ligou para o Trent e conversou a respeito, mas não sei o que combinaram. Mas acho que ele não vai.

— Bem, pelo menos é uma boa notícia para você. Tenho certeza de que é a última coisa na face da Terra que você quer fazer.

— Ah, eu vou. Sozinha, se precisar.

— Qual é, Brooke. Isso é ridículo. Para que passar por isso?

— Porque é a coisa certa a fazer e eu simplesmente não acho que você pode faltar ao casamento de um parente sem ter um bom motivo. Julian e eu nem nos conheceríamos hoje se não fosse pelo Trent, então eu acho que tenho que encarar.

Nola misturou um pouco de leite em seu café.

— Não sei se isso é corajoso ou admirável ou só idiota. Todas as alternativas anteriores, eu suspeito.

A vontade de chorar bateu de novo — desta vez estimulada pela ideia de ir ao casamento de Trent sozinha —, mas ela afastou o pensamento da cabeça.

— Podemos conversar sobre outra coisa? Você, talvez? Estou precisando me distrair.

— Hum, vejamos. — Nola deu um grande sorriso. Obviamente ela estava esperando uma brecha para contar algo.

— O quê? Ou eu devo perguntar "quem"?

— Vou para as ilhas Turks e Caicos na semana que vem passar o fim de semana prolongado.

— Turks e Caicos? Desde quando? Não me diga que você vai a trabalho. Meu Deus, estou na profissão errada.

— Nada de trabalho. Vou a lazer. Para transar. Com o Andrew.

— Ah, ele é *Andrew* agora? Que coisa adulta. Isso quer dizer que é sério?

— Não, o *Drew* e eu terminamos. O Andrew é o cara do táxi.

— Pare com isso.

— O que foi? Estou falando sério.

— Está namorando o cara com quem você transou depois de conhecer no banco de trás de um táxi?

— O que há de tão estranho nisso?

— Não há nada de estranho, é só incrível! Você é a única mulher no planeta que poderia conseguir isso. Esses caras não ligam no dia seguinte...

Nola deu um sorriso matreiro.

— Eu lhe dei um bom motivo para ligar no dia seguinte. E no dia depois disso também.

— Você gosta dele, não é? Ah, meu Deus, você *gosta*. Está ficando vermelha. Não acredito que está ficando vermelha por causa de um cara. Calma, coração.

— Está bem, está bem, eu gosto dele. Grande coisa. Estou a fim dele. Por enquanto. E estou muito a fim de ir para Turks e Caicos.

Foram interrompidas novamente pelo garçom, desta vez trazendo saladas chinesas de frango desfiado. Nola comeu quase tudo, mas Brooke só empurrou a sua pelo prato.

— Está bem, então me conte como isso aconteceu. Vocês estavam deitados na cama uma noite e ele disse "Vamos viajar juntos"?

— Mais ou menos. Na verdade, ele tem uma casa lá. Uma *villa* em Aman. Leva o filho para lá com bastante frequência.

— Nola! Sua farsante! Você não me contou nada disso!

Nola fingiu inocência.

— Nada do quê?

— O fato de que você tem um namorado com uma *villa* e um filho?

— Não sei se eu chamaria de namorado...

— Nola!

— Olhe, tem sido divertido. Muito tranquilo. Estou tentando não pensar muito a respeito e você tem tido muito em que pensar ultimamente...

— Comece a falar!

— Está bem, o nome dele é Andrew, essa parte você sabe. Ele tem cabelo castanho e é excelente jogador de tênis e sua comida favorita é guacamole.

— Vou lhe dar dez segundos.

Nola juntou as mãos e deu um pulinho na cadeira.

— É divertido demais torturá-la.

— Nove, oito, set...

— Está bem! Ele tem 1,80m e tem barriga de tanquinho, o que eu acho mais intimidante do que atraente. Acho que ele manda fazer todas as suas camisas e seus ternos sob medida, mas não tenho certeza disso. Fez parte da equipe de golfe na faculdade e passou alguns anos vagabundeando pelo México ensinando golfe antes de fundar uma empresa de internet, abrir o capital da empresa e se aposentar aos 29 anos, apesar de que parece ainda fazer muitas consultorias, o que quer que isso signifique. Mora em uma cobertura no Upper West Side para ficar perto de seu filho, que tem 6 anos e mora com a ex-mulher dele. Tem um apartamento em Londres e a *villa* em Turks e Caicos. E é absolutamente, totalmente incansável na cama.

Brooke botou a mão no coração e fingiu desmaiar.

— Você está mentindo — ela gemeu.

— Sobre que parte?

— Sobre tudo.

— Não — disse Nola com um sorriso —, é tudo verdade.

— Eu quero ficar feliz por você, sério, mas parece que não consigo superar minha própria amargura.

— Não se anime. Ele tem 41 anos, é divorciado e tem um filho. Não é exatamente um príncipe encantado. Mas devo dizer que é um cara bem legal.

— Por favor. Se não bater em você ou no menino, ele não tem defeitos. Já contou para a sua mãe? Ela pode morrer na hora.

— Está brincando? Já posso ouvir: "O que eu lhe disse, Nola? É tão fácil se apaixonar por um homem rico quanto por um pobre..." Argh, saber o quanto isso a deixaria feliz tira toda a graça para mim.

— Bem, se quer saber, eu acho que você daria uma ótima madrasta. Você tem um talento nato — Brooke pensou em voz alta.

— Vou fingir que nem ouvi isso — disse Nola, revirando os olhos.

Estava escurecendo quando elas finalmente terminaram, mas quando Nola foi chamar um táxi, Brooke deu um abraço em sua amiga e disse:

— Eu vou para casa a pé.

— Sério? Está tão nojento na rua. Não quer nem pegar o metrô?

— Não, estou a fim de andar. — Ela pegou a mão de Nola. — Valeu por me obrigar a fazer isso, Nol. Eu precisava de um empurrão e fico feliz que tenha sido você quem o tenha dado. Juro que vou voltar à terra dos vivos. E estou tão feliz por você e seu amante do táxi.

Nola a beijou na bochecha e pulou para o banco de trás.

— Eu ligo para você mais tarde! — disse ela enquanto o táxi se afastava e, mais uma vez, Brooke estava sozinha.

Ela subiu a Tenth Avenue, parando para observar os cães brincando na pequena pista para cachorros na 23rd Street, e então cortou para a Ninth, onde voltou alguns quarteirões para se dar de presente um cupcake de chocolate do Billy's e mais uma xícara de café antes de continuar o caminho. Havia começado a chover e, quando finalmente chegou em casa, sua japona estava encharcada e suas botas, cobertas da mistura especial da cidade de sal-e-lama-suja, então ela se despiu no corredor e se enrolou imediatamente no cobertor roxo de cashmere que sua mãe havia tricotado anos antes. Às 18 horas, ela não tinha nada para fazer e, ainda mais esquisito, nenhum lugar para ir na manhã seguinte. Sozinha. Sem emprego. Livre.

Com Walter enrolado em uma bola e encostado em sua coxa, Brooke puxou o computador e verificou seu e-mail. Nada interessante, a não ser por um e-mail de alguém chamado Amber Bailey, que soava familiar. Ela clicou na mensagem e começou a ler.

Querida Brooke,

Oi! Acho que minha amiga Heather a avisou de que eu entraria em contato, ou pelo menos eu espero que ela tenha avisado! Sei que está em cima da hora (e provavelmente parece a última coisa no mundo que você gostaria de fazer agora), mas um grupo de amigas vai se encontrar para jantar amanhã à noite. Eu explico melhor se você estiver interessada, mas basicamente elas são um grupo incrível de mulheres que conheci e todas tiveram... a, digamos, "experiência" de namorar ou se casar com homens famosos. Nada formal, apenas nos reunimos de vez em quando e bebemos muito! Espero que você venha comigo. Vamos nos encontrar às 20h na 12nd Street, nº 128. Por favor, venha! Será muito divertido.

Um beijo, Amber Bailey

Tirando o uso entusiasmado de pontos de exclamação, Brooke achou que o e-mail parecia bastante simpático. Ela o leu mais uma vez e então, sem pensar ou se permitir listar as 1001 razões pelas quais não deveria ir, clicou em "Responder" e digitou.

Querida Amber,

Obrigada pelo convite. Parece ser exatamente o que o médico recomendou. Eu vejo você lá amanhã.

Saudações, Brooke

— Pode ser um desastre, Walter, mas eu certamente não tenho nada melhor para fazer — falou ela, fechando o laptop e pegando o cocker spaniel no colo. Ele ficou olhando para ela e arfou, a língua comprida e cor-de-rosa pendurada pelo canto da boca.

Sem aviso, ele se aproximou e lambeu o nariz dela.

— Obrigada, amigo — disse ela, beijando-o de volta. — Eu também te amo.

17

o bom e velho ed tinha uma queda por prostitutas

Quando Brooke acordou na manhã seguinte e viu que eram 9h30, seu coração acelerou e ela pulou da cama. E então se lembrou: não estava atrasada para nada. Ela tinha, naquele momento, exatamente zero lugares para estar e, apesar de esta não ser a situação ideal — ou uma situação sustentável —, estava determinada a não pensar nela como o fim do mundo. Além disso, ela tinha um compromisso naquele dia, o que era o primeiro passo para estabelecer uma rotina (rotinas são muito importantes, segundo uma matéria recente da *Glamour* sobre desemprego).

O item número um na lista da *Glamour* de coisas-a-fazer era: Faça Suas Tarefas Mais Temidas Primeiro, e então, antes mesmo de tirar o roupão, Brooke se forçou a pegar o telefone e ligar para Margaret. Ela sabia que sua ex-chefe teria acabado de terminar a reunião de equipe de segunda-feira de manhã e estaria em sua sala trabalhando no cronograma da próxima semana. Como previsto, ela atendeu ao primeiro toque.

— Margaret? Como vai? É Brooke Alter. — As pancadas em seu peito faziam com que fosse difícil falar.

— Brooke! Que bom ter notícias suas! Como estão as coisas?

Obviamente não era uma pergunta adequada — Margaret só estava jogando conversa fora —, mas Brooke entrou em pânico por um segundo. Ela queria dizer como iam as coisas com Julian? Com a situação da garota do Chateau? Com todas as conjecturas da imprensa a respeito de seu casamento? Ou estava apenas sendo educada e usando uma expressão básica?

— Ah, está tudo ótimo. Você sabe — disse ela, sentindo-se imediatamente ridícula. — Como você está?

— Bem, estamos indo. Tenho feito entrevistas para preencher sua vaga, e tenho que dizer novamente, Brooke, sinto muito pelo que aconteceu.

Brooke sentiu um lampejo de esperança. Será que ela estava dizendo isso para que Brooke pedisse seu emprego de volta? Porque ela certamente imploraria para tê-lo de volta, faria qualquer coisa, absolutamente qualquer coisa para se provar para Margaret. Mas não, precisava ser sensata: se eles estivessem dispostos a recontratá-la agora, não a teriam demitido, para começo de conversa. *Só aja normalmente. Diga o que quer dizer e desligue o telefone.*

— Margaret, sei que não estou em posição de lhe pedir favores, mas... eu estava imaginando se você poderia me avisar caso soubesse de alguma coisa. Não na NYU, é claro, mas se você souber de alguma oportunidade...

Houve uma breve pausa.

— Está bem, Brooke. Pode deixar que eu fico de olho para você.

— Eu agradeço muito! Estou muito ansiosa para voltar a trabalhar e eu lhe prometo, e vou prometer a qualquer futuro empregador, que a carreira do meu marido não vai mais ser um problema.

Apesar de poder ter ficado curiosa, Margaret não fez nenhuma pergunta. Elas bateram papo por mais um ou dois minutos antes de desligarem, e Brooke deu um grande suspiro de alívio. Item Temido Número Um: completado.

O Item Temido Número Dois — telefonar para a mãe de Julian para discutir os detalhes da viagem para o casamento de Trent no fim de semana seguinte — não seria tão fácil. Desde o Grammy, sua sogra se habituara a ligar para Brooke quase todos os dias para oferecer conselhos extensos e não solicitados sobre como ser uma esposa companheira e compreensiva. Eles normalmente incluíam exemplos das transgressões do pai de Julian (variando em gravidade desde flertar com toda a sua equipe de recepção e enfermagem a deixá-la sozinha vários finais de semana por ano para viagens de golfe com seus amigos e fazer "sabe lá Deus o que mais"), e sempre destacavam a abundância de paciência e compreensão de Elizabeth Alter sobre a espécie masculina. Os clichês do tipo "meninos são assim mesmo" e "por trás de todo grande homem há uma grande mulher" estavam começando a parecer não só repetitivos como totalmente sufocantes. O lado bom era que Brooke jamais teria adivinhado em um milhão de anos que a mãe de Julian se importava se eles ficassem casados, se divorciassem ou se simplesmente sumissem. Mas a ligação caiu na caixa postal e Brooke deixou um recado para a sogra pedindo que mandasse os planos de viagem por e-mail, já que ela não estaria disponível para conversar pelo resto do dia.

Estava prestes a riscar o próximo item da lista quando o telefone tocou.

— Neha! Oi, querida! Como vai?

— Brooke? Oi! Tenho ótimas notícias: Rohan e eu vamos nos mudar de volta para Nova York até o verão!

— Fala sério. É uma ótima notícia! Rohan recebeu uma oferta de uma empresa em Nova York? — A mente de Brooke já havia começado a passar por todas as possibilidades animadoras: que nome elas dariam para o consultório, como atrairiam seus primeiros pacientes, todas as ideias que ela tinha para divulgação. E agora estava a um passo de acontecer.

— Na verdade, fui *eu* quem recebeu a oferta. É tão louco, mas uma amiga minha acabou de aceitar uma vaga para cobrir a nutricionista de uma equipe que vai tirar um ano de licença-maternidade. Bem, minha amiga não pode trabalhar agora, já que tem que cuidar da mãe doente, então ela me perguntou se eu estaria interessada. Adivinhe para quem é?

Brooke pensou em uma lista de celebridades, certa de que Neha ia dizer Gwyneth ou Heidi ou Giselle, já de luto pela sociedade que não aconteceria mais.

— Não sei. Quem?

— O New York Jets! Pode acreditar? Vou ser a conselheira nutricional da equipe durante a próxima temporada. Não tenho nenhum conhecimento sobre as necessidades nutricionais de jogadores de futebol de 140 quilos, mas acho que vou ter que aprender.

— Ah, Neha, isso é incrível! Que oportunidade maravilhosa! — disse ela, e estava falando sério. Brooke tinha que admitir que, se algo assim surgisse, ela largaria tudo num piscar de olhos.

— É, estou muito animada. E você devia ver o Rohan. No segundo em que contei a ele, ele falou tipo "Ingressos!". Já imprimiu o cronograma de todos os jogos e prendeu na geladeira.

Brooke riu.

— Estou imaginando você, de 1,60m, andando pelo vestiário com uma prancheta e um megafone, derrubando Big Macs e baldes de KFC das mãos gigantescas deles.

— Eu sei, não é? Tipo "Com licença, Sr.-Astro-da-NFL-que-ganha-oitenta-trilhões-de-dólares-por-ano, mas vou ter que pedir para diminuir o consumo de carboidratos". Vai ser sensacional!

Quando Brooke desligou o telefone alguns minutos depois, não pôde deixar de sentir que a carreira de todo mundo estava no caminho certo, menos a sua. Elas não iam abrir um consultório juntas, afinal de contas. Seu telefone tocou de novo imediatamente. Certa de que era Neha ligando novamente para dar mais algum detalhe, Brooke atendeu a ligação e disse:

— Qual é exatamente o seu plano para quando um deles der em cima de você?

Ela ouviu o som de alguém limpando a garganta e aí uma voz de homem perguntou:

— É Brooke Alter?

Por um instante — e por absolutamente nenhum bom motivo — ela ficou convencida de que era alguém para dizer que Julian sofrera um acidente horrível ou estava doente ou...

— Brooke, aqui é Art Mitchell, da revista *Last Night*. Estava imaginando se você tem algum comentário sobre a matéria da "Page Six" de hoje de manhã?

Ela queria gritar, mas felizmente foi capaz de se acalmar o suficiente para fechar o telefone e desligá-lo. Suas mãos estavam tremendo quando o colocou na mesinha de centro. Ninguém além de seus parentes próximos e amigos mais íntimos tinha seu novo número. Como isso havia acontecido?

Não havia tempo para pensar nesse assunto, já que ela já havia pegado seu laptop e digitado o endereço do site da "Page Six". E lá estava, bem no topo da página, tomando quase toda a tela do computador. Duas fotos: uma dela chorando no dia anterior na Cookshop com Nola, claramente enxugando as lágrimas com o guardanapo, e a outra de Julian, saindo de uma limusine em algum lugar — a julgar pelo táxi antiquado ao fundo, provavelmente Londres — e deixando uma moça extremamente atraente no banco de trás. A legenda embaixo de sua foto dizia "Brooke Alter chora pelo fim de seu casamento durante brunch com amiga" e havia um círculo desenhado em volta da mão que enxugava as lágrimas, presumivelmente indicando a ausência de uma aliança de casamento. Continuava: "'Eles definitivamente terminaram', afirma uma fonte muito próxima da Sra. Alter. 'Ela até vai sozinha a um casamento da família dele no fim de semana que vem.'" A legenda que acompanhava a foto de Julian não era menos encantadora. "Escândalo não faz com que ele vá mais devagar! Alter leva a festa para Londres depois que sua mulher o coloca para fora de seu apartamento em Manhattan."

Não havia como deter a horrível combinação de raiva e náusea que parecia tão familiar agora, mas Brooke tentou respirar fundo e pensar. Ela suspeitava haver uma explicação perfeitamente lógica para aquela garota — iludida ou não, ela tinha certeza de que Julian nunca faltaria tanto com o respeito ou seria tão *burro* — mas o resto era de dar raiva. Ela olhou para a sua foto de novo e percebeu pelo ângulo e pela granulação que provavelmente fora tirada por outro cliente usando um celular. Enojada, socou o sofá com tanta força que Walter ganiu e pulou para baixo.

O telefone fixo tocou e o identificador de chamadas mostrou que era Samara.

— Samara, eu não aguento mais isso! — disse ela em vez de falar alô. — Você não devia estar cuidando disso? Não pode fazer nada em relação a matérias como essa? — Nunca antes Brooke demonstrara nem um pingo de grosseria com a garota, mas não podia ficar calada por nem mais um segundo.

— Brooke, entendo por que você está chateada. Na verdade, eu esperava falar com você antes que você visse a matéria, mas...

— Antes que eu visse? — guinchou ela. — Algum patife já ligou para o meu celular pedindo que eu desse uma declaração. Como é que eles têm este número?

— Olhe, há duas coisas que eu preciso lhe dizer. Primeiro, a garota no banco de trás da limusine do Julian era a maquiadora e cabeleireira dele. O voo de Edimburgo atrasou e não dava tempo de arrumá-lo antes da apresentação, então ela fez isso no carro. Uma deturpação absoluta.

— Está bem — falou Brooke. Ela ficou surpresa ao perceber o quanto se sentiu aliviada, considerando sua certeza de que haveria uma explicação lógica.

— Em segundo, não há muito que eu possa fazer quando o seu pessoal está falando com a imprensa. Só posso controlar até certo ponto, e isso certamente não inclui amigos e parentes tagarelas.

Brooke sentiu como se tivesse levado uma bofetada.

— O que você está insinuando?

— Que alguém obviamente deu seu número e sabe sobre o casamento neste fim de semana e está comentando abertamente a sua vida. Porque eu posso lhe garantir que isso não está partindo do *nosso* lado.

— Mas isso é impossível. Tenho certeza de que...

– Brooke, não quero ser grosseira, mas tenho outra ligação e preciso atender. Fale com o seu pessoal, está bem? — e, ao dizer isso, Samara desligou.

Nervosa demais para se concentrar em qualquer coisa e culpada por ainda não ter saído para passear com Walter, ela colocou a coleira no pescoço dele, desencavou suas botas e luvas do armário do corredor e chegou à calçada quase correndo. Não sabia se era por causa do gorro com pompom ou do casaco extremamente estofado, mas nenhum dos dois paparazzi que viu na esquina olhou em sua direção e ela sentiu uma onda de orgulho por essa pequena vitória. Eles atravessaram para a 11st Avenue e aí para o norte da cidade, andando tão rápido quanto podiam em meio à multidão. Ela parou apenas para deixar Walter beber água em uma tigela do lado de fora de um petshop e ele estava ofegante quando finalmente chegaram à 65. Brooke, no entanto, estava só começando.

No período de vinte minutos, ela conseguiu deixar recados semi-histéricos para sua mãe, seu pai, Cynthia, Randy e Nola (Nola foi a única que atendeu; sua resposta: "Pelo amor de Deus, Brooke, se eu realmente fosse falar da sua vida para a imprensa, teria histórias muito mais picantes para contar do que o casamento do Trent com a residente Fern. Qual é!") e estava se preparando para ligar para o celular da Michelle.

— Ah, ei, sou eu — disse ela depois do bip. — Eu, hum, não sei onde você está, mas só queria conversar sobre uma matéria que saiu na "Page Six" hoje de manhã. Sei que nós já falamos sobre isso diversas vezes, mas estou muito preocupada que você possa ter, hum, respondido acidentalmente às perguntas de algum repórter ou talvez contado algo aos seus amigos que acabou chegando à pessoa errada. Não sei, mas estou pedindo, na verdade, estou implorando, que, por favor, desligue se alguém ligar para fazer qualquer pergunta sobre Julian ou sobre mim e para não discutir nossa vida particular com ninguém, está bem? — Ela fez uma pausa por um momento, imaginando primeiro se fora firme o suficiente ou então se fora firme demais, decidiu que provavelmente havia deixado sua opinião clara e desligou.

Arrastou Walter para casa e passou o resto do dia atualizando seu currículo pela milésima vez, na esperança de que logo estaria pronta para enviá-lo. Era decepcionante que Neha não fosse mais uma sócia em potencial, mas ela não ia deixar que isso atrapalhasse seus planos: mais seis meses a um ano de experiência clínica e então, se Deus quisesse, a chance de abrir seu próprio consultório.

Por volta das 18h30, Brooke pensou em pegar o telefone para cancelar o jantar com Amber aquela noite — a ideia de conhecer um grupo totalmente novo de mulheres de repente parecia uma escolha muito equivocada — mas, quando percebeu que nem tinha o número dela, forçou-se a tomar uma ducha e vestir seu uniforme de jeans, botas e blazer. *Na pior das hipóteses, todo mundo vai ser detestável e horrível e eu vou dar uma desculpa e ir embora,* pensou enquanto o táxi fazia o trajeto da Times Square até o centro do Village. *E, no mínimo, eu vou sair de casa à noite, algo que não acontece há bastante tempo.* Pensou que havia se acalmado, mas sentiu uma onda de nervosismo quando saltou do táxi na 12 e viu uma garota razoavelmente bonita com cabelo louro curto como o de um elfo fumando um cigarro na calçada.

— Brooke? — a garota perguntou, soltando uma nuvem de fumaça que pareceu pairar no ar frio e úmido.

— Oi. Você é a Amber? — Ela passou timidamente por cima de lama acumulada no meio-fio. Amber estava de pé dois degraus acima dela, mas Brooke ainda era 4 ou 5 centímetros mais alta. Ficou surpresa ao ver meias-calças vermelho-fogo aparecendo por debaixo do vestido de Amber, complementadas por um par de saltos pesados altíssimos. Isso, combinado ao cigarro, não era o que ela estava esperando da descrição que Heather fizera de sua amiga ingênua, doce e carola.

Amber deve tê-la visto olhando para seus pés.

— Ah, isso? — perguntou ela, apesar de Brooke não ter dito uma palavra. — Giuseppe Zanotti. Eu os chamo de meus esmagadores de homens. — Seu sotaque sulista era doce, quase meloso em sua lentidão, completamente contraditório com sua aparência.

Brooke sorriu.

— Avise-me se for alugá-los.

Amber fez um sinal para que ela a seguisse escada acima.

— Você vai adorar todo mundo — falou, empurrando a porta para um pequeno saguão com um minitapete persa e duas caixas de correio. — É um grupo ótimo. Com o benefício adicional de que sempre que você acha que sua situação é ruim, é garantido que alguém aqui já tenha passado por algo muito pior.

— Nossa, isso é animador, eu acho — disse Brooke, entrando atrás de Amber em um elevador pequeno. — Apesar de que, depois daquela matéria na "Page Six" hoje de manhã, não sei se...

— Ah, por causa daquelas fotos amadoras? Por favoooor! Espere até conhecer Isabel. A pobre garota teve sua celulite marcada em uma foto de página inteira na qual ela estava de biquíni. Agora, *isso* é uma droga.

Brooke deu um sorriso.

— É, isso definitivamente é uma droga. Então, você, hum, viu a matéria na "Page Six"?

A porta do elevador se abriu em um corredor elegantemente acarpetado, iluminado suavemente com arandelas de vidro fumê, e as duas saíram.

— Ah, querida, todo mundo viu. Nós todas concordamos que não foi nada, só um sobressalto. A foto em que você está chorando com a sua amiga vai conquistar muita simpatia (inúmeras mulheres no mundo todo vão se identificar com isso) e aquela sugestão ridícula de que seu marido estava mandando ver no banco de trás de uma limusine a caminho de uma apresentação pública? Qual é. Todo mundo sabe que aquela deve ser a assessora de imprensa ou a maquiadora e cabeleireira dele. Eu não me preocuparia com isso nem por um segundo.

Ao dizer isso, Amber abriu a porta do apartamento para revelar um aposento enorme que parecia muito com uma... quadra de basquete? Havia o que parecia ser uma cesta de tamanho oficial no lado oposto, completado com um piso de tábua corrida brilhante, linhas laterais e uma linha de arremesso livre. A parede mais próxima delas parecia pintada para raquetebol ou talvez squash, e um contêiner grande com bolas e raquetes variadas tomava o lado de frente para a rua entre duas janelas que iam do chão ao teto. Uma TV de plasma de 60 polegadas estava pendurada na única parede que sobrara e, estacionado bem na frente dela, havia um sofá verde comprido com dois garotos adolescentes de cabelo castanho e camisa de rede de malha. Eles estavam comendo pizza e jogando um jogo de futebol americano no videogame que Brooke deveria ter sido capaz de identificar, e cada um parecia mais entediado do que o outro.

— Venha — disse Amber, atravessando a quadra de basquete. — Todo mundo já está lá em cima.

— De quem é mesmo este apartamento?

— Ah, você conhece Diana Wolfe? O marido dela, Ed, era deputado, não me lembro de que distrito, mas algum lugar de Manhattan, e também era presidente do Conselho de Ética.

Brooke subiu a escada atrás de Amber.

— Está bem — murmurou ela, apesar de saber exatamente aonde isso estava indo. Era preciso ter vivido em uma caverna por seis semanas no verão anterior para *não* saber aonde isso ia dar.

Amber parou, virou-se na direção de Brooke e sussurrou:

— É, bem, você se lembra de que o bom e velho Ed tinha uma queda por prostitutas? Não eram nem acompanhantes de luxo, por favor, mas putas de rua. Golpe duplo, porque Diana estava concorrendo à Procuradoria-Geral. Não foi bonito.

— Bem-vinda! — uma mulher de 40 e poucos anos trinou do alto da escada.

Ela usava um conjunto de saia e terno malva impecavelmente cortado, um par de sapatos de salto de couro de cobra realmente lindo e o colar de pérolas grandes mais chique que Brooke jamais vira.

Amber chegou ao topo da escada.

— Brooke Alter, esta é Diana Wolfe, a dona desta casa adorável. Diana, esta é Brooke Alter.

— M-muito obrigada por me receber — Brooke gaguejou, instantaneamente intimidada pela mulher mais velha e elegante.

Diana dispensou a ideia com um aceno.

— Por favor, não é nada tão formal. Entre, coma alguma coisa. Como a Amber certamente lhe contou, meu marido tem... tinha, ou melhor, eu não sei se ele tinha ou continua tendo já que não é mais meu marido, mas é difícil abandonar velhos hábitos, então, acho que devo dizer, meu marido tem um fraco por prostitutas.

Obviamente, Brooke foi incapaz de disfarçar o choque, porque Diana riu.

— Ah, querida, não estou lhe contando nada que o país inteiro já não saiba. — Ela se inclinou para perto e tocou o cabelo de Brooke. — Na verdade, não sei se todo mundo sabe o quanto ele adorava ruivas. Deus, nem eu fazia ideia até ver os vídeos de investigação do FBI. Depois das primeiras 25 garotas, mais ou menos, você pode realmente começar a identificar alguns padrões, e o Ed definitivamente tinha um tipo preferido.

Diana riu de sua própria piada e disse:

— Kenya está na sala de estar. Isabel não pôde vir porque a babá a deixou na mão. Vão lá dizer oi, eu já vou.

Amber guiou o caminho para a sala de estar toda branca e Brooke imediatamente reconheceu a mulher afro-americana escultural com uma calça de couro deslumbrante e um colete de pele suntuoso. Era Kenya Dean, ex-esposa do lindo protagonista e amante de todas as garotas menores de idade Quincy Dean. Kenya levantou-se imediatamente e abraçou Brooke.

— É tão bom conhecer você! Venha, sente-se — falou, puxando Brooke para seu lado no sofá modulado de couro branco.

Brooke estava prestes a agradecer quando Amber serviu-lhe uma taça de vinho. Ela deu um gole longo e grato.

Diana entrou na sala carregando um prato grande de frutos do mar frescos no gelo: coquetéis de camarão, ostras de vários tamanhos, patas de caranguejo e vieiras, acompanhados de pratinhos de manteiga e molho rosé. Ela o colocou no meio da mesa de centro e disse:

— Nada de botar Brooke na berlinda! Por que não contamos a ela um pouco sobre nossas experiências, para ela poder se sentir em casa, está bem? Amber, por que você não começa?

Amber mordiscou um camarão grande.

— Todo mundo conhece a minha história. Eu me casei com meu namorado de adolescência, que, por acaso, era um completo nerd no ensino médio, e, um ano depois que nos casamos, ele venceu o *American Idol*. Digamos apenas que Tommy não perdeu tempo para curtir sua fama recente e, quando terminou a etapa de Hollywood, havia dormido com um número absurdo de garotas. Isso na verdade foi só um aquecimento, porém, porque, se eu tivesse que adivinhar, chutaria seus números atuais na casa dos três dígitos.

— Eu sinto muito — murmurou Brooke, sem saber realmente o que mais dizer.

— Ah, não sinta — disse Amber, esticando a mão para pegar outro camarão. — Levei um tempo para perceber, mas estou obviamente muito melhor sem ele.

Diana e Kenya assentiram.

Kenya encheu de novo sua taça de vinho e deu um gole.

— É, tenho que concordar, apesar de não achar que ficaria quando ainda estava no começo, como você — disse ela, olhando diretamente para Brooke.

— Como assim? — perguntou Brooke.

— Bem, logo depois da primeira garota, eu não acreditei que fosse acontecer de novo, ou até mesmo que ele tivesse feito qualquer coisa errada. Achei que talvez fosse armação de alguma alpinista social. Mas aí, conforme as acusações continuaram e então as prisões, e as garotas estavam ficando mais jovens a cada segundo, 16, 15 anos... digamos apenas que é mais difícil negar.

— Seja sincera, Kenya. Você era como eu, não acreditou que houvesse nada errado depois que o Quincy foi preso pela primeira vez — disse Diana prestativamente.

— É verdade. Eu paguei a fiança dele. Mas quando o *48 Hours* divulgou uma gravação feita com uma câmera oculta que mostrava meu marido literalmente seguindo um time de futebol feminino do ensino médio, tentando bater papo com elas, eu comecei a aceitar.

— Meu deus — disse Brooke.

— Não foi bom. Mas pelo menos a maior parte do show de horrores da imprensa estava focada no completo patife que ele era. Para Isabel Prince, que não está aqui hoje, não foi tão fácil.

Brooke sabia que ela estava se referindo ao vídeo de sexo que o marido de Isabel, o rapper mundialmente famoso Major K, divulgara deliberadamente para o público. Julian o vira e o descrevera para Brooke. Aparentemente, mostrava Isabel e Major K numa orgia em uma cobertura, nus, bêbados, pervertidos e desinibidos... filmados pela câmera HD profissional de Major K e logo depois enviado pelo próprio a todas as agências de notícias do país. Brooke lembrou-se de ler entrevistas perguntado a ele por que havia traído a confiança de sua esposa e ele havia respondido:

— Ela é a maior gostosa, cara, e eu acho que todo mundo merece experimentar uma vez o que eu experimento todas as noites.

— É, ela realmente foi aniquilada — disse Amber. — Eu me lembro de que se divertiram por causa da gordura dela no vídeo de sexo. Os apresentadores dos programas da madrugada fizeram piada com isso durante semanas. Deve ter sido horrível para ela.

Houve um momento de silêncio enquanto todo mundo pensava a respeito disso, e Brooke percebeu que estava começando a se sentir sufocada, encurralada. O apartamento branco e arejado agora parecia mais uma gaiola, e essas mulheres gentis — tão receptivas e simpáticas apenas alguns minutos antes — estavam fazendo com que ela se sentisse ainda mais solitária e incompreendida. Ela lamentava por seus problemas e pareciam ser muito gentis, mas Brooke não era como elas, e o maior crime de Julian fora dar uns amassos bêbado com uma garota comum e da sua idade — coisas bem diferentes de vídeos de sexo, vício em sexo, estupro presumido ou prostitutas.

Algo em sua expressão deve ter revelado seus pensamentos, porque Diana fez um som de *tsc-tsc* e disse:

— Você está pensando que a sua situação é diferente da nossa, não é? Eu sei que é difícil, querida. Seu marido teve um ou dois encontros em um quarto de hotel e que homem nunca fez isso, certo? Mas, por favor, não se engane. Pode ser assim que começa — ela fez uma pausa e fez um semicírculo com a mão pelo sofá —, mas é assim que termina.

Pronto. Já era o bastante.

— Não, não é isso, é só que... hum, olha, eu agradeço muito a hospitalidade e o convite, mas acho melhor ir agora — disse ela, a voz ficando presa na garganta enquanto pegava sua bolsa e evitava fazer contato visual com todo mundo. Brooke sabia que estava sendo mal-educada, mas não podia se conter; ela precisava sair dali naquele instante.

— Brooke, espero não tê-la ofendido — falou Diana em um tom conciliatório, apesar de Brooke poder ver que estava irritada.

— Não, não, de forma alguma. Eu sinto muito, só não estou... — Sua voz foi sumindo. Em vez de pensar em algo para preencher o silêncio, ela ficou de pé e se virou para encarar elas todas.

— Nós nem lhe demos a chance de nos contar sua história! — disse Amber, parecendo perturbada. — Eu disse que nós falamos demais.

— Sinto muito. Por favor, não pensem que foi algo que alguém disse. Eu só, hum, só ainda não estou pronta para isso. Obrigada a todas mais uma vez. Amber, obrigada. E eu sinto muito — ela estava balbuciando agora, segurando o casaco e a bolsa, e havia chegado ao topo da escada, onde podia ver um dos adolescentes subindo. Teve a ideia maluca de que ele ia tentar detê-la. Empurrando-o com mais força do que o necessário, ela o ouviu dizer "Que horror" e então, um momento depois, "Ei, mãe, tem mais Coca? O Dylan bebeu tudo". Foi a última coisa que ouviu enquanto atravessava a quadra de basquete e pegava a escada do prédio em vez do elevador, e então ela estava do lado de fora, o ar gelado batendo contra sua pele, fazendo-a sentir como se pudesse respirar mais uma vez.

Um táxi vazio passou por ela, e então outro, e apesar da temperatura provavelmente só estar por volta dos 4 graus negativos, ela ignorou todos e começou a andar, quase correr na direção do seu apartamento. Sua mente repassava todas as histórias que ouvira naquela noite, descartando-as, ignorando-as, encontrando os buracos ou os detalhes que não se encaixavam em sua vida com Julian. Era ridículo pensar que ela e Julian terminariam daquela maneira, só por causa de um único lapso, um erro solitário. Eles se amavam. Só porque as coisas estavam difíceis, não significava de forma alguma que estavam fadados ao fracasso. Significava?

Brooke atravessou a Sixth Avenue, a Seventh e a Eighth. Suas faces e seus dedos estavam começando a ficar dormentes, mas ela não se importava. Estava fora daquele lugar e longe de todas aquelas histórias horrendas, longe daquelas previsões para seu casamento que não tinham o menor peso. Aquelas mulheres não a conheciam muito menos conheciam Julian ou sabiam qualquer coisa sobre eles! Ela conseguiu se acalmar, diminuiu o ritmo e respirou fundo e disse a si mesma que ia ficar tudo bem.

Se pelo menos ela conseguisse se livrar daquele pensamento pequeno e teimoso bem no fundo de sua mente: e se elas estiverem certas?

18

chegamos à loucura no check-in

O telefone ao lado da cama tocou e Brooke se perguntou, pela milésima vez, por que os hotéis não ofereciam identificador de chamadas. Mas como qualquer outra pessoa ligaria para seu celular, ela se inclinou para perto, tirou o fone da base e se preparou para o ataque.

— Olá, Brooke. Teve notícias do Julian? — A voz do Dr. Alter fluiu pelo telefone como se ele estivesse no quarto ao lado, o que, apesar de todo o esforço de Brooke, era exatamente onde ele estava.

Ela se forçou a sorrir ao telefone para não dizer algo realmente horrível.

— Ah, olá! — disse animada. Alguém que a conhecesse de verdade teria reconhecido isso instantaneamente como seu tom de simpatia profissional. Como vinha fazendo nos últimos cinco anos, ela evitou chamar o pai de Julian de qualquer coisa. "Dr. Alter" era formal demais para um sogro, "William" de certa forma parecia íntimo demais e ele nunca dera intimidade suficiente para ela chamá-lo de "Pai".

— Tive — disse Brooke calmamente pela centésima vez. — Ele *ainda* está em Londres e deve ficar por lá até o começo da semana que vem. — Eles sabiam dessa informação. Ela lhes contara no momento em que haviam caído em cima dela na recepção de o hotel. Por sua vez, eles haviam dito a Brooke que, apesar de o hotel ter tentando colocá-los em lados opostos (a pedido de Brooke) — o hotel tinha 200 quartos —, haviam insistido em ficar em quartos adjacentes "por conveniência".

Foi a vez de seu sogro fazer um som de desaprovação.

— Não acredito que ele vai perder o casamento! Esses dois nasceram na mesma época. Cresceram juntos. Trent fez o discurso mais emocionante do casamento de vocês e agora Julian nem vai estar no dele.

Ela teve que sorrir com a ironia. Fora tão dura com Julian sobre perder o casamento, dizendo a ele muitas das coisas que o pai dele acabara de dizer a ela, mas no momento em que o Dr. Alter as pronunciou, ela se sentiu compelida a sair em defesa do marido.

— Na verdade, é por um motivo muito importante. Ele vai se apresentar para algumas pessoas incríveis, incluindo o primeiro-ministro da Inglaterra. — Ela deixou de fora a parte sobre Julian receber 200 mil dólares por um evento de quatro horas. — Ele não queria roubar a atenção dos noivos tendo em vista, hum, bem, tudo o que tem acontecido.

Isso fora o mais perto que qualquer um deles chegara de admitir a situação atual. O pai de Julian parecia satisfeito em fingir que estava tudo bem, que não vira as fotos infames ou lera as matérias detalhando o aparente desmoronamento do casamento de seu filho. E agora, apesar de ter sido informado uma dúzia de vezes de que Julian não viria ao casamento de Trent, ele se recusava a acreditar.

Ela ouviu sua sogra gritar ao fundo:

— William! O que você está fazendo ao telefone quando ela está no quarto ao lado?

Em segundos, houve uma batida na porta.

Ela se içou para fora da cama, levantou as duas mãos e mostrou os dois dedos do meio para a porta enquanto gritava silenciosamente "Vá se foder!", aí botou cuidadosamente um sorriso no rosto, tirou a correntinha e disse:

— Ora, olá, vizinha!

Pela primeira vez desde que a conhecera, sua sogra parecia desconfortável, talvez até ridícula. Seu vestido justo de cashmere era de um tom lindo e profundo de beringela e parecia ter sido feito sob medida para sua silhueta esguia. Ela o combinara com meias do tom perfeito de roxo e um par sensacional de botinhas de salto alto que, apesar de ousadas, não faziam parecer que ela estava se esforçando demais. Seu colar grosso de ouro era moderno mas discreto e sua maquiagem parecia ter sido feita por um profissional. No geral, ela era a imagem da sofisticação urbana, um modelo da aparência que as mulheres podem desejar ter aos 55 anos. O chapéu era o problema. A aba era da circunferência de uma bandeja; apesar de a cor ser exatamente a mesma do vestido, era difícil notar qualquer coisa além das plumas que brotavam, os esguichos de flores artificiais e a crinolina fingindo ser véu de noiva, todos unidos por um enorme laço de seda. Ele estava empoleirado precariamente em sua cabeça, a aba abaixada para esconder habilidosamente seu olho esquerdo.

O queixo de Brooke caiu.

— O que você acha? — perguntou Elizabeth, tocando a aba. — Não é o máximo?

— Uau — ela arfou, sem saber como continuar. — Para que é?

— Como assim, para que é? É para o Tennessee! — Ela riu antes de passar para sua melhor imitação de sotaque sulista, que parecia uma combinação esquisita de alguém que falava inglês e um caubói de um antigo bangue-bangue. — Estamos em Châ-tâ-nugá, Bruck! Ocês tudo têm que percebê que mulheres sulistas de verdade usam chapéus assim.

Brooke queria se enrolar debaixo das cobertas e morrer. Isso era mais humilhante do que podia imaginar.

— Usam? — guinchou ela. Foi só o que conseguiu dizer.

Felizmente, Elizabeth voltou à sua pronúncia nova-iorquina normal, ligeiramente nasalada.

— É claro que usam. Nunca viu o Kentucky Derby?

— Bem, já, mas nós não estamos no Kentucky. E isso não é, tipo, uma ocasião especial para usar chapéus? Não sei se cabe em outras, hum, situações sociais... — Ela permitiu que sua voz fosse sumindo para suavizar as palavras, mas sua sogra mal percebeu.

— Ah, Brooke, você não sabe do que está falando. Estamos no Sul agora, querida! O que eu comprei para o casamento é ainda melhor. Teremos tempo suficiente amanhã para comprar um para você, então não se preocupe com nada. — Ela fez uma pausa e, ainda de pé no vão da porta, olhou Brooke de cima a baixo. — Ainda não está vestida?

Brooke olhou primeiro para seu moletom e depois para o relógio.

— Achei que só íamos sair às 18h.

— É, mas já são 17h. Você não terá tempo suficiente.

— Meu Deus, você tem razão! — exclamou ela com uma voz de surpresa fingida. — Vou correr e pular para o chuveiro.

— Está bem, bata na porta quando estiver pronta. Melhor ainda, venha até o nosso quarto para tomar um drinque. William mandou comprar uma vodca decente, então você não vai ter que beber aquela porcaria do hotel.

— Por que não nos encontramos no saguão às 18h? Como pode ver — Brooke deu um passo para trás e fez um gesto para sua camiseta rasgada e seu cabelo despenteado —, tenho muito trabalho a fazer.

— Hum — falou sua sogra, claramente concordando. — Está bem então. Nós nos vemos às 18h. E, Brooke? Pense talvez em maquiar um pouco os olhos? Faz maravilhas para o rosto.

A ducha quente e o episódio de *Millionaire Matchmaker* que colocara para passar ao fundo não a ajudaram a se sentir muito melhor, apesar da garrafa de vinho branco com apenas uma dose no frigobar ter ajudado um pouco. Não durou muito tempo, porém. Quando ela finalmente vestiu seu vestido-envelope preto de sempre, passou um pouco de sombra como uma nora obediente e se dirigiu para o saguão, estava estressada de novo.

O trajeto até o restaurante era só de alguns quilômetros, mas pareceu uma eternidade. O Dr. Alter reclamou o tempo inteiro: que tipo de hotel não tem manobrista, como a Hertz podia alugar apenas carros americanos, quem marcava um jantar às 18h30, pelo amor de Deus, praticamente na hora do almoço? Ele conseguiu até reclamar que não havia trânsito suficiente para uma sexta à noite em Chattanooga — afinal de contas, que cidade respeitável tinha ruas livres e tantas vagas disponíveis? Por que diabos os outros motoristas eram tão educados, para que as pessoas ficavam paradas no sinal durante dez minutos, acenando freneticamente para os outros passarem? Nenhum lugar no qual ele gostaria de estar, isso era certo. Cidades de verdade tinham congestionamento, sujeira, multidões, neve, sirenes, bueiros e outras misérias variadas, ele insistiu, no discurso mais ridículo que Brooke jamais ouvira. Quando finalmente os três entraram, parecia que haviam estado fora a noite inteira.

Para seu enorme alívio, os pais de Trent estavam bem ao lado da porta. Brooke ficou imaginando o que eles acharam do chapéu absurdo de Elizabeth. O pai de Trent e o pai de Julian eram irmãos, muito próximos apesar de uma grande diferença de idade, e os quatro se retiraram imediatamente para o bar no fundo da sala. Brooke se livrou dizendo que ia telefonar para Julian. Ela percebeu os olhares de alívio; mulheres que ligam para seus maridos só para dizer oi não pediam o divórcio, certo?

Ela varreu a sala com os olhos procurando Trent ou Fern, mas não os viu. Do lado de fora, a temperatura estava perto dos 10 graus, o que, comparado a fevereiro em Nova York, era totalmente tropical, e ela nem se deu o trabalho de abotoar seu casaco. Tinha certeza de que Julian não ia atender — era meia-noite no Reino Unido e ele já teria terminado a gravação — mas discou, de qualquer modo, e ficou surpresa quando ouviu a voz dele.

— Oi! Estou tão feliz por você ter ligado — disse ele, parecendo tão chocado quanto ela se sentia. Não havia barulho ao fundo. Ela podia sentir o entusiasmo na voz dele. — Eu estava pensando em você.

— Estava? — perguntou ela, odiando a insegurança em sua voz. Eles vinham conversando uma vez por dia nas duas últimas semanas, mas todas as vezes fora Julian quem iniciara.

— Eu morro ao pensar em você nesse casamento sem mim.

— É, bem, está matando seus pais também.

— Eles a estão levando à loucura?

— O eufemismo do século. Chegamos à loucura no check-in. Agora estamos a caminho da autodestruição.

— Sinto muito — disse ele baixinho.

— Você acha que está fazendo a coisa certa, Julian? Ainda não vi o Trent ou a Fern, mas não sei o que vou dizer.

Julian limpou a garganta.

— Só lhes diga de novo que eu não queria transformar esta noite especial em um circo da mídia.

Brooke ficou em silêncio por um segundo. Se ela tivesse que adivinhar, apostaria que Trent iria preferir se arriscar a ter um ou dois repórteres intrometidos por perto a seu primo e amigo da vida inteira faltar ao seu casamento.

— Então, hum, como foi esta noite?

— Ah, meu Deus, Rook, foi incrível. Simplesmente incrível. Há uma cidade perto da propriedade e uma incrível antiga cidade medieval em cima de uma colina, que dá vista para a cidade moderna abaixo dela. A única maneira de chegar lá em cima é pegando um bondinho até o topo, tipo 15 pessoas de cada vez, e aí, quando você salta, é como um labirinto; aqueles muros enormes de pedra com tochas saindo de cima e pequenas alcovas escondendo lojas e casas. Havia um antigo anfiteatro bem no meio com a vista mais maravilhosa dos extensos campos escoceses e eu toquei no escuro, com tudo iluminado apenas por velas e tochas. Eles serviram uma bebida quente de limão e havia algo no ar frio e as bebidas quentes e a iluminação assustadora e a vista... Não estou falando nada com nada, mas foi sensacional.

— Parece incrível.

— E foi! E aí, quando terminou, eles levaram todo mundo de volta para o hotel... resort? Casa de campo? Não sei como chamar, mas o lugar também é incrível. Imagine uma casa antiga de fazenda cercada por centenas de hectares de colinas, mas com todas as TVs de tela plana e pisos aquecidos nos banheiros e a piscina infinita mais surreal que você já viu. Os quartos custam, tipo, 2 mil por noite e cada um tem uma lareira particular com uma pequena biblioteca separada e cada um tem seu próprio mordomo. — Ele fez uma pausa por um minuto e então falou, muito docemente: — Seria absolutamente perfeito se você estivesse aqui.

Era bom ouvi-lo tão feliz — sério, era mesmo — e tão falante. Estava obviamente procurando o caminho da partilha; talvez *tivesse* tido uma crise de consciência a respeito de sua comunicação ultimamente. Mas era meio difícil de aguentar, considerando-se as circunstâncias atuais dela: acompanhada de seus sogros, em vez de chefes de Estado ou top models internacionais; lojinhas de rua em vez de campos bucólicos; um quarto de hotel como qualquer outro no Sheraton local com absoluta falta de mordomos. E, para completar, ela estava no casamento do primo *dele* — sozinha. Então, ainda que fosse ótimo ouvir que ele estava gostando tanto, ela não se oporia a ouvir menos detalhes sobre sua atual abundância de situações fabulosas.

— Olhe, é melhor eu me apressar. O jantar de ensaio está prestes a começar.

Um casal mais ou menos da idade dela passou a caminho da entrada do restaurante e todos trocaram sorrisos.

— Sério, como estão os meus pais?

— Sei lá, parecem bem.

— Eles estão se comportando?

— Estão tentando, eu acho. Seu pai está todo irritado com o carro alugado e sua mãe parece achar que isso é uma festa à fantasia, mas, sim, eles estão bem.

— Você é uma heroína, Brooke — disse ele baixinho. — Está fazendo muito mais do que deveria. Tenho certeza de que Trent e Fern estão agradecidos.

— É a coisa certa a fazer.

— Mas isso não significa que muita gente a teria feito. Espero também ter feito a coisa certa.

— Não tem a ver com a gente e com o que estamos passando — sussurrou ela. — É nossa responsabilidade colocar um sorriso no rosto e comemorar a noite deles. É o que vou tentar fazer.

Ela foi interrompida novamente por outro casal que passava. Algo no modo como olharam para ela indicou que a haviam reconhecido. Haveria especulações quando todo mundo visse que ela estava ali sozinha.

— Brooke? Sinto muito, sinto mesmo. Mas estou com saudades e mal posso esperar para vê-la. Eu realmente acho que...

— Tenho que ir — disse ela, consciente de que outras pessoas a estavam escutando. — Falo com você mais tarde, está bem?

— Está bem — disse ele, e ela pôde perceber que estava magoado. — Diga oi para todos por mim e tente se divertir esta noite. Estou com saudades e te amo muito.

— A-hã. Eu também. Tchau. — Ela desligou e teve aquela familiar sensação de querer desmoronar e chorar, e poderia ter feito exatamente isso se Trent não tivesse aparecido naquele momento. Ele estava usando o que Brooke chamava de Internato Chique: camisa branca, blazer azul, gravata vermelha, mocassins Gucci e — como reconhecimento aos tempos modernos — uma ousada calça cáqui (frente lisa em vez de pregueada). Mesmo agora, tantos anos depois, ela ainda teve um flashback de seu encontro no restaurante italiano sem graça e a sensação intensa e alvoroçada que ela sentiu quando Trent a levou ao bar onde viu Julian pela primeira vez.

— Ei, ouvi um boato de que você estava aqui — falou ele, inclinando-se para beijá-la na bochecha. — Era o Julian? — Ele acenou com a cabeça na direção do telefone.

— É, ele está na Escócia. Sei que preferia estar aqui — disse ela sem convicção.

Trent sorriu.

— Bem, então ele estaria. Tentei explicar mil vezes que é uma residência particular e que ficaríamos felizes em contratar seguranças para manter os paparazzi longe, mas ele ficou insistindo que não queria criar um circo. Nada do que eu falei o convenceu. Então...

Ela pegou a mão de Trent.

— Eu realmente sinto muito por tudo isso — disse ela. — Não tem sido um momento fácil para nós.

— Entre, vamos pegar uma bebida para você — falou Trent.

Ela apertou o braço dele.

— Vamos pegar uma bebida para *você* — ela sorriu. — Esta é a *sua* noite. E eu ainda não cumprimentei sua adorável noiva.

Brooke passou pela porta que Trent abrira para ela. O aposento estava agitado agora, com cerca de quarenta pessoas perambulando com coquetéis na mão, jogando conversa fora. A única pessoa que ela reconheceu além de seus sogros e a noiva foi o irmão mais novo do Trent, Trevor, aluno do segundo ano de faculdade que estava encurvado no canto, rezando para que ninguém o abordasse, olhando intensamente para seu iPhone. À exceção de Trevor, parecia que a sala inteira havia parado de se mover por uma fração de segundo e erguido os olhos quando entraram; a presença dela — e a ausência de Julian — havia sido notada.

Inconscientemente, ela apertou a mão de Trent. Trent apertou a dela de volta e Brooke disse:

— Vá, vá encontrar o seu público! Aproveite. Passa muito rápido.

O resto do jantar correu abençoadamente em brancas nuvens. Fern fora gentil o bastante para, por conta própria, mudar o lugar de Brooke e colocá-la longe dos Alter e ao seu lado. Brooke imediatamente compreendeu seu encanto: ela contava histórias e piadas adoráveis, perguntava a todos sobre si mesmos e era especialista em autodepreciação. Fern conseguiu até dissipar o constrangimento quando um dos amigos da faculdade de medicina do Trent fez um brinde ébrio à antiga queda de Trent por garotas com silicone nos seios, rindo e puxando o vestido dela para longe do peito enquanto olhava para baixo e dizia: "Bem, ele certamente superou isso!"

Quando o jantar acabou e os Alter foram chamá-la para voltar para o hotel, Fern passou o braço pelo de Brooke, piscou para o pai de Julian e usou seu charme sulista.

— Ah, não, nada disso! — falou ela exagerando o sotaque. Brooke percebeu e estava se divertindo. — Ela vai ficar aqui mais um pouco. Vamos mandar todos os coroas para seus quartos e vamos ficar e fazer uma festinha. Podem deixar que ela vai voltar para o hotel sã e salva.

Os Alter sorriram e jogaram beijos para o ar para Fern e Brooke. No instante em que saíram da sala de jantar, Brooke virou-se para Fern.

— Você salvou a minha vida. Eles teriam me obrigado a tomar um drinque com eles no hotel. Depois disso, teriam entrado no meu quarto para fazer mais 6 mil perguntas sobre Julian. Há uma grande chance de que ela comentasse sobre o meu peso, o meu casamento ou ambos. Não tenho como agradecer.

Fern a dispensou com um gesto.

— Por favor. Eu não poderia deixá-la ir embora com alguém usando um chapéu como aquele. E se as pessoas vissem? — Ela riu, e Brooke ficou mais encantada do que nunca. — Além do mais, estou feliz por você poder ficar. Meus amigos todos adoram você.

Ela sabia que Fern só tinha dito isso para fazê-la se sentir bem — afinal de contas, nem tivera a chance de conversar direito com alguém a noite inteira, apesar de todos os amigos de Trent e Fern parecerem legais —, mas quem se importava? Funcionou. Ela se sentia bem. Bem o bastante para tomar um pouco de tequila com Trent "em homenagem ao Julian" e bem o suficiente para beber algumas caipirinhas com Fern e suas amigas de fraternidade (que, por falar nisso, bebiam como Brooke jamais vira mulheres bebendo). Ela ainda estava se sentindo bem quando as luzes foram apagadas por volta da meia-noite e alguém descobriu como conectar um iPhone ao sistema de som do restaurante, sentiu-se bem durante mais duas horas de bebida, dança e — se ela fosse completamente sincera — uma paquera divertida à moda antiga com um dos colegas de residência do Trent. Totalmente inocente, é claro, mas ela havia se esquecido de como era ter um cara gatinho prestando atenção nela a noite inteira, pegando bebidas para ela e tentando fazê-la rir; isso também foi bom.

O que não foi nada bom, claro, foi a dolorosa ressaca no dia seguinte. Apesar de não ter voltado para o quarto até quase 3h, ela acordou às 7h e ficou olhando para o teto, com a certeza de que vomitaria e imaginando quanto tempo teria que sofrer até que isso acontecesse. Meia hora depois, estava no chão do banheiro, tentando respirar e rezando para que os Alter não batessem na porta. Felizmente, conseguiu voltar para debaixo das cobertas de novo e dormir até às 9h.

Apesar de uma dor de cabeça esmagadora e um gosto nojento na boca, Brooke sorriu quando abriu os olhos e verificou o telefone. Julian havia ligado e mandado mensagens de texto meia dúzia de vezes, perguntando onde ela estava e por que não atendia o telefone. Ele estava a caminho do aeroporto para pegar o voo para casa, estava com saudades dela e a amava e mal podia esperar para vê-la. Era bom ter a situação invertida, nem que fosse só por uma noite. Dessa vez, foi ela quem finalmente bebeu demais, ficou acordada até tarde e caiu na farra.

Ela tomou uma ducha e se dirigiu para o saguão a fim de tomar café, rezando para não encontrar com os Alter no caminho. Eles haviam lhe dito na noite anterior que planejavam passar o dia com os pais do Trent; as mulheres tinham hora marcada para fazer cabelo e maquiagem e os homens iam jogar squash. Quando Elizabeth convidou Brooke para se juntar a eles, ela mentira descaradamente, dizendo que estava pensando em ir à casa da Fern e almoçar com ela e com as damas de honra. Havia acabado de se sentar com o jornal e um café com leite extragrande quando ouviu seu nome. De pé ao lado da mesa estava Isaac, o residente gatinho com quem flertara na noite anterior.

— Brooke? Ei! Como você está? Eu esperava encontrar você!

Ela não podia deixar de se sentir lisonjeada com isso.

— Ei, Isaac. Que bom ver você.

— Não sei quanto a você, mas eu estou me sentindo péssimo depois de ontem à noite.

Ela sorriu.

— É, ontem à noite foi cansativo. Mas eu me diverti muito.

Tinha quase certeza de que isso soava tão inocente quanto ela pretendera — afinal de contas, a paquera era divertida, mas ela era casada —, então, só para garantir, soltou:

— Meu marido vai ficar tão chateado por ter perdido essa farra!

Uma expressão estranha apareceu no rosto dele. Mas não era surpresa, estava mais para alívio por ela finalmente ter dito alguma coisa. Aí ela entendeu tudo.

— Então, o seu marido é Julian Alter, certo? — perguntou ele, sentando-se no lugar ao lado dela. — Ouvi todo mundo falando sobre isso ontem à noite, mas não tinha certeza se era verdade.

— O próprio — disse Brooke.

— Que loucura! Eu sou fã de Julian desde que ele tocava no Nick's, no Upper East Side. Aí, de repente, ele estava em todos os cantos! Não podia abrir uma revista ou ligar a TV sem ver Julian Alter. Uau. Você deve estar tão feliz.

— Felicíssima — disse ela automaticamente, a ficha caindo de uma maneira nauseante... Ficou imaginando quanto tempo teria que esperar antes de se levantar sem parecer grossa. Concluiu que um mínimo de três intermináveis minutos.

— Então, eu realmente espero que não se incomode se eu perguntar...

Ah, não! Ele ia perguntar sobre as fotos, ela tinha certeza. Ela tivera 18 horas felizes sem que ninguém tivesse tocado nesse assunto e agora Isaac ia estragar tudo.

— Você não quer um café? — Brooke soltou, em uma tentativa desesperada de distraí-lo do inevitável.

Ele pareceu confuso por um momento e então balançou a cabeça em sinal negativo. Enfiou a mão dentro da bolsa de lona tipo carteiro e puxou um envelope de papel pardo.

— Estava pensando... será que você se importa de entregar isso ao Julian para mim? Quer dizer, nem imagino o quanto ele deve estar ocupado e tudo o mais, e é claro que não sou nem de perto tão talentoso quanto ele, mas venho dedicando o pouco tempo livre que tenho à música e, bem... eu adoraria ouvir o que ele acha.

Ao dizer isso, ele enfiou a mão no envelope, puxou um CD encapado e o entregou a Brooke.

Ela não sabia se ria ou se chorava.

— Hum, claro, eu... na verdade, por que você não anota o endereço do estúdio? Você mesmo pode mandar para ele.

O rosto de Isaac se iluminou.

— Sério? Isso é ótimo. Só pensei que com, hum, tudo o que está acontecendo, eu, bem, eu não tinha certeza de que ele ia...

— É. Ele ainda está lá o tempo todo, trabalhando no próximo disco. Ouça, Isaac, preciso subir para dar um telefonema. Eu o vejo hoje à noite, está bem?

— Claro. Ah, Brooke? Só mais uma coisa. Minha namorada só vai chegar hoje à noite, e ela tem um blog. Ela escreve matérias sobre celebridades e festas da alta sociedade, esse tipo de coisa. Eu sei que adoraria entrevistar você. Ela me pediu para perguntar, caso você esteja procurando um veículo imparcial para contar o seu lado da história. De qualquer modo, sei que ela ficaria felicíssima em...

Se não se afastasse naquele instante, Brooke ia dizer algo horrível.

— Obrigada, Isaac. É muita gentileza dela pensar em mim. Estou bem por enquanto, mas obrigada. — Antes que ele pudesse dizer qualquer coisa, ela voou na direção do elevador.

A camareira estava arrumando seu quarto quando ela voltou, mas Brooke não podia se arriscar a ficar no saguão. Ela sorriu para a mulher, que parecia exausta e precisando de uma folga, e disse para deixar o resto para lá. Depois que a mulher havia recolhido seu material e ido embora, Brooke desabou em cima da cama ainda desarrumada e tentou se animar para trabalhar um pouco. Ela só precisava começar a se arrumar dali a seis horas e estava determinada a passar o tempo pesquisando vagas de emprego, mandando currículos e escrevendo algumas cartas de apresentação genéricas que poderiam ser personalizadas depois.

Usou o rádio-relógio para encontrar uma estação de música clássica, um pequeno protesto contra Julian, que havia enchido o iTunes dela não apenas com sua própria música, mas com todos os artistas que ele achava que ela *devia* ouvir. Sentou-se à mesa e, durante a primeira hora, permaneceu extremamente concentrada — tarefa difícil, considerando-se a dor de cabeça insistente — e conseguiu mandar seu currículo para todos os sites importantes de emprego. Na segunda hora, pediu uma salada com frango grelhado do serviço de quarto e se distraiu assistindo a um velho episódio de *Prison Break* no laptop. Aí, cochilou por trinta minutos. Pouco depois das 15h, quando seu celular tocou e o número indicou que se tratava de uma ligação interurbana, ela quase o ignorou, mas achou que poderia ser Julian e resolveu atender.

— Brooke? É a Margaret. Margaret Walsh.

Ela ficou tão surpresa que quase deixou o telefone cair. Sua primeira reação foi medo — estava faltando ao seu turno de novo? — antes de a razão voltar e ela se lembrar de que o pior já havia acontecido. Independentemente do motivo por que ela estava ligando, Brooke podia dizer com certeza que não era para demiti-la.

— Margaret! Como vai? Está tudo bem?

— Sim, está tudo ótimo. Ouça, Brooke, desculpe incomodá-la no fim de semana, mas eu não queria que isso esperasse até a semana que vem.

— Não é incômodo nenhum! Na verdade, estou só mandando meu currículo para alguns lugares — disse ela com um sorriso.

— Bem, é bom ouvir isso, porque acho que pode haver uma vaga para você.

— Sério?

— Acabei de receber um telefonema de uma colega minha, Anita Moore. Ela foi minha funcionária há muitos anos. Trabalhou na equipe do Mt. Sinai por um bom tempo, mas saiu recentemente para abrir o próprio consultório.

— Ah, legal.

— Vou deixar que ela lhe dê todos os detalhes, mas pelo que eu entendi, ela recebeu verba federal para abrir uma espécie de clínica comunitária em um bairro pobre. Ela quer contratar uma fonoaudióloga especializada em crianças e uma residente com experiência em nutrição pré-natal, lactação, mães de primeira viagem e recém-nascidos. Vai servir a uma comunidade que não tem acesso regular a atendimento pré-natal, pacientes que não sabem nada sobre nutrição, então não há dúvidas de que grande parte será um tipo de orientação bem básica, por exemplo, tendo que convencê-los de que precisam de ácido fólico, mas acho que, por esse ponto de vista, vai ser um desafio que compensará. Ela não quer contratar nenhum dos atuais nutricionistas do Mt. Sinai, então ligou para perguntar se eu tinha alguma recomendação.

— E você me recomendou?

— Recomendei. Vou ser sincera, Brooke. Contei a ela tudo sobre o Julian, as faltas, os horários loucos, mas também disse a ela que você era uma das melhores e mais inteligentes funcionárias que já contratei. Dessa forma, todo mundo já começa de olhos bem abertos.

— Margaret, parece uma oportunidade incrível. Não tenho como agradecer por me recomendar.

— Brooke? Eu só peço uma coisa. Se você acha que seu *estilo de vida agitado* vai continuar atrapalhando o seu trabalho, por favor, seja honesta com a Anita. O que ela está tentando fazer é difícil demais se não puder contar com uma equipe confiável.

Brooke assentiu furiosamente.

— Eu entendi, Margaret. Com todas as letras. A carreira do meu marido não vai mais afetar a minha. Posso prometer isso a você e a Anita.

Quase sem conseguir não gritar de alegria ao telefone, Brooke anotou com cuidado as informações de contato de Anita e agradeceu profusamente a Margaret. Abrindo uma lata de Coca Diet do frigobar, sua dor de cabeça magicamente desaparecida, clicou em Novo em seu e-mail e começou a digitar. Ela *ia* conseguir aquele emprego.

19

dança da piedade

Brooke deu um sorriso fraco para o Dr. Alter enquanto ele segurava a porta de trás do carro alugado e fazia um gesto galante com o braço.

— Você primeiro, minha querida — falou ele. Felizmente, parecia ter superado sua raiva da cidade do dia anterior e o trajeto foi feito sem discursos.

Brooke ficou orgulhosa de si mesma por não comentar sobre o chapéu *derby du jour* de Elizabeth, que hoje consistia em pelo menos meio quilo de tafetá pregueado e um buquê inteiro de peônias artificiais. Combinado com um elegante vestido de noite YSL, uma bolsa Chanel chiquérrima e Manolos lindamente trabalhados. A mulher era uma louca.

— Teve notícias do Julian? — perguntou sua sogra, quando entraram na estrada particular.

— Hoje não. Ele deixou alguns recados ontem à noite, mas eu cheguei tarde demais para ligar de volta para ele. Meu Deus, aqueles estudantes de medicina sabem mesmo se divertir e com certeza não se importam se você é casada ou não.

Pelo retrovisor pelo qual Elizabeth estava espiando, Brooke pôde ver as sobrancelhas da mulher se erguerem e sentiu uma onda de felicidade com sua pequena vitória. Eles dirigiram em silêncio pelo resto do caminho. Quando chegaram ao imponente portão gótico que cercava a casa de Fern, Brooke pôde ver sua sogra assentir quase que imperceptivelmente com aprovação, como se dissesse "Ora, sim, se você tem que morar fora de Manhattan, esta é exatamente a forma correta de fazê-lo". O trajeto do portão até a casa serpeava por cerejeiras em flor e carvalhos altos e era longo o suficiente para garantir ao terreno o status de propriedade, em vez de casa. Apesar de ser fevereiro e estar frio, tudo parecia luxuriante e verde. Um manobrista de smoking pegou o carro e uma jovem adorável os acompanhou para dentro. Brooke viu a garota dar uma espiada no chapéu de sua sogra, mas ela era educada demais para ficar encarando.

Brooke rezou para que os Alter a deixassem sozinha e, no momento em que viram os barmen de gravata-borboleta atrás de um enorme bar de mogno, eles não a decepcionaram. Brooke teve um flashback de seus dias de solteira. Era estranho como você esquecia rápido qual era a sensação de estar sozinha em um casamento ou em uma festa onde todos os outros tinham par. Será que isso era o novo normal?

Ela sentiu o telefone vibrar em sua bolsa e, pegando uma taça de champanhe como reforço de uma bandeja que passava, escondeu-se em um lavabo próximo.

Era Nola.

— Como estão as coisas por aí? — A voz de sua amiga parecia um cobertor quente e aconchegante naquela mansão gelada e amedrontadora.

— Não vou mentir, está bem difícil.

— Bem, eu podia ter lhe dito isso. Ainda não entendo por que você se sujeita a isso...

— Não sei o que eu estava pensando. Meu Deus, não vou a um casamento sozinha há seis, sete anos. Isso é uma droga.

Nola fungou.

— Valeu, amiga. É, com certeza é uma droga. Você não precisava ter ido até aí para descobrir sozinha. Eu definitivamente podia ter lhe dito.

— Nola? O que eu estou fazendo? Não só aqui, mas no geral? — Brooke podia ouvir sua voz aguda e um pouco em pânico e percebeu o telefone começando a escorregar em sua mão suada.

— O que você quer dizer, querida? Qual é o problema?

— Qual é o problema? Qual *não* é o problema? Estamos nessa terra de ninguém esquisita sem saber o que fazer em seguida, sem ser capazes de perdoar e esquecer, sem ter a menor ideia se podemos ir em frente. Eu o amo, mas não confio nele e o sinto realmente distante. E não é só a garota, apesar de isso me deixar maluca, é *tudo*.

— Shi, calma, calma. Você estará em casa amanhã. Vou encontrá-la na porta do seu apartamento e vamos conversar. Se for possível você e Julian resolverem isso, fazerem com que dê certo, então vão fazer isso. E, se você decidir que não é possível, eu vou apoiá-la a cada passo do caminho. Assim como muitas outras pessoas.

— Ah-meu-deus, Nola... — ela gemeu com a infelicidade da ideia. Ter alguém admitindo que ela e Julian podiam não conseguir superar tudo era apavorante.

— Um passo de cada vez, Brooke. Nesta noite a única coisa que você tem que fazer é cerrar os dentes e sorrir durante a cerimônia, o coquetel e a entrada. No momento em que tirarem os pratos do jantar, chame um táxi e volte correndo para o hotel. Está me ouvindo?

Brooke assentiu.

— Brooke? Sim ou não?

— Sim — disse ela.

— Ouça, saia do banheiro e siga as minhas instruções, está bem? Eu te encontro amanhã. Vai ficar tudo bem, eu prometo.

— Valeu, Nol. Só me diga rápido. Como estão as coisas com você? O Andrew ainda está valendo?

— Está, na verdade estou no teatro com ele neste instante.

— Está com ele neste instante? No teatro? Então por que está me ligando?

— É o intervalo e ele está no banheiro...

Algo a respeito do tom de Nola soou suspeito.

— Que peça estão vendo?

Houve uma pausa.

— *O rei leão.*

— Você está vendo *O rei leão*? Sério? Ah, espere, você está em treinamento-de-madrasta, não é?

— É, estamos com o menino. E daí? Ele é fofo.

Sem se conter, Brooke sorriu.

— Eu te amo, Nola. Obrigada.

— Eu também te amo. E, se algum dia contar isso a alguém...

Brooke ainda estava sorrindo quando saiu e deu de cara com Isaac — e sua namorada blogueira.

— Ah, oi! — Isaac disse com o entusiasmo assexuado de um cara que passara a noite anterior inteira flertando com alguém por motivos puramente egoístas. — Brooke, gostaria de lhe apresentar Susannah. Acho que eu já disse antes o quanto ela gostaria de...

— Entrevistá-la — completou Susannah, esticando a mão. A garota era jovem e sorridente e razoavelmente bonita e Brooke não podia aguentar nem mais um minuto daquilo.

Brooke reuniu uma reserva havia muito esquecida de confiança e compostura, olhou Susannah diretamente nos olhos e disse:

— É um prazer conhecê-la e espero realmente que você me perdoe por ser mal-educada, mas eu tenho que dar um recado para a minha sogra.

Susannah assentiu.

Segurando sua flute de champanhe como se fosse um salva-vidas, Brooke ficou quase aliviada por encontrar os Alter na tenda da cerimônia, com um lugar guardado para ela.

— Vocês não adoram casamentos? — perguntou Brooke o mais alegremente que podia. Não fazia o menor sentido, mas o que mais havia para dizer?

Sua sogra deu uma olhada no espelho de seu estojo de pó compacto e retocou uma mancha invisível no queixo.

— Eu acho simplesmente estarrecedor que mais da metade dos casamentos vá fracassar, mas ainda assim todo casal que entra numa igreja acha que não vai acontecer com eles.

— Hum — murmurou Brooke. — Que lindo discutir índices de divórcio em uma cerimônia de casamento.

Era provavelmente a coisa mais grosseira que ela jamais dissera para sua sogra, mas a mulher nem se alterou. O Dr. Alter ergueu os olhos de seu BlackBerry, onde estava verificando preços de ações, mas quando viu que sua esposa não havia reagido, voltou a olhar para o visor.

Felizmente, a música começou e um silêncio caiu sobre o aposento. Trent e seus pais entraram na tenda primeiro e Brooke sorriu quando viu que ele parecia genuinamente feliz e nem um pouco nervoso. Uma a uma, as madrinhas e os padrinhos e as damas seguiram, e então foi a vez de Fern, ladeada pelos pais, sorrindo exatamente da mesma maneira que todas as noivas sorriem. A cerimônia foi uma mistura perfeita de tradições judaicas e cristãs e, apesar do que Brooke sentia, foi um prazer ver Fern e Trent olharem um para o outro com aquele olhar de cumplicidade.

Só quando o rabino começou a explicar a simbologia da Khupá para o público, que essa tenda significava o novo lar que o casal construiria junto, como ela os protegeria do mundo exterior e ainda assim era aberta dos quatro lados para receber os amigos e a família, Brooke começou a chorar. Esta fora a parte favorita de seu próprio casamento e era o momento em que, em cada cerimônia que ela e Julian tinham ido juntos, eles se davam as mãos e trocavam o mesmo olhar de cumplicidade que Trent e Fern estavam dividindo naquele momento. Agora, não só ela estava ali sozinha, mas era impossível não admitir o óbvio: fazia muito tempo que o apartamento deles não parecia um lar e ela e Julian podiam estar a caminho de se tornar uma das estatísticas de sua sogra.

Na festa, uma das amigas de Fern se inclinou para perto e sussurrou algo para seu marido, levando-o a lhe lançar um olhar de *Sério?* A garota assentiu e Brooke ficou imaginando sobre o que eles estavam falando até o cara se materializar ao lado dela, esticar o braço e perguntar se ela queria dançar. A dança da piedade. Ela a conhecia bem, era frequentemente culpada de cutucar Julian para convidar mulheres sozinhas em casamentos para dançar, achando que estava fazendo uma boa ação. Bem, agora que sabia como era estar do outro lado da caridade, ela jurou que nunca mais o faria. Agradeceu profundamente, mas recusou a dança, alegando que precisava encontrar um Advil, e pôde ver o alívio dele. Desta vez, quando se dirigiu ao banheiro no corredor, ela não tinha certeza se conseguiria sair.

Verificou o relógio. Eram 21h45. Prometeu a si mesma que, se os Alter não fossem embora até 23h, ela chamaria um táxi. Saiu de volta para o corredor, que estava frio e felizmente deserto. Uma verificação rápida em seu telefone não revelou nenhum recado ou mensagem de texto recente, apesar de Julian provavelmente já estar em casa àquela altura. Ela ficou imaginando o que ele estaria fazendo, se já havia pego Walter com o passeador de cachorros e estavam enrolados juntos no sofá. Ou talvez ele tivesse ido direto para o estúdio. Ela ainda não queria voltar para a recepção, então ficou andando de um lado para o outro por algum tempo, primeiro checando o Facebook e então procurando o telefone de uma empresa de táxis local, só para garantir. Sem ter mais desculpas ou distrações, Brooke enfiou o telefone na bolsa de mão, cruzou os braços nus contra o peito e andou na direção da música.

Ela sentiu uma palma se fechar em cima de seu ombro e soube antes de se virar, antes que ele pudesse pronunciar uma palavra, que ela pertencia a Julian.

— Rook? — A voz dele era incerta, insegura. Ele não tinha certeza de como ela ia reagir.

Ela não se virou imediatamente — talvez estivesse com medo de estar errada, de que aquele não fosse ele — mas, quando o fez, um turbilhão de emoções a atingiu como um caminhão. Lá estava ele, de pé bem na frente dela, vestindo seu único terno e sorrindo para ela timidamente, nervoso, com um olhar que parecia dizer *Por favor, me abrace*. E, apesar de tudo o que havia acontecido e de toda a distância entre eles nessas últimas semanas, era tudo o que Brooke queria fazer. Não havia como negar: ela estava instintivamente feliz por vê-lo.

Depois que caiu nos braços dele, ela não conseguiu falar por quase trinta segundos. Ele estava quente e tinha o cheiro certo e a abraçou tão forte que ela começou a chorar.

— Espero que sejam lágrimas de felicidade.

Ela enxugou os olhos, consciente de que seu rímel estava escorrendo, mas não dava a mínima.

— Felicidade, alívio e mais ou menos um milhão de outras coisas — disse ela.

Quando finalmente se largaram, ela percebeu que ele estava usando tênis All Star com seu terno.

Ele seguiu o olhar dela para seus sapatos.

— Esqueci de colocar o sapato social na mala — disse ele, dando de ombros ligeiramente e apontando para a cabeça, que estava sem gorro. — E o meu cabelo está meio que um desastre.

Brooke inclinou-se para perto e o beijou novamente. Era tão bom, tão normal! Ela queria ficar zangada, mas estava tão feliz em vê-lo.

— Ah, ninguém se importa. Eles só vão ficar felizes por você estar aqui.

— Venha comigo. Vamos achar o Trent e a Fern. Aí você e eu vamos poder conversar.

Algo no modo como ele falou isso a acalmou. Ele estava ali, estava assumindo o comando, e ela estava muito feliz em seguir sua liderança. Ele a guiou pelo corredor, onde alguns dos convidados olharam surpresos — Isaac e a namorada entre eles, Brooke ficou feliz em ver —, e foram direto para a tenda. A banda estava no intervalo enquanto todo mundo comia sobremesa, então não havia como passarem despercebidos. Quando eles entraram, a reação no salão foi visível. As pessoas olharam fixamente para eles, sussurraram umas para as outras e uma menina de talvez 10 ou 11 anos apontou na direção de Julian e gritou o nome dele para sua mãe. Brooke ouviu sua sogra antes de vê-la.

— Julian! — sibilou Elizabeth, parecendo se materializar do nada. — O que você está *vestindo*?

Brooke balançou a cabeça. Aquela mulher nunca deixava de surpreendê-la.

— Oi, mamãe. Onde está...

O Dr. Alter estava apenas um passo atrás dela.

— Julian, onde diabos você estava? Faltando ao jantar de ensaio de seu próprio primo, deixando sua pobre esposa sozinha o fim de semana inteiro e agora aparecendo com *essa* aparência? O que deu em você?

Brooke se preparou para o conflito, mas Julian apenas disse:

— É muito bom vê-los, mamãe, papai. Mas vão ter que me dar licença.

Julian a levou rapidamente até Trent e Fern. Eles estavam ocupados circulando por todas as mesas e Brooke podia sentir centenas de olhos nela e em Julian enquanto se aproximavam do feliz casal.

— Trent — disse Julian baixinho, colocando uma das mãos nas costas de seu primo.

A expressão de Trent mostrou choque e depois alegria quando ele se virou. Os dois se abraçaram. Fern sorriu para Brooke e toda a sua ansiedade sobre se Fern ficaria ou não zangada por causa da súbita aparição de Julian se evaporou.

— Antes de mais nada, parabéns aos dois! — disse Julian, batendo nas costas de Trent novamente e inclinando-se para beijar Fern na bochecha.

— Valeu, amigão — disse Trent, claramente feliz por ver Julian.

— Fern, você está linda. Não sei o que esse cara fez para merecer você, mas ele tem muita sorte.

— Obrigada, Julian — falou Fern com um sorriso. Ela esticou o braço e pegou a mão de Brooke. — Brooke e eu finalmente passamos algum tempo juntas este fim de semana e eu diria que você também tem muita sorte.

Brooke apertou a mão de Fern.

Julian abriu um grande sorriso para Brooke.

— Eu também acho — falou ele. — Olhe, gente, eu sinto muito ter perdido tudo.

Trent dispensou a ideia com um gesto.

— Não se preocupe com isso. Estamos felizes que tenha conseguido vir.

— Não, não, eu devia ter estado aqui o fim de semana inteiro. Eu realmente sinto muito.

Por um minuto, pareceu que Julian ia chorar. Fern ficou na ponta dos pés para abraçá-lo e disse:

— Não é nada que uns ingressos na primeira fila para o seu próximo show em L.A. não possam resolver. Não é mesmo, Trent?

Todos riram e Brooke observou enquanto Julian passava para o primo uma folha de papel dobrada.

— É o meu brinde do jantar de ensaio. Lamento não ter lido ontem à noite.

— Pode ler agora — disse Trent.

Julian pareceu confuso.

— Você quer que eu leia agora?

— É o seu brinde, não é?

Julian assentiu.

— Então acho que falo por nós dois quando digo que adoraríamos ouvi-lo. Se você não se incomodar...

— É claro que não me incomodo — falou Julian. Quase que instantaneamente, alguém se materializou com um microfone; depois de alguns brindes e alguns pedidos de silêncio, a tenda ficou quieta. Julian limpou a garganta, pegou o microfone e pareceu relaxar imediatamente. Brooke ficou imaginando se o salão inteiro estava percebendo que ele parecia à vontade com um microfone na mão. Completamente tranquilo e adorável. Ela sentiu uma onda de orgulho.

— Oi, pessoal — disse ele com um sorriso produtor-de-covinhas. — Meu nome é Julian. Trent e eu somos primos-irmãos, na verdade nascidos com uns seis meses de diferença, então acho que é justo dizer que nos conhecemos há muito tempo. Eu, hum, sinto muito por interromper a diversão de vocês, mas só queria desejar ao meu primo e sua linda esposa toda a felicidade do mundo.

Ele fez uma pausa por um momento e remexeu no papel, mas depois que seus olhos leram algumas palavras, deu de ombros e o enfiou de volta no bolso. Ele ergueu os olhos e parou.

— Olha, gente, eu conheço o Trent há muito tempo e posso afirmar que nunca, jamais o vi tão feliz. Fern, você é um acréscimo bem-vindo à nossa família louca e um sopro de ar fresco.

Todo mundo riu, com exceção da mãe de Julian. Brooke deu um grande sorriso.

— O que todos podem não saber é quanto eu devo ao Trent. — Julian tossiu e o salão ficou ainda mais silencioso. — Há nove anos, ele me apresentou a Brooke, minha mulher, o amor da minha vida. Não aguento nem pensar no que poderia ter acontecido se seu encontro às escuras tivesse dado certo naquela noite — mais risos —, mas eu, pelo menos, serei eternamente grato por não ter dado. Se tivessem me dito na noite do meu próprio casamento que eu seria capaz de amar a minha mulher ainda mais hoje, eu não teria acreditado que fosse possível, mas enquanto estou aqui esta noite e olho para ela, posso lhes dizer que é verdade.

Brooke sentiu o aposento inteiro virar em sua direção, mas não conseguia tirar os olhos de Julian.

— Que vocês se amem mais a cada dia que passa e saibam que não importa quais obstáculos a vida vai jogar no seu caminho, vocês os superarão juntos. Esta noite é apenas o começo, meninos, e sei que falo por todos aqui quando digo o quanto estou honrado por partilhá-la com vocês. Por favor, um brinde a Trent e Fern!

A multidão soltou um viva animado enquanto todo mundo brindava com os copos e alguém gritou "Bis! Bis!".

Julian corou e se inclinou para perto do microfone.

— Na verdade, agora eu vou fazer uma apresentação especial de "Wind beneath my wings" para o feliz casal. Vocês dois não se importam, não é?

Ele se virou para olhar para Trent e Fern, que pareciam ambos horrorizados. Houve uma fração de segundo de silêncio até Julian quebrar a tensão:

— Estou só brincando! É claro que, se realmente quiserem...

Trent ficou de pé em um segundo, fingindo atacar Julian, e Fern se juntou a ele um minuto depois e lhe deu um beijo choroso na bochecha. Mais uma vez, as pessoas riram e deram vivas e Julian sussurrou algo no ouvido de seu primo e os dois se abraçaram. A banda começou a tocar uma música de fundo suave e Julian caminhou até Brooke e, sem dizer uma palavra, a guiou através da multidão de volta para o corredor.

— Isso foi lindo — falou ela, sua voz falhando.

Ele colocou as duas mãos no rosto dela e olhou diretamente em seus olhos.

— Eu fui sincero em cada palavra.

Ela se inclinou para beijá-lo. Só durou um instante, mas ela ficou imaginando se aquele não seria o melhor beijo de seu relacionamento. Estava prestes a passar os braços em volta do pescoço dele quando ele a puxou pela porta da frente e disse:

— Você tem um casaco?

Brooke olhou para o pequeno grupo de fumantes do outro lado que estavam olhando de volta e falou:

— Está na chapelaria.

Julian tirou seu paletó e ajudou-a a vesti-lo.

— Vem comigo?

— Aonde vamos? Acho que o hotel é um pouco longe para irmos andando — ela sussurrou para ele enquanto passavam pelos fumantes e viravam a esquina da casa.

Julian botou a mão na parte de baixo das costas dela e a empurrou na direção do pátio.

— Temos que voltar para dentro, mas acho que ninguém vai ligar se fugirmos por um tempinho.

Ele a guiou pelo jardim e por um caminho que descia em direção a um lago e fez um gesto para ela se sentar em um banco de pedra de frente para a água.

— Você está bem? — perguntou ele.

A pedra parecia um bloco de gelo através do material fino do vestido dela e seus dedos do pés estavam começando a formigar.

— Estou com um pouco de frio.

Ele passou os braços em torno dela e a apertou.

— Então, o que está fazendo aqui, Julian?

Ele pegou a mão dela.

— Eu sabia antes de viajar que era uma péssima ideia. Tentei racionalizar que era melhor deixar todo mundo em paz, mas eu vi que não. Tive muito tempo para pensar e não queria esperar nem mais um minuto para conversar com você a respeito.

— Está bem...

Ele pegou a mão dela.

— Eu estava sentado ao lado daquele cantor, Tommy Bailey, que venceu o *American Idol* há alguns anos.

Brooke assentiu. Ela não mencionou a ligação com Amber ou o fato de que já sabia tudo o que precisava saber sobre Tommy.

— Então nós éramos as únicas duas pessoas sentadas na primeira classe. Eu estava indo a trabalho, mas ele, de férias. Tem algumas semanas de folga da turnê e alugou uma *villa* fenomenal em algum lugar. E eu percebi... que ele estava indo sozinho.

— Ah, por favor, só porque ele estava sozinho no avião não quer dizer que vai ficar sozinho quando chegar lá.

Julian ergueu a mão.

— Claro, você tem toda a razão. Ele não parava de falar a respeito de todas as garotas que iriam encontrá-lo lá, dar uma passada, o que seja. Seu agente e seu empresário iam, alguns pseudoamigos que ele reunira pagando por suas passagens. Pareceu meio patético, mas eu não tinha certeza, talvez ele adorasse essa situação toda. Muitos caras provavelmente adoram. Mas aí ele começou a beber, a beber mesmo, e quando passamos pelo meio do Atlântico, ele estava aos prantos, literalmente chorando, porque sentia saudades de sua ex-mulher e de sua família e de seus amigos de infância. Porque não há ninguém em sua vida que conheça há mais do que alguns anos e ninguém que não queira alguma coisa dele. Ele estava um caco, Brooke, um desastre total, e só o que eu conseguia pensar era *Eu não quero ser como esse cara*.

Brooke finalmente soltou o ar. Ela não havia percebido, mas estivera prendendo a respiração intermitentemente desde que haviam começado a conversa. *Ele não quer ser como esse cara*. Algumas palavras simples que ela esperara tanto tempo para ouvi-las.

Ela se virou para olhá-lo.

— Também não quero que você seja como ele, mas também não quero ser a mulher que o segura, que está constantemente criticando e fazendo ameaças e perguntando quando você vai estar em casa.

Julian olhou para ela e ergueu as sobrancelhas.

— Por favor. Você adora isso.

Brooke pareceu pensar a respeito.

— É, tem razão. Eu realmente adoro isso.

Os dois sorriram.

— Olhe, Rooke, eu não paro de pensar nisso. Sei que vai levar um tempo antes que você confie em mim novamente, mas vou fazer o que for preciso. Esse mundo esquisito no qual estamos... é um inferno. Se você não ouvir mais nada esta noite, por favor, ouça isto: eu não vou desistir de nós. Nem agora, nem nunca.

— Julian...

Ele se inclinou para perto.

— Não, escute. Você se matou de trabalhar naqueles dois empregos por tanto tempo. Eu só... eu não vi quanto era pesado para você e...

Ela pegou a mão dele.

— Não, me desculpe por isso. Eu queria fazer, por você, por nós, mas não devia ter insistido em manter os dois quando sua carreira começou a decolar. Não sei por que fiz isso; comecei a me sentir de fora, como se tudo estivesse saindo de controle, e estava tentando manter alguma normalidade. Mas também pensei muito sobre isso e eu devia pelo menos ter saído da Huntley quando seu disco foi lançado. Provavelmente devia ter pedido para trabalhar meio expediente no hospital. Talvez assim tivéssemos tido alguma flexibilidade para nos vermos. Mas mesmo se eu só trabalhar meio expediente agora ou, espero, abrir meu próprio consultório, eu ainda... não sei como pode dar certo.

— Tem que dar! — disse ele com uma urgência que ela não sentia nele havia muito tempo.

Ele enfiou a mão no bolso da calça e tirou um monte de papéis dobrados.

— São... — Ela quase soltou "os papéis do divórcio", mas conseguiu se conter. Ficou imaginando se soava tão irracional quanto se sentia.

— Esta é a nossa estratégia de jogo, Rook.

— Nossa estratégia de jogo? — Ela podia ver sua respiração no ar e estava começando a tremer incontrolavelmente.

Julian assentiu.

— É só o começo — disse ele, colocando o cabelo dela atrás das orelhas. — Vamos nos livrar de pessoas venenosas de uma vez por todas. O primeiro? Leo.

Só o som do nome dele a fazia se encolher.

— O que ele tem a ver com a gente?

— Na verdade, muita coisa. Ele tem sido absolutamente nocivo de todas as formas imagináveis. Algo que você provavelmente sempre soube, mas que eu fui idiota demais para perceber. Ele vazou muita coisa para a imprensa e arrumou para o paparazzo da *Last Night* entrar no

Chateau e foi ele quem mandou aquela garota para a minha mesa, tudo com a ideia ridícula de que qualquer matéria é uma boa matéria. Ele orquestrou o negócio todo. Eu errei, errei feio, mas o Leo...

— Nojento — disse ela, balançando a cabeça.

— Eu o demiti.

A cabeça de Brooke se ergueu imediatamente e ela podia ver que Julian estava sorrindo.

— Sério?

— Demiti sim. — Ele lhe entregou uma folha de papel dobrado. — Tome, este é o passo número dois.

A folha parecia ter sido impressa de um site. Mostrava a foto em close de um senhor ligeiramente mais velho chamado Howard Liu, suas informações de contato e um histórico dos apartamentos que ele havia vendido nos últimos anos.

— Eu deveria conhecer o Howard?

— Vai conhecer em breve — falou Julian, sorrindo. — Howard é nosso novo corretor. E, se você concordar, temos uma reunião com ele na segunda-feira de manhã.

— Vamos comprar um apartamento?

Ele lhe entregou outro bolo de papéis.

— Vamos ver estes. E qualquer outro que você quiser, é claro.

Ela ficou olhando para ele por um momento, desdobrou os papéis e engoliu em seco. Eram mais páginas impressas, mas estas eram de lindos sobrados no Brooklyn, provavelmente seis ou sete no total, cada uma mostrando fotos e plantas-baixas e listas de características e detalhes. Os olhos dela congelaram quando viu a última, a casa geminada de quatro andares com a varanda na frente e o jardinzinho com portão pelo qual ela e Julian haviam passado centenas de vezes.

— É a sua favorita, não é? — perguntou ele, apontando para ela.

Ela assentiu.

— Foi o que eu pensei. Vamos ver esta por último. E, se você gostar, vamos fazer uma oferta na hora.

— Ah-meu-deus. — Era demais para absorver. Todo o papo sobre os lofts chiques em Tribeca ou os apartamentos em arranha-céus ultramodernos havia sumido. Ele queria um lar, um lar de verdade, tanto quanto ela.

— Tome — disse ele, entregando uma folha de papel a ela.

— Tem mais?

— Apenas abra.

Era mais uma página impressa. Mostrava um close sorridente de um homem chamado Richard Goldberg, que parecia ter por volta de 45 anos e trabalhava para uma companhia chamada Original Artist Management.

— E este cavalheiro adorável? — perguntou ela com um sorriso.

— É o meu novo empresário — disse Julian. — Fiz algumas ligações e encontrei alguém que entende o que espero alcançar.

— Será que eu posso perguntar o que você espera alcançar?

— Uma forma de ter uma carreira bem-sucedida sem perder o que mais importa para mim: você — disse Julian baixinho. Ele apontou para a foto de Richard. — Falei com ele e ele entendeu imediatamente. Não preciso maximizar meu potencial financeiro. Eu preciso de você.

— Mas ainda podemos comprar aquele sobrado no Brooklyn, certo? — perguntou ela com um sorriso largo.

— Sim. Claro que podemos. E aparentemente, se eu estiver disposto a abrir mão de alguns cheques, posso marcar uma turnê uma vez por ano, e mesmo assim estabelecer um limite. Seis, oito semanas no máximo.

— E como se sente em relação a isso?

— Eu me sinto bem. Você não é a única que odeia turnês. — Isso não é vida. Mas acho que nós dois podemos aguentar seis ou oito semanas de turnê a cada 12 meses, se vai nos dar liberdade em outros pontos. Concorda?

Brooke assentiu.

— Concordo. Acho que é um bom trato. Desde que você não sinta que está traindo seus sonhos...

— Não é perfeito, nada nunca vai ser, mas acho que parece um ótimo começo. E, para que fique registrado, eu não espero que você largue tudo para vir comigo. Sei que você vai ter outro emprego que ama até lá, talvez um bebê... — Ele ergueu as sobrancelhas na direção dela e ela riu. — Posso montar um estúdio no porão para estar em casa com minha família. Eu verifiquei, e cada uma dessas casas tem um porão.

— Julian. Meu Deus, isso... — Ela fez um gesto na direção de todas as páginas impressas e ficou admirada com o pensamento e o esforço que ele havia dedicado àquilo — Nem sei o que dizer.

— Diga sim, Brooke. Nós podemos fazer com que dê certo. Eu sei que podemos. Espere, não fale nada ainda. — Ele abriu o paletó que ela estava abraçando apertado em volta de si mesma e enfiou a mão no bolso de dentro. Em sua palma aberta havia uma caixinha de joias de veludo.

A mão dela voou para a boca. Ela estava prestes a perguntar a Julian o que havia dentro, mas antes que pudesse dizer qualquer coisa, ele desceu do banco e se ajoelhou ao lado dela, sua outra mão descansando no joelho de Brooke.

— Brooke, quer fazer de mim o homem mais feliz do mundo e se casar comigo novamente?

Ele abriu a caixa. Dentro não havia um anel chique de noivado com um diamante enorme ou um par de brincos de brilhante, como ela suspeitava. Aninhada entre duas dobras de veludo estava a aliança simples de ouro de Brooke, a que a estilista havia arrancado de seu dedo na noite do Grammy, a mesma aliança que ela usara todos os dias durante quase seis anos mas achava que nunca veria novamente.

— Tenho usado isto numa corrente desde que a peguei de volta — disse ele.

— Não foi de propósito — ela se apressou em explicar. — Só se perdeu no meio de toda a confusão. Juro que não foi uma espécie de símbolo...

Ele se ergueu e a beijou.

— Você me dá a honra de usá-la novamente?

Ela jogou os braços em volta do pescoço dele, chorando mais uma vez agora, e assentiu. Ela tentou dizer sim, mas não conseguia dizer nenhuma palavra. Ele riu e a embalou e a abraçou de volta.

— Tome, olhe — disse ele, tirando o anel da caixa. Apontou para o lado de dentro da aliança, onde, bem ao lado da data de seu casamento, ele havia gravado a data de hoje. — Para que nunca esqueçamos que estamos fazendo uma promessa de recomeçar. — Ele pegou a mão esquerda dela e deslizou a aliança em seu dedo, e ela só percebeu o quanto se sentia nua sem a aliança quando ela estava de volta no lugar.

— Ei, Rook. Odeio ser cerimonioso, mas você ainda não concordou. — Ele lançou um olhar envergonhado e ela pôde ver que ele estava um pouco nervoso.

Ela tomou isso como um ótimo sinal.

Eles não podiam resolver tudo em uma conversa, mas aquela noite ela não se importou. Eles ainda se amavam. Ela não tinha como saber o que os próximos meses ou anos trariam ou se seus planos iam dar certo, mas sabia — pela primeira vez em muito, muito tempo — que queria tentar.

— Eu te amo, Julian Alter — disse ela, esticando o braço para pegar as mãos dele. — E, sim, eu me caso com você novamente. Sim, sim, sim.

Agradecimentos

Antes de mais nada, quero agradecer ao meu agente, Sloan Harris. Estou para sempre em dívida com ele por seu apoio incansável, seus conselhos inestimáveis e a forma calma e equilibrada com que lida com cada situação que eu lhe apresento. Acordo todos os dias grata por estar na equipe de Sloan. Também admiro profundamente a forma com que ele consegue inserir a palavra "kabuki" em quase todas as conversas.

Agradeço ao meu Time Editorial de Ouro, em ordem de entrada: Marysue Rucci, Lynne Drew e Greer Hendricks. Todo escritor devia saber o que é receber feedbacks tão inteligentes, experientes e sensíveis. Mandando um abraço especial para Lynne por sua viagem acima de qualquer dever através do Atlântico (tradição anual?).

Agradeço a Judith Curr, cuja energia e entusiasmo são contagiantes e a David Rosenthal por sempre acreditar em mim (e que certamente odeia a frase "por sempre acreditar em mim"). Um obrigada enorme para todo mundo na

Atria, especialmente Carolyn Reidy, Chris Lloreda, Jeannne Lee, Lisa Sciambra, Mellony Torres, Sarah Cantin, Lisa Keim, Nancy Inglis, Kimberly Goldstein, Aja Pollock, Rachel Bostic, Natalie White, Craig Dean e toda a equipe de vendas. Estou muito feliz em fazer parte desta família!

Betsy Robbins, Vivienne Schuster, Alice Moss, Kate Burke, Cathy Gleason, Sophie Baker, Kyle White e Ludmilla Suvorova: obrigada. Eu simplesmente adoro vocês todas. Um agradecimento especial à Kristyn Keene por oferecer conselhos sábios e precisos em tudo desde o desenvolvimento da trama a saltos agulha. Você está sempre certa. Um grande abraço para Cara Weisberger por sessões brilhantes de brainstorming. Obrigada a Damian Benders pela aula sobre a indústria da música e a Victoria Stein por me ensinar todas as coisas relacionadas à nutrição. Qualquer falha em relação a isso é inteiramente minha.

Agradeço a minha incrível família. Mamãe, Papai, Dana, Seth, Vovó, Vovô, Bernie, Judy, Jonathan, Brian, Lindsey, Dave, Allison, Jackie e Mel, obrigada por aguentarem horas intermináveis de tagarelice a respeito deste livro e fazerem isso com tanto amor e compreensão. Vovó, sei que você está lendo isto em algum lugar e sinto muito a sua falta.

E, por último, o maior agradecimento de todos ao meu marido, Mike. Este romance (ou a minha sanidade) não existiria sem ele. Conversamos sobre personagens no café da manhã, sobre o enredo no almoço e a estrutura no jantar, e não só ele nunca ameaçou se divorciar como também me fez rir a cada passo do caminho. MC, eu te amo.

Este livro foi composto na tipologia Minion Pro,
em corpo 12/15,3, impresso em papel off-set 90g/m²,
no Sistema Cameron da Divisão Gráfica
da Distribuidora Record.